ISEGRIM

Buchbloggerin, Buchhändlerin to be und Fantasy-Liebhaberin **Leinani Klaas** ist in den USA und in Deutschland groß geworden und träumte schon in jungen Jahren von einem eigenen Buch. Trotzdem brauchte es einige Jahre, bis es so weit war. »Tochter des Ozeans« ist ihr zweites Buch, weitere sind bereits in Arbeit. Die Autorin liebt, schreibt und lebt mit Freund und Katze in Freiburg im Breisgau. Weitere Informationen über sie sind auf Instagram unter @leinanisbookcorner zu finden.

LEINANI KLAAS

TOCHTER DES *Ozeans*

NEREUS PROPHEZEIUNG

ISEGRIM

1. Auflage 2020

© 2020 ISEGRIM VERLAG
in der Spielberg Verlag GmbH, Neumarkt
Covergestaltung: Ria Raven *www.riaraven.de*
Coverillustrationen: © shutterstock.com
Herstellung: BoD - Books on Demand, Norderstedt
Alle Rechte vorbehalten
Printed in Germany

ISBN: 978-3-95452-967-4

www.isegrim-buecher.de

»Ich liebe das Meer wie meine Seele,

denn das Meer ist meine Seele.«

Heinrich Heine

VORWORT DER AUTORIN

Tochter des Ozeans – Nereus Prophezeiung ist eine fiktive Geschichte, genau wie die Charaktere. Dennoch sind Gewalt, Misshandlung und psychische Erkrankungen real und ernst zu nehmen. Themen wie diese sind nicht für jede Person leicht zu lesen und können möglicherweise starke Gefühle auslösen. Darauf möchte ich hiermit hinweisen.

Für alle, die noch nach ihrem Platz im Leben suchen und bereit sind, mehr zu geben, als sie je bekommen haben. Euch allen widme ich dieses Buch. Seid stark!

»Normal ist ein von der Gesellschaft festgelegtes Mittelmaß, um ein
Optimum zu beschreiben, das nur in unseren Köpfen existiert.«
(Teilnehmerin bei Instagram-Umfrage)

»Wenn jemand oder etwas der Norm entspricht. Kann somit auch
zugleich ›langweilig‹ sein... ;)«
(Teilnehmer bei Instagram-Umfrage)

»Das, was ich ›kenne‹ und für mich alltäglich ist.«
(Teilnehmerin bei Instagram-Umfrage)

»Eigentlich ist nichts normal, alles ist besonders, einzigartig.«
(Teilnehmerin bei Instagram-Umfrage)

»Normal ist das, was ein Normaler als normal betrachtet.
Da sich jedoch jeder selbst als normal betrachtet,
ist es schwer zu sagen, was denn nun wirklich normal ist.«
(Anonym)

»Normal ist nur der Durchschnitt des allgemeinen Wahnsinns!«
(Anonym)

Und was ist für Dich normal?

In jedem Jahrtausend wird zum Fest des Lichts und des Feuers, wenn der Tag am längsten und die Nacht am kürzesten währt und der Schleier zwischen den Welten sich lichtet, dem Meeresvolk ein Mädchen geboren.

Welches zur Stund, wenn Selene der Eos weicht, das Licht von Helios erblicken wird, der fortwährend über sie wacht.

Und das Kind des Meeres und des Landes vermag die Dunkelheit zu vertreiben und den Frieden zu bringen.

Die Eine mit der Gabe des Aiolos und des Poseidon wird unantastbar sein für die, die wir fürchten.

PROLOG

»Yara, Yara, Yara. Ich bin Yara Bright!«

Sie wiederholte es wie ein Mantra. Immer und immer wieder. Sie hatte es in der letzten Zeit so oft wiederholt, wie oft genau wusste sie schon gar nicht mehr. Bestimmt tausendmal, aber so weit konnte sie noch gar nicht zählen.

»Yara, Yara Bright...«

Wenn sie sich schon an nichts anderes mehr erinnern konnte, dann durfte sie zumindest sich selbst nicht vergessen. Das war wichtig, das wusste sie. So viele Dinge hatte sie schon vergessen, zum Beispiel, welcher Tag heute war, ob es immer noch Sommer oder schon Herbst war. Sie konnte sich auch nicht mehr an die blendende Helligkeit der Sommersonne erinnern. Oder wie es sich anfühlte von ihren Sonnenstrahlen auf der Nase gekitzelt zu werden. Der Geruch von frisch gemähtem Gras und die prachtvolle Vielfalt der bunten Blumen im Garten waren aus ihrem Gedächtnis verschwunden. Aber vor allem wusste sie nicht mehr, wie sie hierhergekommen war. Da war eine dunkle Lücke in ihrem Kopf, die die Erinnerungen daran verdrängte.

Ihr fehlte Nähe, körperliche, menschliche Nähe und sie sehnte sich nach Geborgenheit und der Wärme eines vertrauten Heimes.

Ihr war kalt, so kalt. Eiskalt! Sie saß zitternd auf dem nackten Betonboden, die Arme um die dünnen Beine geschlungen, die nur in kurzen sommerlichen Shorts steckten. Sie zitterte vor Kälte, aber auch vor Angst, bodenloser, schwarzer Angst, die ihren kleinen Körper packte und durchschüttelte.

»Yara... Yara... Mein Name ist Yara.«

Ihre piepsige, kraftlose Stimme verlor sich in der schummrigen Dunkelheit um sie herum.

Sie wiegte sich vor und zurück und flüsterte ihren Namen wie ein beruhigendes Kinderlied, wie eines das ihr Daddy im Auto mit ihr gesungen hatte, wenn er sie morgens in den Kindergarten gefahren hatte.

Ihr Körper war schon ganz steif gefroren und weiße Wölkchen bildeten sich beim Ausatmen in der Luft vor ihrem Gesicht.

»Yara, Yara, Yara...«

Eine neue Angstwelle ergriff sie und durchflutete ihr ganzes Sein, füllte sie aus bis in die kleinste Zelle. Sie hatte vor so vielem Angst. Davor ihren Namen zu vergessen, Angst vor der Dunkelheit, in der sie saß, und vor allem aber hatte sie Angst vor ihm.

Sie verstand nichts von dem, was er sagte oder ihr antat. Sie wusste auch nicht, warum sie hier eingesperrt war und warum er sie nicht gehen ließ. Ihr Verstand begriff das Ausmaß ihrer Situation nur bedingt.

Als sie vor Kälte erschauderte, fingen ihre Zähne an zu klappern. Sie schlugen aufeinander und das schaurige Geklapper hallte von den nackten Wänden wider, die sie umschlossen. So sehr sie sich auch bemühte die Zähne aufeinander zu pressen, sie schaffte es nicht, ihr Kiefer hatte sich verselbstständigt.

Und dann, mitten in die Dunkelheit hinein, ertönte das Geräusch von schweren Schritten auf einer Holztreppe, die nach unten kamen. Zu ihr.

Ihr Herzschlag verdoppelte sich und galoppierte los. Sie schnappte panisch nach Luft. Mit jedem knarzenden Schritt wuchs ihre Angst.

»Yara, ich heiße Yara Bright! Yara, Yar... Yaya...«

Vor Panik verhaspelte sie sich, verschluckte fast ihre Zunge.

Er kam!

Was würde er ihr dieses Mal antun? Würde er ihr wieder wehtun, sie auf Knien betteln lassen, sich ganz nah vor sie setzen und sie einfach aus seinen blutunterlaufenen Augen anstarren?

Egal was er tat, sie würde wieder ein Stück mehr vergessen und ein bisschen mehr von sich verlieren. Es würde immer so weitergehen, bis sie sich selbst ganz vergessen hatte und verloren war im Würgegriff der Zeit.

Jetzt waren die Schritte auf massivem Boden zu hören, kamen immer näher und näher.

Sie versuchte nicht zu schreien, das mochte er gar nicht.

Aber die Angst, die sich jetzt in ihr Gehirn fraß, war nicht mit der Angst von gerade eben zu vergleichen. Sie war viel schrecklicher und zerstörerischer.

Ein Schloss wurde klickend geöffnet.

Sie zitterte heftiger.

Klick. Ein zweites Schloss wurde entriegelt.

Sie bekam keine Luft mehr.

Klick. Schloss Nummer drei war offen.

Ihr wurde schlecht.

Und mit einem lauten Scharren wurde der Riegel zurückgeschoben.

Als die Tür geöffnet wurde, war sie halb ohnmächtig vor Angst.

Yara, der Name hallte durch ihren Kopf. Gelähmt starrte sie auf den schmalen Streifen Helligkeit, der plötzlich durch den Türspalt sickerte.

Flimmerndes Licht der brummenden Leuchtstoffröhren drang ins Zimmer, als die Tür aufgezogen wurde.

Von der plötzlichen Helligkeit geblendet, nahm sie nur den verschwommenen Umriss einer großen, hageren Person wahr.

Aber das reichte, um sie in Tränen ausbrechen zulassen.

KAPITEL 1

Eos - Göttin der Morgenröte, fährt in ihrem Wagen über den
Himmel

Die Helligkeit durchdrang meine geschlossenen Lider und tauchte die Welt für einen Augenblick in rotes Licht. Geblendet blinzelte ich und erspähte durch schmale Augen den Sitz vor mir. Stöhnend richtete ich mich auf und versuchte mich in meinem engen Platz zu strecken. Mir schmerzte der Rücken, als ich mich gerade hinsetzte und als ich versuchte meine Glieder zu dehnen, stieß ich mit den Knien gegen den Sitz vor mir. Meine Zunge fühlte sich pelzig an. Igitt. Immer noch leicht benommen zog ich die verrutschte Schlafbrille vom Kopf und stopfte sie in die dazugehörige Netztasche. Die Ohropax ließ ich aber lieber in den Ohren, denn das laute Brummen der Maschine hörte ich sogar durch sie hindurch.

Verschlafen ließ ich meinen Blick durch das Flugzeug schweifen, das sich in dreizehntausend Metern Höhe über dem Erdboden befand. Die meisten Leute um mich herum waren wieder wach, schauten Filme oder unterhielten sich leise miteinander. Der kleine Quälgeist von Platz 30E hing seinem müde aussehenden Vater schlafend über dem Schoß und sabberte.

Einige Passagiere hatten sogar schon das Frühstück vor sich stehen und ich sah die zwei rothaarigen Stewardessen mit ihrem Getränkewagen den Gang runterkommen. Wasser! Ich brauchte Wasser.

Die Schlaftablette hatte ganze Arbeit geleistet und mich mehrere Stunden außer Gefecht gesetzt. Ein Zustand, der mir absolut zuwider war, konnte doch jeder in solchen Momenten mit mir machen was er wollte. Ich hasste es, die Kontrolle zu verlieren. Und noch mehr hasste ich meine Paranoia, die mich immer wieder an meine Grenzen brachte und mich in den Wahnsinn trieb. Etwas, das ich über die Zeit hinweg zu verbergen gelernt hatte und das niemals an die Oberfläche drang, wenn ich es nicht zuließ! Naja, meistens jedenfalls. Manchmal überkam mich eine Welle der Angst ganz unerwartet und erwischte mich eiskalt.

Meine eiserne Regel lautete: Lass die Leute nicht sehen, wie verrückt du wirklich bist.

Nichtsdestotrotz war das hier mein erster Flug und meine Psychologin war der Meinung gewesen, dass jemand wie ich es besser ertragen würde, wenn man mich ruhigstellte.

In kleinen Schlucken genoss ich das prickelnde Wasser und schaute aus dem Fenster, hinaus auf die schneeweißen Wolken unter uns. Ich konnte das Land in der Tiefe nur schwer ausmachen, aber es sah jetzt schon ganz anders aus als meine Heimat. Brauner und trockener. Und viel, viel größer.

Manchmal war es immer noch unvorstellbar für mich, dass all das Wirklichkeit war. Es war wie ein riesengroßes, buntes Geschenk nur für mich alleine. Und selbst jetzt, mehr als drei Jahre danach, wollte oder konnte ich mich immer noch nicht daran gewöhnen, aus Angst, dass man es mir gleich wieder entreißen wollte.

Das war ein Grund, weshalb ich so minimalistisch wie möglich lebte. Ich besaß weder ein Smartphone noch einen MP3-Player oder anderen technischen Schnickschnack. Von der neusten Mode hatte ich keinen blassen Schimmer und es war mir auch egal. Es war nicht wichtig.

Das Einzige, aus dem ich mir wirklich etwas machte, waren Bücher. Es fühlte sich gut an, ein schweres gebundenes Buch in den Händen zu halten, die Seiten zwischen den Fingern zu spüren und mit der Fingerkuppe über die gedruckten Buchstaben zu fahren.

Ein Buch war für mich wie ein Anker und eine Möglichkeit, in eine andere Welt abzutauchen und zu entspannen. Und Entspannung war etwas, das meine kaputte Seele brauchte. Doktor Jones war der festen Überzeugung, dass mich zu viel Hektik und Unruhe aus der Fassung bringen und mich um Längen zurückwerfen würden.

Und recht hatte sie, Horrorfilme zum Beispiel waren in der Tat der blanke Horror für mich. Noch Wochen nachdem Mallory, meine Zimmernachbarin, mich gezwungen hatte, heimlich mit ihr ›Chucky die Mörderpuppe‹ anzuschauen, war ich am helllichten Tag von Panikattacken heimgesucht worden. Man fand mich jedes Mal zusammengekauert unter der Treppe sitzend, nachts war ich mehrfach schweißgebadet und schreiend aus einem Albtraum aufgewacht. Mallory war tatsächlich das pure Unglück für mich gewesen. Noch eine Woche zuvor hatte Doktor Jones die Medikamente vorübergehend abgesetzt, wegen guter Fortschritte.

Aber nach dem Vorfall hatte sie mich, ohne zu zögern, wieder unter ›Drogen‹ gesetzt und hatte dieses Mal sogar die Dosis verdoppelt.

Und ich hatte meine lieben kleinen Helferlein, wie Doktor Jones das Bromazepam nannte, brav geschluckt. Die Albträume verschwanden, aber die Panikattacken bei Tag blieben.

Abgesehen von der leichten Verwirrtheit und dem verringerten Gefühlsempfinden plagten mich immer häufiger Halluzinationen. Die Wände schienen mich auszulachen und es war jenes männliche Lachen, das ich jahrelang gefürchtet hatte, denn es war der Vorbote für seine schlechte Laune gewesen, die er immer an mir ausgelassen hatte. Oder ich hörte schwere Schritte auf der Treppe, vor denen ich dann panisch davonrannte. Manchmal rannte ich soweit ich konnte. Und das war im Fall des Florence-Nightingale-Instituts für Bekloppte und ganzheitlich Irre ein beträchtliches Stück. Ein weitläufiger Park umgab das rote Backsteingebäude, damit die Verrückten von der offenen Station frische Luft schnappen oder verträumt auf einer der Bänke unter den Weiden sitzen konnten.

Der Park war von einer großen Mauer umgeben, die mit Stacheldraht abgesichert war.

Bis dorthin floh ich und warf mich blind vor Angst gegen den Stein, kratzte mir die Finger wund und kassierte jedes Mal eine Nacht in der Gummizelle dafür.

Mallory wurde in eine andere Einrichtung versetzt, nachdem man den Film bei ihr fand. Ich vermisste sie nicht.

Bei der Landung in Portland erbrach ich mich in meinen Spuckbeutel und blieb länger als alle anderen im Flugzeug sitzen. Ich wartete darauf, dass sich mein Magen beruhigte.

Ich fühlte mich, wie nach dem ersten Mal als ich Bromazepam eingenommen hatte.

Elend, einfach nur elend.

Eine Stewardess brachte mir stilles Wasser und redete sanft auf mich ein. Es war keine der beiden rothaarigen.

Schließlich musste ich das Flugzeug doch verlassen und gelangte mit wackeligen Beinen über die Gangway ins Innere des Flughafens. Dort roch es nach schlechtem Männerparfum und Reinigungsmittel.

Mein Magen rebellierte.

Während ich an der Gepäckausgabe in der großen Halle auf meinen kleinen Koffer wartete, behielt ich die Leute im Blick. Ich war noch nicht lange auf freiem Fuß und fühlte mich in der Öffentlichkeit immer unwohl und beobachtet. Ich konnte jeden neugierigen Blick wie Spinnenbeine auf meiner Haut spüren und das Getuschel der Leute drang in meine Ohren.

Ich kratzte mich am Oberarm und warf einen nervösen Blick über die Schulter, nur um festzustellen, dass meine Paranoia mich fest im Griff hatte. Keiner starrt dich an, beschwor ich mich selbst.

Ich schüttelte den Kopf wie ein Hund, um das Pfeifen in meinen Ohren loszuwerden.

Das hier war nicht das verfluchte Kaff Hexham, Northumberland in England. Hier kannte mich kein Mensch. Niemand wusste, wer ich war. Für die Reisenden war ich nur ein x-beliebiges Mädchen, mittlerer Größe und mit zu dünnen Beinen, das bestenfalls im Weg stand.

Die Leute nahmen nach und nach ihr Gepäck auf und verschwanden, ohne mich auch nur eines Blickes zu würdigen. Es war ein wunderbares Gefühl so ignoriert zu werden.

Schließlich spuckte das Band meinen kleinen Koffer aus, den ich mit Leichtigkeit anhob und hinter mir herzog.

Gleich würde ich meine Adoptivfamilie treffen, meine neue Familie. Die einzigen Menschen wohlgemerkt, die ich mit dem Begriff Familie in Verbindung bringen konnte.

Ich war mäßig aufgeregt. Ich kannte Brenda und Dan bereits. Sie hatten mich zweimal in England besucht, das erste Mal waren sie zu zweit gekommen und eine Woche geblieben. Das zweite Mal hatten sie ihre Tochter Delilah mitgebracht.

Brenda und Dan mochte ich von Anfang an, sie lachten und redeten viel, nannten mich Darling und Sweety und umarmten mich ständig. Etwas, das ich selten zuließ, normalerweise hielt ich mir Menschen vom Leib. Körperliche Nähe und Berührungen vertrug ich ungefähr so gut wie Horrorfilme. Nämlich gar nicht. Vor allem wenn es ein Mann war, der mir zu nahekam.

Meinem ersten Psychologen in Hexham, Professor Doktor Bird, hatte ich in die Hand gebissen, nachdem er versucht hatte meine Schulter zu tätscheln.

Brenda und Dan aber waren sanft und strahlten eine Geborgenheit aus, bei der ich mich sofort wohlfühlte. Vor allem Brenda hatte ich ins Herz geschlossen. Ein gutes Zeichen, wie Doktor Jones fand.

Ihre Tochter war sehr still gewesen und ich glaube, dass die Irrenanstalt und ich ihr ziemliche Angst eingejagt hatten. Die nächsten Tage kam sie nicht mehr zu Besuch und ich hatte ihre Eltern für mich alleine.

KAPITEL 2

Helios - Sonnengott, lenkt den Sonnenwagen über den
Himmel, folgt der Eos

Zielstrebig steuerte ich auf die Empfangshalle zu, passierte eine letzte Schiebetür und fand mich in einer großen sonnendurchfluteten und lärmigen Halle wieder.

Überall standen Menschen, redeten durcheinander und freuten sich lautstark über das Wiedersehen, kleine Kinder schrien und...

»Clara! Hier drüben.«

Ich reckte den Hals nach der Stimme, war aber zu klein, um über das Gedränge hinwegsehen zu können. Ich wurde einfach von der Masse mitgezogen und weiter zum Ausgang gedrängt. Links rempelte mich eine Frau an und von hinten trat mir jemand auf die Ferse. Vollidioten.

In meinem Inneren spürte ich, wie meine Klaustrophobie in mir aufkeimte. Meine Eingeweide zogen sich zusammen und das Blut rauschte in meinen Ohren. Ich hatte plötzlich das Gefühl zu groß für meinen Körper zu sein und bekam Schweißausbrüche.

Mit einem erstickten Schrei machte ich einen Satz nach vorne, drängte mich grob an den Leuten vorbei, setzte meine Ellenbogen ein und erkämpfte mir meinen Weg aus dem Gewühl. Hinter mir protestierte jemand. Leck mich doch!

Ich erreichte den Ausgang, stolperte ins Freie und rang gierig nach Sauerstoff. Dicke Abgase erfüllten meine Lungen. Autos, Shuttles und Taxis verpesteten die Luft um mich herum.

Aber allemal besser als die Enge der Empfangshalle.

Ich wollte da nicht wieder rein, aber ich musste meine neue Familie finden, die sich bestimmt schon wunderte, wo ich war. Wo ihre verrückte Adoptivtochter steckte.

»Clara, Sweety«, Brenda tauchte vor mir auf, ihr Blick war besorgt. »Wo läufst du denn hin?«

Ich suchte nach den richtigen Worten, um mein seltsames Verhalten zu erklären.

Ich fand sie nicht, aber Brenda verstand mich scheinbar auch so.

Sie drückte mich an sich, typisch für sie und ich atmete ihren frischen Geruch ein, der den Knoten in meinem Magen ein wenig löste.

»Es ist so schön, dass du jetzt hier bist. Wir haben uns alle so auf dich gefreut. Ich hoffe, du hattest einen guten Flug, Darling«, sagte Brenda sanft und schob mich auf Armeslänge von sich, um mich eingehend zu mustern, und lächelte schließlich.

»Warte hier, ich hole Dad. Dann können wir zusammen nach Hause fahren.«

Nach Hause. Wie das klang. Fremd, neu und sehr verlockend.

Ein letztes Mal betrachtete sie mich, als frage sie sich, ob sie mich hier alleine warten lassen könne, ohne dass ich ausflippte, und verschwand dann wieder durch die Glastüren.

Den Großteil der Autofahrt starrte ich aus dem Fenster, betrachtete voller Neugier die Landschaft, die an uns vorbeizog. Oregon war wunderschön und erinnerte mich an Zuhause, aber gleichzeitig war hier alles fremd und neu.

Außerhalb von Portland säumten dichte Laubwälder die breiten Highways und die Sonne schien durch die Blätter und Äste. Ich hatte mir die Westküste Amerikas anders vorgestellt. Trockener, brauner und irgendwie karger. Aber alles war grün und blühte, so wie in England, und trotzdem sah hier die Natur anders aus.

Andere Bäume und Pflanzen. Alles anders. Alles neu. Alles fremd! Ich schluckte die aufkeimende Angst hinunter und summte, mit geschlossenen Augen, leise die Melodie von ›Walk in the Sun‹. Mein Herzschlag beruhigte sich langsam und ich konnte wieder aus dem Fenster sehen ohne in Panik auszubrechen.

Wir entfernten uns immer mehr von der großen Stadt und die Gegend veränderte sich, wurde ländlicher und mehr so wie ich es mir vorgestellt hatte. Links und rechts von der Landstraße erstreckten sich weitläufige gelbe Felder und braune Äcker, weiße Farmerhäuser mit braunen Dächern wechselten sich mit Kuh- und Pferdeweiden ab.

Die ganze Landschaft wurde von der Sonne erleuchtet und wirkte unwirklich, fast wie die gemalte Kulisse eines alten Films. Weniger grün, dafür aber mehr satte, trockene Töne. Im Vergleich zu England hätte man die Landschaft hier tatsächlich als karg bezeichnen können, auf mich aber übte diese Welt ihren ganz eigenen Zauber aus. Ich sah mich schon im Westernsattel sitzend über die weite Prärie reiten und träumte von einem kleinen Häuschen wie in ›Unsere kleine Farm‹, mit Hühnern und Schafen und einem Stall voller Kühe.

Ich blinzelte und das kleine Haus löste sich in Rauch auf, dafür eröffnete sich wieder eine neue Landschaft vor mir und ich setzte mich aufrechter hin. Wir fuhren jetzt mitten durch den Tillamook State Forest. Riesige Douglasien mit dicken Stämmen und tiefen Grüntönen wuchsen aus der Erde und säumten die Straße. Ein breiter Fluss schlängelte sich eine ganze Weile neben dem Wilson River Highway entlang, verschwand und tauchte wieder auf. Das klare grüne Band begleitete uns fast bis zum nächsten Ort, zweigte dann nach rechts ab und verließ uns. In den letzten Stunden hatte ich beinahe mehr von der Welt und ihrer Beschaffenheit gesehen als in meinem gesamten bisherigen Leben. Das stimmte mich gleichermaßen aufgeregt, wie sentimental.

Wir erreichten Tillamook, ein hübsches kleines Städtchen mit vielen Touristenläden und einer Fabrik mit dem Namen ›Tillamook Cheese‹ in dicken käsegelben Lettern, fuhren rechter Hand weiter auf dem Oregon Coast Highway und näherten uns der Küste. Ein Straßenschild warnte vor Tsunami Gefahr und verwies auf eine Tsunami Evacuation Route. Ich musste grinsen, meine verschrobene Fantasie ging mit mir durch und ich stellte mir schreiende Menschen vor, die panisch wegrannten, im Hintergrund eine riesige, dunkle Welle...

»Jetzt sind wir gleich da. Nur noch wenige Minuten und du siehst dein neues Zuhause«, unterbrach Dan mein Gedankenspiel. Er freute sich richtig und Brenda, die Mom genannt werden wollte, schaute lächelnd zu mir nach hinten.

Ich konnte nur nicken, denn plötzlich geschah etwas mit mir. Ein Loch öffnete sich unter meiner Brust und raubte mir beinahe den Atem. Ein Ziehen breitete sich in meinem Körper aus, etwas zog und zerrte an einem inneren Punkt.

Links neben dem Highway hatte sich der Tillamook Bay eröffnet, wie Mom mir erklärte.

Erst hielt ich es für einen großen See, doch dann erkannte ich das Meer.

Mir blieb die Luft weg. Das Meer war unfassbar schön, endlos weit und tief blau. In meinem ganzen Leben hatte ich noch nie etwas Vergleichbares gesehen.

Mit jedem Stück, das wir dem Wasser näherkamen, wurde der Sog in mir stärker, etwas schien nach mir zu rufen. Und ich, die noch nie am Meer gewesen war, geschweige denn darin geschwommen war, verspürte den sehnlichen Wunsch, über den Strand zu laufen, den Sand unter meinen Füßen zu fühlen und mich schließlich in die Wellen zu stürzen. Ich wurde ganz hibbelig und konnte mich kaum noch auf meinem Sitz halten.

»Dan, Bren... Mom, können wir kurz am Meer halten, bitte?«

Ich sah im Rückspiegel wie Dan die Stirn runzelte.

»Ich war noch nie am Meer«, fügte ich hinzu und hoffte, dass das als Erklärung reichte.

Ich hatte Glück.

»In Ordnung, aber nur kurz. Du bist sicher erschöpft und möchtest dein neues Zimmer sehen.« Dans Stimme war weich und er zwinkerte mir durch den Rückspiegel zu. Ich lächelte zurück.

Nein, erschöpft war ich nicht. Ich war platt von dem langen Flug, aber erschöpft nicht. Vielmehr war ich nun hellwach vor Aufregung.

Wir fuhren in Rockaway Beach ein, einem niedlichen kleinen Ort mit vielen bunten Häuschen entlang der Straße. Wäre ich nicht ganz wo anders mit meinen Gedanken gewesen, dann hätte mir dieser kleine, süße Ort bestimmt gefallen, aber so starrte ich nur auf das wogende Meer, das immer wieder zwischen den einzelnen Häusern auftauchte und mir zuzuzwinkern schien.

Der Wind blies kräftig, sodass kleine Schaumkrönchen auf den Wellen tanzten, die bei jeder Bewegung in der Sonne glitzerten. Dan bog in eine Straße ein und parkte den SUV auf einem breiten Parkplatz hinter einer Düne. Ich zögerte eine Sekunde, dann schnallte ich mich mit fahrigen Fingern ab, stieß die Tür auf und sprang aus dem Wagen.

Kühle, windige Luft umfing mich, zog einzelne Strähnen meiner Haare aus dem Dutt, peitschte sie mir ums Gesicht und fuhr in meine Kleidung. Sie schmeckte salzig auf meinen Lippen und ich roch den würzigen Duft der Strandpflanzen, die auf den Dünen hin und her wogten.

Meine Schuhe versanken im weichen Sand, als ich die Düne emporkletterte, die mir die Sicht auf den Ozean versperrte. Die Aussicht war umwerfend. Einen Augenblick lang verharrte ich auf der Kuppe, den Blick auf das wogende Meer nur wenige Meter vor mir, gerichtet. Das Wasser schimmerte in allen Farbnuancen von Grün über Türkis bis hin zu einem tiefen Blau. Es war überwältigend das Rauschen in den Ohren zu hören und dem Spiel der Wellen zuzuschauen, auf und ab, Wellenberg und Wellental. Weiter draußen ragten zwei hohe Felsen aus dem Meer, an denen sich die rauen Gezeiten des Pazifiks brachen und in schaumigem Wasser brandeten.

Dort draußen war das Wasser dunkelblau, fast schwarz. Der Sog in meiner Brust hatte sich ins Unermessliche gesteigert und tat fast schon weh, so sehr sehnte ich mich nach dem kühlen Nass. Diese Gefühle jagten mir Angst ein. Ich war kein Mensch mit Sehnsüchten oder innigen Wünschen, ich nahm das Leben wie es kam. Denn ich wusste, mehr als jeder andere, wie schnell es vorbei sein konnte. Und doch stand ich hier, mit einem unbändigen Verlangen im Herzen. Kurz schloss ich die Augen und gab mich der Sehnsucht hin, ließ das Rauschen der Wellen auf mich wirken und atmete die salzige Luft. Dann ballte ich die Hände zu Fäusten und grub die Fingernägel in die Haut, holte tief Luft und riss den Blick von den blaugrünen Wellen, dann rannte ich zurück zum Auto.

Jetzt war ich erschöpft und unglaublich müde. Ich lehnte den Kopf an den Sitz und schloss die Augen.

Zuhause war ein hübsches, mintfarbenes Haus, mit weißen Fensterrahmen und einer weißen Garagenwand, im Pacific View Drive. Aus meinem Zimmer, das direkt über der Garage im ersten Stock lag, hatte ich einen herrlichen Blick auf das Meer. Jemand hatte einen Schaukelstuhl ins Zimmer gestellt, ansonsten gab es ein Bett mit Nachttisch, einen Schreibtisch und einen großen Einbauschrank, der zu meinem Schrecken voller modischer Klamotten war. Ich vermutete, dass Mom mit Delilah einkaufen gewesen war, denn die beiden waren immer gut gekleidet. Der Inhalt meines Koffers hatte bequem in zwei Schubladen Platz.

Ich stand etwas verloren vor dem Schrank, als Delilah eintrat. Sie setzte sich auf mein gemachtes Bett und mustere mich.

»Sie haben dir ein Auto gekauft!«, begrüßte sie mich.

Hi, ich freue mich auch dich kennenzulernen, dachte ich.

Ihr Ton war neutral, aber ich hatte den Eindruck als würde ihr das ganz und gar nicht gefallen. Als würde sie mir einen Vorwurf machen.

»Es ist dein Begrüßungsgeschenk. Sie wollen, dass du runterkommst und es dir anschaust. Nicht, dass es nötig gewesen wäre, wir nehmen dich ja schließlich hier auf. Man sollte meinen, das sei nett genug!«

Ein kalter Schauer lief mir bei ihren Worten über den Rücken.

Sie musterte mich einen Augenblick lang eindringlich und unter ihrem stechenden Blick fühlte ich mich unwohl und verschränkte die Arme vor der Brust. Dann zuckte sie mit den Schultern, schwang ihre schwarzen Locken zurück und stolzierte aus dem Zimmer.

Ich konnte ihr nur mit hochgezogenen Brauen nachschauen.

Na toll, da hatte jemand ganz klar zu verstehen gegeben was er von mir hielt. Kopfschüttelnd strich ich mein Bett wieder glatt. Die Überdecke war hellgrau und ganz weich, vorsichtig ließ ich meine Fingerspitzen darüber gleiten und schloss die Augen. Jetzt war ich in Amerika, ich war einmal um die halbe Erdkugel geflogen, in weniger als einem Tag hatte ich alles hinter mir gelassen. Ein Gefühl von Einsamkeit überkam mich, ich hatte Fernweh und wusste nicht einmal genau wonach. Nach Hexham bestimmt nicht und auch nicht nach der Irrenanstalt. Vielleicht vermisste ich Doktor Jones oder meine Betreuerin, aber auch das konnte ich mir nicht so recht vorstellen.

Ich fühlte mich einfach leer und sehr fehl am Platz.

Aber ich durfte mich nicht beschweren, denn ich hatte es selbst so gewollt.

Nachdem ich auf die Offene Station verlegt worden war, hatte ich Ausflüge in die Stadt unternehmen dürfen. Natürlich unter Beaufsichtigung. Wollte ja keiner die Irren alleine auf die guten Bürger von Hexham loslassen. Für die armen war es auch so schon schwer genug, dass es in ihrem ordentlichen, vornehmen Ort eine Psychiatrie gab.

Für mich waren diese Ausflüge, so wenige es auch gewesen waren, bei weitem schlimmer als für die Einwohner.

Auf den Straßen hatten sie jedes Mal über mich getuschelt, so laut, dass ich jedes Wort hatte hören können. Sie hatten mit dem Finger auf mich gezeigt und mich mit offenem Mund angestarrt. Es war, als ob ein blinkendes Leuchtreklamen Schild über mir gehangen hätte.

Verehrte Damen und Herren, sehen Sie hier! Heute, extra für Sie, das Entführungsopfer. Kommen Sie näher und sehen Sie! Eintritt frei.

Ich war mitten auf dem Gehweg zusammengebrochen, nachdem zwei ältere Damen darüber geredet hatten, ob ich jemals ein normales Leben würde führen können oder ob ich nicht für immer gezeichnet blieb.

Jeder kannte mein Gesicht und meine Geschichte aus den Nachrichten. Ich war fast schon eine Berühmtheit.

Ein paar der Artikel hatte ich auf Wunsch zusammen mit Doktor Jones gelesen und war erstaunt, wieviel mehr die Medien über mich wussten als ich selbst.

Doktor Jones hatte mir zwar erklärt, dass es sich oft um Spekulation handelte oder man nur versuchte meine Geschichte auszuschlachten, trotzdem kam ich mit dem Medienhype um mich nicht zurecht.

Ich wollte die Einrichtung auf keinen Fall mehr verlassen und blieb die meiste Zeit in meinem Zimmer, schaute aus dem Fenster in den Park und wünschte mir, jemand anderes zu sein.

Aber ich konnte nicht auf ewig dort bleiben. Doktor Jones erklärte mir, dass ich dank der guten Fortschritte, die Institution bald verlassen durfte. Ich überlegte tatsächlich wie ich das verhindern konnte. Allerdings war ich eine miserable Schauspielerin und meine Psychologin kannte mich nach dreieinhalb Jahren zu gut, als dass ich ihr etwas hätte vormachen können.

Gemeinsam beschlossen wir, mich möglichst weit wegzuschicken, in ein anderes englischsprachiges Land. Gegen Australien entschied ich mich sofort wegen der Hitze, aber Kanada und ein Teil der USA kamen in die engere Auswahl. Man suchte nach Familien mit gleichaltrigen Kindern in einer ruhigen Gegend, die eine Jugendliche adoptieren wollten.

Ein abgelegener Ort sollte es sein, einer, in dem man vermutlich noch nie von mir gehört hatte.

Ein paar Familien lernte ich über Skype kennen, aber die Moores waren die einzigen, die ich einladen wollte und es hatte von Anfang an gepasst.

»Clara, Liebling. Kommst du bitte vors Haus.« Moms Stimme drang die Treppe empor.

Und da ich ein braves, dankbares Mädchen war, das keinen Ärger machen wollte, schob ich die Einsamkeit gut verpackt in einen hinteren Winkel meines Gehirns, band meine Haare zu einem unordentlichen Dutt zusammen und kam ihrer Bitte nach.

Die ganze Familie stand versammelt vor dem Haus, Dan mit einem stolzen Ausdruck im Gesicht, wie ihn Männer in Autozeitschriften immer haben. Mom wirkte aufgeregt und lächelte mich fröhlich an. Nur Delilah stand abseits und hatte die Arme in die Hüften gestemmt. Ihr Blick ließ keine Zweifel an meiner These.

Sie alle standen um ein silbernes Auto herum, das frisch poliert wirkte und eine große rosa Schleife auf der Kühlerhaube hatte.

»Tada«, rief Mom und klatschte in die Hände. »Der Wagen ist für dich. Frisch aus der Werkstatt.«

»Und er ist erst drei Jahre alt, stand die meiste Zeit in der Garage« fügte Dan hinzu.

Sie strahlten mich beide mit einer so aufrichtigen Freude an, dass ich ihnen nur ungern das Herz brach.

»Ein Fahrrad hätte es auch getan«, murmelte ich.

»Was sagst du, Liebes?« Moms Augen wurden groß.

Ich stöhnte.

»Ich freu mich wirklich und das ist super lieb von euch. Aber... aber ich kann gar nicht Auto fahren, ich habe keinen Führerschein.« Meine Stimme wurde immer leiser, bis sie fast gänzlich versagte.

Drei Paar Augen starrten mich ungläubig an.

Delilah brach als erste das Schweigen: »Welche Siebzehnjährige hat denn bitteschön keinen Führerschein?« Ihre Stimme triefte vor Verachtung.

Ich wandte mich ihr direkt zu und schaute ihr fest in die Augen: »Wann bitte hätte ich denn den Führerschein machen sollen? Ich war acht Jahre eingesperrt und danach hatte ich wirklich anderes zu tun!«

Sie wurde feuerrot im Gesicht und stürmte ins Haus.

Blöde Kuh!

Keiner achtete auf sie, meine neuen Eltern kamen stattdessen auf mich zu.

»Es tut uns so leid! Daran hätten wir denken sollen«, sagte Mom sanft. »Bis du deinen Führerschein gemacht hast, wird dich Delilah mit zur Schule nehmen.«

»Da freut sie sich bestimmt«, seufzte ich.

»Nimm sie bitte nicht so ernst, ja. Sie muss sich noch daran gewöhnen, sie hatte es in letzter Zeit nicht einfach.« Dan berührte mich leicht an der Schulter und lächelte aufmunternd.

Ich nickte zwar, hatte aber kein Mitleid mit meiner Adoptivschwester.

Ich hatte in England genug solcher Mädchen kennengelernt, um zu wissen, wie ich mit ihnen umgehen musste. Zwar hatte ich keine Lust auf Zickenkrieg, aber ich würde mich nicht fertigmachen lassen. Nie mehr!

Das Wochenende verbrachte ich die meiste Zeit lesend in meinem neuen Zimmer oder mit Dan im Garten, wo er mir seine Beete zeigte und versuchte, mich dafür zu begeistern.

Mir blieb auch nicht viel anderes übrig. Mom war wegen eines Meetings nach LA geflogen und Delilah war die meiste Zeit nicht zu Hause. Nicht, dass es mich störte, aber wenn sie nicht so ein Problem mit mir gehabt hätte, dann hätte sie mich vielleicht mitgenommen und ihren Freunden vorgestellt. So aber würde ich am Montag in der Schule vollkommen die Neue sein. Vermutlich erzählte sie ihren Freunden schon, wie verrückt ich war.

Das nahm mir nicht gerade die Angst vor dem ersten Schultag. Im Gegenteil, meine Paranoia freute sich über das gefundene Fressen und ärgerte mich mit Erinnerungen an früher.

Als ich in das Florence-Nightingale-Institut kam, war ich vierzehn und hätte damals in der neunten Klasse sein sollen, aber die Schulleitung steckte mich wegen der versäumten acht Jahre in die fünfte Klasse, ohne mich vorher auszufragen oder auch nur mein Wissen zu testen.

Man glaubt ja gar nicht, wie fies kleine Kinder sein können. Sie haben jede meiner Ängste gerochen und mich damit schamlos fertiggemacht.

Das war auch der Grund, warum man ein halbes Jahr lang nicht merkte, dass ich unterfordert war, denn ich sprach kein Wort.

Es war Doktor Jones gewesen, die feststellte, dass ich gar nicht so weit zurück war mit dem Schulstoff. Sie war bis dahin auch die einzige, mit der ich überhaupt redete. Sie merkte schnell, dass ich viel wusste und zu sagen hatte.

Nach und nach öffnete ich mich ihr und erzählte, dass er mich unterrichtet hatte. Ihm hatte viel an meiner Bildung gelegen und er hatte mich täglich, auch am Wochenende, in Mathematik und Schreiben, Erdkunde und Politik unterwiesen. Auch Kunst, klassische Musik und Tanz hatte er mir nahegebracht. Ich war eine sehr gute Schülerin gewesen. Er hatte mich mit dem heißen Bügeleisen darauf getrimmt keine Fehler zu machen.

Doktor Jones setzte sich dafür ein, dass man mich in eine höhere Klasse schickte. Aber auch dort wurde ich fertiggemacht. Ich habe nie erfahren, was die anderen Kinder gegen mich hatten und Doktor Jones hat es mir nie erklärt. Aber nachdem mein Schulzeug samt Tasche in Flammen aufging, bekam ich Einzelunterricht.

Ich hatte also meine starke Abneigung gegen Gruppenunterricht nicht von irgendwo her. Ich glaubte aber, dass es jetzt besser werden würde.

Nicht, dass ich eine Optimistin wäre, ich hoffte einfach nur, dass es in einer Schule für normale Jugendliche nicht so zuging.

KAPITEL 3

Selene – Mondgöttin, folgt Helios am Abend über den Himmel

Am Montagmorgen nahm mich Delilah in ihrem Auto mit zur Schule. Ich konnte die feindseligen Blicke auf mir spüren, hatte mich aber entschlossen sie zu ignorieren.

Ich betrachtete lieber die Gegend bis zur Neah-Kah-Nie High-School und versuchte mich nicht auf das quälende Gefühl in meiner Brust zu konzentrieren, das immer stärker wurde, desto näher wir dem Ozean kamen. Doch mein Blick wanderte von selbst immer wieder zum in der Sonne glitzernden Wasser.

Gedankenverloren schaute ich aus dem Fenster und bekam nicht mit, dass wir die Schule erreichten.

Erst als Delilah die Fahrertür zuschlug, registrierte ich meine Umgebung.

»Halt, Delilah. Warte!«, rief ich ihr nach, sie drehte sich widerwillig um, lief aber langsam rückwärts weiter und signalisierte mir damit, dass sie keine Lust hatte, mit mir zu reden oder mit mir zur Schule zu laufen.

»Bitte, hilf mir. Sag mir wenigstens, wo das Sekretariat ist.«

Ich konnte sehen, wie sie die Augen verdrehte und ich war mir sicher, dass sie mich hier auf dem großen Parkplatz stehen lassen würde.

Zu meiner Überraschung winkte sie mich zu sich und als ich bei ihr ankam, sagte sie: »Bis zum Sekretariat bring ich dich. Ab da sollen die sich um dich kümmern.«

Ihre Blicke waren kühl und sie sprach kein Wort mehr, während wir zum Schulgebäude gingen.

»Wusstest du, dass man deine Familie wegen dir ausgesucht hat«, setzte ich zu einem Gespräch an.

»Willst du damit sagen, dass es meine Schuld ist?« Sie funkelte mich böse an.

»Was? Nein! Man hoffte nur, dass meine Wiedereingliederung besser verlaufen würde, wenn ich eine Gleichaltrige an der Seite hätte. Die mich vielleicht ihren Freunden vorstellt, mich ein bisschen rumführt und...«

»Deinen Babysitter spielt«, unterbrach mich meine Adoptivschwester.

Ich schaute ihr etwas verlegen in die grünen Augen und zuckte mit den Schultern.

»Dann hätte man mich zumindest vorher fragen sollen, ob ich Bock darauf habe, mich mit einer Irren abzugeben! Wir sind da. Bis nach der Schule. Ciao.«

Sie machte auf dem Absatz kehrt und stolzierte davon.

Und wieder einmal schaute ich ihr sprachlos hinterher. Das konnte ja noch heiter werden...

Ich klammerte mich mit beiden Händen an meiner Schultasche fest und spähte durch die Glasscheibe ins Innere des Sekretariats. Eine nett aussehende junge Frau saß hinter ihrem Schreibtisch und tippte in ihren Computer. Neben der Tastatur stand eine große Minnie Mouse Tasse und aus irgendeinem Grund gab mir das die nötige Kraft die Türe aufzudrücken. Es klingelte leise als sie sich öffnete und während ich eintrat, erhob sich die Sekretärin und lächelte mich wissend an.

»Hallo, ich bin Clara White. Heute ist mein erster Schultag und ich habe noch keine Unterlagen bekommen.« Ich fühlte mich irgendwie blöd, so wie immer, wenn ich mich jemandem vorstellen musste.

Sie nickte und legte einen Stapel Blätter vor mich.

»Herzlich willkommen an unserer Schule. Hier sind dein Stundenplan, die Hausordnung und alles Weitere, was du benötigst, um dich bei uns zurecht zu finden. Deinen Schülerausweis trägst du am besten immer bei dir. Ich bin Miss Bishop. Wenn du Hilfe brauchst, kannst du dich gerne an mich wenden.«

Sie lächelte mich herzlich an und zog meinen Stundenplan aus dem Stapel, den sie zwischen uns auf das Pult gelegt hatte. Sie tippte mit der Spitze ihres Kulis auf das Blatt und ich grinste automatisch. Ihr Kugelschreiber war mit Walt Disney Motiven bedruckt.

»Deine erste Stunde hast du in Raum 12. Den Gang runter, die zweite Tür rechts. Beeil dich besser, es wird gleich zum Unterricht klingeln.«

Damit war ich entlassen. Ich raffte mein Zeug zusammen und bedankte mich bei ihr.

Der Vormittag verlief ereignislos. Die Lehrer waren okay, die Schüler nett, aber nicht übermäßig freundlich und ließen mich die meiste Zeit in Ruhe. Ich hätte nichts gegen die ein oder andere Bekanntschaft gehabt, war aber selbst zu schüchtern, um auf die anderen zuzugehen.

So kam es, dass ich in der Mittagspause alleine in der Cafeteria stand und da ich nicht den Mut aufbrachte, mich einfach irgendwo dazuzusetzen, endete ich alleine auf einer Bank vor der Cafeteria.

Ich packte mein Mittagessen aus und dachte an die vergangenen Stunden. Es ging hier tatsächlich anders zu. Viel ruhiger, geradezu langweilig. Ich verbuchte das als ein gutes Omen. In der Nacht, hatte ich schlecht geschlafen und geträumt, dass die Schüler furchtbare Monster mit Fratzen sein würden, die nur darauf warteten, mich aufzufressen.

Ich richtete gerade meinen Dutt neu, als eine laut tratschende

Mädchengruppe über den Rasen Richtung Cafeteria schlenderte. Allen voran meine liebe Adoptivschwester.

Die Art wie ihr die anderen folgten, erinnerte mich an eine Ente mit ihren Küken. Quak Quak Quak.

Ich konnte ein paar Gesprächsfetzen aufschnappen, die der Wind zu mir herüber trug, und hörte öfters den Namen Grayson. Ich belauschte sie neugierig.

Aber als sie in meine Nähe kamen, versuchte ich mich klein zu machen und versteckte mich hinter meiner Brotdose. Delilah entdeckte mich trotzdem.

»Geht schon mal rein. Ich muss noch kurz telefonieren«, befahl Mama-Ente. Und ihre Babys gehorchten und watschelten brav quakend weiter.

Delilah wartete bis sie außer Sicht waren und kam dann zu mir rüber stolziert.

Ein wenig verlegen, als wüsste sie selbst nicht so recht was sie wollte, blieb sie vor mir stehen.

»Hey, geht's ... äh, geht's dir gut?«

Sie wippte nervös auf und ab.

Ich nickte. »Ja, alles in Ordnung.«

»Du wirst nicht fertiggemacht, oder so?«, fragte sie leise. Ihre Stimme hatte einen sonderbaren Ton angenommen.

Meine Augen wurden groß. »Was? Nein! Warum?«

»Na, weil du hier ganz alleine sitzt. Ist ja auch egal. Wollte nur mal hören, ob es dir gut geht.«

Ich schaute sie etwas verblüfft an. Diese Wendung kam unerwartet und ich witterte schon Gefahr, weshalb ich sofort den Schutzpanzer hochfuhr

»Nein, mir geht es wirklich gut. Ich habe einfach nur noch niemand Nettes kennengelernt.«

Der Seitenhieb war unbeabsichtigt gewesen, doch sie nahm ihn scheinbar persönlich. Denn sie straffte die Schultern und ging wortlos davon.

»Bis später!«, rief ich Delilah nach und erinnerte sie an ihr Versprechen mich wieder mit nach Hause zu nehmen. Ich hätte meine linke Hand darauf verwettet, dass sie mich auf der Heimfahrt am liebsten in den nächstbesten Graben schmeißen würde.

Am Nachmittag hatte ich zwei Stunden Sport, das erste Fach an diesem Tag, in dem ich mich aktiv beteiligte. Ich liebte Sport. Obwohl ich nicht super durchtrainiert war, mochte ich körperliche Betätigungen mehr als still auf einem Stuhl zu sitzen und auf die Tafel zu starren.

Zwei Mädchen, die auch am Morgen in meinem Mathekurs gesessen hatten, bauten mit mir die Geräte auf und fragten mich, wie mir Rockaway Beach und die Schule gefielen.

Wir unterhielten uns eine Weile über belangloses Zeug, ein paar Mal fragten sie mich Dinge über England, aber ich reagierte ziemlich abweisend bei dem Thema und da ließen sie es bleiben. Sie waren nett und ich freute mich wirklich, dass sie mit mir redeten, aber ich hatte keine Lust über meine Zeit in der Psychiatrie zu sprechen. Zumal sie darüber nichts zu wissen schienen und mich für normal hielten. Dabei wollte ich es vorerst auch belassen.

Jenna und Megan begleiteten mich trotzdem bis auf den Parkplatz, wo Delilah schon ungeduldig in ihrem Wagen wartete.

»Sorry, ich muss dann.«

Doch bevor ich losrennen konnte, hielt mich die größere, Jenna, an der Schulter fest. Sofort breitete sich eine Wärme von der Stelle aus, an der sie mich berührte. Ich schaute sie mit großen Augen an. Denn ihre Berührung war alles andere als unangenehm. Seltsam.

»Du fährst mit der da mit?« Etwas an der Art wie sie das sagte, ließ mich aufhorchen.

Ich runzelte die Stirn und nickte. Sie zog ihre Hand zurück und plötzlich fühlte ich mich ganz kalt und leer.

»DAS ist Delilah Moore.« Jetzt klang sie verblüfft.

»Ich weiß, wer sie ist. Sie ist meine Adoptivschwester.«

»Na dann, herzlichen Glückwunsch. Da hast du ja den Jackpot gezogen«, sagte Megan lachend und schlug mir eine Hand auf den Rücken.

Ich zuckte zusammen und wich vor ihrer Berührung zurück.

Doch bevor ich fragen konnte, was sie mit ihrer Aussage meinte, hupte Delilah und winkte mir genervt zu.

»Ich muss noch kurz in den Supermarkt. Du kannst im Auto warten«, erklärte Delilah, ohne mich anzuschauen.

»Danke, ich habe auch keine Lust mit dir Zeit zu verbringen«, gab ich zurück und sah, wie sie die Augen verdrehte.

Als sie das Auto parkte, schnappte ich mir meine Tasche und stieg aus.

»Was wird das?«, fragte mein liebenswürdiges Schwesterlein mit hochgezogener Augenbraue. Diesen abwertenden Blick beherrschte sie mindestens genauso gut wie das Augenverdrehen.

»Ich laufe«, antwortete ich und setzte mich in Bewegung. Ich glaubte nicht, dass sie mich aufhalten würde und wenn, war es mir auch egal.

Bevor ich die Straße überquerte, schaute ich noch mal über die Schulter. Delilah stand immer noch neben ihrem Auto und starrte mir nach. Ich grinste.

Für einen so kleinen Ort war ziemlich viel los. Menschen schlenderten den Bürgersteig entlang, unterhielten sich, traten aus dem ein oder anderen Laden heraus und wirkten dabei zufrieden.

Vor mir liefen zwei Mütter mit ihren Kinderwägen, die sich angeregt miteinander unterhielten. Ich fühlte mich zum ersten Mal nicht unwohl zwischen den Menschen und in der Öffentlichkeit.

Im Gegenteil, es war schön, sich einfach normal zu fühlen und dazuzugehören.

In Rockaway Beach gab es mehrere kleine bunte Touristenläden, mit allerlei Kram, den man gerne aus dem Urlaub mitbrachte. Ich selbst hatte eine kleine Glasflasche mit einem schönen Segelschiff darin auf meinem Nachttisch stehen. Doktor Jones hatte sie mir von einem Wochenendausflug auf Rügen mitgebracht und ich hing sehr daran. Wenn mir mein Zimmer in England manchmal zu klein geworden war und ich mich fürchterlich einsam gefühlt hatte, hatte ich davon geträumt mit diesem Segelschiff davonzufahren, weit fort aus England in eine schönere, bessere Welt, in der ich normal war und meine Eltern noch lebten und mich liebhatten.

Mir war klar, dass ich mich selbst zurückhielt, denn eigentlich wäre ich am liebsten direkt ans Meer gelaufen, das immer wieder zwischen den Häusern zu erkennen war. Doch ich wollte meine Selbstbeherrschung testen. Schon bald war ich an den meisten Läden vorbeigelaufen, die Shoppingstraße war nicht besonders lang und es gab nichts weiter, womit ich mich hätte ablenken können. Also gab ich meinem inneren Drängen nach, ließ mich vom Meer anlocken und verließ die Hauptstraße.

Der Weg an den Strand war leicht zu finden, nur einen Steinwurf entfernt von der Straße. Wieder stand ich wie gefangen da, völlig eingenommen vom Anblick des Meeres. Meine Gedanken standen still und ich vergaß beinahe zu atmen. Verträumt starrte ich hinaus aufs Wasser. Minuten vergingen bis mir bewusst wurde, wie seltsam ich mich verhielt. Und dennoch war es wie nach Hause zu kommen, eine innere Ruhe hatte sich in mir ausgebreitet und ich fühlte mich vollkommen wohl. So wohl wie noch nie in meinem Leben.

Ich wäre gerne ins Meer gewatet, ließ ich mich aber einige Schritte davor im trockenen Sand nieder. Obwohl es erst Anfang

September war, war es hier in Oregon schon recht kühl, nicht kalt, aber ohne meine Jacke hätte ich beinahe gefröstelt. Nicht, dass ich es aus England gewöhnt war, im September zu schwitzen.

Ich fasste mein Haar zu einem Pferdeschwanz zusammen und holte meine Hausaufgaben hervor, die ich schnell erledigte, damit mir noch Zeit blieb, bevor ich nach Hause musste.

Die Möwen kreisten durch die Luft und ab und zu war ihr Kreischen zu hören. Hinter mir wehte der Wind durch die Gräser auf den Dünen und trug ihren würzigen Duft zu mir. Ansonsten waren nur das Rauschen der Wellen und das ferne Brummen der Autos auf der Hauptstraße zu hören. Zufrieden lag ich im Sand, döste vor mich hin und ließ mich von den Geräuschen einlullen. So nah am Wasser war der Sog in meiner Brust sanfter geworden, war zu einem erträglichen Summen im Hintergrund verklungen. Ich fühlte mich zum ersten Mal in meinem Leben ruhig und entspannt.

Die Sonne wärmte meine Haut durch den Stoff und mir wurde angenehm warm. Doch es wurde immer wärmer und wärmer, bis es fast unerträglich heiß wurde und mein Körper zu glühen begann.

Wo kam diese Hitze plötzlich her? Eben noch hatte ich es ohne Jacke kaum ausgehalten und jetzt hätte ich mich am liebsten komplett ausgezogen. Die Hitze breitete sich in mir aus, erfüllte jede Zelle und schien mich von innen heraus zu verbrennen. Ich wollte aufspringen und meinen erhitzten Körper im Wasser abkühlen, den Schmerz lindern. Doch noch bevor ich die Augen öffnen konnte, legten sich kühle, nasse Hände auf mein Gesicht, berührten die erhitzten Stellen und mein Herzschlag beruhigte sich. Sanft liebkosten die Hände meine Wangen, streichelten mein Haar und kühlten meinen Nacken. Und ein Gesang, wie aus einer anderen Welt, drang aus der Ferne in mein Ohr.

Lieblich und rein, so verlockend, dass der Sog in mir wieder stärker und wilder wurde. Die Worte waren fremd und doch vertraut, wie ein Wiegenlied, an das man sich nur noch schwach erinnerte. Ich wollte für immer so liegen bleiben und bewegte mich nicht, aus Angst die Stimme und die Hände zu vertreiben.

»Galene, komm nach Hause. Es wird Zeit, es ist bald soweit«, flüsterte eine sanfte Stimme. Die Hände zogen sich zögernd zurück und der Gesang wurde immer leiser bis er ganz verklang. Schlagartig riss ich die Augen auf und setzte mich so abrupt auf, dass mir schwindelig wurde. Ich musste eingeschlafen sein. Aber der Traum war so real gewesen, dass ich einige Sekunden brauchte, um mich zurechtzufinden. Der Schwindel verklang so schnell, wie er gekommen war.

So real träumte ich sonst nie, auch wenn ich eine sehr lebhafte und blühende Fantasie hatte.

Verwirrt schüttelte ich den Kopf und wunderte mich über mich selbst. Doch als ich den verrutschten Haargummi aus den Haaren zog, erschrak ich.

Das Haar um mein Gesicht war feucht und an meinem Hals liefen Wassertropfen hinunter in mein Shirt. Ich leckte meinen Finger ab. Salzige Erkenntnis verteilte sich auf meiner Zunge und ließ mich erstarren. Kein Schweiß, sondern Salzwasser!

Ich war mir sicher, obwohl ich noch nie Meerwasser probiert hatte, aber Schweiß schmeckte anders.

Hektisch blickte ich nach links und rechts, weit und breit war keine Menschenseele zu sehen. Der Strand war wie leergefegt. Auch Schuhabdrücke waren keine im Sand zu erkennen. Ich war alleine!

Trotzdem fühlte ich mich nicht so. Immer noch spürte ich die Präsenz dieser Person um mich herum, wie ein Wehklagen, tief in meinem Herzen.

Aber wie war das Meerwasser in meine Haare gekommen?

Von den Händen hatte ich doch nur geträumt, genauso wie vom Gesang.

Es hatte niemand neben mir gesessen, während ich vor mich hingeträumt hatte. Niemand hatte mich berührt. Oder?

Panisch sprang ich auf, es lief mir eiskalt den Rücken runter und ich keuchte auf.

Hatte mich jemand beim Schlafen beobachtet und sogar angefasst?

Den Weg nach Hause rannte ich wie von der Tarantel gestochen und blickte mehrmals über die Schulter. Wonach ich Ausschau hielt, wusste ich selbst nicht. Aber ich wurde das Gefühl nicht los, dass hier irgendetwas komplett falsch lief. Ich fühlte mich so verfolgt wie noch nie in meinem Leben und das wollte wirklich etwas heißen.

Und ich spürte immer noch dieses Kribbeln im Nacken, als würde mich jemand beobachten. Nicht mal ›Walk in the Sun‹ konnte mich beruhigen, geschweige denn, dass ich den Text zusammen bekam. Zweimal bog ich in die falsche Straße ab und wurde immer panischer, der Schweiß lief mir übers Gesicht und mein Herzschlag wurde immer schneller. Häuser und Bäume flogen rechts und links an mir vorbei und verschwammen vor meinen Augen, ich hörte nur noch das Blut in meinen Ohren rauschen.

Am liebsten hätte ich laut geschrien und wild um mich geschlagen. Ich hatte keine Ahnung, wo ich hingerannt war, völlig kopflos sprintete ich in die nächste Straße. Sackgasse!

Tränen traten mir in die Augen und rollten mir über die Wangen.

Ich wollte zurück nach England!

Ich fühlte, wie sich eine ausgewachsene Panikattacke in mir breitmachte und die Kontrolle über mein Denken und Handeln übernehmen wollte.

Ich war stehen geblieben, keuchend beugte ich mich nach vorn, stützte die Hände auf den Oberschenkeln ab und versuchte die Angst runterzuwürgen. Zweimal einatmen und stoßartig ausatmen!

Doktor Jones Stimme hallte in meinem Kopf wider. Ich versuchte den Anweisungen zu folgen, als hinter mir Schritte zu hören waren, die immer näherkamen. Jeden Schritt spürte ich wie einen Donnerschlag durch den Asphalt beben.

Mir wurde anders und ich fühlte mich wie in Watte gepackt, meine Beine waren weich wie Pudding und mein Sichtfeld wurde unscharf.

Wegrennen ging nicht mehr, ich saß in der Falle. Also ließ ich mich zu Boden fallen, kugelte mich zusammen und betete.

Dumpf hörte ich wie jemand meinen Namen sagte. Die Augen hielt ich trotzdem weiter fest zusammengepresst.

»Clara! Hörst du mich?«

Die Person ließ sich neben mir nieder und berührte mich. Jetzt schrie ich, fuchtelte wild mit den Armen, schlug gegen einen Körper und wehrte mich gegen die Hände auf mir.

»Woah... Clara, beruhig dich. Ich bin es, Jenna. Was ist denn los?«

Ich öffnete die Augen und hörte sofort auf, um mich zu schlagen.

Große grüne Augen schauten mich entsetzt an, ihr voller Mund war leicht geöffnet und ich spürte schamvolle Hitze in mir aufsteigen. Oh nein, war das peinlich. Ich lag immer noch halb auf der Straße und gab ein erbärmliches Bild ab. Eilig rappelte ich mich auf und wischte mir währenddessen die Hände an der Jeans ab, um Zeit zu gewinnen.

Was sollte ich ihr denn jetzt sagen? Ich konnte ihr unmöglich die Wahrheit erzählen. Damit würde ich wohl einen der wenigen Menschen vertreiben, die freundlich zu mir waren.

»Ich habe mich...«, setzte ich zögernd an, doch Jenna brachte mich mit einer Handbewegung zum Schweigen.

»Schon gut. Du musst mir nichts erklären. Ich habe schon gemerkt, dass du nicht gerne über dich redest.«

Ihr Lächeln war echt und offen und das, was sie gesagt hatte, überraschte mich positiv. Ein warmes Gefühl machte sich in mir breit, Jenna bedrängte mich nicht und das war mir sympathisch. Sie war mir sympathisch. Sehr sogar. Ich musterte das große, freundliche Mädchen und fühlte, wie ein Teil meiner Angst von mir abfiel. Jenna war ziemlich hübsch, das bemerkte ich nicht zum ersten Mal. Aber jetzt schien sie, vielleicht gerade wegen ihrer Freundlichkeit, von innen heraus zu strahlen. Sie trug einen einfachen Hoodie zu Jeans und war nur dezent geschminkt. Dennoch fand ich das viel schöner als Delilahs starkes Make-Up.

»Komm, ich bring dich nach Hause.«

Jenna zwinkerte mir zu. Ich fühlte, wie sich bei ihrem Blick ein leichtes Kribbeln in meiner Magengegend einstellte und mein Herz machte dieses kleine, seltsame Ding, das sich wie ein Purzelbaum anfühlte. Ich lächelte zu Jenna hoch, die mich um einen ganzen Kopf überragte. Ihre Augen waren so grün und strahlten eine solche Wärme aus, wie ich es selten gesehen hatte. Jetzt, da sie hier war, fühlte ich mich viel besser und das ungute Gefühl verfolgt zu werden, verflüchtigte sich.

Gemeinsam machten wir uns durch die Dämmerung auf den Weg nach Hause. Die meiste Zeit schwiegen wir, doch dann fiel mir wieder ein, was ihre Freundin am Nachmittag gesagt hatte.

Ich holte tief Luft. »Kann ich dich was fragen?«

»Ja, klar.«

»Was hat Megan vorhin auf dem Parkplatz gemeint? Wegen Delilah.«

»Ach das.« Jenna lachte. »Eigentlich eine ziemlich blöde Geschichte. Megan und sie waren früher mal beste Freundinnen. Sie sind hier aufgewachsen und haben alles zusammen gemacht. Bis vor zwei Jahren, als Delilah zu den Cheerleaderinnen ging und dazugehören wollte. Weißt du, was ich meine? So zu den beliebten Kids und so. Und Megan wollte das eben nicht. Ist einfach nicht ihr Ding, im Mittelpunkt zu stehen. Sie haben sich halt auseinandergelebt. Und dann kam Grayson Johnson.« Sie grinste mich breit an. »Hast du schon von ihm gehört? Er ist der absolute Mädchenschwarm. Natürlich Footballspieler und unglaublich süß, wenn man auf so etwas steht. Es ist noch gar nicht so lange her, da ist er mit seiner Familie hierhergezogen, um seinen Schulabschluss zu machen, er wohnt hier sogar in der Nähe und Megan war seine Patin. Sie sollte ihn einfach ein bisschen an der Schule rumführen und so. Aber einer wie er hat das natürlich nicht nötig. Hat Megan einfach stehen lassen. Delilah hat sie deswegen fürchterlich aufgezogen, bis Megan auf sie losgegangen ist. Seitdem sind sie so was wie Todfeindinnen.«

Jetzt lachten wir beide. Ich stellte mir ein wildes Schlammcatchen im Bikini vor und hoffte, dass Megan meine Adoptivschwester ordentlich fertiggemacht hatte.

»In welche Klasse geht dieser Grayson?«

»Er ist in der gleichen Stufe wie wir. Hat aber, glaube ich, ein Jahr wiederholt. Ich weiß aber nicht, warum«, sagte Jenna. »Wie ist es eigentlich, mit Delilah zusammenzuleben?«

Ihr Themenwechsel überraschte mich so, dass ich einfach drauflosrede.

»Es geht so. Ich habe schon gemerkt, dass Delilah nicht sehr freundlich ist. Trotzdem hat sie nichts über mich rumerzählt, oder?«

Ich stockte. Das war mir jetzt einfach rausgerutscht. Ich konnte Jennas neugierigen Blick spüren, aber sie sagte nichts dazu. Wie angenehm es mit ihr war. So leicht. Jetzt war ich es, die schnell das Thema wechseln wollte.

»Bist du nicht hier aufgewachsen? Das klang nämlich gerade so.«

Sie nickte. »Ich bin vor einer Weile mit meiner Tante hergezogen. Ungefähr zur gleichen Zeit wie Grayson. Zum Glück. So hat mich immerhin keiner wahrgenommen, weil sich alles nur um ihn gedreht hat.«

Das konnte ich ihr nicht wirklich glauben. Jemanden wie Jenna konnte man nicht übersehen. So hübsch und groß wie sie war. Aber

Grayson hatte ich ja schließlich auch noch nicht gesehen. Ich zweifelte aber irgendwie daran, dass er mich beeindrucken würde.

»Ziemlich viele Neuzugänge für so eine kleine Stadt, oder?«

»Das meinte Megan heute auch. Ich komme aus einer Großstadt und war auf einer riesigen Highschool. Da war es nichts Besonderes, dass ständig jemand kam oder ging. Aber vermutlich ist es schon ungewöhnlich. Wir sind da.«

Jetzt erst bemerkte ich, dass wir direkt vor unserem Haus standen. Ich musste wirklich mehr auf meine Umgebung achten.

»Also bis morgen dann.«

Jenna kam auf mich zu und umarmte mich. Ich wollte mich bei ihr bedanken, aber die Umarmung brachte mich durcheinander. Wie gut es tat, umarmt zu werden und Zuneigung zu spüren.

Ich fühlte wieder eine Wärme in mir aufsteigen, die nichts mit den noch sommerlichen Temperaturen zu tun hatte und schloss die Augen. Und in diesem Moment hasste ich ihn mehr denn je. All das hatte er mir genommen und mein Leben acht Jahre lang zur Hölle gemacht. Die Jahre nach meiner Flucht waren ebenfalls kein Zuckerschlecken gewesen, die Therapien und Gespräche, in denen ich alles noch einmal hatte durchleben müssen, waren beinahe so schlimm gewesen wie die Tat selbst.

Und doch stand ich hier, war frei und am Leben, ich hatte es geschafft und nichts und niemand würde mir diese zweite Chance kaputtmachen. Auch nicht Delilah! Ich würde sie weitestgehend ignorieren und mich sonst von ihr fernhalten. Ich wollte keinen Stress mehr in meinem Leben. Den versuchte ich hinter mir zu lassen, jetzt war ich an der Reihe mein Leben so zu gestalten, wie ich es wollte.

Abends im Bett, als nur noch die Leselampe brannte und ich mein Stimmungstagebuch schrieb, kehrten meine Gedanken zu Jenna zurück.

Ob sie mich jetzt für verrückt hielt? Bestimmt. Besonders normal hatte ich mich schließlich nicht verhalten. So ein Zusammenbruch musste doch seltsam auf sie gewirkt haben. Aber trotzdem war sie nicht von meiner Seite gewichen, hatte mich nach Hause begleitet und sogar mit mir gelacht. Ich hoffte sehr, dass dieses Mädchen meine Freundin werden würde. Aber ich war nicht so gut in Mädchenfreundschaften und wenn ich ehrlich war, kam ich generell nicht besonders gut mit Gleichaltrigen zurecht. In der Psychiatrie hatte ich keine Freunde gehabt. Nur welche, mit denen ich ab und zu mal Karten gespielt hatte.

Ich war dementsprechend unerfahren auf dem Gebiet und stellte mich sicherlich nicht gerade geschickt an, bei dem Versuch Freunde zu finden. Ich seufzte. Es war schön, jemanden zum Reden und Lachen zu haben und ich wusste, dass ein Teil von mir sich danach sehnte, Freundschaften zu schließen. Der Teil, der nie Liebe und Zuneigung erfahren hatte.

Während ich versuchte einzuschlafen, kreisten meine Gedanken um Megan und Jenna. Meine vielleicht Freunde. Das Erlebnis am Strand hatte ich so gut wie vergessen und das verdankte ich nur Jenna.

Ich freute mich sehr drauf, sie wieder in der Schule zu sehen.

KAPITEL 4

Uranos - Himmel in Göttergestalt, erster Herrscher über die
Welt, Erstgeborener der Gaia

Am nächsten Morgen war ich spät dran, da ich vergessen hatte,
meinen Wecker zu stellen. Ich war müde und die Panikattacke von
gestern steckte mir noch in den Knochen. Außerdem hatte mich in
der Nacht ein altbekannter Albtraum geplagt und ich war schweißgebadet aus dem Schlaf erwacht. Delilah war auch nicht besonders
hilfreich, sie wartete ungeduldig an der Haustür und tippte nervtö-
tend mit der Schuhspitze auf den Boden, während ich meine Jacke
anzog. Was für eine furchtbare Person.

Als wir im Auto saßen und außer Hörweite ihrer Eltern waren,
sagte sie: »Das nächste Mal, wenn du so spät bist, lass ich dich einfach stehen. Dann kannst du schauen, wie du zur Schule kommst.
Hörst du?«

»Mach nur. Aber ich glaube, deine Eltern wären darüber nicht
so begeistert.«

»Drohst du mir?«, fragte sie ungläubig.

»Du drohst doch mir, Delilah. Glaub bloß nicht, dass ich mich
einschüchtern lasse«, fauchte ich.

Meine guten Vorsätze, sie einfach nicht zu beachten, waren schwerer einzuhalten als gedacht.

Ich biss die Zähne zusammen und gab mein Bestes, meine Emotionen im Zaum zu halten. Zwar ließ ich mich von ihr nicht fer-

tigmachen, aber sie machte mich wütend. Ich knirschte mit den Zähnen, um ihr nicht noch einen patzigen Spruch an den Kopf zu knallen. Plötzlich wehte ein heftiger Windstoß durch das offene Autofenster und brachte Delilahs Frisur durcheinander.

Sie schaute mich böse an, als wäre es meine Schuld, sagte aber zum Glück nichts mehr. Ich war mir dennoch nicht sicher, ob das Thema schon erledigt war. Delilah war sicher kein Mädchen, das so was auf sich sitzen lassen würde. Sie plante wahrscheinlich schon ihre Rache und leider musste ich eingestehen, dass ich mich auch nicht sehr viel netter verhielt.

Jenna und Megan waren derselben Meinung, nachdem ich ihnen in Mathe davon erzählte. Megan schien sich allerdings mehr über unsere Auseinandersetzung zu freuen, als sich Sorgen um mich zu machen.

»Endlich jemand, der ihr die Stirn bietet. Delilah hat es dringend nötig, dass sie mal in ihre Schranken gewiesen wird. Danke, Clara. Du hast ja keine Ahnung, was für eine Genugtuung du mir damit verschaffst.«

Beim Reden flogen ihre Hände wild durch die Luft und sie unterstrich jedes Wort mit einer Geste, dabei hüpften ihre Locken auf und ab und sie grinste uns breit an. Jenna zuckte nur mit den Schultern, als ich sie verblüfft anschaute, als wollte sie sagen: Tja, so ist sie halt.

»Versprich mir, dass du ihr eine verpasst, wenn sie dich wieder dumm anmacht. Also verbal meine ich. Natürlich. Du sollst sie ja nicht schlagen. Was macht ihr eigentlich am Wochenende? Meine Eltern schleppen mich wieder zu so einem Guru in die Berge, damit wir unsere Seelen von den Strahlungen reinigen können oder so. Nach dem letzten Mal hatte ich fast eine Woche Verstopfung, hoffentlich passiert das nicht wieder. Das ist echt nervig, kann ich euch sagen. Also nicht die Verstopfung, sondern das Wochenende irgendwo in der Pampa des Tillamook State Forest. Obwohl die Verstopfung auch nervig war.«

Ich hatte Schwierigkeiten Megans abrupten Gedankensprüngen zu folgen, doch da sie keine Antwort von uns zu erwarteten schien, ließ ich sie weiterreden und meine Gedanken wanderten zu dem seltsamen Ereignis von gestern Nachmittag. Ob da wirklich jemand gewesen war, der mich berührt hatte? Beinahe fühlte ich wieder die Hände auf mir. Es schüttelte mich am ganzen Körper und nur mit Mühe schaffte ich es, nicht die Arme um mich zu schlingen und mich nervös umzusehen. Einerseits hoffte ich, sie mir nur eingebildet zu haben, aber auf der anderen Seite hätte es mir Angst gemacht, wenn meine Fantasie mir so lebhafte Streiche spielen konnte.

»Alles in Ordnung, Clara?«.

Jenna berührte mich sanft am Oberarm und ich zuckte erschrocken zusammen. Ohne es gemerkt zu haben, war meine Hand zu meiner Wange gewandert und hatte die Stelle betastet, an der ich gestern vermeintlich eine Berührung gefühlt hatte.

»Ja, alles gut«, versicherte ich ihr leise, vermied es aber in ihre Augen zu schauen.

»Kommt, wir müssen uns beeilen, sonst kommen wir zu spät zu Mister Vernon.«

In den folgenden Tagen hielt ich möglichst viel Abstand zu Delilah und verbrachte die Mittagspausen mit Jenna und Megan. Mein Wunsch schien sich zu erfüllen, denn die beiden ließen sich von meinem oft sehr verschlossenen Verhalten nicht abschrecken und setzten sich im Unterricht immer an die Tische neben mir. Während Megan meistens die Alleinunterhalterin spielte und von ihrer verrückten, alternativen Familie erzählte, lächelten Jenna und ich uns, über den Tisch in der Cafeteria hinweg, an. Zu ihr fühlte ich eine besondere Bindung und war, wegen ihrer ruhigen und einfühlsamen Art, gerne in ihrer Nähe. Manchmal verspürte ich den

Wunsch, mich ihr anzuvertrauen, doch dann plagten mich die Zweifel, ob ich sie damit verschrecken würde. Auch vom Meer hielt ich mich fern, denn den Montagnachmittag hatte ich noch nicht ganz verarbeitet und konnte auf weitere Anfälle gut verzichten.

Ich lernte, las, traf mich hin und wieder mit Megan und Jenna in der Eisdiele im Städtchen und verbrachte ungewöhnlich viel Zeit mit Dan im Garten. Er war richtig naturbegeistert und pflegte im Garten, hinter unserem Haus, besondere Blumenarten und hatte sogar ein kleines Gewächshaus, in dem er gerade versuchte Tomaten und Radieschen zu ziehen. Er brauche das als Ausgleich zu seiner Arbeit im Krankenhaus, erzählte er mir, als wir Setzlinge umtopften und bewässerten. Die Luft im Gewächshaus war feucht und meine Haare klebten mir im Gesicht, aber die Arbeit mit den Pflanzen machte mir Spaß. Ich war überrascht, wie gut ich mit Dan zurechtkam, obwohl ich mich manchmal noch unwohl fühlte, wenn ich ihm den Rücken zukehrte und nicht sehen konnte, was er hinter mir machte.

Mein Leben wäre also vollkommen ruhig gewesen und Delilah hätte mich vermutlich für den Rest meines Lebens in Frieden gelassen, wenn da nicht Grayson Johnson gewesen wäre.

Ich begegnete dem gutaussehenden Footballspieler am Mittwochnachmittag, gut eine Woche nach dem Tag am Strand, vor der kleinen Eisdiele am Eck. Er rannte praktisch in mich hinein und zerquetschte meine Kugel Himbeereis zwischen uns.

Ich blickte von dem rosaroten Fleck auf seinem Shirt hoch in sein Gesicht. Ich war mir nicht ganz sicher, ob ich mich entschuldigen oder ihm doch lieber etwas Unflätiges an den Kopf werfen wollte. Doch da fing er an zu lachen und die Fältchen, die sich um seine Augen bildeten, waren einfach zu sympathisch, als dass ich ihm wirklich böse sein konnte.

»Wow, tut mir leid! Da war ich wohl etwas zu schnell unterwegs, hab dich einfach übersehen.«

Seine Stimme war tief und angenehm. Irgendwie wusste ich sofort, dass der Typ vor mir nur Grayson Johnson sein konnte und musste im Stillen zugeben, dass er wirklich gut aussah, mit seinen blonden Haaren und den nussbraunen Augen, die mich jetzt belustigt anfunkelten. Vermutlich hätte ich Herzklopfen bekommen müssen, wie die anderen Mädchen, aber in mir rührte sich nichts.

Natürlich fand ich ihn attraktiv, schließlich war ich nicht blind, aber das war auch schon alles. Er machte mich nicht nervös und kichern, wie andere Mädchen es in der Nähe von gutaussehenden Jungs taten, wollte ich schon zweimal nicht. Ich war nur froh darüber, dass der Körperkontakt zwischen uns nicht länger als ein paar Sekunden gedauert hatte. Also lächelte ich ihn einfach nur an und trat zur Seite, um ihm den Weg frei zu machen.

»Du kannst mir ja ein neues kaufen, Flash«, sagte ich betont fröhlich und hoffte, dass er die Comic Anspielung verstand.

Er grinste nur, machte aber keine Anstalten sich zu bewegen.

»Bist du nicht Lilas Adoptivschwester?«, fragte er stattdessen.

Oh, also hatte Delilah doch geredet. Plötzlich war ich gar nicht mehr so erpicht auf das Eis und wollte nur noch verschwinden. Ich war schon fast die Stufen runtergesprungen, da stellte er sich mir in den Weg und lehnte sich an die Hauswand.

»He, wo willst du denn hin? Ich schulde dir doch ein Eis.« Er grinste immer noch.

Ich zögerte, entweder wollte er sich über mich lustig machen oder er meinte es ernst. Wenn ich in etwas noch schlechter war, als in Mädchenfreundschaften, dann darin Männer zu durchschauen. Ich hielt sie lieber auf Abstand, doch vielleicht sollte ich bei Grayson eine Ausnahme machen. Womöglich war es an der Zeit, meine Aversionen seiner Spezies gegenüber zu überwinden. Aber vielleicht auch nicht. Nach dem was Jenna und Megan mir über ihn erzählt hatten, schien er nicht das richtige Exemplar für meinen

Versuch zu sein. Ich merkte, dass ich schon wieder alles ins Unendliche durchdachte und er immer noch auf eine Antwort wartete.

Bevor ich mir jedoch eine passende Antwort überlegen konnte, wurde hinter uns die Tür geöffnet und Delilahs Stimme nahm mir die Entscheidung ab.

»Grayson Darling, wo bleibst du denn, wir warten schon auf dich!«

»Sorry, komme gleich«, sagte Grayson, ohne dabei den Blick von mir abzuwenden. »Wie sieht's aus? Willst du mit reinkommen? Ich lade dich ein, Iris.«

Er zwinkerte mir zu. Wow, er hatte meine Anspielung wohl wirklich verstanden. Ich überlegte gerade noch, ob ein Eis mit ihm so schlimm sein würde, da funkte Delilah dazwischen.

»Ich glaube nicht, dass Clara für uns Zeit hat. Sie wollte gerade nach Hause gehen. Nicht wahr, Schwesterchen?«

Oh, wie gern hätte ich ihr jetzt den Rest von meinem Eis ins Gesicht geschmiert. Stattdessen schenkte ich ihr einfach keine Aufmerksamkeit und lächelte Grayson an.

»Ein andermal vielleicht, aber ich muss jetzt wirklich gehen. Bye.« Auf einen Nachmittag mit Delilah verzichtete ich lieber. Die letzten Tage waren einfach zu entspannt und ruhig gewesen, als dass ich jetzt einen Streit mit ihr provozieren wollte. Ich schob mich an Grayson vorbei, wobei ich darauf achtete, ihn nicht wieder zu berühren und sah wie Delilah sich bei ihm unterhakte.

»Komm jetzt, mit der müssen wir uns nicht abgeben.«

Sie hatte es leise gesagt und in Grayson Richtung, aber ich hatte es trotzdem gehört. Und da tat ich es. Ich dachte nicht weiter nach, sondern reagierte einfach nur, wie auf Autopilot. Später fragte ich mich, was mich in diesem Augenblick geritten hatte, aber in dem Moment war mir alles egal. Mit großen Schritten ging ich zurück, auf Delilah zu, und ohne ein Wort zu sagen hob ich die linke Hand, mit der ich immer noch die halb leere Waffel umklammerte. Sie

schaute mich mit großen Augen an, als ich die Waffel seitlich an
ihrem Kopf zerdrückte. Sie konnte wohl selbst nicht glauben, dass
ich ihr die pinke Masse im Haar verteilte, sonst hätte sie sich bestimmt gewehrt. So aber blieb sie stocksteif stehen. Die Zeit schien
zu gefrieren und es war als würde die Welt selbst den Atem anhalten.

Bis Delilah anfing zu schreien. Die Erde bewegte sich wieder,
spulte vor und mir stellten sich die Härchen am Arm auf. Delilah
hatte Grayson losgelassen und tobte. Wütend schrie sie mich an
und gestikulierte heftig in meine Richtung. Ich nahm sie nur unscharf wahr und blinzelte ein paar Mal.

Oh mein Gott, hatte ich das gerade wirklich getan? Entsetzen
machte sich in mir breit und ich war kurz davor mich zu entschuldigen, doch da sah ich Grayson aus dem Augenwinkel grinsen. In
mir stieg ein hysterisches Kichern empor und drohte als Lachan-
fall aus mir herauszublubbern.

Rasch wand ich mich ab und verbarg mein Gesicht hinter meinen Haaren. Ich schluckte das Lachen runter, mit einem letzten
Blick auf Grayson, der neben seiner tobenden Freundin stand,
drehte ich mich um und ging. Sollte er sich doch um sie kümmern.
Ich hatte genug, genug von ihr, von ihrer zickigen Art und genug
von diesem Nachmittag.

Das Lachen war mir wieder vergangen, es ärgerte mich, dass ich
mich von ihr hatte so provozieren lassen. So kannte ich mich gar
nicht. Nicht, dass sie es nicht verdient hatte, aber es würde unangenehme Konsequenzen haben, dessen war ich mir sicher. Den
Ärger war es eigentlich nicht wert, sie war es nicht wert.

Seufzend trat ich gegen eine leere Dose auf dem Bürgersteig
und überlegte, wie ich aus diesem Schlamassel rauskommen sollte.
Sie würde es bestimmt unseren Eltern erzählen und es würde an
ein Wunder grenzen, wenn sie mich nicht zurück in die Psychiatrie
schickten. Ich hatte es verbockt, hatte mich nicht zusammenreißen
können. Niemand anderem als mir konnte ich die Schuld geben.

Delilah war eine egoistische Tussi, aber die Beherrschung hatte ich ganz alleine verloren. Was war nur los mit mir?

Der Abend konnte nur ein Albtraum werden! Den ganzen Weg nach Hause, den ich mittlerweile gut kannte, machte ich mir abwechselnd Vorwürfe, war enttäuscht und stocksauer auf Delilah und Grayson. Und auf mich!

Bis zum Abendessen saß ich in meinem Zimmer und versuchte zu lesen, Schularbeiten zu erledigen oder die Kleider in meinem Schrank nach Farben zu sortieren, aber der Gedanke alles zu verlieren, schlich sich wie ein ungebetener Gast in meinen Kopf.

Unruhig lauschte ich den Geräuschen und Stimmen im Haus. Dan kam als erstes nach Hause und machte sich in der Küche zu schaffen, er kochte und kümmerte sich auch ansonsten um den Haushalt. Mom war die typische Businessfrau, immer top gestylt und ständig unterwegs.

Die Minuten schienen dahin zu kriechen und ich wurde immer nervöser. Ich behielt die Uhr auf meinem Nachttisch im Blick, so ein altmodischer Wecker der fürchterlichen Lärm am Morgen machte. Vintage, so nannte man das, nicht alt. Aber was wusste ich schon. Kurz vor Sieben kam Delilah endlich nach Hause. Sie musste gar nichts sagen, allein die Art wie sie ihre Tür zudonnerte, verriet sie. Stocksteif saß ich auf meinem Bett und belauschte das Gespräch unten in der Küche. Ich löste die verkrampften Finger von der weichen Tagesdecke und stand leise auf, schlich zu meiner Zimmertür und öffnete sie einen spaltbreit, um die Worte besser zu verstehen. Einige Minuten verharrte ich und hörte einfach nur zu. Das Gespräch drehte sich natürlich um Delilah und um irgendeinen Ausflug, den sie für das Wochenende geplant hatte. Bisher hatte sie mich nicht verpetzt. Noch nicht!

»Sehr schön, Darling. Aber würde es dir viel ausmachen, deine Schwester mitzunehmen? Sie sitzt hier doch sonst so einsam rum.«

Verflucht! Das war Dan gewesen, ganz väterliche Fürsorge. Danke auch.

Jetzt war es nur eine Frage von Sekunden, bis Delilah die Bombe platzen ließ.

»Die ist nie und nimmer meine Schwester!«, fauchte Delilah böse und ich hörte, wie etwas in der Küche klappernd auf den Boden fiel.

Delilah schien sich zu fangen, denn dann sagte sie zuckersüß: »Es geht hier ja gar nicht um mich. Wenn ich das zu entscheiden hätte, würde ich sie natürlich mitnehmen, aber meine Freunde... Ach, die mögen sie nicht so gerne. Ich kann da gar nichts für. Wirklich.«

Wer's glaubt. Doch Mom und Dan schienen auf ihr feines Töchterchen reinzufallen.

»Ach Liebling, versuch es doch mal. Bestimmt haben deine Freundinnen nichts dagegen«, sagte Mom sanft.

Damit war das Thema für sie wohl beendet, denn sie verließ die Küche und verschwand im Bad.

Doch Delilah hatte dazu sehr wohl noch etwas zu sagen. Natürlich.

»Ach Daddylein, was soll ich denn machen? Sie ist einfach komisch, Demi und Bea würden niemals zulassen, dass sie mitkommt. Kannst du nicht mit Mom reden. Bitte?«

Ich sah ihre Schmollschnute bildlich vor mir und schnaubte - was für eine hinterhältige Person.

Beinahe wünschte ich mir, eine andere Familie gefunden zu haben, ohne eine Delilah, aber um Brenda und auch um Dan würde es mir leidtun.

Als Dan zum Abendessen rief, konnte ich meine Nervosität kaum verbergen und wollte mich am liebsten in meinem Bett verkriechen, aber gleichzeitig wollte ich Delilah den Triumph nicht gönnen, also setzte ich ein freundliches Lächeln auf und verließ mein Zimmer.

Das Abendessen verlief ruhig, fast harmonisch, doch ich konnte die bösen Blicke auf mir spüren und wagte es nicht ihr in die Augen zu schauen.

Wir schafften es bis zum Nachtisch, Schokoladenpudding mit Kirschen, da kam es wie es kommen musste:

Mom sagte: »Delilah, Schätzchen, wolltest du deine Schwester nicht noch etwas fragen?!«

Delilah fiel fast vom Stuhl und riss die Augen auf. »Mooom!«, rief sie vorwurfsvoll. Ich wäre am liebsten im Erdboden versunken und spürte, wie ich rot wurde.

Jetzt. Jetzt würde sie ihnen von meiner Aktion vor der Eisdiele erzählen, ich war mir sicher. Meine Fingernägel bohrten sich in meine Handflächen und ich hielt die Luft an.

»Ich kann sie nicht mitnehmen. Wir wollen unter uns bleiben.« Trotz des Seitenhiebs schaffte sie es unschuldig drein zu schauen.

»Du wirst deine Freunde schon umstimmen können.«

»Außerdem ist das Auto voll...«

Mom unterbrach sie mit einer unwirschen Handbewegung. »Dann fahrt ihr eben mit einem Auto mehr. Das wird kein Problem sein!« In ihrer Stimme schwang Missmut mit.

»Aber das ist ein Privatstrand. Ich kann nicht einfach alle möglichen Leute mitnehmen, das...«

»ES REICHT, DELILAH! Entweder du nimmst sie mit oder du bleibst daheim. Ende der Diskussion.«

Entschlossen legte sie das Besteck zur Seite und wollte aufstehen. Doch jetzt meldete ich mich zu Wort. Keiner hatte mich gefragt, was ich eigentlich davon hielt. Aber dann hatte Delilah erwähnt, dass es wohl ans Meer gehen würde und da wollte ich auf gar keinen Fall hin. Unter keinen Umständen, absolut nicht.

»Ist schon in Ordnung, ich muss da wirklich nicht mit. Ich habe genug Hausaufgaben zu machen und Dan wollte mit mir ein neues Beet anlegen.«

Bitte, bitte, hör auf, darauf zu bestehen, Brenda, flehte ich in Gedanken.

»Siehst du? Sie will gar nicht mit. Wir können sie ja nicht zwingen«, säuselte Delilah sanft und griff nach ihrem Glas. Sie lächelte und schien zufrieden.

Doch Mom hatte endgültig genug: »Ich gehe jetzt zu Bett, ich hatte einen anstrengenden Tag. Ihr zwei habt gehört, was ich gesagt habe und ich erwarte, dass ihr euch daran haltet. Jetzt helft eurem Vater in der Küche. DELILAH, ich dulde keine Widerworte!«

Ihre Tochter war aufgesprungen, das hübsche Gesicht zu einer wütenden Grimasse verzogen. Jetzt wurde sie rot und schien fast zu platzen. Statt ihrer Mutter wütende Worte entgegenzuschleudern, fing sie an die Teller zusammen zu tragen, um sie dann schwungvoll in die Spülmaschine zu räumen, danach pfefferte sie die Servietten in den Mülleimer und rauschte aus der Küche. Wir hatten sie schweigend und in Moms Fall, verblüfft angestarrt. Die seufzte nun.

»War ich zu hart mit ihr? Sollte ich besser nach ihr sehen, bevor sie wieder einen...«, sie unterbrach sich und warf mir einen merkwürdigen Blick zu.

»Ich denke, sie wird schon zurechtkommen. Ich sehe später nach ihr. Leg dich ruhig hin, Schatz«, sagte Dan und ging um den Tisch herum auf sie zu. Als er sie sanft in die Arme schloss, schaute ich verlegen weg. Leise machte ich mich daran die Töpfe und den Rest der Küche aufzuräumen.

»Schon in Ordnung, Clara. Ich mach den Rest, geh nur«, meinte Dan, der von hinten an mich herangetreten war und mir jetzt eine Hand auf die Schulter legte. Ich zuckte zurück und duckte mich unter seiner Berührung weg. Bereute es aber sofort, als ich Dans enttäuschten Blick auffing. Er verstand, dass ich mich nicht gern anfassen ließ, aber meine unbeabsichtigte Ablehnung schien ihn zu verletzen.

»Es macht mir nichts aus, Dan«, murmelte ich und schaute auf den Boden.

Er atmete hörbar aus und zwang sich dann zu einem Lächeln.

»Gib mir mal das Geschirrtuch, dann schaffen wir es schneller.«

Schweigend machten wir den Abwasch. Hin und wieder war das Klirren von Besteck zu hören, das Dan in einer Schublade verstaute. Danach setzte ich mich zu ihm ins Wohnzimmer, es lief ein Baseballspiel im Fernsehen, das ich nur halb verfolgte. Aber alleine in meinem Zimmer zu sitzen und zu grübeln, wäre noch schlimmer gewesen.

Meine Gedanken kreisten um Delilah. Sie war eine fürchterlich eingebildete Göre und lügen konnte sie wie gedruckt. Ihre Eltern ließen sich von ihr um den Finger wickeln, ohne zu merken, dass sie veräppelt wurden. Sie konnten einem beinahe leidtun.

Erschrocken fuhr ich zusammen als ich bemerkte, dass ich Dan und Mom zweimal ihre Eltern genannt hatte und nicht unsere.

Was für ein furchtbarer Tag, dachte ich und war plötzlich todmüde. Ich wünschte Dan eine gute Nacht als ich vom Sofa aufstand und schlich in mein Zimmer. Zum Glück war Delilahs Tür schon zu, für eine Konfrontation mit ihr, hatte ich einfach keine Kraft mehr.

Ich schaffte es noch meine Zähne zu putzen und den Wecker zu stellen, da fiel ich auch schon müde ins Bett und schlief sofort ein.

KAPITEL 5

Gaia - personifizierte Erde und eine der ersten Gottheiten,
Ehefrau und Mutter des Pontos, mit dem sie Nereus gebar und
Mutter des Okeanos

Drohend hob er die Hand. Im Licht blitzte das blanke Metall der Schere auf, die er fest gepackt hielt und ich drängte mich zurück in die Ecke. Gestern hatte er die Heizung abgedreht, um mich zu bestrafen und ich fror in den dünnen Kleidern, die ich trug.

»Was habe ich dir gesagt, Kind? Du hörst auf mich oder du wirst es bereuen.«

Ein panischer Laut, einem Winseln gleich, drang über meine Lippen und ich schlug mir erschrocken die Hand vor den Mund. Er hasste Schwäche. Er verachtete sie beinahe noch mehr als Dummheit und da ich gerade nicht nur dumm gewesen war, sondern jetzt auch noch Angst gezeigt hatte, würde er mich seinen Zorn darüber spüren lassen. Ich hob die Hände über meinen Kopf und drückte mich noch fester gegen die Wand in meinem Rücken. Jedes Mal hoffte ich, dass sie mich verschlucken würde, doch nie hatte ich dieses Glück. Er trat näher, ich wimmerte wieder und mit einem Schrei schreckte ich hoch. Ich riss die Augen auf, doch es war stockdunkel. Mein Herz klopfte hart gegen meine Rippen und ich tastete nach der Lampe auf dem Nachttisch. Als das Licht den Raum flutete, atmete ich erleichtert auf.

»Rockaway Beach«, sagte ich laut. »Du bist in Rockaway Beach, Clara.«

Um mich davon zu überzeugen, dass ich wach war, kniff ich mich in den Oberarm. Es tat schrecklich weh, aber es bewies mir, dass ich in Sicherheit war. Ein Blick auf den Wecker verriet mir, dass es erst fünf Uhr morgens war, aber nach dem Albtraum war an Schlaf nicht mehr zu denken. Ich schaltete zusätzlich die Deckenlampe ein und holte mein Notizbuch aus dem Kleiderschrank, wo ich es, in einen Schal eingewickelt, versteckt hatte. Am Anfang fiel es mir immer schwer, meine Gefühle aufzuschreiben und jetzt war es besonders schlimm. Meine Hand zitterte, als ich die Wörter mit dem Kugelschreiber zu Papier brachte und den Traum Revue passieren ließ. Danach wickelte ich das Buch wieder in den Schal und verstaute es im Kleiderschrank. Sobald das Licht erloschen war und sich die Dunkelheit ausbreitete, fing mein Herz erneut an, vor Angst zu rasen. Ich akzeptierte, dass ich heute Nacht keinen Schlaf mehr finden würde und genehmigte mir stattdessen ein heißes Schaumbad, das meine verkrampften Muskeln entspannte und mich beruhigte.

Obwohl ich pünktlich vor der Tür stand, war Delilah schon weggefahren und hatte mich zurückgelassen. Sie hatte vorher angeboten, den Müll rauszubringen. Eigentlich hätte mir klar sein müssen, dass das nur ein Vorwand gewesen war, um vor mir aus dem Haus zu kommen.

Ich war wütend, auf sie, auf mich, auf Mom. Aber vor allem auf mich. Mom war schon aus dem Haus und Dan schlief noch, da er Spätschicht im Krankenhaus hatte.

Mir blieben also nur zwei Optionen, laufen oder mit dem Fahrrad fahren, doch egal wie ich mich entschied, ich würde zu spät kommen. Vielleicht sollte ich mit dem Fahrrad in die Stadt fahren und versuchen von dort den nächsten Bus zu erwischen. Doch der heutige Tag sollte wohl noch schlimmer werden als der gestrige. Als ich den Drahtesel aus der Garage holte, bemerkte ich den platten Hinterreifen und stöhnte vor Frustration laut auf.

Also doch laufen. Genervt schulterte ich meine Tasche, steckte meine Haare noch mal mit der Haarnadel fest und stapfte los, den Weg kannte ich ja mittlerweile.

Mit jedem Schritt wurde ich wütender. Delilah konnte sich was anhören nachher. Vielleicht würde ich ihr mein Mittagessen überkippen, dann fühlte ich mich bestimmt besser, aber auch schlechter. Oder ich ließ es einfach auf sich beruhen und hoffte, dass wir nun quitt waren.

Leider befürchtete ich, dass sie noch nicht mit mir fertig war. Ich schaute auf die Uhr und stöhnte genervt auf. Wenn jetzt nicht gleich ein Wunder geschah, war ich echt aufgeschmissen. Eigentlich war es ein herrlich warmer Spätsommertag. Die Sonne hing lachend am wolkenlosen Himmel, das helle Blau wurde nur von feinen weißen Flugzeuglinien unterbrochen und es roch nach frisch gemähtem Gras. Jedoch konnte nichts davon meine Stimmung heben und so ging ich blind für diese Schönheit die Straße entlang, als neben mir ein großes Auto langsamer wurde. Ein Monstrum von einem Geländewagen. Durch die getönten Scheiben konnte ich den Fahrer nicht erkennen und bekam Herzklopfen. Irgendetwas rüttelte an einer Erinnerung, die tief in mir vergraben war. Ich hatte ein Déjà-Vu, ohne zu wissen, woher es kam.

Ich war kurz davor loszurennen und das Weite zu suchen, als sich die Fensterscheibe senkte. Eine Gestalt lehnte sich über den Beifahrersitz und schaute durch das offene Fenster. Ich wich zurück, brachte Abstand zwischen mich und das Gefährt und versuchte gleichzeitig das Gesicht zu erkennen.

»Hey, guten Morgen, Iris.«

Ich kannte diese Stimme und atmete beruhigt aus. Grayson. Nur Grayson. Erleichterung machte sich in mir breit und fast hätte ich über meine eigene Angst gelacht.

»Hi, Flash«, gab ich atemlos zurück. Meine Hände zitterten leicht und ich schob sie in die Jackentaschen. Ich wollte nicht, dass er sah, wie nervös mich sein Auftauchen gemacht hatte.

»Wieso läufst du?«, fragte er erstaunt.

Das Gefühl von Erleichterung wich jäh der Wut, die ich seit dem Moment verspürte, als Delilah mich versetzt hatte.

»Ach, weil die Luft so gut ist und ich keine Lust auf Mathe habe«, gab ich patzig zurück. Wenn er mich jetzt auch noch nerven wollte, würde er meinen ganzen Ärger abbekommen.

»Hey, kein Grund gleich so zickig zu sein.«

Ich sah ihm in die Augen und schämte mich. Was war nur los mit mir? Seit ich in Rockaway Beach angekommen war, stimmte etwas nicht mit mir. Ständig war ich jähzornig oder genervt und hatte diese innere Unruhe in mir, die sich einfach nicht verdrängen ließ.

»Es tut mir leid!«, gab ich zerknirscht zurück, »Delilah hat mich heute Morgen stehen lassen und jetzt werde ich zu spät zur Schule kommen. Ich bin einfach nicht gut drauf.«

Grayson fing an zu lachen. »Delilah hat dich stehen lassen? Oh man, sie ist echt sauer auf dich.«

Ja, ja, sehr witzig. Ich hatte keine Lust darauf, dass er sich über mich lustig machte und lief weiter.

Doch er ließ sich nicht abschütteln und fuhr im Schritttempo neben mir her.

»Was zur Hölle wird das? Fahr doch einfach weiter, ich komm schon klar«, knurrte ich. Wirklich, mit mir war echt nichts anzufangen, so wie ich mich verhielt.

»Bist du immer so zickig?«, war seine einzige Reaktion und die brachte mich fast zur Weißglut.

»Hör mal, wenn du nur jemanden suchst, um dich über ihn lustig zu machen, kannst du dich gleich wieder...«

Er unterbrach mich: »Du spinnst ja. Ich mach mich nicht lustig, ich wollte dich fragen, ob ich dich mitnehmen soll, aber jetzt bin ich mir nicht mehr so sicher, ob ich dich im Auto haben will. Außer du hast einen Maulkorb, den ich dir umschnallen kann.«

»Ja«, rief ich. »Ich spinne. Und jetzt fahr endlich.«

Ich stampfte doch tatsächlich mit dem Fuß auf. Aber es zeigte Wirkung. Der Wagen fuhr mit einem Ruck an und verschwand hinter der nächsten Kurve.

Dumm, dumm, dumm, dumm, schimpfte ich mich selbst. Irgendwie mussten diese Stimmungsschwankungen doch in den Griff zu bekommen sein, bevor sie mich meine ganzen Nerven und potenzielle Freunde kosteten.

Am liebsten wäre ich zurück in mein Bett gerochen oder ganz von hier verschwunden. Eine Woche war ich jetzt hier und alle hatten sich gegen mich verschworen. Wie ich meine Leben gerade hasste.

Erschrocken blieb ich stehen. Graysons Wagen war hinter der Kurve geparkt und die Beifahrertür stand offen.

»Steig doch jetzt einfach ein. Ich nehme dich mit, wir müssen nicht mal reden. Aber ich kann doch nicht zulassen, dass du Mathe verpasst«, hörte ich seine Stimme aus dem Inneren des Wagens. Erleichtert stellte ich fest, dass er amüsiert klang.

Ich zögerte. Nicht etwa, weil ich lieber gelaufen wäre, sondern weil es mir Angst machte in diesen großen, dunklen Wagen zu steigen.

Ich näherte mich der Tür und überlegte fieberhaft.

Dann gab ich mir einen Ruck und sagte mir, dass schon alles gut werden würde und dass nur Grayson sei. Mit ihm zu fahren war wirklich die bessere Option.

Ich kletterte auf den Sitz und verharrte mit der Hand am Türgriff. Ich musterte Grayson, versuchte abzuschätzen, was er von mir hielt. Doch er schaute einfach nur durch die Windschutzscheibe und ignorierte mich. Ich zog fest an der Tür und sie knallte mit einem lauten Geräusch ins Schloss.

»Hee, das ist kein Panzer, Clara«, schnaubte er und schaute mich jetzt doch an.

Ich ging nicht darauf ein. Ich war damit beschäftigt, die beklemmende Angst, in der Falle zu sitzen, zu unterdrücken. Ich wurde das Gefühl nicht los, mich selbst eingesperrt zu haben.

Mit fahrigen Fingern schnallte ich mich an und umklammerte mit der Hand den Türgriff, als würde mein Leben davon abhängen.

Grayson startete den Motor und mir lief ein Schauer über den Rücken.

Ruhig atmen, es ist alles okay, beschwor ich mich selbst.

Ein lautes Klicken verriet mir, dass die Zentralverriegelung geschalten hatte. Oh Gott! Ich saß in der Falle und war kurz davor in Tränen auszubrechen. Das Innere des Wagens kam mir plötzlich winzig klein und eng vor.

Ich versuchte die Melodie von ›Walk in the Sun‹ zu summen.

Oh Goooott. Ich schwitzte und merkte, wie mir die Luft wegblieb. Ich zwickte mich in die empfindliche Stelle zwischen Daumen und Zeigefinger, immer wieder, es half nichts. Mir wurde schlecht. Meine Skills wirkten nicht und an den Rest meiner Skills konnte ich mich gerade nicht erinnern.

Lass mich raus, lass mich raus, flehte ich im Stillen.

Oh Gott. »Lass mich raus!«, hauchte ich. »Bitte...«

Er schaute mich stirnrunzelnd von der Seite an, machte aber keine Anstalten den Wagen zu bremsen.

»LASS MICH RAUS!«, schrie ich jetzt panisch.

Ich riss an der Tür, aber das verdammte Ding ließ sich nicht öffnen. Heiße Tränen rannen mir über die Wangen und nahmen mir die Sicht. Wütend wischte ich sie weg und schnappte nach Luft. Dann schlug ich mit den Fäusten auf die Tür ein. Ich saß in der Falle. Der Sicherheitsgurt verkantete sich und ließ mir keinen Millimeter Spielraum.

»SCHEIßE!«, brüllte ich und versuchte hektisch mich abzuschnallen. Meine Finger zitterten so stark, dass ich immer wieder abrutschte. Ich saß in der Falle! Ich erstickte.

»Nein. Nein, NEIN. Lass. Mich. Raus.«

Ich verkrampfte mich auf meinem Sitz und spürte, dass ich der Ohnmacht nahe war. Wie war ich nur in diese Situation geraten. Wo war ich überhaupt? Was machte ich hier? Wie hatte ich ihm in die Falle gehen können?

Ich wurde ganz steif, heulte und keuchte. Ich zitterte am ganzen Körper. Was war hier los? Ich verstand gar nichts mehr und erinnerte mich auch an nichts mehr.

Mir entglitt vollkommen die Kontrolle. Warum saß ich in diesem Wagen. Warum standen wir mitten im Wald? Wir standen!

Neben mir wurde die Beifahrertür aufgerissen und eine Gestalt beugte sich über mich. ER war es. Ich hatte es gewusst. Er würde mich überall finden.

Ich schrie und schrie. Schlug um mich und krallte meine Hände in das nächstbeste, das ich von meinem Angreifer erwischen konnte.

Doch dieser ließ sich nicht von seinem Vorhaben abbringen. Er würde mich in den Wald verschleppen und mich dort umbringen. Oh ja. Ich wusste es. Spürte es mit jeder Faser meines Körpers.

Die großen Hände umfassten mich und zogen mich aus dem Wagen. Ich wand mich, trat nach ihm und kreischte wie am Spieß. Alles drehte sich. Mein Magen hob und senkte sich.

»Fuck!« Er war es. Ich hörte seine Stimme. Nur er konnte so reden. Er hatte mich gefunden. Aber wie? WIE?

»Clara! Mach die Augen auf. Verdammt. Was ist los? Clara!« Moment mal! Clara?

Ich riss die Augen auf. Blauer Himmel über mir, links und rechts Bäume. Dichter Wald. Sonnenstrahlen, die durch die Blätter fielen. Vogelgezwitscher. Keine Dunkelheit, keine nackte Betonwand. Kein Bügeleisen.

Erleichterung überkam mich und ich rollte mich zur Seite. Und dann erbrach ich mich auf den Waldboden.

Wir saßen mitten im Wald, schwänzten die Schule und schwiegen uns an. Über unseren Köpfen rauschte der Wind in den Wipfeln der Bäume, Vögel sangen ihre Lieder und das Sonnenlicht sickerte durch die grün belaubten Bäume. Ich war in Sicherheit.

Grayson hatte sich geweigert mich so in die Schule zu fahren, aber nach Hause wollte ich auch nicht.

Der harte, raue Stamm, den ich durch das T-Shirt an meinem Rücken fühlte und das Moos unter meinen Händen beruhigten mich. Brachten mich zurück in die Wirklichkeit.

Trotzdem war mir immer noch schwindelig und ich fühlte mich unwohl. Hier, alleine mit Grayson, der mich immer noch anstarrte.

»Willst du mir jetzt erzählen, was da gerade passiert ist?«, fragte er mich nicht zum ersten Mal.

Nein, wollte ich nicht. Aber auch das hatte ich ihm schon ein paar Mal gesagt. Er ließ nicht locker und mir war klar, dass ich ihm irgendwas erzählen musste. Ich ließ mir meine verstrubbelten Haare übers Gesicht fallen.

Natürlich konnte ich auch einfach aufstehen und gehen, aber ich war noch zu wackelig auf den Füßen und musste vorerst hier sitzen bleiben. Und wie es schien, würde auch Grayson bleiben, wo er war. Meine Hoffnung, dass er mich hier einfach alleine lassen würde, war zerplatzt, als er sich mir gegenübergesetzt hatte.

Ich starrte ihn böse an und hoffte, dass meine Blicke töten würden.

Laserstrahlen? Nein? Irgendwas anderes?

Er bewegte sich nicht von der Stelle, im Gegenteil. Er schien es sich gemütlich zu machen und schaute mich weiter unverwandt an.

Ich wusste nicht, was mir unangenehmer war, mein Anfall im Wagen, oder dass er mich so forschend anschaute.

Hilflos zuckte ich mit den Schultern und seufzte.

»Ich weiß nicht, was du hören willst. Es gibt nichts zu erzählen«, versuchte ich es.

Natürlich kaufte er mir das nicht ab und entgegnete: »Das eben war aber nicht nichts. Du warst total panisch. Du hast mir echt Angst gemacht.«

»Ich habe DIR Angst gemacht?«, rief ich empört.

»Natürlich. Du hast total geschrien und...«

»Schon gut!«, unterbrach ich ihn laut und hob eine Hand, um ihn zu unterbrechen.

»Schon gut«, murmelte ich wieder und ließ den Arm sinken.

Dann kratzte ich mich am Kopf und schaute hoch zu den Baumkronen über uns.

»Manchmal bekomme ich Platzangst, fühl mich irgendwie eingesperrt und reagier dann so heftig. Das war nichts Schlimmes, der Tag hat halt schon furchtbar angefangen. Stimmt eigentlich gar nicht. Angefangen hat es gestern Nachmittag vor der Eisdiele. Weißt du noch? Du hast mein Eis zerquetscht. Eigentlich bist du an all dem schuld. Ja, genau. Mit dir hat das ganze Schlamassel doch erst angefangen. Du... Du...!«

Mit geballten Fäusten war ich aufgesprungen, hatte mich in Rage geredet und starrte böse auf ihn hinab. Grayson schaute mich bloß verblüfft an. Gut, besser so. Ich packte meine Tasche und wollte weglaufen. Ob nach Hause oder zur Schule war mir egal. Hauptsache weg. Aber gleich darauf, verpuffte mein Zorn wieder.

Und mal wieder schämte ich mich mehr über mich selbst als über alle anderen. Kein Wunder, dass ich nie Freunde fand. Wenn ich immer so überheblich und exzentrisch reagierte, würde ich mich auch lieber von mir fernhalten.

Ob ich schon als Kleinkind so gewesen war, wusste ich nicht, aber wie sagt man so schön: Old habits die hard.

Vermutlich würde ich als einsame Frau mit sieben Katzen sterben.

Wie gern hätte ich mich jetzt entschuldigt, aber ich war zu beschämt, um mich noch mal umzudrehen, lieber lief ich weg.

Du Feigling, beschimpfte ich mich selbst, eigentlich war er nur nett zu dir. Wollte dich mit zur Schule nehmen und ist sogar dageblieben, als es dir schlecht ging.

Jetzt tat es mir leid, vielleicht war es ja noch nicht zu spät die Situation zu retten. Ich überwand meinen inneren Schweinehund und drehte mich abrupt um. Grayson stand jetzt neben seinem Wagen und funkelte mich wütend an.

»Spars dir. Mehr Beleidigungen brauch ich heute echt nicht«, sagte er kurz angebunden als ich auf ihn zukam.

Sein kalter Blick traf mich mitten ins Herz und ich schaute betreten zu Boden.

»Eigentlich wollte ich mich nur entschuldigen, weil ich mich blöd verhalten habe. Tut mir leid«, murmelte ich und schielte dabei auf meine Schuhe, weil ich es nicht wagte, noch mal in seine Augen zu sehen.

»Ich habe dich nicht verstanden«, sagte er.

Mein Kopf schoss hoch. Bitte was?

»Willst du mich auf den Arm nehmen? Es tut mir leid! Soll ich es dir buchstabieren?«

Wir starrten uns einen Augenblick an, bis er seufzte und zur Seite wegschaute.

»Steig einfach ein. Dann kann ich dich zur Schule fahren und so tun, als wäre das alles hier nicht passiert.«

Ein bisschen enttäuscht war ich schon, aber was konnte ich noch erwarten. Ich hatte ihn beleidigt und vor den Kopf gestoßen. Dass er mich immer noch mitnahm, war vermutlich das höchste der Gefühle.

Er fuhr schweigend zur Schule und schaute mich die ganze Fahrt über nicht an.

Ein paar Mal war ich kurz davor, etwas zu sagen, doch jedes

Mal, wenn ich den Mund aufmachte, kamen keine Worte heraus. Stattdessen zwirbelte ich mein Haar zu einem Knoten und steckte es wieder am Hinterkopf fest.

Wenn ich gedacht hatte, der Tag könnte nicht noch schlimmer werden, dann hatte ich mich gründlich geirrt.

Vor der Schule herrschte das reinste Chaos, Schüler rannten durcheinander, Lehrer brüllten Anweisungen, versuchten die jüngeren Schüler zu beruhigen oder drängten sie in Gruppen zusammen.

Einige versuchten mit dem Auto vom Parkplatz zu kommen, kamen aber nicht durch das Gedränge. Lautes, wütendes Hupen durchschnitt den übrigen Lärm, irgendwo sprang eine Autoalarmanlage an. Tatsächlich wirkte die ganze Aufregung wie die Apokalypse.

Keiner schien uns wahrzunehmen, jeder war mit sich selbst beschäftigt.

»Was ist hier los?«, fragte ich Grayson mit großen Augen.

»Ich bin mir nicht ganz sicher, Clara. Hoffen wir, dass es nur eine Übung ist!«

Etwas in seiner Stimme ließ meine Alarmglocken klingeln.

»Was für eine Übung? Was soll das? Ist was passiert?«, meine Gedanken überschlugen sich.

»Vor den Sommerferien hatten wir eine Tsunami-Evakuationsübung. Da sah es hier ähnlich aus. Aber da sind alle ruhig geblieben.«

»Willst du damit sagen, dass ..., dass ...«, ich wagte es nicht, den Satz zu beenden.

»Dass es keine Übung ist? Ja, ich glaube schon. Da vorne ist Mister Backman. Komm mit.«

Er griff nach meiner Hand. Ich zuckte zusammen und hätte sie ihm gerne entrissen, aber er lief los und mir blieb nichts anderes übrig als ihm zu folgen. Wir schlängelten uns durch die aufgeregte Menge, hier und da wurde ich angerempelt, die Gefühle und die Aufregung der anderen schwappten auf mich über und erdrückten mich fast bis wir uns zu unserem Geschichtslehrer durchgedrängt hatten.

»Mister Backman, was ist hier los? Ist das eine Übung?«, rief Grayson laut über den Lärm hinweg.

»Eine Übung? Nein, Junge. Wir evakuieren die Schule. Hast du die Durchsage nicht gehört? Es besteht Tsunamigefahr. Nimm deine Freundin und verschwinde von hier. Lasst die Autos stehen und lauft zu Fuß den Hügel hoch. Los jetzt!« Er deutete mit der Hand auf den bewaldeten Hügel hinter der Schule.

Mit weit aufgerissenen Augen stand ich da. Was ich gerade gehört hatte, wollte einfach nicht in meinen Kopf passen. Tsunamigefahr? Ohne Witz? So was passierte doch nur in Büchern oder in Filmen. Aber doch nicht im echten Leben. Nicht hier, nicht in so einem unscheinbaren, kleinen Kaff wie Rockaway Beach.

Grayson reagierte schneller, denn er packte erneut meine Hand und zog mich fort. Fort von der Schule, fort von der Gefahr. Ich folgte ihm wie betäubt, konnte keinen klaren Gedanken fassen und achtete kaum auf meine Füße. Alles schien unwirklich und surreal. Mir wurde schwindelig, immer wieder stolperte ich und wäre hingeflogen, wenn Grayson mich nicht festgehalten hätte. Irgendwie schaffte ich es an die Waldgrenze und dort klappte ich einfach zusammen. Das war genug Aufregung für einen Tag. Jetzt wollte ich nicht mehr, mein Körper kapitulierte und quittierte einfach den Dienst.

»Clara, bitte. Steh auf. Wir müssen hier weg. Sofort!«

Graysons Stimme war laut und eindringlich, aber das war mir egal. Sollte er doch alleine weitergehen und mich hier auf dem trockenen Waldboden liegen lassen. Ich konnte und wollte nicht mehr. Er murmelte etwas Unverständliches, dann bückte er sich und hob mich hoch. Bevor ich protestieren konnte, lief er los, den Hügel hinauf.

Ich schloss die Augen und ließ es geschehen. Das hier war alles andere als angenehm, es war peinlich. Nach heute würde ich mich meilenweit von Grayson fernhalten und nie wieder mit ihm reden. Vermutlich hatte er nichts dagegen einzuwenden, schließlich hatte ich mich erst bockig, dann total verrückt und dann wieder bockig verhalten und zu allem Überfluss entpuppte ich mich jetzt auch noch als komplette Versagerin. Nein, er würde sicher nicht protestieren, wenn ich auf Abstand ging.

Wir erreichten die Lichtung oben auf dem Hügel, einzelne Gruppen hatten sich bereits gebildet und Lehrer gingen von Schüler zu Schüler. Es war unheimlich still, alle sprachen im Flüsterton oder schwiegen, jedem war die Angst ins Gesicht geschrieben. Ich schluckte, als mir klar wurde, dass sie sich sorgen um Familie oder Freunde machten und musste an Mom und Dan denken. Sogar an Delilah dachte ich, auch wenn die Sorge um sie kleiner war als die um Jenna und Megan. Ich schaute mich nach ihnen um und lief mit etwas Abstand hinter Grayson an den Grüppchen vorbei, konnte sie aber nirgends finden. Unruhe erfasste mich, der Gedanke, dass meinen Freunden etwas geschehen war, machte mich nervös. Vor allem, dass Jenna nicht zu sehen war. Ein bitterer Geschmack breitete sich in meinem Mund aus. Bestimmt waren meine Sorgen unbegründet, aber das änderte nichts an dem stechenden Gefühl in meinem Herzen, das erst verschwinden würde, wenn ich sie sah.

Dunkle Wolken zogen auf und verdeckten die Sonne, ein frischer Wind wehte plötzlich über die freie Fläche, fuhr durch meine Kleidung und ließ mich frösteln.

Es ging mir etwas besser, immerhin konnte ich wieder selbstständig laufen und mich von Grayson wegdrehen, um ihn nicht ansehen zu müssen. Mir wurde bewusst, dass ich mehrere Minuten zugelassen hatte, dass er mich berührte und mich sogar festhielt. Schaudernd zog ich die dünne Jacke enger um meinen Körper. Ich gestand es mir nur ungern ein, aber ich wusste, dass da etwas war, zwischen ihm und mir. Ich hatte Vertrauen zu ihm gefasst und konnte nicht leugnen, dass ich mich sicherer fühlte, wenn er bei mir war. Ich verstand es selbst nicht. Noch nie hatte ich jemandem nach so kurzer Zeit ein solches Vertrauen entgegengebracht. Doch da war etwas, eine Verbindung. Irgendetwas, das mir ein gutes Gefühl gab. Feiner Nieselregen setzte ein, benetzte mein Gesicht und sickerte durch meine Klamotten. Binnen weniger Sekunden war ich durchnässt bis auf die Knochen und zog die Jackenärmel über meine klammen Finger. Gerade wollte ich mich zu Grayson drehen, um mich bei ihm zu bedanken, da tauchte Delilah neben uns auf und beschlagnahmte ihn. Tolles Timing.

»Oh Grayson!«, rief sie und fiel ihm um den Hals. »Da bist du ja. Wir haben uns Sorgen gemacht. Ich habe mir Sorgen gemacht! Die anderen stehen da drüben. Kommst du mit mir mit?«

Sie streckte ihm die Hand entgegen. In ihren Augen glitzerten sogar Tränen und sie wirkte ehrlich besorgt, von mir nahm sie aber keine Notiz.

»Ich geh schon, vielleicht finde ich Jenna oder Megan«, murmelte ich und wandte mich zum Gehen, aber Grayson hielt mich auf, er griff nach meiner Hand und zog mich zurück.

»Bleib hier. Ich will nicht, dass dir was passiert.«

Seine Worte überraschten mich. Sollte er nicht froh sein, mich loszuwerden?

Delilahs Blick wanderte von Grayson zu mir und zurück, dann wurden ihre Augen groß und rund.

Ihr Mund öffnete sich zu einem erstaunten »OH« aber kein Laut kam über ihre Lippen. Als sie meinen verlegenen Blick bemerkte, zog sich Zornesröte über ihre Wangen, sie sah mich definitiv als Konkurrenz. Das würde ihre Einstellung zu mir sicher nicht verbessern und unser angeschlagenes Verhältnis nur weiter schwächen.

Auf den nächsten Zickenkrieg konnte ich eigentlich gut verzichten und ich verschränkte die Arme vor der Brust, innerlich darauf gefasst gleich fertiggemacht zu werden.

Ich hatte mit allem gerechnet, aber sicher nicht mit ihrer Freundlichkeit, doch Delilah setzte ein Lächeln auf, das wohl nett sein sollte und legte einen Arm um meine Schultern.

»Komm doch einfach mit rüber, dann können wir alle aufeinander aufpassen, falls einer ausrastet oder sich komisch benimmt.« Sie zwinkerte mir zu. »Außerdem kannst du meine Freunde kennenlernen, bevor wir morgen zusammen an den Strand fahren.«

Mir wurde schlecht bei ihren Worten. Es war nicht die Anspielung auf meine psychische Verfassung, bei der mir unwohl wurde, sondern die Tatsache, dass ich den morgigen Tag mit ihr und ihren Freunden am Meer würde verbringen müssen. Eiskalt zog sich meine Brust zusammen. Das war Panik, davor, dass ihre Freunde genau so liebenswert und freundlich waren wie Delilah.

Bevor ich etwas sagen oder mich auch nur wehren konnte, hatte sie sich bei mir eingehakt und zog mich über die immer voller werdende Wiese, hinüber zu ihren Freunden.

Mit festem Griff bugsierte sie mich an den anderen vorbei und zischte durch die Zähne: »Lass die Finger von Grayson oder du wirst es bereuen! Das verspreche ich dir.« Dann wurde ihre Stimme zuckersüß. »Schaut mal, wen ich gefunden habe. Das hier ist meine kleine Adoptivschwester Clara aus England. Wir nehmen sie morgen mit an den Strand. Sie hat noch keine Freunde hier und ist sonst ganz alleine am Wochenende. Der liebe Grayson hat sich schon ein bisschen um sie gekümmert.«

Mir war bewusst, dass ich sie mit offenem Mund anstarrte, aber ich konnte nicht fassen, was ich da gerade gehört hatte. Das meinte sie doch nicht ernst?

Ich blinzelte ein paar Mal verdutzt, dann machte ich mich von ihr los. Gerne hätte ich etwas Schlagfertiges erwidert, aber ich wollte keinen Streit vom Zaun brechen. Also hielt ich den Mund und lächelte. Die anderen musterten mich abwartend, neugierig, aber keineswegs herablassend.

Während wir warteten, beobachtete ich Delilahs Freunde unauffällig.

Sie waren zu sechst, Delilah und Grayson mitgerechnet, drei Mädchen, drei Jungen. Und ich. Das überflüssige fünfte Rad am Wagen.

Die beiden Mädchen waren sehr hübsch, aber langweilig, Markenklamotten, glatte Haare und perfekte Gesichter, aristokratische Nasen, großgewachsen und dünn. Zu perfekt, zu glatt. Bea und Demi, fiel mir wieder ein.

Blond und Brünett. Man hätte sie auch Püppchen A und Püppchen B nennen können.

Dann wanderte mein Blick weiter zu ihren Freunden. Breiter, großer Körperbau, ganz klar Footballspieler. Gut sahen sie aus, Marke Frauenschwarm und das wussten sie, so selbstbewusst und locker, wie sie dastanden. Der Dunkelhaarige fing meinen Blick auf und zwinkerte mir zu. Sein Grinsen war echt und entblößte eine Reihe schneeweißer Zähne. Als ich sein Lächeln nicht erwiderte, wackelte er mit den Augenbrauen und grinste breiter. Meine Mundwinkel zuckten, als er in die Hände klatschte und rief: »Sie kann ja doch lachen!« Dabei klang er so fröhlich und gut gelaunt, dass ich breiter grinste.

Vielleicht, ganz vielleicht würde der morgige Tag doch nicht ganz so übel werden. Doch noch immer machte ich mir Sorgen um Jenna und Megan, aber wenn ich ehrlich zu mir war, machte ich mir am meisten Sorgen um Jenna. Mir drehte sich der Magen um, wenn ich daran dachte, dass ihr etwas zustoßen könnte. Ich wünschte mir nichts mehr, als sie hier und jetzt zu sehen und zu wissen, dass es ihr gut ging, dass ihr nichts passiert war. Ich kniff fest die Augen zusammen und versuchte das Schicksal zu beeinflussen. Wenn ich jetzt die Augen aufmache, dann steht sie da drüben. Sie wird hier sein, sobald ich die Augen aufmache! Mit klopfendem Herzen öffnete ich erst ein Auge und dann, enttäuscht, das zweite. Keine Jenna ... Weit und breit.

Es dauerte über zwei Stunden, bis der Schulleiter auf der Lichtung erschien und Entwarnung gab. Jenna stieß endlich zu uns als der Regen wieder aufhörte und die Sonne hinter den Wolken hervorbrach. Ich fiel ihr um den Hals, so erleichtert war ich, sie zu sehen. Sie lachte, während sie mich umarmte und an sich drückte. Fast hätte ich sie nicht mehr losgelassen, so gut fühlte es sich an, sie hier zu wissen. Ich atmete erleichtert ihren Duft ein, während ich mein Gesicht immer noch an ihrer Schulter vergrub. Lavendelseife und Meerwasser.

Doch dann löste ich mich von ihr und lächelte verlegen. Röte hatte sich auf meine Wangen gestohlen und mein Gesicht fühlte sich ganz heiß an. Peinlich berührt über meinen plötzlichen Gefühlsausbruch schaute ich weg und hoffte, dass ich mich nicht zu unangemessen verhalten hatte. Doch statt über mich zu lachen, ergriff Jenna nur meine Hand, drückte sie und hielt sie auch weiter fest, während wir durch den Wald zurück zur Schule liefen. Ihre Hand in meiner fühlte sich warm und trocken an und gab mir ein sicheres Gefühl. Verwirrt bemerkte ich, dass mein Herz einen Satz machte. Was hatte das zu bedeuten?

Der Unterricht fiel aus und wir waren alle froh, nach Hause gehen zu können, um zu duschen und was Trockenes anzuziehen.

Grayson fuhr mich, obwohl Delilah mir angeboten hatte mich mitzunehmen. Ich traute ihr und ihrer falschen Höflichkeit nicht über den Weg und hielt Abstand zu ihr.

Erst zu Hause unter der Dusche kam mir der Gedanken, dass an der ganzen Sache etwas nicht stimmte.

Während ich mir das Shampoo aus den Haaren wusch, überlegte ich, wie eine Tsunamiwarnung aufgehoben werden konnte. Entweder es gab einen Tsunami oder eben nicht. Immerhin hatten wir zwei Stunden im Regen gestanden. Zumindest hätte das Meer doch aufgewühlt aussehen müssen. Oder? Aber als wir die Straße zurückgefahren waren, hatten der Strand normal und das Meer ruhig dagelegen. Zu ruhig. Kaum eine Welle hatte sich geregt. Fast wie ein Spiegel.

In Gedanken versunken putzte ich mir die Zähne und cremte mich ein.

Als ich barfuß zurück ins Zimmer tapste, kam die Sonne hinter den Wolken hervor und warf einzelne Lichtstrahlen durchs Fenster. Das Licht brach sich am Staub der im Raum tanzte und malte goldene Kleckse an die Wand und auf den Teppich. Blinzelnd hob ich die Hand, um die Augen gegen das Licht abzuschirmen und spähte aus dem Fenster. Hinter dem Nachbarhaus konnte ich das Meer erkennen, endlos weit bis zum Horizont glitzerte es in der Abendsonne. Die in Rot- und Goldtöne getauchte Landschaft wirkte märchenhaft verzaubert, der Wind spielte mit den Blättern in den Bäumen und als ich das Fenster öffnete, meinte ich das ferne Rauschen der Wellen zu hören. Nur ins Badetuch gewickelt stand ich da. Eingenommen von dem Moment ließ ich die Eindrücke auf mich wirken.

Da hörte ich es wieder. Einen Gesang, überirdisch schön, nicht von dieser Welt, fremd und doch so unendlich vertraut, dass es mir im Herzen wehtat und ich ein solches Heimweh verspürte, dass ich die Hand auf die Brust drücken musste, weil ich das Gefühl hatte, auseinander zu fallen.

Die fremdartigen Töne zogen mich in ihren Bann, mir schien es, als sei ich kurz vorm Ersticken gewesen und könnte jetzt plötzlich wieder frei atmen. Das Lied durfte nicht aufhören, sonst starb ich. Ich wollte der Stimme folgen, ihr entgegenlaufen, wollte alles dafür tun, nur, um sie weiter« singen zu hören. Ich musste es. Ich hatte keine Wahl. So fest verankert war dieses Wissen, dass nichts mehr von Bedeutung war. Ich schwebte wie auf Wolken, spürte den Wind in meinem Gesicht und fühlte mich frei, frei, frei...

»Clara! Was zum Teufel tust du da? Komm da runter! SOFORT«

Hände packten mich grob, zerrten an mir, zogen mich fort. Das Lied brach ab und die Stille, die darauf folgte, war so ohrenbetäubend, dass mein Trommelfell fast platzte.

»NEIN!«, zischte ich laut und schlug nach den Händen. Ich war so wütend und enttäuscht. Was hatten sie getan? Als ich jetzt die Augen öffnete, drehte sich das Zimmer um mich und ich sackte zur Seite. Wieder packten mich die Hände und ich stieß gegen eine breite Brust.

»Meine Güte, was ist denn los mit dir, Kind?«

Die Stimme war dicht an meinem Ohr und ich musste den Kopf wenden, um ihren Besitzer zu sehen. Dan! Er starrte mich mit großen Augen an und mir wurde schlagartig bewusst, dass ich nur ein Badetuch anhatte. Verlegen richtete ich mich auf, zog an dem Tuch und merkte, wie ich rot wurde.

»Ich... Ich weiß nicht. Tut... Tut mir leid, Dan!«, stotterte ich.

»Liebes, du wärst beinahe aus dem Fenster gefallen. Im Badetuch! Kannst du mir das bitte erklären?« Mit gerunzelter Stirn schaute er mich an. Sein Blick wirkte ehrlich besorgt.

»Mir war nur schlecht. Die ganze Aufregung heute in der Schule, das war einfach zu viel. Ich habe keine Luft mehr bekommen und mich aus dem Fenster gebeugt. Tut mir wirklich leid. Das war idiotisch von mir.« Bitte, bitte frag nicht weiter nach.

»Willst du darüber reden? Ich meine, wenn du angezogen bist? Ich kann uns eine Kanne Tee kochen und wir zwei setzen uns zusammen auf die Terrasse« Sein vorsichtiger Ton, um mich ja nicht zu bedrängen, löste etwas in mir. Ich nickte und brachte ihn damit zum Lächeln.

»Dann bis gleich, Clara.«

Er wandte sich ab und wollte das Zimmer verlassen, als ich ihm nachrief: »Dan, was war da heute los? Die ganze Schule war völlig aus dem Häuschen. Alle hatten richtig Panik, aber auf dem Heimweg schien alles normal zu sein. Ich meine, das Meer war ganz ruhig.«

Ein merkwürdiger Ausdruck trat in seine Augen und er schien einen Augenblick nachzudenken, dann sagte er: »Clara, mach dir keine Sorgen. Es ist alles gut. Aber wir müssen das Teetrinken verschieben, ich muss nochmal los.« Dann macht er auf dem Absatz kehrt und verschwand in den Flur.

Verblüfft schaute ich ihm nach. Was war das denn gewesen? Kopfschüttelnd zog ich mich an und setzte mich mit einem Buch in den Schaukelstuhl. Aber mir war nicht nach Lesen, lieber wollte ich grübeln und über Fragen nachdenken, auf die ich keine Antworten hatte.

Während ich dasaß und vor mich hin überlegte, wurde der Himmel draußen immer dunkler, bis die Nacht hereinbrach und die Straßenlaternen ansprangen. Durch das geöffnete Fenster strömte kühle, würzige Luft ins Zimmer und blähte die dünnen Vorhänge auf. Ich hatte keine Lampe angemacht, nur der Mond spendete sein diffuses Licht und ließ die aufgebauschten Vorhänge wie schemenhafte Gespenster wirken. Dieses Mal störte mich die Dunkelheit nicht, vielmehr hatte ich das Gefühl, in ihr zur Ruhe zu kommen.

Es war nach neun, als Dan sein Rennrad in der Garage parkte.

Es war ein amüsanter Anblick, wenn er morgens in Anzug und Krawatte das Haus verließ, um dann mit dem Rad ins Krankenhaus zu fahren. Bestimmt hätten sich die ein oder anderen in der Nachbarschaft über ihn lustig gemacht, aber er war ein angesehener Chirurg und leitender Chefarzt des örtlichen Krankenhauses und er legte viel Wert auf sein äußeres Erscheinungsbild.

Aber heute Abend wirkte Prof. Doktor Daniel Alexander Moore

ganz und gar nicht wie ein Gott in Weiß. Seine dunkle Kleidung verschmolz beinahe mit der Nacht, die ihn umgab, und er bewegte sich langsam und geräuschlos. Einzig sein Schatten vor der Laterne hatte seine Ankunft verraten. Er stieg gerade vom Fahrrad als sein Handy klingelte.

»Ich bin eben angekommen. Ja, alles unter Kontrolle. Ich glaube nicht, dass sie etwas bemerkt hat. Nein, aber ich werde es weiter im Blick behalten.« Er sprach so leise, dass ich nahe ans Fenster gehen musste, um ihn zu hören.

Von wem redete er? Wen meinte er mit sie? Und was war unter Kontrolle? Sprach er von mir?

Plötzlich war ich unendlich erleichtert, vorhin nicht mehr gesagt zu haben. Ich spähte aus dem Fenster, nach unten zu Dan. Er stand mit dem Rücken zu mir und war mit seinem Handy beschäftigt, als im Gebüsch neben dem Haus Zweige krachten. Im gleichen Moment, in dem er den Kopf hob, wich ich zurück und stolperte fast über mein Buch, das immer noch auf dem Boden lag. Mit der Hand erstickte ich mein erschrockenes Aufkeuchen und betete, dass Dan vor dem Haus nichts mitbekommen hatte. Die Haustür fiel ins Schloss und ich sank mit einem erleichterten Seufzer gegen die Wand. Ganz egal, was das zu bedeuten hatte, nicht nur er würde mich im Blick behalten, sondern ich auch ihn.

KAPITEL 6

Okeaniden - Töchter des Okeanos und der Tethys, Wesen des
Meeres

Am nächsten Morgen erwachte ich so jäh und endgültig, als hätte
mir jemand einen Eimer Eiswasser übergegossen.

Hellwach starrte ich an die Decke und lauschte dem Ticken dieser altmodischen Uhr. Ich nahm mir vor, sie bei der nächsten Gelegenheit gegen ein moderneres Modell auszutauschen. Nervös zuckte
mein Auge im Takt des Sekundenzeigers, bis ich mich im Bett
herumwarf und nach dem Ding angelte. Am liebsten hätte ich sie
durchs offene Fenster geworfen, besann mich aber und vergrub sie
tief in meinem Kleiderschrank.

Dann beschloss ich, dass heute ein guter Tag werden würde, ganz
egal, was mir bevorstand und entschied mich, das Ganze mit einem
neuen Look zu beginnen.

Ich arbeitete mich durch den Kleiderschrank, zog die Teile raus,
die mir gefielen und warf die anderen Sachen zu einem Haufen
über der Uhr zusammen.

Gegen zehn war ich so weit, hatte meine Strandtasche gepackt
und einen Badeanzug drunter gezogen, da kam Delilah ungefragt
in mein Zimmer.

»Hast du schon mal was von dem Prinzip Anklopfen gehört?«,
brummte ich zur Begrüßung.

»Klopf, Klopf. Kann ich reinkommen? Nein? Mir egal, ich
mach's trotzdem«, gab sie zurück.

Einen Moment standen wir beide mit verschränkten Armen schweigend voreinander und schauten uns an, dann seufzte ich: »Was willst du, Delilah?«

»Falls du's vergessen hast, wir gehen heute an den Strand. Ich wollte nur sicher gehen, dass du rechtzeitig fertig bist, denn ich werde nicht auf dich warten, verstanden?«

»Oh man, Delilah«, ich holte tief und beruhigend Luft. »Ich bin soweit. Okay? Lass es uns einfach hinter uns bringen.«

»Nicht so schnell. Wegen Grayson…«.

Ich unterbrach sie.

»Keine Sorge, er gehört ganz dir«, versprach ich ihr und eilte die Treppe hinunter, bevor ich mir noch mehr anhören musste.

Zum Glück fuhren wir nicht alleine. Demi und Bea warteten schon in einem roten Cabrio auf uns und ich setzte mich nach hinten neben Demi, die mich anlächelte und sagte: »Ich würde mich lieber anschnallen, wenn ich du wäre. Ich sag es ja nur, zu deiner eigenen Sicherheit.«

»Ach sei bloß still dahinten. Du machst mich ganz nervös!«, rief Bea vom Fahrersitz aus.

Demi zwinkerte mir zu und lehnte sich entspannt zurück, während sie ihre große Sonnenbrille aufsetzte, mit der sie einer Fliege hätte Konkurrenz machen können.

»Clara hat keinen Führerschein, sie wird sich bestimmt nicht über irgendeinen Fahrstil lustig machen«, gab mein Schwesterherz schnippisch von sich.

»Mach dir nichts draus«, tröstete ihre Freundin mich.

»Bea hat ihren Führerschein auch erst seit den Sommerferien.«

Was nicht sehr beruhigend klang. Ich krallte meine Nägel ins Leder, als Bea stockend anfuhr und den Wagen abwürgte.

»Das dein Daddy dir auch einen Schaltwagen kauft«, seufzte Delilah, die jetzt eine Nagelfeile aus ihrer Handtasche zog.

»Kannst du das bitte nicht im Auto machen, ja. Es kommt frisch aus der Reinigung.«

Delilah verdrehte zwar die Augen, steckte die Nagelfeile aber weg und tippte dafür auf ihrem Handy rum, einem riesigen Teil in einer pinken Gummihülle.

Mir fiel wieder ein, wie ich ihre Freunde am ersten Schultag genannt hatte und musste zugeben, dass sie Delilah nicht ganz so hörig waren, wie es den Anschein gehabt hatte. Tatsächlich waren die zwei echt in Ordnung und ich fragte mich, wieso sie mit jemandem wie Delilah abhingen.

Aus dem Radio dudelte ein Popsong, bei dem Demi laut mitsang, während wir die Straße an der Küste langfuhren. Wir verließen Rockaway Beach gen Norden und bald darauf fuhren wir an großen prachtvollen Strandhäusern vorbei, zwischen denen ganze Footballfelder Platz gehabt hätten, soweit standen sie auseinander.

Große Hecken und Bäume dienten zum Sichtschutz und versperrten den Blick auf die meisten Häuser. Durch schmiedeeiserne Tore konnte ich gewundene Auffahrten und gepflegte Gartenanlagen sehen, einige hatten Springbrunnen und in einem Garten stand sogar eine Sammlung lustig aussehender Gartenzwerge, bei der ich mir nur mühsam das Lachen verkneifen konnte. Und ich fragte mich, welche Leute wohl in diesem Haus wohnten oder Ferien machten.

Die Sonne schien hell und warm vom Himmel, als Bea nach nicht mal einer Viertelstunde Fahrt, den Wagen auf ein modernes Holztor zusteuerte, neben dem ein kleines Häuschen stand und davor hielt. Zweimal hatte sie den Wagen an der Ampel abgewürgt, der einzigen, die es hier gab und einem Truck die Vorfahrt genommen. Ansonsten war nichts weiter Aufregendes passiert, aber Bea schien erleichtert, als sie das Tor passierte, nachdem sie uns bei dem Mann, der in dem Häuschen saß, angemeldet hatte und vor einem großen Glashaus parkte.

Meine Augen wanderten umher und ich sog den Anblick in mir auf. Ich konnte mich nicht entscheiden, was mich am meisten beeindruckte, der wunderschön angelegte Garten, bei dem jeder englische Hobbygärtner blass vor Neid geworden wäre, das riesige Ungetüm von einem Haus aus Glas, Sichtbeton und schwarzem Metall oder, dass manche Menschen tatsächlich ein Pförtnerhäuschen mit dazugehörigem Pförtner hatten.

Ohne aus dem Staunen herauszukommen, folgte ich den Mädchen zum Haus. Laute Musik empfing uns, als die Tür aufgerissen wurde und Theo, der dunkelhaarige Freund von Grayson, uns breit angrinste.

»Willkommen in Seashell High, kommt rein. Hey Clara, schön, dass du auch dabei bist«, brüllte er zur Begrüßung über den Lärm hinweg und drückte mich fest an sich.

Er roch nach einem teuren Aftershave und Bier. Sein dunkelgrünes Poloshirt war aufgeknöpft und hing lässig über den Badeshorts und in der Hand hielt er einen großen roten Plastikbecher, dessen Inhalt gefährlich schwappte, als er mich jetzt hochhob und im Kreis drehte.

Ich erstarrte zu Salzsäure, doch er ließ mich so schnell los, wie er mich überfallen hatte.

»Sieht so aus, als ob unser Sunnyboy ein Auge auf Clara geworfen hat, pass auf, sonst schnappt sie ihn dir weg, Demi.«

Natürlich Delilah. Wer sonst? Mit in die Hüfte gestemmter Hand stolzierte sie an uns vorbei.

»Ach was«, winkte Demi ab und lachte. »Wenn er wirklich so blöd ist, mich auszutauschen, dann kann ich ihm auch nicht helfen.«

Woraufhin Theo sie ebenfalls an seine Brust drückte und entgegnete: »Ach Mädels, es ist genug von mir für alle da.«

Demi küsste ihn auf die Wange und erwiderte: »Vergiss es, geteilt wird nicht.« Dann zwinkerte sie mir zu und nahm mich an der Hand.

»Wir holen uns jetzt erstmal was zu trinken, dann« sagen wir den anderen Hallo«

Geschickt schlängelte sie sich durch die feiernde Menge, begrüßte hier und da einen Freund und lächelte mich immer wieder aufmunternd an, wenn sie mich vorstellte.

Mit ihr an meiner Seite fühlte ich mich einigermaßen wohl, auch wenn mir die vielen Menschen und das Gedränge ein bisschen Angst machten und ich gerne ins Freie verschwunden wäre, um durchzuatmen.

Aber jetzt war ich hier und ich hatte mir vorgenommen, dem Tag eine Chance zu geben, also gab ich mir einen Ruck, setzte ein gutgelauntes Lächeln auf und gab mir Mühe, Spaß zu haben.

Und ehrlich gesagt, war es total leicht. Ich musste mich nur darauf einlassen und den Rest erledigte der Alkohol. Bald tanzte ich lachend mit Demi auf einem Couchtisch und trank ein klebrig süßes Getränk aus einem Plastikbecher. Die Musik war laut, perfekt zum Mitsingen und die Stimmung stieg minütlich. Bis ich mich überreden ließ, kopfüber Bier aus einem Schlauch zu trinken. Ganze drei Sekunden hielt ich durch, dann sprudelte mir die Flüssigkeit aus der Nase, lief mir über mein lachendes Gesicht und spritzte auf mein Shirt. Brüllend und jubelnd stellten mich die zwei Jungs, die mich gehalten hatten, wieder auf den Boden. Ich stolperte über meine Füße, wurde von der lärmenden Masse aufgefangen und in Graysons Arme geschoben, der mit einem breiten Grinsen neben mir aufgetaucht war.

»Na? Du scheinst dich gut zu amüsieren.«

Obwohl er lachte, konnte ich einen besorgten Ausdruck in seinen Augen erkennen. Ich schlang meine Arme um seinen Hals und sagte: »Alles ist gut. Ich brauch nur ein bisschen frische Luft. Und vielleicht ein sauberes T-Shirt. Meins ist ganz nass.« Lachend warf ich den Kopf in den Nacken.

Das hier war eine richtige High-School Party und ich, die Bekloppte aus England, war mittendrin und hatte mächtig Spaß. Zu gerne hätte ich die alten Omis, die damals an mir gezweifelt hatten, angerufen oder ihnen ein Video geschickt.

Ich war hier und ich war glücklich, so unendlich und unbeschreiblich glücklich. Und angetrunken war ich auch. In meinem Kopf drehte sich alles und ich warf lachend die Arme in die Luft, grölte mit der Musik mit und schwang die Hüften. Immer wieder sah ich Graysons Gesicht, während ich herumwirbelte, Demi an den Händen fasste und sie mit mir zog. Sie lachte auch. Tanzte, tanzte, tanzte, bis mir so schwindelig wurde, dass ich mich aufs Sofa fallen ließ, die Augen schloss und mich dem zufriedenen Gefühl hingab. Grayson hielt mir einen Becher Wasser unter die Nase und begleitete mich nach draußen auf die Terrasse.

In dem Infinitypool tummelten sich große aufblasbare Gummitiere und dahinter erstreckte sich das Meer und verschmolz mit dem Blau des Pools zu einem einzigen großen Becken. In riesigen Terrakottatöpfen wuchsen exotische Pflanzen in bunten Farben und in einem Käfig saßen buntschillernde Paradiesvögel, deren Laute man über die Musik nicht hören konnte. Ich hatte Mitleid mit den armen Geschöpfen und wollte sie befreien, damit sie wegfliegen konnten, irgendwohin an einen ruhigeren Ort.

»Na, ihr armen Tierchen. Wollt ihr nicht lieber woanders hinflattern?«, säuselte ich ihnen zu.

Ich merkte, wie ich schwankte und musste mich am Käfig festhalten. Ein Arm schlang sich um meine Taille und stützte mich, während ich mein Gleichgewicht wiederfand.

Graysons Stimme flüsterte amüsiert in mein Ohr: »Lass die armen Vögel. Komm mit mir.«

Er wollte mich zu einer Sitzgruppe ziehen, aber ich wollte lieber tanzen. So frei und unbeschwert hatte ich mich noch nie gefühlt. Die Mischung aus Alkohol und Glückshormonen, die durch meinen Körper zu flitzen schien, machte mich überdreht und hitzig.

Das gleißende Sonnenlicht nahm den Konturen ihre Schärfe, tauchte die Welt in weiß-goldenes Licht und die Farben leuchteten intensiver und gleichzeitig überbelichtet. Ich hatte das Gefühl zu schweben, während ich mich zwischen den anderen bewegte, mein Körper fühlte sich so gut an, leicht und frei. Und dann fiel ich. Über meine eigenen Füße. Einen Augenblick lang flog ich wirklich. Alles bewegte sich in Zeitlupe und während ich noch den Mund zu einem überraschten Schrei öffnete, fiel ich schon ins glitzernde Nass, tauchte unter, schluckte Chlorwasser und tauchte wild um mich schlagend wieder auf. Kurz war ich verwirrt, wusste nicht ob ich im Meer schwamm oder im Pool. Doch dann spürte ich die Fliesen unter meinen Füßen und fand Halt. Alles war still geworden, nur die Partymusik wummerte aus den schwarzen Boxen und alle schauten zu mir. Einen Moment lang starrte ich zurück, unsicher was ich jetzt tun sollte. Die alte Clara wäre jetzt vor Scham gestorben und hätte vermutlich geheult. Aber die neue, betrunkene Clara, die fröhlich war und feiern konnte, steckte den Kopf jetzt nicht in den Sand oder besser gesagt in den Pool. Stattdessen lachte ich und zog mein Shirt aus, darunter trug ich einen pinkfarbenen, hochgeschlossenen Badeanzug von Calvin Klein, wer auch immer das war, und paddelte zum Rand. Aber anstatt Graysons Hand zu nehmen, um mir raushelfen zu lassen, zog ich fest an seinem Arm und er ließ sich bereitwillig in den Pool fallen.

Es war später Nachmittag geworden, die goldene Sonne hing schwer über dem Horizont und warf einen schimmernden Lichtstreifen auf das dunkle Meer. Wir waren mit ein paar anderen an den Strand gegangen, an dem ein großes Lagerfeuer brannte. Dosen mit Bier waren verteilt worden, die ich dankend abgelehnt hatte. Ich saß mit Bea, Grayson und einem weiteren Jungen, den ich auf dem Hügel kennengelernt hatte, auf einer Decke. Lion hieß er, glaubte ich. Neben uns hatten sich Demi und Theo mit Delilah auf einer zweiten Decke niedergelassen, die mir immer wieder vernichtende Blicke zuwarf oder versuchte Graysons Aufmerksamkeit auf sich zu ziehen. Gerade schlug sie vor, ein Spiel zu spielen: Wahrheit oder Pflicht. Jemand protestierte und das Wort klischeehaft fiel, doch Delilah ließ sich nicht beirren und wandte sich an Grayson.

»Wahrheit oder Pflicht, Grayson?«

»Dann lieber Pflicht«, rief er und Delilahs Augen funkelten.

»Küss ein Mädchen deiner Wahl!« Sie hob das Kinn und schaute uns herausfordernd an.

Immer wenn ich dachte, Delilah könne es nicht noch weiter treiben, setzte sie noch eins oben drauf. Entsetzt starrte ich sie an, meine Hände zitterten und ich wunderte mich, was sie damit bezwecken wollte. Ich fing Graysons Blick auf, der selbst verwirrt zu sein schien, seine Augen wanderten von Delilah zu mir. Dann beugte er sich vor, nahm Beas Hand und drückte seine Lippen auf ihr Handgelenk.

Ohne sich um Delilahs Protest zu scheren, schaute er mich an.

»Clara. Wahrheit oder Pflicht?«

Ich schluckte und presste dann die Lippen aufeinander.

»Komm, sei keine Spielverderberin.« Bryan stieß mich mit dem Ellenbogen in die Seite.

»Wahrheit«, murmelte ich und betete, dass Grayson gnädig war.

»Erzähl uns was über dich, das sonst keiner weiß«, forderte er.

In meiner Brust zog sich etwas zusammen und mir wurde heiß und kalt.

Fieberhaft dachte ich darüber nach, was ich ihnen erzählen konnte. Ich schaute aufs Meer hinaus, fühlte den Sog, der von ihm ausging und an mir zog. Wieder war mir, als riefe das wogende Wasser nach mir. Meine Gedanken schweiften ab, zu dem Tag am Meer, an dem mich die nassen Hände beinahe zu Tode erschreckt hatten. Es fühlte sich an, als läge der Nachmittag Wochen zurück und nicht erst wenige Tage. Ich spürte die Blicke der anderen und wusste, dass sie warteten. Da grinste ich.

»Etwas das keiner weiß? Naja, also, ich kann nicht schwimmen«, sagte ich und schaute in die Runde. Enttäuschte oder gelangweilte Mienen, sie hatten etwas Spannenderes oder Aufregenderes erwartet. Ich zuckte mit den Schultern.

»Tja, du hast nicht gesagt, dass es etwas Peinliches oder Privates sein muss.«

Grayson schmunzelte: »Also dann weiter. Wen nimmst du?«

»Ich weiß nicht. Ich kenn euch ja kaum.«

Da beugte er sich vor und flüsterte mir etwas ins Ort.

»Echt jetzt?«, fragte ich, Wärme stieg mir in die Wangen und ich schaute rüber zu Demi, die herausfordernd zurückblickte.

»Demi. Was nimmst du?«, fragte ich sie und sie antwortete prompt: »Wahrheit!«

Ich räusperte mich, allein die Frage war mir peinlich: »Du und Theo ihr seid zusammen, richtig? Habt ihr es schon gemacht?«

Ich hörte jemanden kichern, ansonsten war es auf einmal mucksmäuschenstill.

»Danke, Grayson. Du Blödmann«, rief Demi, aber sie schien nicht ernsthaft sauer auf ihn zu sein.

»Du musst antworten, sonst dürfen wir uns eine Strafe für dich überlegen.«

Demi zuckte mit den Schultern und nahm einen großen Schluck aus ihrer Dose: »Sorry, Babe. Meine Antwort ist Ja. Und fertig. Keine Fragen mehr.«

So ging das Spiel einige Male hin und her, bis Delilah aufgefordert wurde, sie beantwortete rasch die Frage und dann richteten sich ihre Augen wieder auf mich. Ich stöhnte innerlich auf.

»Wahrheit oder Pflicht, Clara?«

Ich zögerte, spielte mit einer kleinen Muschel, die ich im Sand gefunden hatte. Aber sie antwortete für mich: »Da du schon Wahrheit hattest, bleibt nur noch Pflicht. Lass dir von Grayson Schwimmunterricht geben.«

Erleichtert atmete ich auf. Das war ja noch mal gut gegangen und ich wollte schon nicken, da öffnete sie wieder ihren Mund: »Jetzt! Im Meer.«

Hinter ihr ging langsam die Sonne im Meer unter, mit letzter Kraft ließ sie ihre Strahlen glitzernd über die Wellen tanzen, tauchte die Szenerie in dämmriges Abendlicht und ein leichter Wind frischte auf.

»Jetzt?«, hauchte ich.

»Du musst das nicht machen!«, sagte Theo bestimmt. Er hatte sein hübsches Gesicht in Falten gelegt und schaute genervt zu meiner Schwester.

»Doch muss sie«, erwiderte diese trotzig und verschränkte die Arme vor der Brust. Sie hatte die Lippen vorgeschoben, ihr Blick duldete keine weiteren Widerworte.

Wieder wanderte mein Blick zum Wasser. War es nicht das, was ich tief in mir wollte, wonach ich mich sehnte, seit ich zum ersten Mal das Meer gesehen hatte? Das drängende Gefühl wurde größer und der Sog, den ich bisher ignoriert hatte, drängte an die Oberfläche.

Hier bot sich meine Gelegenheit und was konnte schon groß passieren, vor allem, wenn Grayson bei mir war.

Ich schaute ihn an, sah seine muskulösen Arme und dachte an seinen festen Griff. Einen Versuch war es wert.

Ich streifte mir das Oberteil und die Shorts vom Körper und nickte Grayson auffordernd zu. Er zuckte mit den Schultern, dann sprang er grinsend auf und packte mich. Er hob mich hoch und ich versuchte kreischend und lachend mit den Beinen nach ihm zu treten. Er hielt mich fest an seine Brust gedrückt und lief über den Sand zum Wasser. Unter seinen Füßen spritzte weiß die Gischt in die Höhe. Kurz lief mir der altbekannte Schauer über den Rücken, doch das hier war Grayson. Mein Freund. Oder nicht?

»Aber nicht reinschmeißen«, bettelte ich.

Doch er hörte nicht auf mich und mit einem »Jetzt wird gebadet, kleine Meerjungfrau!« warf er sich in die Wellen.

Wasser spritzte auf, als wir untertauchten. Die Wellen schlugen über mir zusammen und nahmen mir die Sicht, Salzwasser brannte in meinen Augen und füllte meinen Mund. Ich wand mich aus dem festen Griff und brach prustend und hustend durch die Wasseroberflache ans Freie. Aber ich lächelte, das Wasser war kalt und stach mit winzigen Eisfingern in meine Haut und dennoch fühlte es sich gut an. Sogar großartig. Keuchend schob ich mir eine verirrte Haarsträhne aus dem Gesicht und schaute mich suchend nach Grayson um, dabei tastete ich mit den Füßen nach festem Untergrund, doch die Strömung zog immer wieder an mir und der Sand rutschte unter meinen Füßen weg. Die Sonne war hinter dicken grauen Wolken verschwunden, die ohne Vorwarnung am Himmel aufgezogen waren und ihn bis zum Horizont bedeckten. Es wurde schlagartig düster und bitterkalt. Frierend schlang ich die Arme um meinen Oberkörper und rief: »Grayson? Wo bist du? Das ist nicht witzig. Hörst du?«

Ich blinzelte das Salzwasser aus meinen Augen, das immer noch darin brannte und versuchte, die Personen am Strand auszumachen.

Da packten Hände meine Fußgelenke und rissen daran. Vorwärts stürzte ich in die nun tobenden Wellen. Das Wasser brodelte, als ich untertauchte und wirbelte und zischte an mir vorbei. Mit aufgerissenen Augen versuchte ich mich zu den Händen umzudrehen, zog und zerrte, aber bekam meine Füße nicht frei. Luftblasen blubberten aus meinem Mund, drängten an die Oberfläche und ich bemerkte staunend, dass die Welt um mich herum gestochen scharf war. Das Salzwasser brannte nicht länger in meinen Augen und ich fror auch nicht mehr, stattdessen umhüllte mich das Wasser angenehm kühl, wie ein schützender Kokon.

Fingernägel kratzten über die empfindliche Haut über meinen Knöcheln und brachten mich zurück ins Hier und Jetzt. Ich warf mich herum und mitten in der Drehung erhaschte ich einen Blick auf meinen Angreifer. Die Welt um mich erstarrte. Ein Gesicht blickte mich an. Schmal und filigran, große helle Augen, ein voller, sinnlicher Mund. Ellenlange, dunkelgrüne Haare umrahmten den Kopf der Frau und hingen breit gefächert im Wasser, silbrige Strähnen schimmerten darin. Die Augen blickten in meine und es war, als ob ich auf ihren Grund sehen konnte. Sie zogen mich in ihren Bann, immer tiefer hinein, ich verlor mich in ihnen, verlor mich in der Unendlichkeit, versank darin ... Sie öffnete ihren Mund, wollte etwas sagen. Freude und Sorge standen gleichermaßen in ihren Augen, übertrugen sich auf mich, bis sich eine Erinnerung in mir hochdrängte. Wage Bilder, unscharf und undeutlich. Momentaufnahmen. Wie Teile eines fehlenden Puzzles. Da griffen starke Hände unter meine Arme und zogen mich fort. Die Finger lösten sich von meinen Füßen und das Gesicht verschwand in der Dunkelheit, wurde wie an einem Faden nach hinten gezogen.

Dann tauchte ich auf, fest an einen warmen Körper gedrückt fühlte ich, wie sich Taubheit in mir ausbreitete.

KAPITEL 7

Pontos - Präolympischer Gott, Vater des Nereus

Fest in eine Wolldecke gewickelt, saß ich am Feuer und starrte in die lodernden Flammen. Mittlerweile war die Sonne im Meer untergegangen und die Sterne glitzerten am Nachthimmel. Der Wind, der durch mein nasses Haar fuhr, ließ mich frösteln und ich rückte noch ein Stückchen näher an das prasselnde Feuer, um seine Wärme in mich aufzunehmen.

Neben mir, ebenfalls eine Decke um die Schultern, saß ein zerknirschter Grayson, der sich schon tausend Mal entschuldigt hatte.

Genau so oft hatte ich den Kopf geschüttelt und ihm versichert, dass ich nicht sauer auf ihn war. Wenn jemand schuld war, dann Delilah.

Aber von ihr war weit und breit nichts zu sehen. Sie hatte sich wohl ins Haus verzogen, wofür ich dankbar war. Hätte ich sie hier sitzen sehen, wäre ich ganz bestimmt auf sie losgegangen und ich war mir nicht sicher, ob ich mich zurückhalten konnte, wenn ich sie später sah.

Vor allem aber war ich durcheinander. Einer Fata Morgana gleich schienen die Bilder in meinem Kopf eine Einbildung zu sein. Vielleicht spielte mir mein Verstand einen Streich oder das Licht der Sonne hatte sich seltsam im Wasser gebrochen. Aber, dass tatsächlich eine Frau da unten gewesen war, wollte mein Verstand nicht wahrhaben. Ich zupfte am Ende der Decke und zog sie über meine Füße, so dass niemand sie sehen konnte.

Kein Wort über das Erlebte ging mir über die Lippen, denn ich war mir sicher, dass mir das eh keiner glauben würde. Zumal ich mir selbst nicht glaubte. Aber wenn ich die Augen schloss, konnte ich ihr Gesicht sehen, ihr Lächeln, ihre Augen. Diese Augen... Seufzend zog ich die Decke noch fester um mich und legte den Kopf auf meinen Knien ab. Wurde ich jetzt richtig verrückt? Oder hatten mir meine Augen einen Streich gespielt? War da tatsächlich jemand gewesen? Ein unangenehmes Jucken an meinen Knöcheln beantwortete meine Frage.

»Komm, ich bringe dich nach Hause, Clara.« Grayson zog mich nach oben und ich folgte ihm die Stufen hoch in das unordentliche Wohnzimmer und ohne mich umzusehen, verließ ich mit Grayson das Haus.

Bibbernd schlich ich die Treppe hoch, froh darüber, dass mir niemand auf meinem Weg entgegenkam.

Licht drang unter der Tür von Delilahs Zimmer hervor und ich hörte sie leise telefonieren. Unschlüssig stand ich im Flur, zu gerne hätte ich ihr meine Meinung gesagt, aber ich war müde und ausgelaugt und ich fror in meinen klammen Klamotten. Mit Delilah konnte ich mich auch zu einem späteren Zeitpunkt befassen.

Nachdem ich in eine weiche Jogginghose und meinen großen I LOVE LONDON Pulli geschlüpft war, raffte ich die nassen, nach Salzwasser riechenden Klamotten zusammen und brachte sie in die Waschkammer.

Es war kalt in dem Raum und eine nackte Glühbirne pendelte hin und her und warf lange Schatten an die Wände. Eine Gänsehaut jagte über meinen Körper und ich beeilte mich, die Sachen in die Maschine zu stopfen. Ich drückte den Start Knopf und lauschte einen Augenblick lang dem gleichmäßigen Wummwumm der Waschmaschine, als mir die Angst in die Knochen drang. Was war da im Wasser passiert? Tränen stiegen mir in die Augen und flossen über meine Wangen bevor ich sie aufhalten konnte. Ich unterdrückte ein Aufschluchzen und wandte mich mit nassen Augen der Tür zu. Die Glühbirne pendelte nach links und erhellte die Tür. Sie stand offen! Ich war mir sicher, dass ich sie hinter mir geschlossen hatte. Dann schwang die Birne nach rechts und Dunkelheit fiel über die Tür. Ich kniff die Augen zusammen. Bewegte sich da etwas?

»Mist, mist, mist«, murmelte ich. Eine Taschenlampe wäre jetzt perfekt gewesen, denn ich würde keinen Fuß vor die Tür setzen, keinen Schritt würde ich im Dunkeln gehen.

Draußen knackte ein Zweig und es raschelte an der Tür. Ein Tier?

Ich war zurückgewichen, bis an die Wand. Mein Atem ging flach und kam in kurzen Stößen. Eng an die Mauer gedrückt rutschte ich auf den Boden und kauerte mich halb hinter der Waschmaschine auf die Dielen. Die Lampe pendelte wieder von der einen Seite auf die andere und erleuchtete eine Ansammlung von Haushaltsgeräten in der Ecke. Krampfhaft zog sich mein Magen zusammen. Die Silhouette eines Bügeleisens zeichnete sich im Licht gegen die Wand ab. Der Anblick ließ die Eingeweide in meinem Inneren brennen. Wie von selbst, glitt meine Hand unter den Saum meines Pullis und berührte die Erhebung einer Narbe, fühlte die alten Verbrennungen. Im nächsten Moment trafen mich die Erinnerungen wie ein Schlag in den Magen. Wir hatten so oft über sie geredet und nach Möglichkeiten gesucht, die mir halfen, mit dem, was ich erlebt hatte klarzukommen, aber wenn die Erinnerungen mich überrollten, half nichts. Fragmentarisch blitzten Bilder auf. Bilder von ihm und einem heißen Bügeleisen. Von dem Schmerz, der jetzt fast so real war wie damals, wurde mir schwindelig und ich umklammerte meine Knie. Vor und zurück wippend sang ich leise den Text von ›Walk in the Sun‹.

Irgendwo schlug eine Tür zu und Schritte knirschten auf dem Kies. Mit weit aufgerissenen Augen starrte ich zur Tür und schnappte nach Luft, als es Delilah war, die über die Schwelle trat. Ihre Augen waren verquollen und ihre Lippen aufgesprungen.

»Was tust du da?«

Obwohl ich den Mund öffnete, konnte ich ihr nicht antworten. Es kamen einfach keine Worte aus mir heraus. Ich schlang die Arme noch fester um meine Beine. Einen Moment lang schauten wir uns nur an und ich wappnete mich gegen einen gemeinen Spruch, der unweigerlich kommen würde.

Dann streckte sie plötzlich die Hand nach mir aus.

»Komm, wir gehen zusammen«, sagte sie leise.

Vielleicht steckte mir der Schreck zu sehr in den Knochen, vielleicht war ich aber auch einfach nur froh, dass mich hier jemand wegbringen wollte, denn ich ließ es zu, dass sie mich hochzog und meine Hand hielt, während wir zurück zum Haus liefen.

»Als ich noch ein Kind war, hat mir diese Hütte auch immer Angst gemacht und an einem Halloween hat Daddy sie einmal besonders gruselig geschmückt. Danach bin ich nicht mehr freiwillig reingegangen nach Sonnenuntergang«, erzählte sie mir flüsternd, als sie gegen die Terrassentür drückte. Doch sie schwang nicht wie gewohnt nach innen auf, sondern blieb verschlossen.

Sie drückte fester dagegen, doch die Tür ließ sich kein Stück bewegen.

»Was ist los?«, flüsterte ich.

Ruhig bleiben, alles wird gut, ermahnte ich mich.

»Ich habe keine Ahnung«, zischte sie. »Ich habe sie nicht zugemacht.

»Mom? Dad!«, rief sie laut.

»Oh Gott, bitte, bitte...«, jammerte ich und musste an die Geräusche vor der Hütte denken.

»Komm«, sie zog an meiner Hand. Aber ich konnte und wollte mich nicht bewegen.

»Dann bleib halt hier.«

Sie ließ meine Hand los und verschwand ums Haus.

»Nein. HALT! Warte auf mich.«

Ich schoss ihr hinterher und rannte um das Haus, wo sie gerade die Treppe zur Eingangstür hochstieg und klingelte.

Sie warf mir einen sonderbaren Blick zu, aber das war mir egal, ich drückte selbst noch einmal auf die Klingel. Lange. Bis die Tür aufgerissen wurde und ich mich an Dan vorbei in den Flur drängte.

Als mich die vertrauten Gerüche des Hauses empfingen, eine Mischung aus Brendas Parfum und etwas, das ich nicht benennen konnte, beruhigte sich mein schnellschlagendes Herz ein wenig.

»Dad. Hast du die Terrassentür gerade eben zugemacht?«, frage Delilah.

»Was? Nein. Wie kommst du darauf?« Er schaute von ihr zu mir. Ich hätte sie gerne ins Haus gezogen und die Tür verschlossen. Die Dunkelheit hinter ihr jagte mir Angst ein.

»Ich habe Baseball geschaut, bis ihr zwei Verrückten wie wild geklingelt hab. Und wenn ihr mich entschuldigt, das letzte Inning hat angefangen.«

Kopfschüttelnd stapfte er zurück ins Wohnzimmer und ließ uns alleine mit unseren Fragen an der Tür stehen.

Schon eilte ich die Treppen hoch, um mich in meinem Zimmer zu verschanzen und unter der Bettdecke zusammenzurollen, da rief Delilah: »Warte kurz. Darf ich in dein Zimmer mitkommen?« Verblüfft schaute ich zu ihr runter.

»Seit wann fragst du?«

Wir standen etwas verloren in meinem Zimmer, bis ich mich auf das Bett fallen ließ und ihr das gleiche anbot. Was auch immer sie mir zu sagen hatte, ich hoffte, sie würde es schnell tun. Der Moment im Wäschehäuschen ließ mich nicht los. Ich sehnte mich nach Schlaf.

Sie schüttelte den Kopf und ließ sich auf den weichen Teppich nieder.

»Es tut mir leid, dass ich dich stehen gelassen habe heute. Ich weiß, dass das nicht in Ordnung war.« Sie schaute auf ihre Hände, die in ihrem Schoß lagen und seufzte.

»Aber ich war eifersüchtig. Ich gebe es nicht gerne zu, aber dich und Grayson zusammen zu sehen, habe ich nicht mehr ertragen. Ich weiß, dass ich nicht immer nett zu dir bin und ich mag dich nicht besonders gerne, aber du kannst nichts dafür, wenn Grayson dich lieber mag als mich und ich darf meine Eifersucht nicht an dir auslassen.«

Sie hob den Blick von ihren Händen und schaute mich verlegen aus ihren grünen Augen an.

»Aber ich stehe nicht auf Grayson!«, platzte ich heraus.

»Tatsächlich?«, murmelte sie.

»Das mag komisch klingen, aber es ist so. Ich mag ihn und mir liegt auch etwas an ihm, aber ich bin nicht verliebt in ihn. Es fühlt sich anders an. Ich hm... vertraue ihm.«

»Das fällt dir nicht so leicht, oder?«

»Nein«, antwortete ich schlicht.

»Aber ich glaube er steht auf dich. Vielleicht solltest du mit ihm reden.«

»Vielleicht«, seufzte ich und lächelte dann. »Und vielleicht solltest du dich in seiner Gegenwart nicht so benehmen. Dann wird aus euch vielleicht noch was.«

»Ja«, sie lächelte zurück und stand auf. »Vielleicht. Gute Nacht, Clara.«

»Delilah«, sagte ich vorsichtig, »es tut mir leid.«

Damit meinte ich nicht nur meine Freundschaft zu Grayson, sondern auch alles andere. Angefangen bei meiner Eisattacke auf sie und vor allem unseren Wortwechseln, an denen ich genauso schuldig war wie sie.

Sie schien nach Worten zu suchen, schüttelte aber nur den Kopf und wandte sich von mir ab.

Bevor sie die Tür hinter sich zuzog, drehte sie sich doch noch einmal um.

»Wir werden vermutlich nie beste Freundinnen werden, aber vielleicht hast du Lust, am Montag wieder mit mir zu fahren? Und ich weiß, dass Demi sich freuen würde, wenn du mal mit uns zu Mittag isst. Überleg es dir einfach.«

Dann zog sie leise die Tür ins Schloss.

Nachdem ich das Licht gelöscht hatte, lag ich noch eine Weile wach da und starrte an die Decke. Die Fenster hatte ich fest zugezogen und mehrfach im Schrank und unter dem Bett nach Monstern geschaut.

Ich wusste, dass es eine unruhige Nacht werden würde und hatte vorsorglich zwei Tabletten genommen. Es dauerte immer eine Weile bis sie wirkten und in der Zeit bis der Schlaf mich übermannte, ging mir viel durch den Kopf.

Immer wieder spukte das Gesicht der Frau in meinen Gedanken herum und ich fragte mich, wer sie war und was sie dort unter Wasser gemacht hatte. Gleichzeitig tauchten auch immer wieder Fetzen aus meiner Vergangenheit auf und unterbrachen die Grübeleien.

Ich hatte mir nichts sehnlicher gewünscht, als nach Rockaway Beach zu kommen und ein einfaches Leben als Teenager zu führen. War das denn zu viel verlangt?

»Wieso bin ich hier?«

Er lief im Zimmer auf und ab. Er war gestresst. Meine Fragen machten ihn immer wütend, aber war er in dieser Stimmung, schienen sie ihm mehr Angst zu machen, als dass sie ihn in Rage versetzten.

»Wieso hast du mich hierhergebracht?«

Er raufte sich das Haar und wirbelte dann zu mir herum: »Sei endlich still, Mädchen!«

Schwere Stiefel trafen auf den Boden, dann kniete er vor mir nieder, das Gesicht dicht vor meinem. Ich musste ihm direkt in die Augen schauen. Augen, die heute nicht starr vor Wut waren. Seine trockenen Lippen bebten und er öffnete immer wieder den Mund, wie um zu sprechen.

»Bitte, sag es mir.«

Er schien tief Luft zu holen und ich wartete gebannt auf Worte, die nie kommen würden. Seine Hand traf mich schallend im Gesicht. Der Schmerz brannte auf meiner Haut, aber ich weinte nicht. Durfte es nicht!

»Frag mich das nie wieder. Nutz mich nicht so aus, Fischmädchen.«

KAPITEL 8

Doris - Okeanide, Tochter des Okeanos und der Tethys,
verheiratet mit Nereus und Mutter der Nereïden

Es war Sonntag, kurz nach neun, als ich unter die Dusche stieg. Die Ereignisse des Vortags steckten mir noch in den Knochen und der Traum hatte mich zusätzlich aufgewühlt. Vor allem aber sein letztes Wort hatte mich gleich nach dem Aufwachen nachdenklich gestimmt. Solche Momente, in denen ich ihn nach dem Grund für meine Entführung gefragt hatte, waren nicht selten gewesen. Am Anfang noch häufiger, später, als ich älter geworden war und er mich ständig geschlagen hatte, hatte ich mich immer mehr versteckt und die Fragen, die mir auf der Seele brannten, unterdrückt. Bis heute kannte ich den Grund meiner Entführung nicht. Die Vermutung meiner Psychologin, meine Entführung habe irgendwelche psychischen Bedürfnisse befriedigt, konnte ich nicht unterstützen. Dagegen sprachen die Selbstgespräche, die er oft geführt hatte. Auch wenn ich den Zusammenhang nicht verstand, hatte ich begriffen, dass es sehr wohl einen Grund für meine Situation gab. Auch hatte er, wenn er in einer seiner Stimmungen gewesen war, bei mir um Verzeihung gebeten. Aber daran, ob er mich tatsächlich Fischmädchen genannt hatte, konnte ich mich nicht erinnern. Es war schon sehr seltsam, dass ich heute Nacht von diesem Wort geträumt hatte. Fischmädchen.

Ich wusch mir die Erinnerungen an den Traum vom Körper.

Die Kratzer an den Fußgelenken brannten, als ich den Schaum von mir spülte und rotes Blut mischte sich mit dem Duschwasser und sickerte in den Abfluss. Ich schloss die Augen und schüttelte langsam den Kopf. Irgendetwas war hier sehr seltsam. Mit bebenden Händen stellte ich das Wasser ab und stieg aus der Dusche. Die Pflaster fand ich in der untersten Schublade und ohne genau hinzusehen, verbarg ich die Wunden darunter.

Ich wollte den Tag im Bett verbringen, lesen und Tee trinken, aber ich war viel zu nervös. Ständig drängte sich das Gesicht der Frau in meine Erinnerung, bis ich es nicht mehr aushielt und aufsprang. In Moms Arbeitszimmer stand ein Computer, das wusste ich seit der Tour durch das Haus, am Tag meiner Ankunft. Bisher hatte mich das Gerät nicht interessiert, doch heute fragte ich mich, ob das Internet mir weiterhelfen konnte.

Ich brauchte einen Moment, um das Teil anzubekommen. Technisch war ich nicht sonderlich begabt, in der Psychiatrie hatten wir zwar einen Laptop gehabt, über den ich via Skype mit meiner Pflegefamilie gesprochen hatte, aber der war schon an gewesen, wenn ich mich davorgesetzt hatte. Wie der Powerknopf aussah, wusste ich dennoch. Erstaunlicherweise hatte Mom kein Passwort für ihren Computer. Ich brauchte eine Weile, um ins Internet zu kommen und klickte mich durch eine Reihe anderer Programme bis plötzlich der Browser aufging. Dort gab ich *Gesicht unter Wasser* ein und wartete bis die Ergebnisse geladen hatten. Als erstes sah ich Bilder von Menschen die unter Wasser fotografiert worden waren, darunter Einträge über ›30 Hochwertige Tipps zum Fotografieren unter Wasser‹ und Artikel über den Taucherreflex bei Neugeborenen. Ich verzog nachdenklich das Gesicht und starrte auf den Bildschirm, dann tippte ich *Menschen, die im Wasser leben*, ein und bekam Reportagen zu dem Thema angezeigt. So versuchte ich es mehrere Male, immer ohne nennenswerten Erfolg. Ich gab auf, löschte aus einem Impuls heraus den Suchverlauf und schaltete den Computer wieder aus. Im Flur hielt ich inne und klopfte dann bei Delilah an die Tür, um sie nach Graysons Nummer zu fragen.

Ich musste darüber reden, so verrückt und unglaublich es auch klang. Bei Jenna anzurufen, traute ich mich nicht, ich wollte nicht, dass sie schlecht von mir dachte und Grayson war der einzige andere, bei dem ich mir vorstellen konnte, dass er mich nicht für komplett abgedreht hielt.

Wir trafen uns in der Eisdiele am Eck, nachdem ich runter in den Ort gelaufen war. Ich hatte den Spaziergang genutzt, um an der frischen Luft meine Gedanken zu sortieren und fragte mich, ob es wohl richtig war, mich Grayson anzuvertrauen. Mein dringendes Bedürfnis mit jemandem zu reden, hatte über die Angst vor seiner Reaktion gesiegt, doch als ich ihm dann gegenübersaß, zwei Milchshakes zwischen uns, brachte ich kein Wort heraus. Ein paar Mal setzte ich zum Reden an, brachte aber nur ein Stottern heraus. Wieder bemerkte ich den Unterschied zwischen dem Jungen, den ich bisher kennengelernt hatte und dem, den Jenna und Megan mir beschrieben hatten. Mir gegenüber verhielt er sich geduldig und vor allem freundlich, obwohl er mich bereits von meiner schlimmsten Seite hatte kennenlernen müssen. Seine geduldige, aber auch beharrliche Art, hatte etwas Beruhigendes und ich gab mir einen Ruck.

»Es fällt mir nicht leicht, darüber zu reden und ich weiß auch ehrlich nicht, wo ich anfangen soll.« Ich klammerte mich an meinem Milchshakeglas fest, um das Zittern meiner Hände zu verbergen.

»Macht nichts. Lass dir Zeit, ich habe heute sonst nichts vor«, winkte er ab und lehnte sich über den Tisch.

»Du weißt, dass ich adoptiert wurde und früher in England gelebt habe?«

»Dein britischer Akzent hat dich verraten.« Er zwinkerte mir zu. »Außerdem hat Delilah uns von dir erzählt.«

»Was hat sie euch denn genau erzählt?«, fragte ich ihn nervös.

»Nur, dass du es nicht leicht hattest die letzten Jahre. Sie hat ein großes Geheimnis daraus gemacht und uns nicht viel verraten.«

Vermutlich war es ihr peinlich gewesen, ihren Freunden erzählen zu müssen, dass ich direkt aus der Psychiatrie kam. Aber ich konnte es ihr nicht übelnehmen. Ich hatte einige Leute kennengelernt, die allein bei dem Begriff in Schweiß ausgebrochen waren und von anderen Patienten gehört, dass nahe Verwandte und Freunde nie zu Besuch kamen, da ihnen nicht die Leute, sondern der Ort selbst Angst einflößte. Die Psychiatrie war immer noch mit einem gewissen Stigma behaftet und viele verbanden den Roman ›Shutter Island‹ damit. Ich konnte nur hoffen, dass Grayson keiner von ihnen war.

»Bevor ich dir erzähle, was los ist, musst du noch etwas anderes über mich erfahren. Noch vor zwei Monaten war ich in einer psychiatrischen Einrichtung, in der ich die letzten Jahre gelebt habe. Ich habe keine Eltern und kann mich auch nicht an sie erinnern, weil ich zu jung war als ich... als ich entführt wurde. Bis jetzt weiß ich nichts über mein früheres Leben und ich habe sogar vergessen, wie ich früher einmal hieß. Den Namen Clara durfte ich mir selbst aussuchen und auch den Nachnamen. Ich bin jetzt also eine völlig andere Person.«

Ich machte eine kurze Pause, um Luft zu holen, und musste all meinen Mut aufbringen, um ihm weiterhin in die Augen schauen zu können. Es war verrückt, wie sehr ich diesem Jungen vertraute. Doch es ließ sich einfach nicht leugnen, dass da etwas zwischen uns war.

»Als es dann hieß, ich könne entlassen werden, bin ich in Panik geraten. In England weiß jeder wer ich bin, ich kann nicht über die Straße laufen, ohne angeschaut zu werden. Die Leute zeigen sogar mit dem Finger auf mich. Aus dem Grund, bin ich hierhergekommen, an einen Ort, an dem mich keiner kennt, damit ich von vorne anfangen kann.«

Grayson griff nach meinen Händen und drückte sie sanft. Ich zuckte unter seiner Berührung nicht zusammen, im Gegenteil, es fühlte sich sogar gut an, wie er meine Hand hielt. Sein Blick sprach Bände und als er redete, war seine Stimme rau.

»Hat man deinen Entführer wenigstens ordentlich bestraft?«

Ich schüttelte den Kopf. »Nein. Nach meiner Flucht ist er untergetaucht und bis jetzt haben sie ihn nicht finden können. Er ist damit durchgekommen.«

»Ich würde dieses Schwein töten, wenn ich könnte.« So viel Zorn und Hass lag in seinen Worten, dass ich unwillkürlich zusammenzuckte. Gleichzeitig waren seine Worte Balsam für meine Seele. Er stellte keine dummen Fragen oder verhöhnte mich. Grayson stand an meiner Seite und das rührte mich fast zu Tränen.

»Er hätte es verdient«, stimmte ich ihm zu. »Aber ich hoffe, dass es niemals dazu kommt. Ich bete, dass er in dem dunklen Loch, in dem er sich versteckt, tot umfällt und nie wieder jemandem wehtut.«

Mein Mund war trocken vom Reden und ich hatte nicht mal die Hälfe erzählt. Ich beschloss den Rest kurz zu halten.

»Aber eigentlich wollte ich dir etwas ganz anderes erzählen. Es klingt wirklich verrückt, sehr verrückt, aber ich hoffe du kannst mir vielleicht trotzdem glauben oder es zumindest versuchen.«

Ich machte erneut eine kurze Pause, um ihm eine Gelegenheit zu geben, mich zu stoppen. Doch als er nichts dergleichen tat, sprach ich weiter.

Ich erzählte ihm von dem Drang, dem Meer nahe zu sein und dem brennenden Gefühl in meiner Brust, wenn ich es nicht war, schilderte ihm den Nachmittag am Meer und die Begegnung, die ich gestern Abend gemacht hatte. Seine Augen wurden mit jedem Wort größer und ein Ausdruck des Unglaubens trat in seinen Blick.

»Ich weiß, ich weiß«, seufzte ich. »Es kling total unglaubwürdig, aber es ist wahr. Bitte halt mich jetzt nicht für verrückt.«

»Ich will dir ja glauben, aber es klingt wirklich abgefahren. Bist du dir sicher, dass du es dir nicht nur eingebildet hast?«

»Ich bin mir zu hundert Prozent sicher.« Ich nickte kräftig, um meinen Worten mehr Nachdruck zu verleihen.

Eine endlose Zeit lang dachte er nach, spielte mit meinen Fingern und als ich schon glaube, keine Antwort mehr zu bekommen, überraschte Grayson mich.

»Na dann bleibt dir nichts anderes übrig, als der Sache auf den Grund zu gehen. Am besten sofort!«

»Du glaubst mir?«, fragte ich verwundert.

»Weiß ich noch nicht. Du bist schon ziemlich verrückt.« Er zwinkerte mir zu und ich wusste, dass er an den Tag dachte, an dem er mich im Auto mitgenommen hatte. »Aber ich kann mir einfach nicht vorstellen, warum du mir so etwas erzählen solltest, wenn es nicht wahr ist. Außerdem mag ich dich, Clara. Ich versuche dir zu glauben. Nenn es einen Vertrauensvorschuss.« Er stand auf und streckte mir die Hand entgegen. Ich ergriff sie, um sie zu schütteln, woraufhin Grayson lachte. »Nein, du sollst meine Hand nehmen.«

Ich wurde ein bisschen rot und ließ zu, dass er seine Finger um meine Hand schloss. Kurz war ich versucht, sie ihm wieder zu entreißen, aber da sich die gewohnte Panik nicht einstellte, ließ ich es geschehen.

»Ich würde vorschlagen, dass wir jetzt gleich an den Strand gehen und du tust, was auch immer du tun musst, um herauszufinden, was auch immer es herauszufinden gibt. Okay?«

Er grinste mich schief an und zuckte mit den Schultern.

»Ich weiß nicht.«

»Komm schon. Es noch länger vor dir herzuschieben, macht es nur schlimmer. Du musst dich trauen, Clara. Wenn etwas passiert, bin ich ja ganz in der Nähe«, versprach er mir und drückte meine

Hand. Er warf ein paar Münzen für die Milchshakes auf den Tisch und zog mich aus dem Laden. Ein kühler Wind wehte uns um die Nase, als wir den Strand betraten.

»Wenn du bereit bist«, sagte Grayson leise und deutete mit der freien Hand auf den Ozean. Minutenlang stand ich mit klopfendem Herzen da und schaute den Wellen dabei zu, wie sie gemächlich an Land rollten und nasse Spuren auf dem Sand hinterließen. Mein Herzschlag passte sich an die Bewegungen der See an, wurde eins mit dem Auf und Ab der Wellentäler und Wellenberge. Wie in Trance folgte ich dem unsichtbaren Faden, der sich zwischen meinem Herzen und dem Meer spannte. Ich ließ meine Schuhe auf halbem Weg zurück und der Sand, der sich unter meinen nackten Sohlen warm anfühlte, trug mich an die Grenze zwischen Land und Meer. Das Wasser zog mich magisch an, wie zwei Magneten die ihren Weg zueinander suchten und sich schließlich in einer erlösenden Berührung fanden. Ich spürte die Kälte nicht, die mich umfing, als ich ins Wasser watete. Ich holte tief Luft und tauchte unter. Die Strömung zog an mir und schob mich weiter aufs Meer hinaus, weg vom Strand und weg von Grayson. Ich ruderte mit Armen und Beinen, wie ein Hund, um nicht unterzugehen. Es dauerte einen Augenblick, in dem die Welt um mich herum verschwommen und undeutlich war, dann klarte meine Sicht auf, das Salzwasser brannte nicht mehr in meinen Augen und ich konnte alles gestochen scharf sehen. Jedes einzelne Sandkorn, jede kleine Muschel am Meeresgrund, kleine Seetiere, die an mir vorbeischwammen, all das konnte ich so deutlich erkennen, als trüge ich eine Schwimmbrille. Doch bevor ich mich darüber wundern konnte, tauchten drei Gestalten in der Ferne auf. Dunkle Flecken, die sich auf mich zubewegten und größer wurden. Drei wunderschöne Frauen formten sich aus den Schemen. Ich riss die Augen noch weiter auf. Anstelle der Beine hatten diese Frauen Fischschwänze. Fischschwänze, die von ihren Taillen abwärts elegant durchs Meer wedelten. Feine filigran geschnittene Gesichter, lange wogende Haare und große, erschreckend helle Augen. Sie musterten mich genauso neugierig wie ich sie. Mit dem feinen Unterschied, dass mein Herz wieder vor Angst raste und ich nach Luft schnappte.

Moment! Ich atmete. Unter Wasser! Dieser Schreck wurde allerdings von der Anwesenheit der Frauen überschattet, doch anstatt zu fliehen, schwebte ich federleicht im Wasser, unfähig mich zu rühren. Erst als die drei mit schlagenden Flossen vor mit Halt machten, kam ein Schrei über meine Lippen. Die größte von ihnen legte einen Finger an den Mund und schaute mich aus ihren großen, grünen Augen ernst an.

»Bitte. Hab keine Angst, wir sind nicht hier, um dir wehzutun.«

Sie redete! Und ich konnte sie hören. Träumte ich?

Ihre Stimme war hell und seidig, ein zarter Singsang. Sanft ringelte sich eine grüne Locke um ihr Handgelenk.

»Weh tun? Auf gar keinen Fall. Wir sind deine Familie...«

Die Grünhaarige brachte die zweite mit einem scharfen Blick zum Schweigen.

»Dafür ist keine Zeit, Halie. Wichtig ist nur, dass du jetzt zuhörst«, sagte sie zu mir.

Ich nickte bloß. Zu mehr war ich nicht in der Lage.

»Das hier mag verwirrend für dich sein und ich werde dir alles erklären, versprochen. Aber nicht hier und nicht jetzt. Triff uns beim nächsten Vollmond an den Twin Rocks. Um Mitternacht. Dann können wir reden. Hier ist es zu gefährlich. Bitte, erzähl niemandem davon. Es ist äußerst wichtig, dass niemand davon erfährt! Hast du das verstanden Yara?«

»Clara. Ich heiße Clara.«

Obwohl ich tausend Fragen hatte, rutschte mir dieser Satz über die Lippen. Die drei tauschten Blicke und eine, deren Haar hellrosa war, verzog ihr puppenhaftes Gesicht. »Wie kann das sein? Haben wir einen Fehler gemacht?«

»Das klären wir beim nächsten Mal. Jetzt müssen wir verschwinden. Vollmond, Mitternacht, an den Felsen. Komm alleine!« Die Dritte im Bunde hatte nun gesprochen. Ihre Stimme drängte zur Eile und ich nickte, viel zu verwirrt, um Fragen zu stellen. Sie hob ihre Hand und beschrieb einen großen Kreis, der das Wasser um uns herum zum Leben erweckte. Es drehte sich zu einem Strudel, der mich davonschob, weg von den dreien. Ich versuchte dagegen anzukämpfen. Eine Million Fragen, die ich jetzt doch stellen wollte, schossen mir durch den Kopf, aber gegen den Strudel kam ich nicht an. Er schob mich zurück ans Ufer und spülte mich an den Strand. Für einen kurzen Augenblick blieb ich liegen. Was um Himmelswillen war da gerade passiert? Ich war fassungslos. Es war wahr. Alles. Die Hände, das Gesicht der Frau, keine Einbildung. Ich wusste nicht, ob ich lachen oder weinen sollte.

Der Kalender in Moms Arbeitszimmer war vollgeschrieben mit Terminen und Verabredungen. Aber auch der Mondzyklus war darauf abgebildet. Zunehmender Mond in der kommenden Woche und Vollmond übernächsten Dienstag. Über eine Woche. Ich seufzte. Das war lang und meine Nerven waren jetzt schon zum Zerreißen gespannt. Ich hatte mich an mein Versprechen gegenüber der – wie sollte ich sie nennen? Frauen? – gehalten und Grayson nichts davon erzählt. Er schien mir nicht recht geglaubt zu haben, als ich ihm, tropfnass und um Fassung ringend, erzählt hatte, dass nichts geschehen war. Und ich glaubte mir ja selbst kaum, ich war mir sicher, gleich aufzuwachen, nur um festzustellen, dass alles ein verrückter Traum gewesen war. Meerjungfrauen. Ha, so etwas gab es nicht. Märchengestalten aus Kinderbüchern, aber keine realen Personen. Aber die drei waren echt gewesen, aus Fleisch und Blut, hatten gesprochen und geatmet. So viel Fantasie, dass ich sie mir eingebildet hatte, gab es nicht.

Es stand fest, diese drei jungen Frauen waren real, von ihren langen Haaren bis zu ihren Fischschwänzen. Ich schloss die Augen und rief mir das Bild der drei in Erinnerung. Eine schöner als die andere, blonde, grüne und rosafarbene Haare, die ihnen bis über die Hüfte reichten und sich im Wasser bewegten wie Algen in der Strömung. Lange, biegsame Fischschwänze und diese tiefgründigen Augen.

Gänsehaut bildete sich auf meinen Armen und ich spürte ein Kribbeln tief in mir. Ich war aufgeregt!

Die nächsten Tage würden quälend langsam vergehen.

KAPITEL 9

Skylla - Meeresungeheuer, mit dem Oberkörper einer Frau und
dem Unterleib von sechs Hunden

Meine Sorge, die Zeit würde nicht schnell genug vergehen, war unbegründet. Die Lehrer überhäuften uns mit Hausaufgaben und Lernblättern, da Klausuren anstanden. Die Nachmittage verbrachte ich in meinem Zimmer oder mit Jenna und Megan und lernte, nicht, weil ich musste, sondern um beschäftigt zu sein. Zum einen konnte ich so Zeit totschlagen und zum anderen musste ich nicht ständig an Dienstag denken. Und an die Worte, die die drei gesagt hatten. Vor allem ein Wort geisterte immer wieder durch meinen Kopf: Familie!

So hatte uns die mit den rosafarbenen Haaren genannt, Halie hieß sie, und ich konnte mir darauf keinen Reim machen. Und dann auch noch ihre Fischschwänze! Statt mich deswegen verrückt zu machen, verdrängte ich die Erinnerung und hoffte, dass sich Dienstagnacht alles aufklären würde. Ich hielt mich also mit Lernen auf Trab.

Nur nachts, wenn ich im Bett lag und mich nicht ablenken konnte, kamen die Bilder und Gedanken. Kreisten wie ungebetene Gäste unter der Zimmerdecke und machten mich wahnsinnig. Es wurde zur Gewohnheit, dass ich vor dem zu Bett gehen Beruhigungstabletten nahm. Eine schlechte Angewohnheit, da die Medikamente für den Notfall gedacht waren und nicht für den täglichen Gebrauch. Aber im Grunde war das hier ein Notfall, denn ohne sie konnte ich gar nicht schlafen.

Doch meine Träume waren genauso unruhig wie meine Gedanken und oft plagten mich schreckliche Albträume. Morgens wachte ich unausgeschlafen und nervös meistens schon gegen halb fünf auf und konnte nicht wieder einschlafen. Kaffee und Augenringe wurden zu meinen ständigen Begleitern, in der Schule fiel sogar Jenna auf, dass ich unruhig war und Delilah schenkte mir kommentarlos einen Abdeckstift.

Also schluckte ich vormittags Promethazin zur Beruhigung und kippte Kaffee oben drauf, um fit zu bleiben. Ich fühlte mich wie ein Zombie oder eines dieser Kinder auf Ritalin. Ich funktionierte, war aber nicht richtig da. So vergingen die Tage, der Mond nahm immer mehr zu, wie ein fettes Kalb, das meine Lebensenergie fraß, bis er rund und voll am Himmel hing. Mein Leben war ein Rausch aus Lernen, Kaffee, Medikamenten und noch mehr Kaffee. Bis ich Montagabend völlig erschöpft in mein Bett fiel, traumlos durchschlief und erst durch den Wecker wieder wach wurde. Müde schlurfte ich ins Bad, putzte mechanisch meine Zähne und deckte die Augenringe ab, dann griff ich nach der Medikamentenschachtel, um zwei der dunkelroten Tabletten mit in die Schule zu nehmen und bemerkte zu meinem Entsetzen, dass der letzte Blister fast leer war. Erschöpft setzte ich mich auf den Klodeckel und rechnete nach. Ich hatte Unmengen an Tabletten geschluckt und mich gehen lassen. Ich hätte mich ohrfeigen können für diesen Mist.

Damit war jetzt Schluss! Kein Kaffee! Keine Tabletten!

Das Uralt-Smartphone, das ich von Mom bekommen hatte, piepste auf dem Waschbeckenrand.

Ein Eintrag im Kalender, stand auf dem Display. Noch etwas unbeholfen drückte ich auf die Knöpfe, bis ich es in den Kalender schaffte.

Das Wort Vollmond sprang mir entgegen. Irgendwie hatte ich es geschafft, einen Eintrag in den Kalender zu machen, ohne mich daran erinnern zu können. Aber jetzt war mein Blut in Wallung. Es war Vollmond! Heute Nacht war es so weit. Meine Hände zitterten unkontrolliert und ich war kurz davor, doch eine Tablette zu nehmen. Aber das war falsch! Es war sogar gefährlich. Mit aller Selbstbeherrschung, die ich aufbringen konnte, schleppte ich mich in die Küche. Mom war spät dran, hektisch wirbelte sie durch die Küche und redete in ihr Headset, während sie Saft in Gläser und Cornflakes in Schüsseln füllte. Es war ihre morgendliche Routine, Frühstück für die Familie zu machen und dabei die ersten Termine mit ihrer Assistentin zu planen.

Sie nahm keine Notiz von mir, bis sie fast aus der Küchentür war. Doch dann drehte sie sich noch einmal um und zog langsam den Kopfhörer aus dem Ohr.

»Clara, Darling, geht es dir nicht gut? Du siehst furchtbar aus.«

Tatsächlich fühlte ich mich auch schlecht, mir war heiß und meine Augen tränten.

Mom trat auf mich zu und fühlte meine Stirn.

»Schätzchen, du glühst ja. Komm ich bring dich ins Bett. Du bleibst heute zu Hause!«, entschied sie.

Bereitwillig folgte ich ihr nach oben und legte mich hin.

Bevor mein Kopf das Kissen berührte, schlief ich ein.

Ich war am Strand, nahe am Wasser. Die Sonne schien hell am wolkenlosen Himmel und ein paar Vögel drehten ihre Kreise. Das Meer war erstaunlich ruhig und glasklar. Ich konnte jeden Fisch sehen, der sich im Wasser tummelte. Einer von ihnen, ein großer blauer, schaute mich an. Seine Augen waren so blau wie der Himmel über mir und seine geschwungenen Lippen wirkten wie die eines Menschen.

Er schwamm näher und lächelte mich an.

Dann sprach er: »Warum kommst du nicht zu uns ins Wasser? Wir tun dir nichts. Wir sind doch deine Familie. Spiel mit uns.« Ich blinzelte und fühlte das Wasser an meinen Füßen, als ich zu ihm in die Fluten glitt. Plötzlich war mein Körper nicht mehr da. Statt Arme und Beine und einen Kopf, der auf einem Hals saß, war alles miteinander verschmolzen. Ein weicher, biegsamer Körper, der unter Wasser dahinschoss. Völlig leicht und schwerelos. Ich schwamm mit den anderen Fischen, tummelte mich im warmen Wasser und wurde von der Strömung erfasst, die mich weit raus aufs Meer zog, wo das Wasser dunkler und kühler war. Der Meeresboden verschwand unter mir, bis ich oben und unten nicht mehr unterscheiden konnte. Aber ich hatte keine Angst, meine Familie war bei mir. Ein riesiger Strom aus schillernden Schuppen und großen Augen, der im Wasser tanzte und sich in der Strömung bewegte. Ich gab mich diesem Gefühl völlig hin, hörte auf zu denken bis meine Menschlichkeit nicht mehr existierte und ich eins wurde mit dem Wasser, den anderen Fischen, dem Blau um mich herum.

Ich schlug die Augen auf. Ich lag in meinem Bett und war völlig ausgeruht. Ein Blick auf mein Handy sagte mir, dass es bereits vier Uhr am Nachmittag war. Auf meinem Nachttisch standen eine Kanne kalter Tee und ein Teller mit Zwieback, über den ich mich hungrig hermachte. Draußen zwitscherten die Vögel in den Bäumen vor dem Fenster und die Sonne streckte ihre Strahlen wie Fühler in mein Zimmer. Ich fühlte mich besser als heute Morgen, besser als in der gesamten letzten Woche und als ich in den Spiegel blickte, waren die Augenringe verschwunden. Ich schenkte mir selbst ein aufmunterndes Lächeln und fand, dass ich auch besser aussah. Die Tage in der Sonne hatten mir gutgetan, denn meine sonst so blasse Haut war leicht gebräunt und meine Wangen waren rosig. Ich setzte mich ans Fenster, um einen Blick aufs Meer zu haben und kämmte mein Haar, das mir mittlerweile bis zur Taille ging, obwohl es mir bei meiner Ankunft in den Staaten gerade bis über die Schultern gereicht hatte. Aber darüber wunderte ich mich schon gar nicht mehr. Wenn es so etwas wie Meerjungfrauen gab, denn nichts anderes waren diese drei Frauen, dann konnten meine Haare auch in wenigen Wochen um mehrere Zentimeter wachsen. Ich band sie wieder zu meinem obligatorischen Knoten zusammen. Die Vorstellung, heute Abend zu den Twin Rocks zu gehen, den beiden Offshore-Felsen im Pazifischen Ozean, weckte zwiespältige Gefühle in mir. Aber ich würde heute Abend endlich Antworten auf einige meiner Fragen bekommen.

Ich machte es mir auf einem Liegestuhl im Garten gemütlich, so dass ich die Waschhütte im Blick hatte und las den neuen Roman von Mary H. K. Choi. Die Sonne wärmte mich, während ich Seite für Seite verschlang und mich zum ersten Mal seit langem wieder auf ein Buch konzentrieren konnte. Die Ruhe, die mir heute vergönnt war und die Aussicht auf ein paar Antworten beruhigten mich.

Bis die Dämmerung hereinbrach las ich und als es kühl wurde und ich in mein Zimmer zurückgehen wollte, kam ich an Moms Arbeitszimmer vorbei. Ein Gedanke schoss mir durch den Kopf und ich setzte mich vor ihren PC. Dieses Mal schaffte ich es ohne Probleme, das Internet zu finden und gab in die Suchmaschine ein, was ich wissen wollte. Unmengen an Einträgen erschienen, Bilder und Berichte von Augenzeugen. Die Einträge über das Disneymärchen Arielle ignorierte ich, aber die Sage über die kleine Meerjungfrau von Hans Christian Andersen überflog ich. Am Ende zog sich mein Magen zusammen und ich spürte wie eine einzelne Träne über meine Wange lief. Ich stand auf Bücher mit Happy End, in denen die Protagonisten überlebten und als Helden gefeiert wurden.

Ich fand nicht viel Hilfreiches, nur viele Sagen und Legenden, unter anderem auch von Göttern und anderen Fabelwesen, bis ich schließlich aufgab. Mir blieb nichts anderes übrig als zu warten, bis die Nacht hereinbrach und ich mich auf den Weg machen konnte.

Den gesamten Abend über war ich angespannt und kaute an meinen Nägeln. Dreimal stieß ich beim Abendessen mein Glas um und zerbrach einen Teller, als ich die Reste in den Mülleimer kratzte. Danach schickte Mom mich mit einem sanften Schups in mein Zimmer und nahm mir das Versprechen ab, zeitig schlafen zu gehen. Ich hoffte, dass sie nicht nach mir schauen würde und schloss die Tür extra laut, nachdem ich im Pyjama im Wohnzimmer vorbeigeschaut und allen eine gute Nacht gewünscht hatte.

Ich wartete bis Mom und Dan die Tür hinter sich zumachten und auch Delilah das Licht löschte. Als das Haus dunkel und still war, stand ich auf und zog mich an. Schwarze Hose, schwarzer Pulli, mein rotblondes Haar versteckte ich unter einer dunklen Strickmütze. So getarnt betrachtete ich mich im Spiegel und war zufrieden. Ein bisschen fühlte ich mich wie eine Undercover-Agentin. Dann huschte ich aus meinem Zimmer und versuchte möglichst leise die Treppe runterzulaufen, aber die Treppenstufen knarrten ungewöhnlich laut und ich zuckte bei jedem Schritt zusammen. Ich schaffte es in den Flur und an die Haustür, ohne dass jemand wach wurde, sogar bis in die Einfahrt kam ich. Dann registrierte mich der Bewegungsmelder und das Licht vor dem Haus ging an. Mist!

Mit klopfendem Herz drückte ich mich eng an die Hauswand und wartete bis das Licht wieder erlosch. Dann holte ich das Fahrrad, das ich vorher schon aus der Garage geschoben und dessen Hinterreifen ich sorgsam aufgepumpt hatte, aus dem Gebüsch.

Es war eine erstaunlich warme und windstille Nacht und der Vollmond spendete ausreichend Licht. Trotzdem fühlte ich mich unwohl in der Dunkelheit und als ich den fernen Ruf eines Käuzchens hörte, trat ich fester in die Pedale. Ich rauschte mit ordentlich Schwung den Hügel hinab ins Örtchen und fuhr so schnell ich konnte zu der kleinen Anlegestelle. Ich hoffte hier ein Boot zu finden, das ich mir *borgen* konnte, denn rausschwimmen würde ich bestimmt nicht!

Ich fühlte mich ziemlich kriminell, als ich am Bootshaus vorbeischlich und versuchte den Lichtkegeln der Laternen auszuweichen.

Die Holzbretter knarrten unter meinen Füßen, als ich den Steg betrat. Irgendwas war seltsam und ich brauchte einen Moment, bis mir die Stille um mich herum bewusst wurde. Keine Welle schwappte gegen das Holz und im orangenen Licht der Laternen erkannte ich, wie eben das Meer war. Keine Welle regte sich, kein Lufthauch kräuselte die Oberfläche, die See war glatt wie ein Spiegel. Das war eindeutig unnatürlich, aber ich versuchte mich davon nicht beunruhigen zu lassen.

Ich fand schnell was ich suchte: Ein kleines Ruderboot mit Motor, das nur mit einem Tau festgebunden war. Ich stieg in das schwankende Boot, fand überraschend schnell das Gleichgewicht und löste den Knoten. Das Bötchen schipperte hin und her, als ich mich vom Steg abstieß und aufs Meer hinausruderte. Das war definitiv illegal, mit dem feinen Unterschied, dass ich ein schlechtes Gewissen hatte, obwohl ich das Boot doch zurückbringen würde. Leise plätscherte das Wasser gegen das Holz, sobald ich die Ruder eintauchte. Auch jetzt schien der Mond mir den Weg zu weisen, denn er tauchte das Wasser vor mir in silbriges Licht und schnitt eine leuchtende Straße in die Oberfläche Richtung Felsen. Ein leichter Schauer überkam mich, so dicht über der Wasseroberfläche und ich musste unwillkürlich an meinen seltsamen Traum denken.

Plötzlich regte sich das Wasser, ein Gluckern war zu hören und ein Kopf tauchte aus den Fluten auf. Ich erstickte den Schrei in meinem Hals gerade noch mit der Hand, als zwei weitere Köpfe an der Oberfläche erschienen. Im Mondlicht konnte ich gerade so die Züge dreier Frauen ausmachen. Schwarz-weiß im schwachen Licht, das uns umgab, kamen sie näher. Die eine lächelte und hob die Hand. Wassertropfen glitzerten auf ihrer schimmernden Haut. Noch sahen sie aus wie drei normale junge Frauen, ohne die unnatürlichen Haarfarben oder die Fischschwänze, von denen ich wusste, dass sie da waren. Sie schoben mein Boot an und sangen dabei. Sie sangen ein wunderschönes Lied, das mir bekannt vorkam, und dieses Mal verstand ich es.

Du Mensch am Ufer,
hörst du unser zartes Rufen,
hörst du unser Lied im Herzen,
kannst du uns hörn?
Lässt du dich von uns betörn?
Kannst du es hörn?
Unser sanftes Lied,
willst du zu uns gehörn,
uns deine Liebe schwörn.
Kannst du uns hörn?
Komm zu uns,
in die sieben Meere.

Mit geschlossenen Augen lauschte ich ihnen, völlig hingerissen von ihren Stimmen. Als die Melodie verklang, öffnete ich enttäuscht die Augen. Wir waren an den Felsen angekommen und die drei Frauen schwammen kichernd um das Boot herum und zogen sich zu meiner Überraschung an den Felsen empor. Ihre Schwänze schimmerten im Mondlicht. Der Fischschwanz endete knapp über den Beckenknochen und ging in Haut über, doch einzelne Schuppen zogen sich hoch bis zu Taille. Als ich die ferne Kirchenglocke über das Meer hinweg vernahm und Mitternacht verkündet wurde, erhob sich eine silbrige Welle aus dem Wasser, erklomm den Felsenvorsprung auf dem die drei Meerjungfrauen saßen und umspülte ihre Fischschwänze. Wie ein Wirbel umschloss das Wasser den unteren Teil der Frauen und als die Glocken aufhörten zu schlagen, schwappte die Welle zurück ins Meer und drei Frauen mit Beinen und Füßen saßen vor mir. Benommen sackte ich zurück in das schaukelnde Boot und schnappte wie ein Fisch an Land nach Luft. Ich fragte mich nicht zum ersten Mal, ob mir mein Verstand vielleicht einen Streich spielte. Doch nachdem ich einige Male geblinzelt und mir über die Augen gerieben hatte, musste ich mir eingestehen, dass die drei Frauen, die vor mir auf dem Felsen saßen, nicht meiner Fantasie entsprungen waren.

Ich hörte sie kichern und leise miteinander flüstern.

»Ich denke, wir haben sie erschreckt. Wir sollten vorsichtiger mit ihr umgehen.«

»Wenn sie eine von uns ist, wird sie damit zurechtkommen.«

»Ja, wenn. Wie hat sie sich selbst genannt, Pronoe?«

»Clara. Sie hat sich Clara genannt.«

»Was soll das heißen? Eine von euch? Und was stimmt nicht mit meinem Namen?«, ich war aufgestanden und mit wackeligen Beinen aus dem Boot geklettert. Um ein Haar wäre ich am glitschigen Felsen abgerutscht und ins Wasser gefallen.

Wieder ein Kichern.

»So wie sie sich anstellt, könnte man meinen die Skylla würde unter ihr Lauern.«

»Na hör mal«, rief ich laut aus. »Kann ja nicht jeder beliebig zwischen Beinen und Fischschwanz wechseln.«

Ein Seufzen.

»Nein, meja venja. Auch wir können nicht beliebig wählen«, antwortete mir eine ruhige Stimme.

Die drei hatten sich zurückgelehnt und musterten mich. Ihre langen Haare verdeckten nur das Nötigste, doch sie schienen sich nicht an ihrer Nacktheit zu stören.

»Könnt ihr mir bitte erklären, was hier los ist?«

»Gleich. Aber vorher sag mir bitte, wie du heißt!«

Eine von ihnen war näher gekommen und ich erkannte grüne Haare, die sich bis zu ihren Hüften um ihren nackten Körper schmiegten.

»Das habe ich euch doch schon gesagt. Clara, ich heiße Clara White.«

»Aber wie kann das sein? Pronoe, haben wir einen Fehler gemacht?«, fragte eine zweite.

Die grünhaarige Pronoe fasste mich scharf ins Auge.

»Nein, ich bin mir sicher«, antwortete sie mit Nachdruck.

»Aber es könnte doch sein«, rief die dritte.

»Es könnte, Galene. Aber es lässt sich leicht herausfinden.« Sie kam näher.

»Was lässt sich leicht herausfinden?«, fragte ich verunsichert und wich, immer noch sitzend, vor ihr zurück.

»Ich tue dir nichts!«, versprach Pronoe und hob die Hände. Sie lächelte. »Könntest du mir einfach deine Schulter zeigen?«

Meine Schulter? Ich zeigte niemandem meinen nackten Rücken, niemals. Vor allem niemandem, den ich überhaupt nicht kannte. Ich schlang die Arme schützend um meinen Oberkörper und schüttelte den Kopf.

»Bitte. Wenn du dort ein bestimmtes Mal hast oder nicht, wissen wir, ob wir uns getäuscht haben.«

»Was denn für ein Mal? Meinst du den Leberfleck, der aussieht wie eine Gabel?«

»Was ist eine Gabel?«, fragte Halie neugierig und schob sich an Pronoe vorbei.

Ich versuchte ihr zu erklären, was eine Gabel war, etwas das sich schnell als unmöglich herausstellte, denn keine von ihnen verstand, was ich sagte und ich gab kopfschüttelnd auf. Es war also doch am einfachsten, wenn ich es ihnen zeigte und obwohl ich mich nicht gerade wohl dabei fühlte, entblößte ich meine Schulter soweit, dass sie den sonderbar geformten Leberfleck sehen konnten.

»Ah«, seufzte sie langsam. »Es hat alles seine Richtigkeit. Sie trägt das Zeichen des Nereus.«

»Was für ein Zeichen? Bitte erklärt mir doch, was hier los ist.« Schnell bedeckte ich mich wieder und knabberte an dem Nagel meines kleinen Fingers.

»Natürlich, meine Liebe, natürlich. Aber erst möchte ich uns drei vorstellen. Galene dahinten, Halie neben mir und mein Name ist Pronoe.«

Mit einer ausladenden Geste deutete sie auf die zwei anderen und dann auf sich selbst.

»Wir freuen uns sehr, dich endlich gefunden zu haben. Wir haben eine lange Reise hinter uns und sind überglücklich, dass du jetzt bei uns bist.« Die Art wie sie sprach und dabei die Hände bewegte, hatte etwas Majestätisches an sich. Ihre Worte drangen zu mir durch. Sie hatten mich gesucht. Aber warum? Was wollten sie von mir? Wieder schlang ich die Arme um meinen Körper.

»Wir sind Nereïden und kommen von weit her aus dem Ägäischen Meer. Wir werden dir gerne mehr von uns erzählen, aber erst muss ich dich fragen, weshalb du dich Clara nennst. Meine Liebe, versteh mich nicht falsch, aber wir dachten dein Name sei Yara. Bitte entschuldige, wenn wir falsch liegen, aber es besteht kein Zweifel daran, dass du die bist, die wir suchen.«

Unruhig rutschte ich auf dem nassen Stein hin und her. Yara. Weshalb klang das so vertraut? Der Name sprach etwas in meinem Inneren an und klang wie der Hall eines verblassenden Echos in mir nach. Er rührte an etwas, das versuchte an die Oberfläche zu gelangen. Etwas, das tief in mir verborgen war.

»Ich weiß es auch nicht, aber der Name kommt mir so bekannt vor. Clara ist mein neuer Name.«

Ich biss nachdenklich auf dem Fingernagel herum und suchte

nach den richtigen Worten und auch nach der Kraft sie über die Lippen zu bringen. Es fiel mir leichter, sie beim Sprechen nicht anzusehen und ich richtete den Blick auf meine verschränkten Beine. Es wird alles leichter machen, wenn du es ihnen einfach erzählst, sagte ich zu mir selbst. Es fühlte sich seltsam an, so viel von mir Preis zu geben, aber ich brauchte Antworten.

»Vor einigen Jahren habe ich meine Eltern verloren. Ich war noch ganz jung, als ich... als ich entführt wurde. Mit der Zeit habe ich irgendwann vergessen, wie ich heiße und woher ich kam.« Wieder konnte ich fühlen, dass da etwas war, an das ich mich erinnern wollte. Dass da eine Erinnerung war, die sich nach oben kämpfte, aber noch konnte ich sie nicht greifen. »Clara habe ich mir später selbst ausgesucht. Es ist möglich, dass ich davor Yara hieß, aber...«, bevor ich den Satz beenden konnte, überrollten mich mit einer Urgewalt, die meinen Atem stocken ließ, die Erinnerungen. Sie brachen aus meinem tiefsten Inneren hervor, als hätten sie nur darauf gewartet, wieder entdeckt zu werden.

Ich bin drei Jahre alt und sitze auf einer roten Plastikschaukel. Hinter mir steht eine junge Frau und schubst mich an. Mom! Ich lache und fliege immer höher, dem Himmel entgegen.

Ich bin vier.

Ich liege in einem großen Bett und ein Mann, Dad, mit einer angenehmen, tiefen Stimme und weichen, braunen Augen, liest aus einem alten Buch vor.

Mom liegt neben mir, ich habe meinen Kopf auf ihren Bauch gebettet. Es ist Sonntag und die Sonne scheint warm durchs Fenster. Glückseligkeit durchflutet mich.

Draußen scheint hell die Sonne und auf dem Tisch vor mir steht ein großer Kuchen. Darauf ist die Zahl Fünf geschrieben. Auf dem

Kopf trage ich eine silberne Krone und um den Tisch sitzen viele Kinder, die mit leuchtenden Augen den Kuchen anschauen. Heute ist mein Geburtstag.

Ich bin fünf und hocke auf einem kleinen, rosafarbenen Fahrrad. Silberne Bänder flattern am Lenkrad.

»Lass los, Daddy. Ich kann das schon alleine!«, rufe ich und sause die Straße entlang. Hinter mir höre ich Mom schreien, dass ich langsam machen soll. Aber ich fühle mich frei und unbeschwert. Kinderlachen dringt an mein Ohr. Mein eigenes Lachen.

Ich sitze vor einem Sofa auf dem Boden und spiele mit meiner alten Puppe Dolly. Mom sagt mir, wie lieb sie mich hat. Ich habe sie auch lieb. Und Daddy!

Ich kniete schluchzend auf dem harten Boden, die Hände auf mein Gesicht gepresst.

Das war ich gewesen. Ein glückliches kleines Kind, mit wundervollen, liebenden Eltern. Ich erinnerte mich. An meine Eltern, mein Zuhause in England, an die Straße vor unserem Haus, auf der ich Fahrradfahren gelernt hatte. Ich wusste wieder, wer ich war.

Yara Bright.

Ich hieß Yara.

Und hatte im Juni Geburtstag. Nicht im April.

Dann fing ich richtig an zu weinen. Unsicher saßen die drei neben mir und redeten auf mich ein. Aber ich hörte sie nicht, war unfähig auch nur ein Wort zu verstehen. Lange kniete ich so da und weinte, bis mir die Knie schmerzten und mein Herz blutete. Ich weinte um mein Leben, meine Eltern, um mich. Ich weinte, bis keine einzige Träne mehr in mir war, um über meine Wangen zu laufen. Mein Kopf tat weh, mein ganzer Körper schmerzte und ich fühlte mich völlig ausgelaugt.

»Ich kann mich erinnern«, flüsterte ich heiser. »Mein Name... Mein Name ist Yara Bright, ich komme aus Epsom in England. Meine Mom heißt Thetis und Dad heißt Thomas.« Ich schluchzte bei den Worten die einfach so aus mir hervorbrachen. »Ich bin im Juni in London geboren und wir hatten einen Kater. Er hieß Pumpkin...«

Meine Hände bebten als mir jetzt die Stimme versagte und ich starrte dabei in die Ferne, ins Nichts.

»Oh Liebes. Es tut mir so leid!«

Weiche Hände streichelten mein brennendes Gesicht und ich ließ mich gegen den Körper neben mir sinken. Sie nahm mich in die Arme und wiegte mich sanft hin und her, während sie leise für mich sang. Ich schluchzte an ihrer Schulter und sank in einen erschöpften Schlaf.

Es war noch dunkel draußen, aber am Horizont färbten sich die Wolken rosa und verkündeten den Sonnenaufgang.

Ich hatte keine Ahnung, wie ich ins Bett gekommen war und einen Moment lang fragte ich mich, ob ich das nicht alles geträumt hatte. Doch dann kam die Erinnerung zurück, heftig und alles überschwemmend. Ich weinte hemmungslos.

Brenda kam ins Zimmer gestürzt, geweckt von den Geräuschen, die ich von mir gab und kniete vor meinem Bett nieder.

»Darling, was ist los?«

Die nächsten Tage gingen bleischwer und regnerisch an mir vorbei. Der Herbst zog ins Land und ein kalter Nordwind riss an meinen Fensterläden. Ich blieb im Bett liegen und ignorierte jeden, der in mein Zimmer kam. Selbst Jenna und Grayson, die zusammen kamen, wies ich ab. Die Decke bis zum Kinn hochgezogen, starrte ich auf die Luftballons, die Grayson ans Fußende meines Bettes gebunden hatte.

Gute Besserung stand auf einem. Wie lächerlich. Als ob ich je darüber hinwegkommen würde.

KAPITEL 10

Nereïden - Fünfzig Töchter des Nereus und der Doris, Wesen
des Meeres, oft mit Gaben ausgestattet

Erst am Wochenende schaffte es Brenda, mich aus dem Bett zu bekommen. Sie hielt mich im Arm, als sie mich ins Badezimmer führte, wo sie ein Schaumbad für mich eingelassen hatte. Ihre Berührungen ertrug ich nur widerwillig. Sie war nicht mehr Mom, konnte es nie wieder sein. Danach wickelte sie mich in einen Bademantel und führte mich ins Wohnzimmer.

Zwei Officers saßen auf dem Sofa und unterhielten sich leise mit Dan. Delilah war nirgends zu sehen.

»Guten Abend, Clara. Setz dich doch bitte. Mein Partner ist Officer Delany und ich bin Harry Longshir. Wir wollen dir ein paar Fragen stellen.«

Ich stand mitten im Raum, während der größere Officer mit mir sprach.

»Was für Fragen?«

»Setz dich doch bitte.« Longshir deutete auf den Sessel neben sich.

Ich ließ mich auf das Sofa gegenüber sinken und betrachtete ihn regungslos.

»Also gut. Für die Akten, dein Name ist Clara White, aus Hexham, England. Dein Geburtstag ist der neunte April. Ist das richtig?«

Er hatte einen Notizblock herausgeholt, von dem er meine Daten ablas.

»Nein, Sir, das stimmt nicht. Mein Name ist Yara Bright aus Epsom und ich bin im Juni geboren«, sagte ich tonlos.

»Okay, aber registriert bist du hier als Clara White, ist das richtig?«

»Ja, Sir.«

»Also gut. Dann erzähl uns doch mal, wie du zu dem Namen Yara Bright kommst.«

Ich blickte Officer Delany an. Er hatte eine dunkle Hautfarbe und seine Stimme war tief und beruhigend.

»Bis vor kurzem konnte ich mich an nichts aus meinem früheren Leben erinnern. Aber vor ein paar Tagen kamen die Erinnerungen plötzlich zurück. Ich weiß nicht warum...«

Beim Reden hielt ich den Blick weiter auf Officer Delany gerichtet.

»Du kannst dich woran erinnern?«

»Daran, wer ich vor der Entführung war. Ich kann mich an alles erinnern.«

»Dann berichte uns bitte, woran du dich erinnerst«, forderte Longshir.

Flüsternd erzählte ich ihnen alles. Dabei starrte ich auf den Teppichboden.

Danach erhoben sich die Officers.

»Wir danken dir. Wir werden die Angaben überprüfen und melden uns so bald wie möglich.«

Das restliche Wochenende blieb ich im Bett, jegliche Überredungskünste ignorierend. Wartete auf die Officers und dachte an früher.

Es waren schöne Erinnerungen, die mir tief ins Herz schnitten und unendlich wehtaten. Erinnerungen an Ausflüge am Wochenende und gemütliche Nachmittage vor dem Kamin, an denen Mom mir wundersame Geschichten von fernen Welten erzählte. Ferne Welten, die etwas mit großen Seepferdchen, sprechenden Delfinen und Nixen zu tun hatten.

Überschattet wurde alles von dem tiefen, dunklen Loch, das in den Jahren darauf folgte.

Die einzigen Erinnerungen, die nicht zurückkamen, waren die vom Tag der Entführung und dafür war ich dankbar. Ich wollte mich gar nicht daran erinnern und verdrängte jeglichen Gedanken, der damit zusammenhing.

Es dauerte bis Dienstag, bis die Officers Delany und Longshir wieder bei uns im Wohnzimmer standen. Dieses Mal war ich richtig angezogen, saß wieder auf dem Sofa gegenüber und hatte die Arme um meine Beine geschlungen. Hatte mich zusammen gekauert, um mich vor den Blicken der anderen zu schützen. Selbstschutz.

Ohne Umschweife begann Longshir zu reden.

»In Epsom, England gab es vor ungefähr zwölf Jahren einen Vorfall. Eine Familie starb nachts bei einem tragischen Brandunfall. Vermutlich ein Gasleck. Keine Überlebenden! Eltern und Kind tot. Die Familie hieß Bright, Thomas und Thetis Bright. Ihre Tochter, Yara Bright, starb mit ihnen.«

Stille folgte auf diesen Bericht.

Mir war als würde alles Gewicht dieser Welt auf mich niederdrücken und mich ins Sofa pressen. Das alles fühlte sich so unwirklich an.

»Wie bitte? Alle tot?« Brenda.

»Wie ist das möglich?« Dan.

»Das fragen wir uns auch. Clara, bist du dir ganz sicher?« Longshir betrachtete mich eingehend.

»Ja, Sir. Ich bin mir ganz sicher. Hatte die Familie eine Katze?« Er blätterte in seine Akten und nickte schließlich.

»Pumpkin?«

Seine Augen scannten noch mal das Papier in seinem Ordner, als er gefunden hatte, wonach er suchte, schaute er auf und nickte mir zu.

»Ja, Sir. Dann bin ich mir ganz sicher. Das ist... war meine Familie. Ich bin Yara Bright.«

Ich hielt die Luft an, damit mir kein Keuchen entfuhr und presste die Fäuste in meinen Magen.

Alle tot. Meine Familie war tot. Ein dicker Kloß bildete sich in meinem Hals. Jegliche Hoffnung zerstört. Mühevoll hielt ich die Tränen zurück. Kämpfte um Fassung.

»Unmöglich«, flüsterte Brenda. Sie sah verzweifelt aus, hoffte bestimmt darauf, dass gleich jemand April, April rief und sich alles als ein großer Witz herausstellte. Aber ich wusste genau, dass ich recht hatte. Wer auch immer zusammen mit meinen Eltern verbr... gestorben war, konnte nicht Yara Bright gewesen sein.

Denn die saß hier und lebte.

»Wir müssen dich mit aufs Revier nehmen, Clara. Einige Tests müssen durchgeführt werden.« Er drehte sich zu Brenda und sprach jetzt mit ihr. »Würden Sie uns bitte begleiten?«

Auf der Fahrt zum Revier schwiegen wir und ich war froh darüber. Meine Gedanken waren immer noch wirr, so wie meine Erinnerungen. Da waren Fragmente, die ich wie Puzzleteile zusammenzufügen versuchte. Ich war zu jung gewesen, um mich jetzt an viel erinnern zu können, doch da der tödliche Brand im Sommer vor etwa elf Jahren gewesen war, wusste ich, dass ich damals sechs Jahre alt gewesen sein musste. Mein Gefühl sagte mir auch, dass es eine Verbindung zwischen dem Brand und meiner Entführung gab. Hatte womöglich mein Entführer das Feuer gelegt? Aber warum? Oft wollte man Lösegeld für ein entführtes Kind haben, doch für mich war nie welches gefordert worden. Ich hatte mich nach mehreren Jahren selbst befreien können und war geflohen. Die Polizei hatte natürlich Ermittlungen angestellt, doch da es nie eine Vermisstenanzeige für mich gegeben hatte und auch mein Entführer spurlos verschwand, hatte nie jemand meinen Fall lösen können. Man hatte mich dem Jugendamt übergeben und nach einigen Untersuchungen festgestellt, dass ich zu schwer traumatisiert war, um in einem Waisenhaus zu leben. Daraufhin war ich in die Florence-Nightingale Psychiatrie in Hexham gekommen.

Meine Psychologin in England wollte nicht, dass ich mich zu sehr mit dieser einen Frage beschäftigte, da es keine Antwort auf sie gab. Aber nun konnte ich sie nicht länger unterdrücken. Was war der Grund meiner Entführung gewesen? Was steckte dahinter? Warum war das Feuer wirklich ausgebrochen? Und wer war das tote Kind gewesen, das man bei den verbrannten Leichen meiner Eltern gefunden hatte?

Auf dem Revier wurden wir in ein Labor geschoben. Eine kleine Frau nahm mir erst Blut ab und fummelte dann mit einem Wattestäbchen in meinem Mund herum. Sie half mir auch dabei, als ich jede Fingerkuppe erst auf ein Stempelkissen und dann auf ein Blatt Papier drücken musste.

Danach brachte man uns in einen Verhörraum, wo ich auf einem harten Plastikstuhl Platz nehmen und noch einmal die ganze Geschichte erzählen musste, dabei hielt Brenda meine Hand und der Officer machte sich Notizen auf einem Klemmbrett. Ich fragte mich wozu. Es wurde doch eh alles auf Band aufgenommen.

Ich ertrug alles beinahe stoisch, als wäre das nicht ich selbst, die hier saß und von einem anderen Leben erzählte.

Man sagte uns, dass der Fall möglicherweise neu aufgerollt werden würde, nun da man wusste, wer ich war. Man würde uns auf dem Laufenden halten.

KAPITEL 11

Pronoe – eine der fünfzig Nereïden mit der Gabe der Prophetie

Auf der Rückfahrt hielt ich die Augen geschlossen und drückte den Kopf fest in die Lücke zwischen Sitz und Kopfteil. Ich wollte das Meer nicht anschauen, konnte den Anblick nicht ertragen und als Brenda fragte, ob ich irgendetwas aus dem Supermarkt wollte, verneinte ich.

Was ich wollte, war zurück in mein Bett zu schlüpfen, ich wollte mich verkriechen und in meiner Trauer alleine sein. Ja, ich wollte jammern.

Aber Brenda hatte andere Pläne. Vermutlich hatte sie genug von meinem Trübsal, denn sie schleppte mich in Rick's Roadhouse. Obwohl mir wirklich nicht nach Essen zumute war, bestellte ich ihr zuliebe einen Beach Burger.

Während wir auf das Essen warteten, starrte ich auf die Plastikdecke auf dem Tisch, froh darüber, dass Brenda schwieg und malte mit dem Finger die Muster nach.

Ich fragte mich, wie es jetzt weiter gehen sollte. Nun da ich mit absoluter Sicherheit wusste, dass ich Vollwaise war und meine Eltern, sowie ein fremdes Kleinkind verbrannt waren, konnte ich nicht einfach weiter machen. Zur Schule gehen, mit Brenda, Dan und Delilah an einem Tisch sitzen und Konversation betreiben, mit Freunden ans Meer oder auf Partys gehen. Mir wurde schlecht bei dem Gedanken, ein normales Leben zu führen.

Der Kellner brachte das Essen und gedankenverloren schob ich mir eine Pommes in den Mund. Ohne etwas zu schmecken, kaute ich darauf herum, so wie ich an meinem Leben herumkaute.

»Jetzt haben wir zwei auch mal ein bisschen Zeit und können miteinander reden.«

Brendas Worte rissen mich aus meiner Gedankenwelt und mir blieb beinahe das Essen im Hals stecken.

Oh nein, sie wollte reden. Dazu war ich nicht bereit.

»Ich kann mir denken, wie schwer es gerade sein muss.«

»Ach echt?«

Ich sah, wie sie rot wurde und senkte verlegen den Blick auf meinen Teller.

»Entschuldige«, murmelte ich.

Brenda seufzte leise und legte das Besteck, das sie gerade in die Hand genommen hatte, wieder auf den Tisch.

»Nein, du hast ja recht. Ich habe keine Ahnung, was in dir vorgeht. Aber es tut mir unendlich leid, dich so traurig zu sehen. Die Neuigkeiten sind aber auch für uns erschreckend, Clara. Als wir dich adoptiert haben, wollten wir dir ein Leben voller Liebe und Geborgenheit schenken und jetzt müssen wir dabei zusehen, wie du dich immer mehr in dir selbst verkriechst.«

In der danach entstehenden Pause, schob ich eine dicke Pommes auf meinem Teller hin und her und überlegte, was ich darauf erwidern sollte. Brenda ersparte es mir, ihr antworten zu müssen.

»Das alles zu verarbeiten, ist bestimmt nicht einfach und wir, Dan und ich, sind übereingekommen, dir einen Termin bei einer Therapeutin zu vereinbaren, mit der du sprechen kannst. Aber mein Mann und ich wollen nicht über deinen Kopf hinweg entscheiden. Was sagst du dazu?«

Die Pommes, die ich gerade noch wie ein Boot über einen See aus Mayonnaise hatte schippern lassen, erstarrte.

Eine Therapeutin. Noch ein fremder Mensch, den ich nicht

kannte, dem ich mich anvertrauen sollte. Ich ließ die Schultern sinken.

»Wie wäre es damit? Delilah hat uns von deiner Schulfreundin Jenna erzählt. Zufälligerweise kenne ich ihre Tante aus einem Nähkurs, an dem ich mal teilgenommen habe, und weiß, dass sie eine gute Frau ist. Sie wohnt landeinwärts in einem kleinen Haus und hat sich bereit erklärt, dich für eine Weile bei sich aufzunehmen.«

Ich starrte Brenda an, unsicher, ob ich mich freuen sollte oder nicht. Ich rutschte auf meinem Platz hin und her. Die Aussicht ein paar Tage mit Jenna zu verbringen, entlockte mir fast ein kleines Lächeln, doch dann war da noch ihre Tante. Die ich nicht kannte. Von der ich nicht wusste, wie sie war und ob sie neugierige Fragen stellen würde.

»Du kannst jederzeit wieder nach Hause kommen, Darling.«

Um Zeit zu schinden, griff ich nach meinem Glas Limonade, schob das Trinkröhrchen zwischen meine Lippen und kaute auf dem Plastik herum. Jenna war mir durchaus lieber als die mitleidigen Blicke meiner Adoptiveltern. Und ihre Fragen. Auch wenn sie es nur gut meinten.

»Was ist dann mit der Therapie?«, fragte ich.

»Wenn du dich einverstanden erklärst, gehst du jeden Donnerstagabend zu Elisa O'Donovan. Sie hat vor einigen Monaten ihre Praxis neu eröffnet und noch freie Plätze.«

In zwei Tagen also schon.

»Eigentlich möchte ich das nicht.«

»Warum schaust du es dir nicht einfach an und entscheidest danach?«

Brenda legte eine Hand auf meine und lächelte, vermutlich versuchte sie mich damit zu beruhigen.

So viel dazu, dass sie nicht über meinen Kopf hinweg entscheiden wollten. Ich hätte jetzt widersprechen können, aber wenn ich zu Jenna wollte, und das wollte ich wirklich, musste ich mich wohl einverstanden erklären. Und versuchen konnte ich es ja mal. Was konnte denn schon Schlimmes passieren?

Also nickte ich ergeben, denn wie es aussah, hatte ich keine andere Wahl. Zufrieden mit meiner Entscheidung, begann Brenda ihren Burger mit Messer und Gabel zu essen, während ich meine Pommes weiter lustlos auf dem Teller hin und her schob und sie in der Mayo ertränkte. Gerne hätte ich meine Gefühle hinterher geschoben und in der weißen, klebrigen Masse verstummen lassen.

Anschließend fuhr sie mich direkt zu Jenna. Die Straße führte uns aus Rockaway Beach hinaus und in den angrenzenden Wald hinein, durch den sich ein Schotterweg bis zu einem verwilderten Vorgarten schlängelte. Es war ruhig, fast idyllisch und man hörte nichts außer dem Wind in den Bäumen und leisem Vogelgezwitscher. Ich verstand, weshalb Brenda dachte, dass ich hier zur Ruhe kommen könnte. Am besten gefielen mir die Bäume, die die Sicht auf das Meer verdeckten und mir so ein bisschen Abstand einbrachten. Aus dem Kofferraum holte Brenda einen Rucksack, den sie für mich gepackt hatte. Etwas unsicher drückte sie mir einen weichen Teddy in die Arme und sagte leise: »Er hat mich im Laden so lieb angeschaut und ich dachte, vielleicht kann er dich ja ein bisschen trösten.«

Tränen stiegen mir in die Augen und ich umarmte Brenda, die leise schluchzte und wir zerdrückten den Teddy beinahe zwischen uns.

»Ich habe dich lieb. Pass auf dich auf und melde dich ab und zu.«

Ich winkte ihr hinterher, den Teddy an die Brust gedrückt, als sie wegfuhr. Ihr Wagen holperte über den unebenen Weg und verschwand dann Richtung Hauptstraße.

Einen Augenblick lang schaute ich ihr noch nach, dann holte ich tief Luft und drehte mich dem kleinen Haus zu, das mich an die Cottages in England erinnerte. Jenna stand bereits auf der Veranda und winkte mir zu. Unwillkürlich arbeitete sich ein kleines Lächeln auf meine Lippen. Jenna zu sehen, war einfach so schön und mein Herz machte einen kleinen Satz, als sie mir durch das Gartentor entgegenkam. Sie legte den Kopf schief.

»Hallo, Du«, sagte sie leise und hob die Hand, um mir eine lose Haarsträhne hinters Ohr zu streichen. Die Stelle, an der sie mich berührte, kribbelte leicht.

»Hallo, selber Du.«

Sie kicherte und zog mich in eine warme Umarmung.

Hinter uns trat eine Frau aus dem Haus. Sie war bestimmt um die Vierzig und die schönste Frau, die ich je gesehen hatte. Ihre langen Locken hatte sie zu einem Knoten aufgetürmt, graue Strähnen durchzogen das flammende Rot und die kleinen Fältchen, die sich jetzt um ihre Augen bildeten, als sie mich anlächelte, verstärkten ihre Schönheit noch.

Sie trug ein langes wallendes Kleid und eine doppelt gewickelte Glasperlenkette um den Hals, die beim Gehen leise klackerte.

»Hallo Clara, wie schön, dass du da bist. Komm doch rein. Ich habe gerade Tee aufgebrüht.« Ihre helle Mädchenstimme überraschte mich.

»Clara, das ist meine Tante Melia. Aber sie möchte von uns nur Tante Mel genannt werden.«

Jenna nahm mir meinen Rucksack ab und führte mich in einen schmalen Flur, von dem mehrere Zimmer abgingen. Ganz hinten öffnete sie eine Türe für uns und trat mir voran in ein liebevoll eingerichtetes Zimmer. Alles wirkte einladend, vom hölzernen Bett, mit dem hellgrünen Überwurf, bis zum abgenutzten Sessel. Nahe dem offenen Fenster hing ein Windspiel, das leise klimperte.

»Hier kannst du schlafen. Mein Zimmer ist direkt nebenan und Tante Mel schläft auf der anderen Seite vom Haus. Du kannst auch gerne bei mir schlafen, wenn du dich alleine fühlst. Aber jetzt komm erstmal mit, Tante Mel will dir etwas zeigen.«

Ihre Tante saß auf einem Sofa, als wir in das offene und mit Büchern vollgestopfte Wohnzimmer kamen. Die Möbel waren wild zusammengewürfelt und sahen zum Teil selbstgebaut aus. Eine gemütlich wirkende Sitzgruppe aus hellem Stoff drängte sich um einen kleinen Tisch mit Mosaikplatte und die Sprossenfenster gaben den Blick auf den angrenzenden Wald frei. Jenna setzte sich in einen Sessel, nahe des offenen Kamins und schaute zu ihrer Tante.

»Hallo, Liebes. Setz dich doch zu mir. Ich habe hier etwas, das dich bestimmt interessiert.«

Wieder stellte ich fest, wie jung ihre Stimme klang. Sie klopfte mit der Hand auf das Polster neben sich und lächelte sanft.

Vorsichtig nahm ich neben ihr Platz und schaute auf das Buch in ihrer Hand. Ein altes, abgegriffenes, in Leder gebundenes Buch, auf dessen Oberfläche ein Symbol gemalt war. Ein ineinander verschlungenes Muster.

Ich hielt die Luft an. Ich schaute von Melia zu Jenna und wieder zu dem Buch.

»Das Zeichen da, das kenne ich.« Ich deutete auf das Symbol auf dem Einband. Jennas Tante nickte wissend.

»Es ist das gleiche Symbol.«

»Aber woher wissen Sie das?«, fragte ich.

Sie nickte Jenna zu, die seufzte und aus irgendeinem Grund rot wurde. »Im Sportunterricht habe ich es mal auf deiner Schulter entdeckt und weil ich dieses Buch schon einmal im Regal gesehen habe, Tante Mel davon erzählt.«

Für den Sportunterricht zog ich mich immer in einer versteckten Ecke der Umkleidekabine um, verborgen vor neugierigen Blicken auf meinen Rücken. Wie und warum Jenna das Muttermal hatte sehen können, war aber eine Frage, die ich auf später verschob.

»Dann hat das Buch also etwas mit mir zu tun?«

»Tante Mel, jetzt musst du es ihr aber erklären!«, sagte Jenna und ich nickte zustimmend.

»Natürlich, Liebes, natürlich. Aber trink erst eine Tasse Tee.« Melia reichte mir eine Tasse und heißer Dampf stieg mir ins Gesicht. Es duftete nach Zitronenverbene und Lavendel.

»Das Mal auf deiner Schulter bestätigt deine Herkunft. Du bist eine Tochter des Ozeans. Deine Mutter muss eine von ihnen gewesen sein«, erzählte sie mit singender Stimme, bei der sich ein warmes Gefühl in mir ausbreitete.

»Eine von... wem?«, fragte ich verwirrt. Ich zog meine Augenbrauen zusammen, denn das alles kam ein bisschen unvermittelt.

»Eine Nereïde, meine Liebe. Eine Tochter des Ozeans. So wie du. Sag mir, wie heißt deine Mutter?«

»Aber Tante Mel, sie lebt doch bei Adoptiveltern. Sie weiß nicht, wer sie ist«, warf Jenna leise ein und streckte eine Hand nach mir aus.

Ich starrte die beiden an und klammerte mich an die warme Tasse. Das hier war fast noch seltsamer als die Begegnung mit den Meerjungfrauen. Wäre ich den drei Damen nicht schon begegnet, würde ich noch weniger verstehen.

»Wer... Was... Meine Mutter. Aber wie? Was genau sind Nereïden?«, stotterte ich.

Melia beugte sich zu mir, nahm mir die unangerührte Tasse aus den Fingern und griff nach meiner Hand.

»Ich weiß, das ist viel auf einmal, aber ich werde versuchen, es dir zu erklären. Unterbrich mich, solltest du eine Frage haben.« Sie sah mich an und ich nickte, gespannt auf das, was sie mir gleich erzählen würde.

»Seit Jahrtausenden gibt es sie. Die Töchter des Meeres, Nereïden und Okeaniden. Oft werden sie mit den Nymphen, den Naturgeistern verwechselt. Sie stammen von den Titanen Okeanos und Tethys ab. Sie sind die Eltern der Okeaniden. Eine von ihnen, Doris, heiratete den Meeresgott Nereus und bekam mit ihm fünfzig Töchter, die Nereïden. Sie alle leben versteckt auf dem Meeresgrund und haben besondere Gaben.« Hier machte sie eine Pause, um einen Schluck zu trinken, dann fuhr sie fort. »Zum Beispiel können sie die Winde beeinflussen oder sie spiegeln sich als Lichtreflexe an der Oberfläche des Meeres wider. Einige haben auch Aufgaben zu erfüllen, die mit dem Aussehen des Meeres zu tun haben, was sie allerdings immer paarweise erledigen. Ihre Stimmen sind wunderschön und betörend.«

Mein erschrockenes Keuchen unterbrach sie, denn das erinnerte mich an die Legende der Sirenen, über die ich im Internet gelesen hatte, aber Melia lächelte nur.

»So sind sie nun mal, aber keine von ihnen hat je einen guten Menschen getötet. Seefahrer und Fischer stehen unter ihrem Schutz und sie behüten die See und verhindern das Sterben der Weltmeere. Aber diese Aufgabe wird immer schwerer, denn das Meer wird immer schmutziger und es ist für sie zu gefährlich geworden, sich in der heutigen Zeit offen zu zeigen. Außerdem würde man versuchen sie einzufangen und Experimente an ihnen durchführen. Deswegen bleiben sie unter sich und leben getrennt von uns. Das war nicht immer so. Früher, zu Zeiten des griechischen Dichters Homer lebten die Menschen, Gottheiten und andere magische Geschöpfe, unter ihnen auch die Töchter des Meeres, einträchtig zusammen. Obwohl den Menschen des Öfteren übel mitgespielt wurde. Du kennst bestimmt die Mythologien über die Freveltaten der griechischen Götter.«

Ich wiegte den Kopf hin und her, viel zu verblüfft, um zu reden.

»Du fragst dich bestimmt, wie du da reingehörst und was das alles mit dir zu tun hat. Die Erklärung ist folgende: Einige der Töchter verliebten sich in Menschenmänner und entschieden sich für ein

Leben an Land. Ja, sie gaben ihre Flossen auf. Einige ist wohl über-trieben, es sind nur sehr wenige, die sich für ein Leben gegen ihre Natur entscheiden und auch gegen ein Leben in Unsterblichkeit. Aber es gibt sie und solch eine Frau ist deine Mutter.« Tante Melia sah mich aus ihren hellen Augen ernst an. Es schien fast so, als glitzerten Tränen darin.

»Meine Mom war eine Meerjungfrau?« Die Worte kamen ganz leise aus meinem Mund, aber Tante Melia verstand mich dennoch. Sie lachte hell auf und schüttelte den Kopf.

»Meine Liebe, Meerjungfrauen sind eine Legende. Wir nennen sie nicht so und ich glaube, die ein oder andere wäre beleidigt, solltest du sie jemals so nennen. Du musst wissen, dass sie ein sehr eitles Volk sind, diese Nereïden. Und da sie lange leben, viel länger als du dir vorstellen kannst, sind sie auch sehr nachtragend. Aber ja, im Volksmund würde man deine Mutter eine Meerjungfrau nennen.«

Das konnte nicht wahr sein. Ha! Das war sicher ein Scherz, Melia würde jeden Augenblick zu lachen anfangen und mich mit dem kleinen Scherz aufziehen. Die Vorstellung, dass meine Mutter, meine Mom, mal mit Fischschwanz und Muschel-BH durchs Was-ser geschwommen war, war reichlich absurd. Doch Melia tat nichts dergleichen.

Sie erhob sich und drückte mir das Buch in die Hände.

»Es ist viel, das du verstehen musst. Lies, vielleicht hilft es dir. Komm, Gwenhwyfar wir geben Clara einen Augenblick.«

Sie wollte schon den Raum verlassen, aber ich hatte noch eine Frage.

»Woher weißt du so viel über sie?«

»Alles zu seiner Zeit, meine Liebe.«

Lächelnd verschwand sie und ließ mich mit tausend Fragen zu-rück.

»Typisch Tante Mel, sie kann manchmal sehr kryptisch sein.« Jenna grinste mich verlegen an und zuckte mit den Schultern.

»Seit wann weißt du es?«, fragte ich sie.

Wieder hob sie die Schultern.

»Schon eine ganze Weile, um ehrlich zu sein. Ich habe das Mal auf deiner Schulter gesehen. Am selben Tag wollte ich dich zu Tante Mel bringen, aber an dem Nachmittag ging es dir nicht so gut. Weißt du noch?«

Ich konnte mich noch lebhaft an meinen Zusammenbruch auf der Straße erinnern.

»Seitdem sind Wochen vergangen, Jenna!«, rief ich vorwurfsvoll.

»Tut mir leid. Ich war selbst beschäftigt und irgendwie hat es nie so richtig gepasst. Aber ich hätte dich schon noch mit zu ihr genommen. Vielleicht solltest du dir das Buch jetzt mal ansehen. Und Clara, zeig das Mal nicht so offen herum, es gibt Leute, die stehen auf der anderen Seite.«

Verwirrt schaute ich aus dem Fenster. Andere Seite...

»Wer ist eigentlich Gwenhwyfar?«

Sie verzog das Gesicht. »Ich. Aber belassen wir es bei Jenna, ja?«

Die Sache mit den Namen war schon ein Thema für sich. Was bedeutete ein Name? War ich Yara oder Clara? »Jenna? Meine Eltern...«, ich schluckte bei dem Wort, »haben mich Yara genannt. Wie findest du das?«

Eine Weile lang schaute sie mich einfach nur an.

»Sehr schön. Er passt zu dir. Yara.« So wie sie es aussprach, warm und weich, bekam der Name einen ganz neuen Klang und ich entschied, dass es mir gefiel eine Yara zu sein. Wieder einmal merkte ich, wie unkompliziert Jenna war. Sie bohrte nicht nach, ließ mir die Zeit, die ich brauchte und gab mir doch zu verstehen, dass sie für mich da war.

Das Ganze war so unglaublich, dass mein Kopf es nur Stück für Stück verarbeiten konnte.

Nereïden, Okeaniden, Nymphen. GÖTTER? Das sollte alles wahr sein?

Wenn diese Mythologien alle stimmten, wer oder was lebte dann noch unter uns? Am Ende gab es auch noch Vampire und Werwölfe.

Ich lachte trocken auf. War das hier Twilight, oder was?

Ich betrachtete das Buch in meinem Schoß, ließ den Finger über den Einband gleiten und überlegte, ob meine Mutter wirklich eine Meerjungfrau... Pardon, Nereïde, sein konnte. Hoffentlich verriet mir das Buch mehr. Neugierig schlug ich die erste Seite auf, die ein so detailgetreues Bild dreier Nereïden zeigte, dass sich mir die Härchen auf den Armen aufstellten und ich den Blick abwenden musste. Das Gemälde wirkte wie eine Fotographie, der Künstler hatte ihre Züge so perfekt eingefangen, dass ich meinte sie direkt vor mir zu sehen. Mit klopfendem Herzen las ich den Text darunter: Töchter des Nereus und der Doris: Arethusa, Maera, Limnoria.

Vorsichtig strich ich über das Gemälde der drei. Sie waren wirklich wunderschön, mit ihren feinen, sinnlichen Zügen, den langen Haaren, die ihren nackten Oberkörper verdeckten, und vor allem faszinierten mich ihre Fischschwänze, die anstelle von Beinen aus der Hüfte wuchsen. Ich schaute mir das Bild eine ganze Weile an, dann schlug ich die Seite um.

Sagen der alten Mythologien und gesammelte Texte folgten, die ich aufmerksam las und jedes Wort in mich aufsog, wie eine Verdurstende.

In der griechischen Mythologie finden auch solche Wesen ihren Platz, welche keine olympischen Gottheiten sind, aber zum großen Ganzen gehören. Sie erfüllen einen ganz eigenen Sinn und Zweck, tragen ihren Teil zur Geschichte bei und sind in ihren Beziehungen eng mit den Göttern verstrickt. Zu solchen gehören die Naturgeister des Meeres oder auch einfach Nereïden genannt. Ihr Name leitet sich von neein ab, was schwimmen bedeutet. Sie leben in Gruppen am Meeresboden, in Höhlen und im goldenen Palast ihres Vaters, Nereus, im Mittelmeer. Sie spiegeln die guten Dinge wider und sind die Beschützerinnen der Seeleute und Fischer.

Doch sie sind nicht nur wunderschön anzuschauen, sondern können sich auch an jede Form des Meeres anpassen. Zuweilen kann man sie in der Gischt auf den Wellen oder in den Wogen des Ozeans entdecken. Doch trotz ihrer guten Eigenschaften, kann eine wütende Nereïde zu einer furchtbaren Seehexe werden, sollte jemand sie beleidigen.

Darunter war das abstoßende Bild einer Seehexe gemalt. Das Maul voller spitzer Zähne wütend aufgerissen, Hände wie Klauen, die im Wasser schwebten und eine Haut, so grün wie Roststängelmoos.

Schnell blätterte ich die Seite um und hoffte, nie eine Nereïde so zu verärgern, dass sie sich in eine solche Kreatur verwandelte.

Auf den folgenden Seiten waren wieder die Nereïden abgebildet und darunter standen ihre Namen und die Aufgaben, die sie zu erfüllen hatten. Pasithea, Erato und Eunike hatten die Verantwortung für die faszinierenden Gezeiten.

Ione, Galateia. Amphitrite war die Gemahlin des Poseidon gewesen. Nereus, der als alter Mann des Meeres bezeichnet wurde und der Vater der fünfzig Nereïden war, wurde die Gabe der Prophetie, mit der er in die Zukunft blicken konnte, zugeschrieben. Außerdem war er in der Lage, seinen Körper in jegliche Form zu verändern und wurde oft mit einem Dreizack dargestellt. Wie von selbst wanderte meine Hand zu dem Mal an meiner Schulter, das ich bisher immer für ein seltsam geformtes Muttermal gehalten hatte. Ein Dreizack also. Ich versuchte die Form mit dem Zeigefinger zu erfühlen.

Eine Doppelseite mittig im Buch wurde erneut von einem Bild eingenommen. Wie die anderen war es eine perfekte Kopie einer Nereïde und das flackernde Licht des Kaminfeuers warf Schatten und Licht auf das Papier, bis es so aussah als würde sich der Fischschwanz unter Wasser bewegen. Das Bild zeigte eine einzelne Nereïde, umgeben von bunten Korallen, Seeanemonen und Algen, die sich an ihren Körper schmiegten. Das Bild war so perfekt, dass mir der Atem stockte. Diese Nereïde war eindeutig die schönste von allen. In ihr langes rotblondes Haar, das an ihrem Körper herab bis zu ihrer amethystfarbenen Flosse wallte, waren Perlen eingeflochten und ihre großen, strahlend blauen Augen blickten mich aus einem vertrauten Gesicht an. Mom!

Sie sah aus wie Mom. Ich suchte ihren Namen, der in gewundenen goldenen Lettern in der rechten Ecke zu lesen war. Thetis.

Das war Mom. Meine Mutter!

Eine Nereïde. Unglaublich. Lange saß ich auf dem Sofa und betrachtete das Bild meiner Mutter, ohne wirklich zu begreifen, was es bedeutete. Sie in ihrer wahren Form zu sehen, jagte einen Schauer über meinen Körper. Sie war so wunderschön und jung gewesen. Sachte fuhr ich mit dem Finger über ihre feinen Züge und verglich das Gesicht mit dem aus meiner nebulösen Erinnerung, das sich aus Erinnerungsfetzen einer vergangenen Zeit zusammensetzte. Automatisch versuchte ich mich in ihr wieder zu finden. Doch es fiel mir schwer, mich mit einer so schönen Frau zu vergleichen, obwohl ich zugeben musste, dass ich ihre roten Haare geerbt hatte und vielleicht auch die Wangenpartie und den Mund mit der herzförmigen Oberlippe. Nur die Augen hatte ich nicht von ihr. Ihre waren von einem strahlenden Blau und funkelten wie zwei Saphire, wohingegen meine nussbraun waren. Mein Herz schien vor Trauer zerbrechen zu wollen und ich deckte das Bild mit der flachen Hand ab, um einen Moment Ruhe zu haben.

Langsam wurde es dunkel draußen, die Nacht färbte den grauen, wolkenverhangenen Himmel tief schwarz. Keine Sterne waren zu sehen, der Mond spendete kein Licht und ich saß still und unbeweglich auf meinem Platz. Ich brauchte eine Weile um mich zu fangen, dann blätterte ich weiter. Auf die Aufzeichnungen der Nereïden folgten nun ähnliche Berichte über die Okeaniden, die ich aber nur unaufmerksam überflog. Immer wieder blätterte ich zurück zum Bild meiner Mutter. Musste es einfach tun. Musste mich vergewissern, dass es immer noch da war, echt war. Und jedes Mal aufs Neue lächelte mir das Gesicht meiner Mutter entgegen. Ich erkannte immer wieder Dinge in ihrem Gesicht, die ich auch in meinem entdecken konnte.

Ich las die Seiten über die Okeaniden quer, bis ich zu einer Liste von Namen kam. Lyriseitia, Melia, Meliboia, Melite.

Moment! Melia. Tante Melia?

Das musste ein Zufall sein. Melia war bestimmt ein verbreiteter Name. Doch dann setzten sich die einzelnen Teile zusammen. Fast hätte ich laut aufgeschrien.

Sie war eine von ihnen. Eine Okeanide! Deswegen wusste sie so viel über diese Welt. Es war nicht unmöglich, schließlich hatte meine Mutter ebenfalls an Land gelebt. Aber das bedeutete doch auch, dass ihre Schwester, Jennas Mutter, auch eine Okeanide war. Also war Jenna genau wie ich, eine Tochter des Ozeans.

Ich stürzte aus dem Raum, über den Flur in die Küche. Melia und Jenna saßen am Tisch und bereiteten das Abendessen vor. Aufgebracht blieb ich im Türrahmen stehen.

»Du!«, ich zeigte mit dem Finger auf Jenna. Ich war enttäuscht von ihr. Ein leeres Gefühl hatte sich in meiner Brust ausgebreitet, seit ich herausgefunden hatte, dass sie so war wie ich und mir nichts erzählt hatte. Ich fragte mich, warum sie nicht mit mir geredet hatte, denn eigentlich hatte ich gedacht, dass da eine Verbindung zwischen uns war. Dass wir Freundinnen waren.

»Du hast mich angelogen. Warum hast du mir nicht gesagt, dass du wie ich bist?« Meine Stimme zitterte vor Wut und Enttäuschung.

»Weil ich es nicht bin, Clara. Ich bin nicht wie du«, sagte Jenna ruhig.

»Yara. Mein Name ist Yara«, ich wurde immer lauter. »Und lüg mich nicht an. Deine Tante ist eine Okeanide. Also muss deine Mutter auch eine sein.«

Melia brachte mich mit einer Handbewegung zum Schweigen.

»Ich bin nur Gwenhwyfars Vormund, Liebes. Ich bin nicht ihre leibliche Verwandte.«

»Hä?«, entfuhr es mir.

»Melia ist Moms beste Freundin. Tante Mel war schon da, als ich noch ein kleines Kind war. Ich kenne sie schon ewig, sie ist wie eine Tante für mich. Und als mein Dad vor einem Jahr starb, hat Mom mich hierhergeschickt.« Sie schaute mich fest an und legte das Gemüsemesser zur Seite.

Eine lange Pause entstand, in der wir uns schweigend anstarrten. In meinem Kopf drehte sich alles, während ich versuchte, zu begreifen.

Mom eine Meerjungfrau. Melia eine leibhaftige Okeanide. Jenna, die mehr wusste als ich, und die drei Frauen, Nereïden, was auch immer, die nach mir gesucht hatten.

Mittendrin stand ich, verwirrt und verzweifelt und konnte die Bedeutung dessen nicht verstehen.

Ich sank zu Boden, mein Magen hob und senkte sich, während ich den Würgereiz unterdrückte.

Melia kniete sich neben mich auf den Küchenboden und zog mich sanft in ihre Arme. Sie wiegte mich wie ein kleines Kind hin und her und murmelte leise Worte in mein Haar.

Ich schniefte und vergrub das Gesicht an Melias weicher Schulter.

»Ich habe sie gesehen. Die Nereïden. Sie sind hier und haben nach mir gesucht.«

Tränen erstickten meine Stimme, bis ich unfähig war zu reden. Aber das musste ich wohl auch nicht, keiner von ihnen drängte mich dazu.

Alles was ich bisher für richtig und wahr gehalten hatte, entpuppte sich nur als ein Teil des Ganzen. Da war viel mehr, als ich mir in meinen kühnsten Träumen hätte ausmalen können. Und es war zu viel. Zu viel des Guten. Ich wusste nicht, wie ich mit all dem umgehen sollte.

KAPITEL 12

Thetis - Die schönste der Nereïden

Auch am darauffolgenden Tag ging ich nicht zur Schule und wäre vermutlich den ganzen Tag mit meinem neuen Teddy im Bett geblieben, wenn Melia am späten Vormittag nicht die Vorhänge zur Seite geschoben hätte. Feine Lichtstrahlen erhellten das Zimmer. Sie setzte sich auf die Bettkante und strich mir liebevoll übers Haar.

»Melia?«, fragte ich.

»Nenn mich Tante Mel, bitte.«

Verlegen lächelte ich zu ihr hoch.

»Kann ich dich was fragen?«

Sie nickte und es war beinahe so, als wüsste sie bereits, was ich sie fragen wollte, denn etwas glomm in ihren Augen auf.

»Erzählst du mir deine Geschichte? Wieso du an Land lebst?«, bat ich.

Es dauerte einen Augenblick, in dem sie nach den richtigen Worten zu suchen schien.

»Es ist keine schöne Geschichte und sie hat kein gutes Ende«, murmelte sie.

Ihr Blick schweifte ab und sie schien in der Ferne etwas zu betrachten, das nur sie sehen konnte.

»Vor langer Zeit, ich war jung und von zu Hause ausgerissen, wollte ich ein Abenteuer erleben. Jung und naiv wie ich war, glaubte ich an die wahre Liebe. Süß und verheißungsvoll wie ich von ihr in Geschichten gehört hatte, träumte ich davon, ihr zu begegnen.

Es war ein wunderschöner Morgen, die Sonne ging gerade rosarot am Horizont auf und ich hatte die griechische Insel Paxos erreicht, denn dort hatte Poseidon sein Liebesnest mit meiner Schwester Amphitrite. Und welcher Ort war passender, um nach der Liebe zu suchen.

An jenem Morgen, ich erinnere mich als wäre es erst gestern gewesen, tauchte ein kleines Fischerbötchen zwischen den Felsen auf. Kurze Zeit später stiegen drei junge Männer ins Meer. Du musst wissen, das Wasser dort ist unglaublich klar und türkisblau. Wunderschöne Fische schwimmen dort umher und diese drei Männer waren ihnen wohl auf der Spur.

Ich folgte ihnen, versteckte mich zwar immer wieder, aber ich konnte den Blick nicht von ihm nehmen. Er war der schönste Mann, den ich bis dahin gesehen hatte. Er hatte lange braune Haare und die schönsten grünen Augen. Vier Tage hintereinander beobachtete ich ihn, bis er eines Mittags alleine kam. Er tauchte unter und schien auf etwas zu warten. Auf mich. Er wartete auf mich, ich konnte es spüren und so zeigte ich mich ihm. Andras hatte bemerkt, wie ich ihn und seine Freunde verfolgt hatte und da einige Familien auf Paxos an Mythen glaubten, war er von meiner Erscheinung weniger überrascht, als ich vermutet hatte. Wir verliebten uns ineinander und verbrachten jeden Tag dieses Sommers zusammen. Es war die schönste und glücklichste Zeit meines Lebens. Ich entschied mich, bei ihm zu bleiben und flehte meine Familie an, mir Beine zu geben. Und sie willigten ein. Darauf folgte ein zufriedenes Jahr. Aber Andras schien Geheimnisse zu haben, etwas schien ihm nicht zu passen. Dann wurde ich schwanger und von einem Tag auf den anderen verließ er mich. Seitdem habe ich Andras nie wieder gesehen. Ich versank in meiner Trauer, hatte ich doch mein Leben für ihn aufgegeben. Kurz darauf verlor ich mein Kind. Es war ein Junge. Ein süßer kleiner Sohn. Ich nannte ihn Asopos, nach dem Flussgott, und beerdigte ihn auf einem Hügel, nahe einer der wenigen Quellen auf dieser Insel und reiste nach Amerika. Seitdem lebe ich hier und warte darauf, dass mein Leben ein Ende nimmt. Meine einzige Freude ist Jenna. Ich liebe sie wie meine eigene Tochter.«

Sie schien tief Luft zu holen und berührte mit den Fingerspitzen ihre Lippen.

»Woher kennst du ihre Mutter?«, fragte ich Tante Mel leise.

»Von meiner Zeit auf Paxos. Ihre Mutter lebte auf Alonnisos, sie war Meeresbiologin und Hobby-Mythologin. Seit dem Tod ihres Mannes hat sie sich der Gesellschaft abgewandt und lebt so zurückgezogen wie ich. Aber genug der traurigen Geschichten. Ich möchte hören, was meine Nichten von dir wollen. Es ist lange her, dass ich von ihnen hörte, geschweige denn, dass sie sich einem Menschen zeigten. Vergib mir meine Neugier.«

»Ich weiß es nicht, Tante Melia«, sagte ich leise. Ich schämte mich ein bisschen für meine Unwissenheit. Es schien ein besonderes Geschenk zu sein, den Nereïden begegnen zu dürfen.

»Wie das?«

Verlegen zappelte ich unter meiner Bettdecke und drückte den Teddy nervös an meine Brust.

»Bisher hatten sie noch nicht viel Gelegenheit mit mir darüber zu reden. Beim letzten Mal bin ich ... zusammengebrochen.«

Sie schaute mich an, ihr Blick war unergründlich, aber ich bekam eine Gänsehaut.

Ich holte tief Luft und sagte: »Und ich bin mir auch nicht so sicher, ob ich ihnen überhaupt wieder begegnen möchte. Ich weiß nicht, ob ich es wissen will.«

»Aber du kannst die Augen jetzt nicht mehr davor verschließen, auch wenn es dir Angst macht. Aber natürlich ist das deine Entscheidung. Bedenke es weise.«

»Kannst du nicht mit ihnen reden? Ich meine, du bist ihre Tante oder so etwas Ähnliches«, entfuhr es mir.

Da schüttelte Melia den Kopf, ein trauriges Lächeln auf den Lippen.

»Nein, das kann ich nicht. Ich habe mein Geburtsrecht als Okeanide aufgegeben, als ich an Land ging. Es gibt kein Zurück mehr. Das musst du alleine schaffen. Aber ich glaube an dich.«

Wieder strich sie über mein Haar. Ich schloss die Augen und genoss das Gefühl. Tante Melia fing leise an zu singen und selbst jetzt, da sie ein Mensch war, verzauberte mich ihre Stimme.

Ich stand in Tante Mels verwildertem Garten. Das hohe Gras kitzelte meine Waden, die kleinen Köpfchen der Buschwindröschen lugten vorsichtig aus ihrem sicheren Versteck zwischen den Grashalmen hervor. Johanniskraut wucherte über den niedrigen Holzzaun und Waldmeister versteckte sich unter den ausladenden Blättern grünen Farns.

Tante Melia kniete neben mir, einen Weidenkorb auf dem Schoß, in dem sie kleine, wilde Erdbeeren sammelte. Ich sollte ihr eigentlich helfen, stattdessen bewunderte ich die Wildheit ihres Gartens. Jeder Gärtner wäre in Ohnmacht gefallen bei dieser Unordnung, aber Melia schien genau zu wissen, wo was war.

»Stopp, du Naschkatze. Du isst ja alle Beeren auf.«

Sie hielt meine Hand, die auf dem Weg zu meinem Mund gewesen war, fest. Ich grinste sie an und ließ die Früchte in ihren Korb fallen. Über uns donnerte es und graue Wolken hingen regenschwer und trübsinnig über uns. Doch noch hielt das Wetter.

Der Wettergott schien meine Stimmung zu teilen und jagte die Wolken vom Wind getrieben über den Himmel und drohte uns mit Regen. Wie ein Trauerkloß hatte ich den Mittag in meinem Bett verbracht und mich hin und her gewälzt, bei dem Versuch eine Lösung zu finden. Bisher hatte ich mir keine Entscheidung abringen können, aber ich war mir fast sicher, dass ich all dem den Rücken zukehren wollte. Ich würde versuchen ein normales Leben zu führen, würde wieder in die Schule gehen und vergessen, was ich erlebt hatte. Dabei dachte ich auch an Brenda und Dan, die mir diese Chance gegeben hatten, und an Jenna und Grayson. Zwei Menschen, denen ich mich anvertrauen konnte und mit denen ich auf dem besten Weg war, eine enge Freundschaft zu schließen. Aber dann war da diese Neugier in mir, die mich aus dem Bett trieb. Immer wieder musste ich an meine Mutter und die drei Nereïden denken. Sie waren aus einem bestimmten Grund hier, dessen war ich mir sicher. Ich hatte mich in den Sessel vor dem Kamin gesetzt und das Bild der drei böse angestarrt.

»Was wollt ihr von mir?«, hatte ich sie angezischt, da war Tante Melia ins Zimmer gekommen und hatte mir das Buch weggenommen.

Von ihrem Garten aus konnte ich den Strand nicht sehen. Es war eine Erleichterung, nicht immer das Gefühl zu haben, hinsehen zu müssen und gleichzeitig war es eine Qual, es nicht sehen zu können.

Ich hatte mit dem Gedanken gespielt, Grayson anzurufen und ihn erneut um Hilfe zu bitten, außerdem fehlte er mir. Aber wie konnte ich das tun, ohne mein Versprechen gegenüber den drei Nereïden zu brechen?

Dieses ewige Hin und Her tat mir nicht gut. Ich fasste mir ein Herz und sagte: »Ich tus!«

Ich war selbst erstaunt über meine plötzliche Entschlossenheit, war ich doch in den letzten Tagen eher gewillt gewesen, alles zu vergessen. Auch Tante Melia hob den Kopf und schaute mich verblüfft an.

»Ich geh jetzt zu ihnen und rede mit ihnen«, verkündete ich und war schon auf halbem Weg aus dem Garten, da ergriff sie meine Hand.

Sie lächelte zu mir herunter. »Ich begleite dich, aber nur bis zum Parkplatz. Da warte ich auf dich. Einverstanden?«

Der pazifische Ozean war rau und wild. Das Grau der drohenden Wolken spiegelte sich im Wasser wider und feiner Nieselregen verwischte die Konturen der Landschaft.

Ich stöhnte leise und blickte zu der aufgepeitschten See, die wenig einladend wirkte.

»Pass auf dich auf!«, rief Melia hinter mir her und ich hörte ihre Stimme kaum über den Wind, der ihre Worte sofort mit sich davontrug. Manchmal fragte ich mich, ob das Heulen einer Böe, die Worte eines Menschen waren, die der Wind auf seinem Rücken davongetragen hatte. Bibbernd schlüpfte ich aus meinen Klamotten und legte sie in einem Haufen neben einer Düne zusammen. Ich schlang die Arme um meinen zitternden Körper und fragte mich, was ich hier tat und ob ich den Verstand verlor, bei dem Wellengang schwimmen zu gehen. Ich heftete meinen Blick auf das Meer wenige Meter vor mir und gestand mir ein, dass ich vor dem, was mich erwartete, große Angst hatte. Ich war dabei die Sache wieder zu zerdenken. Doch da mich das noch nie ans Ziel geführt hatte, sich stattdessen immer negative Empfindungen und tausende von Abers und Wenns aufgetan hatten, schob ich die Bedenken und Befürchtungen über das Unbekannte vorerst zur Seite und rannte über den Sand. Die Grenze zwischen Land und Meer zu übertreten, löste jedes Mal ein Gefühl der Aufregung und des Schwindels in mir aus. Eisnadeln stachen in meine Haut als ich in das kalte Nass eintauchte und die Kälte drückte jegliche Luft aus meiner Lunge. Aber nur eine Sekunde lang, dann gewöhnte sich mein Körper, viel zu schnell, an die Temperatur. Grau und düster lag die Unterwasserwelt vor mir, kein Fisch schwamm durch das Wasser, sie alle hatten sich an einem sicheren Ort vor dem Sturm versteckt.

Ich hoffte wenigstens eine der drei Nereïden anzutreffen, um nicht umsonst den Weg gemacht zu haben. Außerdem war das Risiko, dass ich es mir noch einmal anders überlegte, wenn ich meiner Furcht erlaubte wieder ihren Platz einzunehmen, zu groß.

Auch dieses Mal konnte ich atmen, ohne genau zu wissen wieso. Ich strich über die Haut an meinem Hals. Glatt und weich wie eh und je. Keine Kiemen. Ein weiteres Geheimnis, das ich noch nicht gelüftet hatte. Ich tat ein paar kräftige Züge, holte weit mit den Armen aus und paddelte mit den Beinen. Schwimmen war leicht. Es schien mir tatsächlich im Blut zu liegen. Die Minuten verstrichen, ohne dass etwas geschah. Je weiter ich rausschwamm, desto dunkler wurde die See und ich konnte den Boden schon nicht mehr unter mir ausmachen. Doch anstatt Angst zu haben, fühlte ich mich wohl hier. Es war, als ob ich mein Leben lang darauf gewartet hatte zu schwimmen und diese Seite meines Seins zu entdecken. Luft entwich meinen Lippen und drang in silbrigen Bläschen an die Wasseroberfläche. Ich ließ mich von der Strömung treiben und forttragen. Mein Körper fühlte sich hier schwerelos und leicht an. Es war perfekt. Ich vergas beinahe völlig, weshalb ich überhaupt gekommen war, bis ich nach oben gedrückt wurde und mein Gesicht durch die Oberfläche brach. Ich hörte Wellen auf Stein branden und drehte den Kopf. Vor mir prangten die Felsen der Twin Rocks. Groß und mächtig ragten sie aus dem Wasser dem Himmel entgegen. Ich schwamm auf das Felsplateau zu, noch ein bisschen unbeholfen mit den Armen und Beinen rudernd, und zog mich an den Felsen hoch. Der Stein war glitschig von den Algen, die ihn überwucherten und ich rutschte ein paar Mal ab. Der Fels schrammte über meine nackten Knie und das Salzwasser, das von meinem Körper tropfte, brannte in den Wunden.

Ich setzte mich auf den kalten, rauen Stein und ließ den Blick über die Küste schweifen. Von hier sah der Ort aus wie eine Puppenlandschaft. Kleine bunte Häuschen drängten sich aneinander, dahinter erhoben sich die Hügel, grün und nass vom Regen. Rockaway Beach machte einen friedlichen Eindruck und war von hier aus wunderschön anzuschauen. Obwohl ich im Wind fröstelte, fühlte ich mich sehr zufrieden. Umgeben von Wasser, an einem

Ort, der mir nicht nur Freunde, sondern auch das Glück einer Vertrauten geschenkt hatte.

Die Minuten verstrichen bis endlich ein Gesicht aus den Fluten auftauchte. Es war Pronoes grüner Schopf, der vor der grauen Leinwand des Himmels unnatürlich leuchtete.

»Wo wart ihr?«, rief ich ihr zu.

»An einem sicheren Ort, Liebes. Kommst du zu uns?«, sie streckte die Hand nach mir aus.

Ich stand auf und sprang mit einem Satz ins Meer. Als sich mein Körper nach einigen Sekunden an die neuen Verhältnisse gewöhnt hatte, folgte ich Pronoe. Fasziniert beobachtete ich ihre Bewegungen, wie sie mit den Flossen wedelte, ihr Fischschwanz hin und her schwang und ihre wunderschönen grünen Haare wie kleine Wellen um ihren Kopf wogten. Ich war viel langsamer, immer wieder musste sie auf mich warten.

Geduldig lächelte sie mich an. Diese Selbstbeherrschung war beneidenswert, wo ich doch selbst immer so schnell aus der Haut fuhr. Aber die Stille unter Wasser wirkte beruhigend auf mich und löste ein angenehmes Gefühl in mir aus. Ein Gefühl von Geborgenheit und innerer Ruhe.

Wir schwammen um den Felsen herum, Seealgen und kleine Pflänzchen wuchsen aus dem Stein und bewegten sich sanft im Wasser. Dann tauchte Pronoe nach unten und verschwand in der Schwärze. Vorsichtig folgte ich ihr, blinzelte in die aufkommende Dunkelheit vor mir. Ich tauchte bis fast zum Grund des Meeres, als sich am Fuß des Felsens eine Öffnung auftat. Schwärze glomm mir entgegen und machte mich blind. Mit den Händen tastete ich voran und versuchte das schleimige Gefühl unter ihnen nicht zu beachten. Es war stockdunkel und ein Ende war nicht zu sehen. Es kribbelte in meinem Nacken, als würde jemand hinter mir stehen und mich beobachten. Eine altbekannte Angst machte sich bemerkbar und ich biss mir heftig auf die Lippe.

»Pronoe?«, flüsterte ich zitternd.

Meine Stimme wurde von der Dunkelheit verschluckt und ich glaubte schon, dass sie mich zurückgelassen hatte, da berührte etwas meine Hand. Erschrocken zog ich sie zurück.

»Ich bin es. Habe keine Angst«, flüsterte Pronoe leise. »Wir sind gleich da.«

Sie zog mich an der Hand durch den Gang, um eine Biegung herum, hinter der sich das Ende ankündigte. Meine Arme wurden langsam schwer und ich spürte deutlich die Anstrengung in meinen Muskeln. Fahle Helligkeit begrüßte uns, als wir den Tunnel verließen. Widerstandslos ließ ich mich von Pronoe leiten. Wir brachen durch die Oberfläche und ich erkannte staunend, dass wir uns in einer kleinen Höhle befanden. Über unseren Köpfen bildete der Stein eine kuppelartige Decke, in deren Mitte ein kreisrundes Loch eingelassen war. Ich konnte den Himmel über uns sehen, schwaches Licht sickerte durch die Öffnung und schenkte gerade ausreichend Helligkeit, um die Umgebung ausmachen zu können.

Pronoe zog sich am Rand des Ufers hoch und setzte sich an die Kante.

Die dunkelgrünen Schuppen ihres Fischschwanzes reflektierten die Helligkeit und warfen Lichtreflexe an die Höhlenwand, die wie Prismen auf- und abtanzten. Ihr Schwanz funkelte bei jeder Bewegung. Das Geräusch der kleinen Wellen, die an den Stein schlugen, hallte von den Wänden wider.

Mit großen Augen sah ich mich um.

»Hier haben wir uns die letzten Wochen versteckt. Und darauf gewartet, dass du wieder zu uns kommst.«

Sie tauschten zögernde Blicke aus. »Nach dem, was letztes Mal passiert ist, war ich mir nicht ganz sicher, ob du uns wiedersehen möchtest. Ich habe fast nicht gewagt zu hoffen.« Jetzt lächelte die Nereïde. »Wir sind dir so dankbar, dass du hier bist.«

»Wo sind die anderen?«, fragte ich.

»Sie sind unterwegs. In wenigen Minuten werden sie da sein. Komm doch hoch zu mir.«

Zögernd griff ich nach dem Rand und stemmte mich nach oben. Meine Arme zitterten leicht. Der Vorsprung war kaum größer als eine Bank und wand sich einmal um das Becken herum. Weicher Sand rieselte ins Wasser, als ich mich setzte. Fein wie Staub klebte er an meinem Finger als ich kleine Muster auf den Boden malte. Heute würde ich hoffentlich erfahren, warum sie mich gesucht hatten. Was so wichtig war, dass sie sich einem Menschen zeigten. Pronoe schien meine Gedanken zu erraten.

»Wir werden dir alles erzählen, sobald Halie und Galene da sind. Gedulde dich noch einen Moment. Aber erlaube mir die Frage nach meiner Schwester. Deiner Mutter. Wo ist sie?«

Erstaunt hob ich den Kopf und runzelte die Stirn. War es möglich, dass sie völlig ahnungslos war? Konnte es sein, dass keiner wusste, was geschehen war.

Wieder las sie meine Gedanken.

»Wir brechen den Kontakt beinahe vollständig ab, wenn sich eine von uns für ein Leben an Land entscheidet. Auch im Fall deiner Mutter. So sind die Regeln. Ob es uns gefällt oder nicht, aber es dient unserem Schutz und dem des ganzen Unterwasserreiches. Ich habe lange nichts von meiner Schwester gehört.« Ihre Stimme war schwer vor Trauer und ich spürte, wie sie sich nach Antworten sehnte.

»Sie ist tot«, sagte ich leise, ohne lange drumherum zu reden.

Ihr Mund verzog sich zu einem bitteren Lächeln und sie schlug die Augen nieder.

»So etwas haben wir uns bereits gedacht. Es ist grausam, aber nicht unvorhergesehen.«

»Wie bitte? Wieso nicht unvorhergesehen? Wie meinst du das?«

Die Bestürzung musste mir ins Gesicht geschrieben sein, denn

Pronoe legte mir beruhigend eine Hand auf den Arm und hielt den Kopf schräg.

»Noch einen Augenblick, Liebes. Ah, meine Schwestern sind gleich hier. Dann erfährst du alles, was wir dir sagen können.«

Sie tätschelte mein Knie und ich folgte ihrem Blick zu der Stelle, an der ich den Tunnel vermutete. Zwei schemenhafte Gestalten tauchten auf und wurden größer bis Halies rosa Haarschopf aufleuchtete, neben ihr ihre Schwester.

»Was für ein Wetter da draußen. Grauenhafte Sicht. Beinahe hätten wir den falschen Tunnel genommen. Vater lässt grüßen. Er bittet uns, bald nach Hause zu kommen, er sorgt sich, wenn wir so weit weg sind.«

Mit einer fließenden Bewegung schwang sie sich neben mich auf den Vorsprung, Wassertropfen flogen in alle Richtungen, und wrang ihr nasses, langes Haar aus.

»Wie bitte? Wie euer Vater lässt grüßen? Habt ihr nicht gesagt ihr lebt im Ägäischen Meer?«, rief ich aus.

Halie kicherte. »Ja, tun wir auch.«

»Aber ... aber, das ist doch bei Griechenland und der Türkei! Oder?«

Ein Bild entstand vor meinem inneren Auge. Drei Frauen mit Fischschwänzen, denen Flügel wuchsen, mit denen sie rasend schnell unter Wasser dahinglitten und binnen weniger Sekunden von der Westküste der USA... Ich schüttelte den Kopf, ob dieser Bilder und vertrieb den Gedanken, wie eine lästige Mücke.

Pronoe lächelte: »Das werden wir dir alles erklären. Aber ich möchte mit einer kleinen Geschichte beginnen, die nicht ganz unwichtig ist für unseren Besuch.«

Ich lehnte mich zurück an den Felsen und lauschte ihren Worten.

»Einst, lange vor eurer Zeitrechnung, noch vor unserer Geburt, war unser Vater Nereus ausgezogen, auf der Suche nach Abenteuern. Er war ein junger Gott, träumte von Kämpfen, Eroberungen und Heldentum. Er bereiste die sieben Weltmeere in einer Kutsche, gezogen von zwei riesigen Lederschildkröten. Sagen über seine Taten stehen noch heute in den mythologischen Büchern der Menschen. Er erreichte als letztes Ziel die Meeresenge von Sizilien, wohl auf dem Rückweg nach Hause und machte Rast in der Nähe der heutigen Stadt Giardina-Naxos am Alcantara Fluss. Dort begegnete er einer wunderschönen Frau, Helena.«

An dieser Stelle schnaubte Halie laut. Pronoe bedachte sie mit einem warnenden Blick, um sie zum Schweigen zu bringen, und ihre Schwester hob einen Finger an die Lippen.

Halie zuckte mit den Schultern.

»Helena war ein Mensch, aber von solch unvorstellbarer Schönheit, dass unser Vater sich in sie verliebte und sich ihr in seiner wahren Form offenbarte. Er versprach, sie zu heiraten und zu Seinesgleichen zu machen. Zur gleichen Zeit gebaren die Titanen Okeanos und Tethys eine Tochter, sie gaben ihr den Namen Doris, das Gottesgeschenk. Zu einer großen Festlichkeit, zu der viele Meeresgötter geladen waren, erschien auch Nereus. Er begegnete der jungen Doris und war von ihrer unvergleichlichen Schönheit berauscht. Er vergaß Helena und hielt bei Doris' Vater um ihre Hand an. Bald darauf feierten sie Hochzeit und zogen in die Ägäis.

Ihrer Versprechung betrogen, gelobte Helena Rache an den glücklich Vereinten. Sie verschwand ins Dunkle und ward hundert Jahre nicht gesehen. Nereus und Doris begingen einen Fehler und vergaßen Helena, bald darauf bekamen sie fünfzig Töchter. Doch Helena vergaß und vergab nie. Sie gab sich der Dunkelheit hin, verkaufte ihre Seele und wurde zu dem, was sie nun ist. Seit Jahrhunderten bedroht sie unsere Familie. Bisher hat Vater es nicht gewagt, einen Krieg gegen sie zu führen, aber sollte sie eines Tages uns, seinen Töchtern etwas antun, könnte sich das ändern. Das wäre eine Katastrophe für die ganze Unterwasserwelt und hätte weitgreifende Folgen. Unser Vater, beschenkt mit der Gabe der Prophetie, sah, dass ein Mädchen geboren werden würde. Das Kind einer Nereïde und eines Menschenmannes, das als einzige in der Lage sein würde, Helena die Stirn zu bieten und uns alle zu retten. So sollte ein Krieg mit verheerenden Folgen verhindert werden. Wir alle waren bereit, uns für das Wohl unseres Volkes zu opfern und bis zu der Geburt eines Mädchens von unserer Familie getrennt zu leben. Doch jahrelang war es den Schwestern, die an Land gingen, nicht vergönnt eine Tochter zu gebären, sie alle bekamen Söhne. Bis sich eine Schwester durch Zufall in einen Menschen verliebte, aber das ist eine andere Geschichte. Sie bekamen ein süßes, kleines Mädchen, das unser Vater segnete. Die nächsten Jahre hörten wir nur wenig, wie ich schon sagte, aus Schutz, denn, wie jede Prophezeiung hat auch diese ihren Haken: nur einmal in jedem Jahrtausend konnte eine solche Tochter geboren werden. Du verstehst, weshalb wir es besser nicht riskierten, Kontakt zu euch aufzunehmen. Die Gefahr, euch zu verraten, war zu groß. Wir warteten auf den Tag bis die Tochter groß genug war, um die Prophezeiung zu erfüllen. Doch dann verschwanden sie. Unsere Schwester und ihr Mann waren wie vom Erdboden verschluckt. Unsere Hoffnungen zerbrachen und wir hatten schon fast aufgeben. Aber als unser Vater plötzlich Schwingungen vom amerikanischen Festland empfing, schöpften wir neue Hoffnung. Er schickte uns drei los, dem Verdacht nachzugehen.«

Pronoe machte eine Pause, wie um Luft zu holen. Mein Blick war an die kuppelförmige Decke gerichtet und Tränen brannten in meinen Augen.

»Dieses kleine Mädchen bin ich, nicht wahr?«, fragte ich heiser.

Halie nickte und schaute mich mit großen Augen an. In ihrem Blick lag so viel Erleichterung, dass ich eine Gänsehaut bekam.

»Ja, meja venja«, flüsterte Pronoe.

»Du kannst dir nicht vorstellen, wie glücklich wir sind, dich bei uns zu haben. Auch wenn uns die Neuigkeit über den Tod unserer Schwester bestürzt, so haben wir immerhin dich wiedergefunden.«

Ich schaute rundherum in ihre lächelnden Gesichter. In Gesichter, die irgendwie mit mir verwandt waren. Das begriff ich, aber den Rest nicht.

»Bitte erklärt mir das mit der Prophezeiten noch einmal. Was hat sie mit dem Ganzen zu tun?«

Pronoe strich mir über den Oberarm und ich merkte, dass mir ihre Berührung wenig ausmachte. Sie lächelte immer noch, aber ihr Mund hatte einen harten Zug bekommen.

»Das ist der schwerste Teil und ich bin nicht die Richtige, um es dir zu erklären. Aber«, setzte sie hinzu, als sie meinen Blick bemerkte, »die Prophezeite wird unsere Erlösung sein. Sie wird uns von dem Schrecken befreien, der uns all die Jahrhunderte bedroht hat. Du weißt ja gar nicht, wie grausam Helena ist.«

»Ist diese Helena wirklich so furchtbar?«, fragte ich vorsichtig. Galene hielt in ihrem Spiel mit dem Wasser inne und hob den Kopf. Ihr Blick traf mich tief. »Schlimmer. Sie ist schlimmer als alles, was du dir vorstellen kannst. Sie kennt keine Gnade, kein richtig oder falsch. Nur ihren Wunsch sich das zu holen, was ihr, ihrer Meinung nach, rechtmäßig zusteht. Und nach Rache. Yara, sie ist skrupellos.«

Ein Schauer überlief meinen Körper und fröstelnd schlang ich die Arme um mich selbst. Unter meinen Fingern spürte ich die Gänsehaut, die sich bei Galenes Worten gebildet hatte.

Es waren Pronoes Hände, die sacht nach den meinen griffen und sie aus der Verkrampfung lösten. Ihre kühlen Daumen strichen in beruhigenden Kreisen über meine Handrücken, malten verschlungene Muster darauf, von denen nur wässrige Schlieren übrigblieben. Keine sprach ein Wort, denn es gab nichts zu sagen. Nichts, das mir geholfen hätte, meine wirren Gefühle zu ordnen und zu einem Entschluss zu kommen. Erschöpft und erdrückt von all den neuen Informationen ließ ich den Kopf hängen.

»Yara«, Pronoes Finger schoben sich unter mein Kinn, »wir bitten dich um sehr viel, aber wir alle, Halie, Galene, Vater, das ganze Nereïdenvolk und ich werden alles in unserer Macht Stehende tun, um dich zu unterstützen. Aber wir brauchen dich!«

Ich presste die Lippen zusammen, als ich verstand was das bedeutete. Was sie da von mir verlangten war zu groß, zu gefährlich. Die nächsten Worte purzelten mir aus dem Mund, ohne dass ich mir vorher darüber Gedanken machen konnte. »Aber warum? Was hat das alles mit meiner Welt zu tun?«

»Mit deiner Welt?«, fragte Pronoe und verengte die Augen.

»Ich meine...«, setzte ich an, doch sie unterbrach mich unwirsch. Etwas schien sie zu verärgern. »Mir ist sonnenklar, was du meinst, liebe Yara. Deine Welt betrifft es nicht. Deinen Freunden, deinen Liebsten an Land wird nichts passieren, sie sind nicht in Gefahr. Jedenfalls nicht im Moment. Die Bedrohung betrifft nur unsere Welt, nur unsere Freunde und Liebsten.«

Mit keinem Wort beschuldigte sie mich direkt, aber ihr Ton ließ keine Zweifel an ihrem Missfallen. Unbewusst hatte ich sie gekränkt. »Pronoe«, sagte ich leise, »es tut mir leid. Ich wollte nicht sagen, dass eure... dass ihr unwichtig seid.«

Sie holte tief Luft. »Ich weiß. Aber verstehst du, warum wir dich brauchen? Weshalb es so wichtig ist, dass du dich uns anschließt?«

Wenn ich ehrlich war, wusste ich es noch immer nicht. Ich wusste nur, dass es mein Leben, das ich mir gerade aufzubauen versuchte, zerstören könnte und wieder einmal kochte Wut gepaart mit Verzweiflung in mir hoch.

»Ihr wollt, dass ich gegen diese Helena kämpfe? Mich für eine Welt in Gefahr bringe, von der ich bis vor einem Monat noch nicht einmal wusste?«, hoch und schrill wurden meine Worte vom Felsen wiedergegeben. Ein schauriges Echo, das mich zittern ließ.

Pronoe schaute mich nicht an, ihr Blick lag irgendwo in der Ferne.

»Die Umstände sind alles andere als ideal. Du hättest eigentlich groß werden sollen, mit dem Wissen, was dir bevorsteht, trainiert und vorbereitet. Wir alle sind nicht erfreut darüber, wie die Lage nun ist. Aber fest steht, dass du unsere einzige Hoffnung bis, Yara.«
Ich stöhnte und ballte die Hände zu Fäusten.

»Habt ihr eigentlich eine Ahnung, was ich durchgemacht habe die letzten Jahre? Was ich ertragen habe und wie ich es beinahe nicht geschafft hätte ihm, meinem Peiniger, zu entkommen?«, ich wurde immer lauter.

»Ich wäre lieber gestorben, als noch einen Tag länger diese Qualen zu ertragen. Und ihr erwartet, dass ich mich einer solchen Gefahr aussetze?«, jetzt schrie ich und zerrte am Träger meines Badeanzugs. Er verhüllte meinen Rücken fast vollständig, aber jetzt drehte ich mich um und entblößte meine nackte Haut. Ich hörte wie Halie keuchte und Galene wütend zischte. Ich wusste was sie sahen, ein Schlachtfeld aus dicken, wulstigen Narben, die meinen gesamten Rücken bedeckten, vom Steißbein bis zu den Schulterblättern. Meine Wut wallte in mir wie tosende Wellen, die gegen Fels krachten und über mir zusammenschlugen. Die Gefühle explodierten in einem wilden Orkan aus Emotionen und übermannten mich. Die Welt drehte sich um mich, beschleunigte, wollte abheben und mich mit sich reißen. Da war Schmerz, so viel Schmerz. All die sorgfältig verstauten Gefühle und Erinnerungen brachen über mich herein. Es war, als ob jemand die Tür zu den dunkelsten Ecken meiner Seele aufgestoßen hatte und jetzt prasselten Bilder und Eindrücke entfesselt auf mich ein. Die Höhlenwände rückten näher, immer näher, als wollten sie die Luft aus meiner Lunge quetschen. Blind vor Schmerz heulte ich auf.

»Das Ergebnis von 9-3 ÷ 1/3 + 1 lautet wie?«

»Ich... Neunzehn?« Ein Keuchen.

»Falsch!« Und wie zur Bestätigung der grollenden Worte senkte sich das heiße Eisen auf meine Haut, fraß sich durch Hautschichten, verbrannte Fleisch, es zischte. Ein widerwärtiger Geruch stieg mir in die Nase, bei dem sich mir der Magen umdrehte und ich wollte mich übergeben.

»Noch einmal. Was ist das Ergebnis von $9-3 \div 1/3 + 1$?«

Ein gellender Schrei drang über meine Lippen und ich riss panisch die Augen auf, nur um zu sehen, dass ich mich nicht im Kellerraum befand. Um mich herum toste die See, Wind riss an meinen Haaren und eine nasse Welle überspülte uns. Klatschte hart gegen mich und brachte mich zurück in die Höhle. Das Wasser im Becken tobte, riesige Wellen überschlugen sich und krachten ohrenbetäubend gegen die Felswände. Wie ein Kaleidoskop wirbelten Farben und Formen vor meinen Augen durcheinander. Ein Strudel hatte sich in der Mitte gebildet und drehte sich hypnotisierend schnell im Kreis, immer schneller und schneller. Die mächtigen Wellen hatten die Nereïden erfasst und schleuderten sie herum. Pronoe klammerte sich Halt suchend an den Felsen, während Galene und Halie im Strudel gefangen waren. Mittendrin in diesem Chaos kauerte ich. Kein Haar regte sich mehr und die Wellen schienen mir irgendwie auszuweichen. Als ob ich in einer Blase säße, die mich schützte.

»Hör auf, Yara. Beruhige dich. Bitte!«, flehte Pronoe. Ihre Finger drohten abzurutschen, ihr Blick war verzweifelt und seltsam erstaunt.

Einen Moment lang verstand ich nicht. Verstand den Sinn ihrer Worte nicht. Aufhören, womit denn? Meine Wut wich Verwirrung. Und mit jedem Atemzug, den ich nahm, flaute der Sturm ab, die Wellen beruhigten sich, bis das Wasser seicht und still im Becken lag. Erschöpft zogen sich Halie und ihre Schwester ans Ufer, wo sie schweratmend dalagen, zerzaust und völlig erledigt.

»Tu. Das. Nie. Wieder!«, fauchte Halie.

»Wie? Was? Ich... Aber das war ich doch gar nicht«, stotterte ich. Noch immer begriff ich nicht, was hier geschehen war.

Pronoe richtete sich auf und strich sich eine Strähne aus dem Gesicht.

Ihre intensiven Augen lagen auf mir und ihr Atem ging schwer als sie sprach: »Doch, Liebes, das warst du.«

»Wie um Himmelswillen?«, rief ich und warf die Hände in die Luft. »Wie soll ich denn so etwas anstellen?«

»Du bist eine Tochter des Ozeans. Etwas ganz Besonderes. Nicht mal ich kam gegen dich an«, murmelte die sonst so stille Galene und schüttelte den Kopf. »Du bist sehr stark.«

»Du musst wissen, Galenes Magie besteht darin, das Meer und die Winde zu beeinflussen. Jede von uns hat ihre eigene Magie«, erklärte Pronoe.

Ich konnte sie nur anstarren. Magie? Wie verrückt war das denn bitte? Noch verrückter als alles andere es schon war.

Ich fühlte plötzlich eine bleierne Müdigkeit, die meine Arme und Beine schwermachte. Meine Augen drohten zuzufallen.

»Ich bin so müde«, seufzte ich und unterstrich das Ganze mit einem tiefen Gähnen.

»Magie macht müde. Sie zehrt deine Kräfte auf und kann dich sogar umbringen, wenn du unerfahren und ungeübt bist. Magie ist immer mit Vorsicht zu benutzen.«

Galene setzte sich neben mich und strich mein langes, zerzaustes Haar zurück. Es schien, als sei die Sonne hinter der Welt versunken, denn es wurde dunkel. Und da fing Halie an zu leuchten. Ein warmer, goldener Glanz ging von ihr aus und erhellte die Umgebung, tauchte die Welt in sanftes Licht.

»Es wird Zeit für dich zurückzukehren. Nun weißt du, warum

wir hier sind. Wir verlangen nicht, dass du dich sofort entscheidest, aber bitte denke darüber nach. Es mag erschreckend und gefährlich klingen und das ist es auch, aber du bist nicht alleine. Wir alle sind bei dir, an deiner Seite. Wenn du bereit bist, komm zu uns.«

KAPITEL 13

Okeanos - Vater aller Flüsse und der Okeaniden, Personifikation eines gewaltigen Stroms

Die darauffolgenden Tage waren lang und zäh. Ich hatte unzählige Diskussionen mit Jenna und ihrer Tante hinter mir. Jenna war ganz auf meiner Seite. Sie wollte, dass ich genau überdachte, was ich tun sollte. Tante Melia war, natürlich, dafür, dass ich mich den Nereïden anschloss, um gegen Helena zu kämpfen. Immerhin war es ihre Familie und sie wäre bestimmt am liebsten selbst losgezogen. Ich schwankte zwischen Furcht und dem Verlangen zu helfen. Ich war nicht erpicht darauf, ein Abenteuer zu erleben, aber untätig rumsitzen und den Dingen ihren Lauf lassen, konnte ich genauso wenig. Aber selbst wenn ich mich dafür entschied, war die Frage nach einem Alibi noch immer ungeklärt. Irgendwann würde ich zu meinen Adoptiveltern zurückkehren müssen oder zumindest wieder in die Schule gehen. Sie würden nicht für immer erlauben, dass ich bei Tante Melia blieb. Diese schlug vor, bis zu den Winterferien zu warten, dann würde sie mit Jenna nach Arizona reisen und wir würden Brenda und Dan erzählen, dass ich sie begleitete. Es waren gute drei Monate bis dahin, eine viel zu lange Zeit wie ich fand, denn ich hätte gerne alles so schnell wie möglich hinter mich gebracht, damit ich dann wieder versuchen konnte, ein ruhiges Leben zu führen. Aber vermutlich blieb mir nichts anderes übrig als zu warten. Vor allem aber verstand ich noch immer nicht so recht, warum ausgerechnet ich den Nereïden helfen konnte. Nur wegen irgendeiner

Vorhersage, die vor über hundert Jahren oder noch länger getroffen worden war, sollte sich mein ganzes Leben verändern. Ich war alles andere als bereit, mich für etwas zu opfern, ganz gleich, wer meine Mutter gewesen war. Dafür wusste ich viel zu wenig über sie oder die Welt, die scheinbar unter Wasser existierte.

Melias Aufzeichnungen über die Nereïden und Okeaniden, die ebenfalls Meermenschen waren und direkt mit den Nereïden verwandt, war ich mehrere Male durchgegangen und kannte sie nun beinahe auswendig. Doch sie verrieten nichts über den Inhalt einer Prophezeiung oder über Helenas Vorhaben. Ich verstand, dass sie die Familie der Nereïden bedrohte, doch was das für mich und meine Welt bedeutete, war mir noch nicht ganz klar. Ob es meine Welt überhaupt betraf? Gehörte ich wirklich in zwei Welten? Melia, die zwar wusste wer Helena war, aber nicht viel über die Prophezeiung, da es sie und die Okeaniden nicht betraf, hatte mir in dem Punkt nicht weiterhelfen können. In ihrem Haus gab es einen alten, langsamen und, laut Jenna, sehr zickigen Laptop, den ich benutzen durfte. Ich stellte bald fest, dass nicht nur der Laptop langsam, sondern auch das WLAN wegen der Abgeschiedenheit in der Melia und Jenna lebten, schlecht war. Es dauerte lange, bis die jeweiligen Seiten geladen hatten und dann brachten sie mir auch nicht die gewünschten Ergebnisse. Ich las viel über die diversen Wesen die unter Wasser leben sollten, einiges aber war so absurd oder beängstigend, dass ich es nicht glauben wollte. Es gab Monster wie die Harpyien, die eine Mischung aus Vogel und Frau waren und gewaltsam für Frieden sorgten. Allein ihr Aussehen war schon furchterregend, aber noch seltsamer fand ich, dass diese wilden Wesen mit den Okeaniden verwandt waren. Je weiter ich in die Mythologie der frühen Griechen eindrang, desto weniger verstand ich. Nicht nur, dass einige Götter sowohl Ehepartner als auch Geschwister gewesen sein sollten - oder waren? -, verwirrte mich zunehmend, es gab auch unterschiedliche Aussagen und Definitionen, je nachdem welchem Dichter oder Philosophen man Glauben schenken wollte. Laut Platon sollte es etwa hundert Nereïden geben, andere Quellen sprachen von nur fünfzig Frauen des Meeres. Die Okeaniden sollten einmal von Okeanos und Tethys abstammen, Hyginus aber gab Mare und Pontos, der ein präolympischer Seegott gewesen sein soll, als deren Eltern an. Irgendwie hing alles miteinander zusammen und war so verstrickt und kompliziert, oft auch in altmodischer Sprache geschrieben, dass ich am Ende verzweifelt aufgab. Zuletzt hatte ich von den Metamorphosen gelesen, die ein gewisser Ovid, römischer Dichter der Antike, niedergeschrieben hatte und die von Verwandlungen gewisser Personen handelten. Diese waren entweder zur Strafe, als Dank oder sogar zum Schutz von einer Gottheit verwandelt worden.

Die Bergnymphe Daphne war zum Beispiel von Peneios, einem Flussgott, in einen Lorbeer verwandelt worden und zwar zum Schutz ihrer Jungfräulichkeit, denn der liebestolle Apollon hatte ihr keine Ruhe gelassen und sie bedrängt. Und das alles nur, weil der Liebesgott Eros sauer auf Apollon gewesen war und ihn mit einem Liebespfeil abgeschossen hatte, durch den er sich in Daphne verliebte.

Hatte ich erwähnt, dass Peneios Daphnes Vater war und der Sohn von Okeanos und Tethys, den Eltern der Okeaniden?

An einem dieser langen Nachmittage, als Wind und Regen gegen die Fensterscheiben peitschten und sie wackeln ließen, gab Jenna einen erstaunten Laut von sich. Sie saß auf einem Kissen dicht vor dem Kamin und half mir bei meiner Suche. Im Gegensatz zu mir besaß sie ein internetfähiges Smartphone, hatte aber in den letzten Tagen, ähnlich erfolglos wie ich, nach nützlichen Hinweisen gesucht.

»Schau mal«, rief sie jetzt und stand auf, um sich neben mich auf das Sofa zu setzen. Sie hob Pan, den kleinen dicken Kater, auf ihren Schoß und kraulte ihn im Nacken. Tante Mel hatte uns einen ihrer

Tees gekocht, der in einer großen Porzellankanne auf dem Sofatischchen stand und den Raum mit seinem Duft erfüllte. Ich rieb mir über die Augen, die schon ganz müde waren, vom langen Starren auf den Bildschirm und balancierte den Laptop auf meinen Knien. Jenna reichte mir ihr Smartphone und als ich danach griff, berührten sich unsere Finger leicht. Mein Blick wanderte von ihren schlanken Händen zu ihrem Gesicht und zu ihren Augen. Zu Augen, die mich auf eine Art musterten, bei der mein Herz stockte. Einen Wimpernschlag lang stand meine Welt vollkommen still und ich konnte nur in diese faszinierenden, grünen Augen schauen. Die braunen Sprenkel auf der Regenbogenhaut schienen zu leuchten und zogen mich völlig in ihren Bann. Jenna blinzelte einige Male schnell hintereinander und mir entging nicht, dass sie schwer schluckte. Ich fühlte, wie meine Wangen heiß wurden und sich eine verräterische Röte auf sie stahl. Unwillkürlich fragte ich mich, was hier gerade passierte. Mit mir. Mit Jenna. Zwischen uns. Gab es überhaupt ein *uns*? Wollte ich das denn? Auf keinen Fall wollte ich meine Freundschaft mit diesem Mädchen aufs Spiel setzen – für was auch immer, da zwischen uns war –, das wusste ich. So in Gedanken vertieft, hörte ich Jennas nächste Worte gar nicht und bemerkte erst, dass sie mit mir redete, als sie mich leicht anstupste. Schon wieder fühlte ich meine Wangen rot werden, diese verräterischen Körperteile, und griff, einfach nur um etwas zu tun zu haben, nach meiner Teetasse. Was musste Jenna nur von mir denken?

»Yara.« Wieder stupste sie mich an. »Schau mal. Ich wollte dir etwas zeigen.«

Es kostete mich viel Überwindung, ihr erneut in die Augen zu schauen. Und als ich es tat, wurde mir wieder so heiß, dass ich ein Stückchen von ihr wegrutschen musste. Ich brauchte Platz, um frei denken zu können. Unbewusst oder nicht, aber Jenna schloss sofort wieder die Lücke zwischen uns, sie kam sogar noch näher, bis sich unsere Oberarme berührten. Mein Herz hielt das nicht aus. Es schlug schneller. Ich konnte sogar meinen eigenen Puls in den Ohren hören.

Oh, konzentrier dich, Yara.

Ich gab mir wirklich Mühe und schaute auf Jennas Smartphone. Sie zeigte mir einen Artikel über die Bedeutung eines Namens. Meines Namens.

»Schau mal«, jetzt klang sie richtig aufgeregt, »hier unten steht, dass Yara im Amazonasgebiet Herrscherin des Wassers bedeutet. Oh, und hier! In Tupi heißt Yara sogar Wassergöttin. Wow. Glaubst du, dass das etwas zu bedeuten hat?«

»Was meinst du?«

»Na, du weißt schon. Weil du doch von den Nereïden abstammst und alles.«

Darüber musste ich erst einmal nachdenken. Natürlich hatte ich Jenna sofort alles über mein Treffen mit Halie, Pronoe und Galene erzählt und wusste, worauf sie anspielte. Aber eine Göttin? Nein, sicher nicht. Dennoch, ein Funken Wahrheit steckte wohl in dieser Überlegung. Galene und Pronoe hatten etwas ganz Ähnliches gesagt, aber ich hatte es nicht verstanden. Wie so vieles.

Mein Kopf rauchte nur so vor Informationen, aus denen ich mir keinen Reim machen konnte und ich beschloss, es mit der Internetrecherche gut sein zu lassen. Vielleicht konnte ich bald einen Buchladen aufsuchen. Möglicherweise hatte irgendwer die griechische Mythologie verständlich zusammengefasst auf Papier gebracht.

Wie versprochen war ich am Donnerstagnachmittag zu der Therapeutin gegangen, die Brenda für mich ausgesucht hatte. Ich war mit dem Fahrrad nach Rockaway Beach gefahren, um mich mental auf die Sitzung vorzubereiten. Es war weiß Gott nicht die erste, ich hatte schon viele solcher Gespräche hinter mir, aber es war das erste, bei dem ich mich aktiv an mein früheres Leben erinnern konnte. Und somit auch an Mom und Dad. Bei der Erinnerung an sie hatte ich leise geseufzt. Es war gerade mal eine Handvoll Tage her, seit ich mich erinnern konnte. Viel zu kurz, um damit zurechtzukommen. Vor allem, da das ja nicht die einzige Geschichte war, um die meine Gedanken kreisten. Mein Kopf war so randvoll mit Erlebnissen, Eindrücken und neuen Erfahrungen, dass er bald zu implodieren schien. Manchmal hatte ich das Gefühl, verrückt zu werden, bei all den unbeantworteten Fragen und dem ständigen Druck mich entscheiden zu müssen.

In den Geschichten, in denen ich las, waren die Protagonisten immer entspannt, wenn ihnen jemand erzählte, dass sie etwas Besonderes waren oder Fabelwesen auf die ein oder andere Weise ihre Hilfe brauchten. Es war beinahe so, als ob sie sich freuen würden, ihrem alten, langweilig normalen Leben entfliehen zu können.

Aber ich wollte das nicht. Ich wäre dankbar für etwas Ruhe und Normalität gewesen, die mir Zeit zum Nachdenken gegeben hätten.

Der Wind hatte mir das Haar aus dem Gesicht geweht und ich wünschte mir, er hätte meinen Kopf durchgepustet und die Gedanken mit sich fortgetragen.

Jetzt erschienen mir die Bücher und ihre Charaktere wie eine Lüge. Nun, da ich selbst in einer solchen Situation war, merkte ich, wie seltsam sich meine Helden immer verhalten hatten. Bei dem Gedanken, was mir eventuell bevorstand, zitterte ich am ganzen Körper und bekam oft kaum noch Luft. Ich könnte bei dem Unterfangen sterben! Da konnte ich nicht gelassen bleiben.

Und als wäre das noch nicht genug, sollte ich mich mit jemand völlig Fremden über meine Mom und meinen Dad austauschen und ihr vermutlich auch noch von meinen Empfindungen erzählen.

Ich wusste, dass Brenda und Dan nur mein Bestes wollten, vor allem Brenda, und mir zu helfen versuchten. Doch ich war mir nicht sicher, ob ich dafür schon bereit war.

Die Therapeutin schien ganz nett zu sein, wenn auch nicht zu vergleichen mit meiner Doktor Jones aus England. Dennoch saß ich stocksteif auf dem grauen Sessel, der vor einem niedrigen Glastisch stand, den kein einziger Fleck oder Wasserring verunreinigten. Alles hier war sauber und penibel aufgeräumt. Fast ein bisschen wie bei ›Schöner Wohnen‹, mit dem gefächerten Lampenschirm, den einfarbigen Bildern an den Wänden und dem Ziertischchen, auf dem eine Vase voller Plastikblumen stand.

Die Therapeutin hatte sich als Elisa O'Donovan vorgestellt und mir so fest die Hand gedrückt, dass ich ihr meine gleich wieder entzog. Seitdem hatte die Stelle, an der sie mich berührt hatte, nicht mehr aufgehört zu brennen. Elisa O'Donovan trug eine hochgeschlossene Bluse zu einer taillierten Hose aus schwarzem Stoff und eine Brille mit runden Gläsern, wie Harry Potter, die ihre kurze Nase betonte. Vielleicht war sie ja doch ganz nett.

»Mein liebes Kind, erzähl mir warum du heute hier bist.«

Liebes Kind? Mir blieb beinahe der Mund offen stehen, bei dieser seltsamen Anrede und ich war zu perplex, um ihr gleich zu antworten. Doch sie zuckte nicht mal mit der Wimper, sondern griff nach einem Klemmbrett, das vor ihr auf dem Tisch lag.

»In Ordnung«, sie lächelte auf diese verständnisvolle Art, die ich gar nicht mochte. »Wenn du nicht reden möchtest, dann erzähle ich mal ein bisschen was von mir. Einverstanden? Nach meinem Abschluss in Psychologie habe ich langjährige Erfahrungen im Bereich Psychotherapie sammeln können, währenddessen eine Weiterbildung zur Psychologischen Psychotherapeutin gemacht und mich auf Traumatherapie spezialisiert. Nachdem ich einige Jahre in einer renommierten Praxis in Washington gearbeitet habe, bin ich wieder zurück in meinen Heimatort gezogen und habe hier diese Praxis eröffnet.«

Ihr Blick war erwartungsvoll auf mich gerichtet, als hoffte sie auf eine Reaktion meinerseits. Das Geben- und Nehmen-Spiel. Quid pro quo. Ja, das kannte ich gut. Doch ihr Bericht hatte so wenige persönliche Informationen enthalten, dass ich mir kaum ein Bild von ihr machen konnte. Um ehrlich zu sein, fühlte ich mich gar nicht wohl in meiner Haut. Es war etwas an der Art, wie sie sprach und in ihrem Sessel saß, das in mir eine Abwehrhaltung hervorrief. In England hatte ich gelernt nicht gleich voreingenommen zu sein und Menschen nicht generell abzulehnen, doch bei manchen spürte ich sofort, ob die Chemie stimmte oder, wie in diesem Moment, eben nicht. Ich verkrampfte meine Hände im Schoß und hoffte, dass ich mich vielleicht doch täuschte. Aber dann machte Elisa O'Donovan den größten Fehler, den sie mir gegenüber machen konnte. Anstatt mich aus meinem Schneckenhaus zu locken, ging sie direkt auf Konfrontation. Denn ich schwieg noch immer beharrlich, nicht aus Boshaftigkeit, sondern aus mangelndem Vertrauen. Sie schob ihre Brille mit dem Zeigefinger zurecht und konsultierte ihre Unterlagen.

»Dann machen wir es doch so, dass ich meine Unterlagen mit dir durchgehe und dir sage, was ich schon von Brenda Moore über dich erfahren habe. Du unterbrichst mich einfach, wenn du etwas hinzufügen möchtest.«

Ich zuckte leicht mit den Schultern, doch ihr reichte das als Zustimmung und von da an nahm die Katstrophe ihren Lauf.

»Du bist Clara White, lebst seit Kurzem bei Brenda und Dan Moore, die dich adoptiert haben. Die Jahre zuvor hast du in England in einer Einrichtung verbracht, in der du wegen schwerer traumatischer Erlebnisse behandelt wurdest. Diese Traumata entstanden durch die Entführung und Misshandlung eines Mannes, der dich im Alter von sechs Jahren mitnahm.«

Ich verkrampfte mich noch mehr auf meinem Platz und eiskalter Schweiß brach auf meiner Stirn aus. Das waren Dinge, über die ich nicht sprechen wollte. Nicht mit ihr. Nicht hier und jetzt. Vielleicht würde sie das Thema auch gleich wieder fallen lassen und auf

etwas anderes zu sprechen kommen. Aber wem machte ich hier
etwas vor.

»Brenda Moore hat mir auch erzählt, dass er dich körperlich miss-
handelt hat und du sichtbare Narben auf deinem Rücken trägst.«

Mein Herz setzte eine Sekunde lang aus und ich hatte das Gefühl,
als würde ich mit einer Achterbahn rasend schnell in die Tiefe stürzen. Ich hielt mir die Ohren zu. Nein. Nein! Daran wollte ich jetzt
auf keinen Fall denken. Nicht daran. Nicht an das Bügeleisen und
die Schere. Nicht an den Schmerz, den er mir damit zugefügt hatte,
wenn meine Antworten oder mein Verhalten ihm missfallen hatten.

Viele Monate, sogar Jahre, hatte ich zusammen mit Doktor
Jones die Vergangenheit aufgearbeitet und über meine Erlebnisse
gesprochen, aber das hieß nicht, dass ich darüber hinweg war oder
darüber plaudern konnte, als sei es nicht immer noch ein Teil von
mir. Und diese völlig fremde Person sprach es einfach an, sprach
über das dunkelste aller Löcher in meiner Seele. Noch immer hatte
ich Albträume von diesem Ort und mir war bewusst, dass ich die
Erlebnisse niemals dauerhaft vergessen würde. Ich konnte nur lernen, damit zu leben und der Dunkelheit nicht die Kontrolle zu
überlassen. Die meiste Zeit kam ich gut zurecht, manchmal aber
schlichen sich die Bilder wieder in meinen Kopf und nisteten sich
dort ein, wie Wespen in einem Dachstuhl. So auch jetzt. Es war
beinahe so, als wäre ich wieder dort. Ich spürte den nackten
Betonboden, auf dem ich oft gekauert und geweint hatte, sah die
Glühbirne an der Decke baumeln, die, egal wie oft ich auf den
Lichtschalter drückte, immer dunkel blieb. Meine Brust zog sich
schmerzhaft zusammen und ich bekam kaum noch Luft. Ich fühlte
mich gefangen in einem Strudel, der mich nach unten zog und zu
verschlingen drohte. Plötzlich fing mein Rücken an zu brennen und
ich keuchte auf, als das Bild eines Mannes vor mir auftauchte, der
die Hand hob, um...

Mit einem Schrei sprang ich auf, warf dabei fast den Sessel um und schwankte. Elisa O'Donovan schaute überrascht zu mir auf. Sie hatte nichts von der Panik mitbekommen, die sich in mir angestaut hatte und weiter ihre Notizen vorgelesen.

»Clara, bitte setz dich wieder. Möglicherweise ist dieses Gespräch sehr belastend für dich, doch es kann nur besser werden, wenn du deine Ängste überwindest und dich mir anvertraust.«

»Ich... Ich kann nicht. Bitte nicht.«

Mein Hals fühlte sich so eng an, dass ich die Worte hervorpressen musste. Gleichzeitig ging meine Atmung keuchend und mir wurde noch schwindeliger als zuvor. Ich musste hier raus.

»Es ist wichtig, dass wir jetzt darüber sprechen. Atme tief durch, dann wird es dir besser gehen.«

Die Wände kamen auf mich zu, vor meinen Augen begann sich die Praxis zu drehen und der Druck, der auf meiner Brust lastete, wurde stärker.

»Es geht nicht. Ich muss gehen«, keuchte ich und floh regelrecht aus der Praxis.

Ich fühlte mich wie betäubt, griff nach dem Treppengeländer, stieg, über meine eigenen Füße stolpernd, die Stufen hinab und taumelte ins Freie.

Ohne mein Zutun hatten mich meine Füße an den Strand getragen, den ich, nun da es später Abend war, leer und verlassen vorfand. Das Rauschen der Wellen, das mir sanft und beruhigend zu sang, war das einzige Geräusch. Manchmal wehte eine leichte Brise vom Meer her und brachte einen salzigen Geruch mit. Nahe der Wassergrenze ließ ich mich auf die Knie sinken, grub die Hände in den kühlen, leicht feuchten Sand und atmete tief den würzigen Geruch des getrockneten Seetangs ein, der sich auf meine angespannten Nerven legte und mich erdete. Was für eine Katastrophe, dachte ich betrübt und ließ den Kopf hängen. So skeptisch, ja widerwillig, ich gewesen war, ein kleiner Teil von mir hatte doch gehofft. Aber Elisa O'Donovan hatte einen wunden Punkt getroffen. Es fiel mir schwer, meine Konzentration auf das Hier und Jetzt zu richten und nicht in den Bildern der Vergangenheit zu versinken. Meistens kam ich ganz gut mit dem zurecht, was mit mir passiert war, aber so damit konfrontiert zu werden, war einfach zu viel! Ich spürte ihre Anwesenheit, noch bevor ich sie sah und trotz meiner schlechten Verfassung, stahl sich ein kleines Lächeln auf meine Lippen.

»Hier bist du also«, sagte Jenna und setzte sich neben mich in den Sand. Sofort reagierte mein Körper auf ihre Nähe und das Chaos, das mich in den letzten Minuten beherrscht hatte, beruhigte sich. Der unverwechselbare Duft von Lavendel, den ich auch mit geschlossenen Augen als den ihren erkannt hätte, stieg mir in die Nase. Mein Herz klopfte immer noch schnell, doch jetzt lag es nicht mehr nur an der missglückten Therapiesitzung.

»Wie hast du mich gefunden?«

Ich hörte sie leise lachen. »Ich habe vor der Praxis auf dich gewartet und versucht dir zu folgen, als du aus dem Gebäude gerannt bist. Aber ich habe nicht schnell genug reagiert und dann habe ich einfach vermutet, dass du hier bist.«

Nach kurzem Zögern fügte sie hinzu. »Es lief nicht so gut, oder?«

Ich schüttelte den Kopf. »Nicht wirklich.«

»Und jetzt möchtest du nicht mehr hingehen.«

Es war keine Frage, sie kannte mich gut genug, um zu wissen, was in mir vorging.

Es verstrichen ein paar Minuten, in denen weder sie noch ich ein Wort sagten, doch es war keine unangenehme Stille. Mit Jenna zu schweigen war einfach. Es war genau das, was ich brauchte. Jemanden an meiner Seite, der mich nicht drängte, über alles zu reden und dennoch auf seine Art für mich da war. Wir lauschten den Wellen, die an den Strand brandeten, bis der Wind auffrischte und unsere Gesichter kalt werden ließ. Jenna berührte mich vorsichtig an der

Schulter, um auf sich aufmerksam zu machen und nickte in die Richtung, in der Tante Melias Haus stand. Gemeinsam holten wir mein Fahrrad, das immer noch vor Elisa O'Donovans Praxis stand. Auf dem ganzen Weg hielt Jenna meine Hand und als wir bei Melia ankamen, fragte sie mich, ob sie heute Nacht bei mir bleiben solle und ich nickte dankbar. In dieser Nacht waren die Albträume, die mich heimsuchten, besonders schlimm und jedes Mal war Jenna da, um mich aus ihnen zu befreien. Sie hielt mich fest, bis ich wieder einschlief und von neuem in einen unruhigen Schlaf glitt.

KAPITEL 14

Tethys - Titanin und Meeresgöttin, mit Bruder Okeanos
verheiratet und Mutter der Okeaniden

Am Wochenende nahm Tante Mel uns mit in den Wald. Die Luft war kühl und feucht, kündigte Regen an und Jenna zog die Kapuze über ihren Kopf. In der Ferne hingen Nebelschwaden zwischen den Bäumen, die langsam ihr buntes Laub verloren und es auf den Boden warfen. Ein modriger Geruch hing in der Luft und in der Ferne war das Rufen eines Käuzchens zu hören.

Nach dem missglückten Versuch am Donnerstag und meiner daraus resultierten Panikattacke, war Brenda klar geworden, dass eine Therapie bei Elisa O'Donovan möglicherweise doch nicht das Richtige für mich war. Ich hatte ihr aber versprechen müssen, beim kleinsten Anzeichen eines Rückfalls, sofort Melia Bescheid zu geben. Eine leise Stimme in meinem Kopf hatte sich gemeldet und das ausgesprochen, das mir schon seit einer Weile Sorgen machte. Meine Vergangenheit bereitete mir immer noch größere Probleme als sie es sollte und ich war psychisch labil. Manchmal, wenn ich im Bett lag und es dunkel und still um mich war, fragte ich mich, ob ich nicht zu früh aus der Psychiatrie entlassen worden war.

Ausnahmsweise trug Melia Jeans und Pulli, anstelle ihrer langen, luftigen Kleider. Über ihrer Schulter hing eine schwere Tasche, die sie auf dem Waldboden abstellte.

»Was machen wir hier?«, fragte ich Jenna leise. Sie stieß mich mit dem Ellbogen an und deutete mit dem Kinn auf ihre am Boden kniende Tante.

Die packte die Tasche aus und zog zu meiner Verblüffung eine Handfeuerwaffe hervor. Sie winkte uns zu sich rüber.

»Das hier ist eine Glock. Sie ist nicht geladen. Nimm sie und wiege sie in der Hand«, forderte sie mich auf und hielt mir den Griff hin.

»Äh, warum?«

Noch konnte ich mich nicht überwinden, das Ding in die Hand zu nehmen. Immerhin war es eine Waffe. Eine Waffe, mit der man jemanden umbringen konnte, wenn man wollte. Und damit umgehen konnte.

»Weil«, sagte Tante Mel und stand auf, »ich dir heute das Schießen beibringen werde.«

Ja, sicher. Nicht! Ich machte einen Schritt zurück und schüttelte den Kopf. Hilfesuchend schaute ich zu Jenna.

»Ich... Ich glaube nicht, dass ich das will.«

»Du willst dich also nicht verteidigen können?« Sie starrte mich mit hochgezogener Augenbraue an.

»Gegen wen denn? Ich glaube kaum, dass ich so ein Teil unter dem Wasser gebrauchen kann«, erwiderte ich sarkastisch und versuchte mir vorzustellen, wie ich sie gegen ein Meereswesen benutzen sollte.

Tante Mel kam auf mich zu, noch immer eine Augenbraue hochgezogen.

»Du bist sehr naiv, wenn du glaubst, die Gefahr würde nur im Reich der Meere lauern.«

»Und was soll mich hier an Land angreifen? Werwölfe?« Ich lachte trocken auf. Was wusste ich schon, welche Monster noch so hier lebten. Aber der Gedanke, dass ich eine Waffe abfeuern sollte, war zu absurd.

Jenna lachte laut und auch ihre Tante warf mir einen belustigten Blick zu.

»Werwölfe? Na klar.« Jenna verdrehte die Augen.

»Was weiß ich denn. Aber noch mal, wer oder was soll mich hier angreifen?«

Schön, dass die beiden mich so unterhaltsam fanden.

»Es gibt Dinge, von denen du nichts weißt und auch nicht unbedingt wissen musst. Es reicht, wenn du weißt, wie du dich im Notfall verteidigen kannst.«

Das gefiel mir gar nicht. Und das sagte ich auch, aber meine Einwände wurden von den beiden völlig ignoriert.

»Sollte ich dann nicht eher lernen, mich mit meinen Fäusten zu verteidigen?« Das erschien mir wirklich sinnvoller. Vor allem, da ich ja nicht immer eine Pistole bei mir trug.

»Später. Eins nach dem anderen.«

Tante Mel fing an mir zu erklären, wie die Waffe aufgebaut war, wie man das Magazin wechselte, wie man sie entsicherte, in den Händen hielt und wie man zu atmen hatte. Dann zeigte sie mir, wie man sie lud.

»Zuerst atmest du ein paar Mal ganz normal in die Brust ein, damit dein Körper ein Sauerstoffreservoir hat. Das brauchst du später. Danach fängst du an, in den Bauch zu atmen. Dein Atem sollte flacher werden und deine Muskeln sich nicht verkrampfen. Versuch es mal«, forderte sie mich auf.

»Gut. Sehr gut. Jetzt zielst du. Das hier sind Kimme und Korn. Du visierst dein Ziel damit an. Schau hier durch, das Korn muss genau mittig sein, dann kannst du schießen«, erklärte sie und ich drückte den Abzug.

Ein lauter Knall hallte durch den Wald und ein gewaltiger Stoß ging durch meine Arme, mit denen ich die Waffe umklammerte, bis in die Schultern hinauf. Ich stolperte zwei Schritte zurück, um nicht rückwärts umzufallen und auf dem Hintern zu landen. Ein Schrei entfuhr mir und ich schaute erschrocken zu Jenna, die sich das Lachen verkniff.

»Habe ich gesagt, dass du drücken sollst, du Frosch. Du hättest jemanden treffen können«, schimpfte Tante Mel.

»Du hast doch gesagt, ich kann schießen«, gab ich patzig zurück und schüttelte mein linkes Handgelenk. Der Stoß hallte unangenehm in meinen Knochen nach.

»Okay, nochmal. Aber dieses Mal schießt du erst, wenn ich es dir ausdrücklich sage. Jenna geh ein Stück hinter uns. Du musst sicher stehen, Yara. Stell dich ein bisschen breitbeiniger hin und verlagere das Gewicht gut auf beiden Beinen. Die Arme nach vorne, Ellenbogen leicht angewinkelt, spann deine Muskeln an, dann ist der Rückstoß nicht so schlimm.«

Melia half mir, korrigierte meine Armhaltung und legte eine Hand auf mein Brustbein.

»Jetzt atme tief ein und wieder aus. Konzentriere dich. Wechsel in die Bauchatmung, fokussiere dein Ziel, denk an Kimme und Korn. Beachte uns gar nicht, hab nur das Ziel vor Augen.«

Ihre Instruktionen leise murmelnd, trat sie einen Schritt zurück.

»Wenn du bereit bist, halte die Luft an und drück ab.«

Das Ziel war eine Pampelmuse, die sie auf einen niedrigen Ast gestellt hatte.

Ich starrte sie über die Pistole hinweg an und richtete den Kolben auf die Frucht. Mein Atem kam gleichmäßig und ruhig, aber ich spürte das Gewicht der Glock in meinen Armen. Die Frucht verschwamm zu einem orangenen Fleck und beim nächsten Ausatmen, wappnete ich mich gegen den Rückstoß und drückte ab. Laut explodierte die Patrone aus dem Kolben und schoss, so schnell, dass ich es nicht sehen konnte, aus der Öffnung.

Die Pampelmuse schwankte auf dem Ast und fiel zu Boden.

Noch klingelten meine Ohren von dem Knall, da ergriff Jenna

meine Hand und streckte sie hoch. Ein Kribbeln lief von meinen Fingerspitzen über meinen Arm.

»Du hast getroffen! Ich habe wochenlang nur danebengeschossen«, rief meine Freundin.

»Streifschuss«, verkündete Tante Mel und hob die Pampelmuse auf. »Sehr gut. Noch mal.«

Es gelang mir immer wieder, die Frucht knapp zu treffen, aber ich schaffte es nie, sie ganz in der Mitte zu erwischen. Egal wie viele Magazine ich leerte, es blieb bei den Steifschüssen.

Was aber genügen sollte, um wenigstens davonlaufen zu können, meinte Jenna grinsend. Wovor ich davonlaufen sollte, erklärte mir natürlich keiner. Und ich war zu müde, um nachzufragen. Meine Schultern waren steif und mein Nacken schmerzte, von der Anstrengung eine Waffe hochzuhalten. Doch Tante Mel war noch nicht fertig mit uns.

»Deine körperliche Konstitution gleicht eher einem weichgekochten Ei, liebe Yara. Lange wirst du eine Waffe nicht halten können. Daran müssen wir arbeiten.«

Prima, jetzt war ich also auch noch schwach.

Ich verschränkte die Arme vor der Brust und schob beleidigt den Kiefer vor.

»Schmollen bringt nichts«, entgegnete Tante Mel.

»Und Widerstand ist zwecklos.« Jenna imitierte die Stimme ihrer Tante und grinste. »Noch so ein Lieblingsspruch von ihr.«

Wir schauten uns an und ein warmes Gefühl breitete sich in meinem Magen aus, als ich in ihre laubgrünen Augen schaute. Sie hatte ihre dunkelblonden Haare zu zwei langen Zöpfen geflochten, die ihr über den Rücken fielen. Sie sah gut aus, in ihren engen schwarzen Sportklamotten. Sehr gut sogar. Ich schluckte und zwang mich wegzuschauen. Jedes Mal, wenn ich sie ansah, machte mein Herz einen Satz und ich wusste immer noch nicht, wo ich dieses Gefühl einordnen sollte.

Das Training mit Tante Mel lenkte mich ab, denn sie scheuchte uns kreuz und quer durch den Wald. Das Laub unter meinen Schuhen raschelte, wenn ich darüber rannte, und der weiche Waldboden federte meine Schritte ab. Mein Atem ging stoßweise, bildete weiße Wölkchen beim Ein- und Ausatmen und bald schnappte ich nach Luft vor Anstrengung. Schweigend joggten wir durch den Wald, die Stille um uns wurde nur vom Rufen des Käuzchens und meinem gelegentlichen Keuchen unterbrochen. Melia ließ nicht locker, bis wir mit weichen Knien am Waldrand ankamen und ich nach Sauerstoff ringend auf den Boden sank.

Jenna stand mit roten Wangen neben mir, ihre Brust hob und senkte sich, aber sie wirkte nicht im Mindesten so verausgabt wie ich. Mir rann Schweiß übers Gesicht und ich wusste, dass meine Haare sich aus dem Knoten gelöst hatten und wild um mein Gesicht standen. Hitze stieg mir in die Wangen und mir war mein zerzaustes Aussehen plötzlich sehr unangenehm. Ich wollte nicht, dass Jenna mich so sah.

Es wurde ein gemütlicher Abend vor dem Kamin, in dem das Feuer leise prasselte und den Raum mit wohliger Wärme flutete. Pan räkelte sich schnurrend auf dem Kaminvorleger und bearbeitete den Stoff mit seinen Krallen.

Tante Mel erzählte Geschichten von ihrer Zeit unter Wasser, von ihren Schwestern und ihren Freunden, die sie vermisste und gerne wiedersehen würde. Ich ließ zu, dass Jenna mir die Haare zu einem lockeren Zopf flocht und genoss das Gefühl, ihrer Finger auf meiner Kopfhaut. Wir lauschten Tante Melias ruhiger Stimme und ich wurde immer müder, bis meine Augenlider flatterten. Die Mischung aus frischer Luft, körperlicher Betätigung, der Wärme des Feuers und Jennas Nähe hatte eine magische Wirkung auf mich. Ich lehnte mich gegen Jenna, die ihren Kopf auf meinen legte und leise seufzte. Einem inneren Drang folgend, verschränkte ich meine

Finger mit ihren, fühlte ihre weiche Hand in meiner und ihren Daumen, der über meinen Handrücken strich. Dort, wo sie mich berührte, breitete sich ein Prickeln aus, das wie ein Feuerwerk durch meinen Körper explodierte. Mein Herz flatterte vor Freude und ich spürte wieder dieses Kribbeln in meinem Bauch. Sie drückte meine Hand und ich schaute zu ihr hoch. Da war sie wieder, diese Wärme in ihren schönen grünen Augen, die meinen Atem stocken ließ.

Mein Blick verschmolz mit ihrem und ich lächelte sie unwillkürlich an.

»Ich lasse euch jetzt alleine. Meine müden, alten Knochen ächzen schon. Gute Nacht, ihr beiden.«

Tante Mel huschte aus dem Zimmer, aber ich konnte den Blick nicht von Jenna nehmen. Ich betrachtete ihr Gesicht. Volle, sinnliche Lippen, hohe Wangenknochen, dichte, dunkle Wimpern die ihre großen Augen umrahmten. Sie war schön. So schön, dass mein Herz schmerzte. Mein Blick wanderte von ihren Augen zu ihrem Mund und ich fragte mich, wie sich ihre Lippen auf meinen anfühlen würden. Ich wich zurück. Was für Gedanken gingen mir da durch den Kopf?

Meine Finger waren immer noch mit ihren verschränkt. Schnell zog ich meine Hand weg und stand auf. Mein Herz klopfte wie verrückt und die Gedanken wirbelten durch meinen Kopf, allen voran, die Verwirrung über meine eigenen Gefühle.

»Ich gehe ins Bett.«

Meine Stimme war rau und klang so gar nicht nach mir. Ohne Jenna anzusehen, wandte ich mich ab. Ich hörte, wie sie Luft holte und vergrößerte meine Schritte. Was auch immer sie zu sagen hatte, ich wollte es nicht hören, wollte mir nicht eingestehen, was auch immer es da zu gestehen gab. Nur raus aus dem Zimmer, weg von ihr und ihren unglaublichen Augen, die mich bis in ihre Seele blicken ließen. Ich war aufgewühlt, das Blut in meinem Körper rauschte und als ich die Tür zu meinem Zimmer aufstieß, wehte mir ein kleiner Wirbelwind entgegen, zerzauste mein Haar und ließ kleine Strähnchen durch die Luft flattern.

Aber ich war zu durcheinander, um mich zu beherrschen. Was war nur mit mir los? Warum spielten meine Gefühle verrückt, wenn ich Jenna ansah und ihr in die Augen schaute? Warum hatte ich das Gefühl, mich in ihnen zu verlieren? Bei den Göttern, was passierte hier? Der Wind peitschte mein Haar umher, rüttelte an den geschlossenen Fenstern und bauschte die Vorhänge auf.

Ich drehte mich abrupt um und riss die Tür auf. Da stand Jenna, bleich und mit großen Augen.

»Yara, ich...«

Ich machte einen Schritt auf sie zu, schlang meine Arme um ihren Hals und küsste sie. Es war wie fallen und aufgefangen werden. Der Kuss raubte mir den Atem und trug mich davon, in eine Welt aus erblühender Wärme. Es war schmerzhaft schön, wie das Lachen unter Tränen. Ein Strudel aus Empfindungen durchfuhr mich siedend heiß, als Jenna mich so fest in ihre Arme schloss, als würde sie mich nie mehr loslassen wollen. Beinahe hatte diese Geste etwas Verzweifeltes und mein Herz schien mir aus der Brust springen zu wollen. Die Fenster schwangen auf, ein gewaltiger Windstoß fuhr durchs Zimmer und die Flasche mit Wasser, die auf meinem Nachttisch stand, zerbarst. Das Wasser schoss in alle Richtungen, flitzte wie Geschosse umher, um uns herum. Aber all das kümmerte mich nicht. Alles, was wichtig war, war der Augenblick mit Jenna und ihre Lippen auf meinen Lippen. Ich vergrub meine Hände in Jennas seidigem Haar und drückte mich enger an sie. Sie sog scharf die Luft ein und drängte mit ihrer Zunge gegen meine Lippen. Als sie eine Hand auf meine Hüfte legte, knallte meine Zimmertür hinter uns zu. Heiß durchfuhr es mich. Helligkeit und Dunkelheit rasten durch mich hindurch, Gefühle überschwemmten mich und schienen mich in Besitz nehmen zu wollen.

Hielten mich fest, ließen keinen Platz für etwas anderes. Da waren nur Jennas Haare, ihre Hände, ihr warmer Körper an meinem, ihre Lippen. Ihre weichen Lippen. Die Haut ihres Halses. Ihre Schultern. Die Wärme, die sie ausstrahlte, und ihr Duft, der mich einhüllte. Ich sog den Geruch nach Lavendel und Meer ein, als wäre es ein köstliches Getränk. Sie fuhr mit der Hand unter den Saum meines Shirts. Ich keuchte auf, als Haut auf Haut traf, ihre Finger meine Taille liebkosten, meine Wirbelsäule hochglitten und wieder herab. Der wilde, leidenschaftliche Kuss wurde zu etwas Zärtlichem und Sanftem. Das, was vorher voller Impulsivität und vor zum Zerreißen gespannter Lust gewesen war, wurde weich und warm. Ich schwebte, mein Körper fühlte sich an ihrem federleicht an. Sanft strichen ihre Lippen über meine. Sie lehnte sich zurück und sah mir in die Augen. Es war, als würden wir glücklich und atemlos aus einem Traum erwachen.

»Yara«, flüsterte Jenna, meine Jenna, sanft.

Sie strich mit der Hand über meine glühende Wange. Die Sanftheit ihrer Berührung schickte einen Schauer über meinen Rücken. Meine Lippen pochten und fühlten sich ganz heiß und wund an. Das Wasser tanzte in kleinen, schimmernden Perlen um uns herum. Eine kleine Symphonie bewegte sie, ließ sie auf und ab hüpfen und um unsere Köpfe schweben. Das Licht der Deckenlampe flackerte, reflektierte in den Wassertropfen und warf kleine Lichtreflexe auf Jennas Haut. Sie lächelte mich an.

»Ich habe noch nie jemanden geküsst«, flüsterte ich heiser. Irgendwie hatte ich das Gefühl, ihr das jetzt sagen zu müssen.

»Macht doch nichts«, antwortete sie und zog mich zum Bett. Wir setzten uns gegenüber voneinander und ich vergrub meine Hände unter der Überdecke.

»Hm. Und du?«, fragte ich etwas verlegen. Ich konnte ihr nicht in die Augen sehen.

»Ein paar Mal. Das eine ist schon Jahre her. Da habe ich noch

in Griechenland gelebt und hatte einen Freund. Es ist bei diesem
einen Kuss geblieben«, sie lachte. »Glaub mir, es war furchtbar und
ich habe den armen Kerl bestimmt total verschreckt. Aber es hat
sich nicht richtig angefühlt, ich habe erst Wochen später gemerkt,
dass es nicht an ihm lag, sondern an seiner Spezies. Männer.« Jetzt
schüttelte sie den Kopf, als würde sie von Außerirdischen reden.
»Gar nichts für mich. Seitdem weiß ich, dass ich anders bin.«

»Anders ist gut.«

»Anders kann alles Mögliche sein.«

Wir grinsten uns an und als sie mit der Hand durch ihr Haar fuhr,
blitzte ein schmaler Silberring an ihrem Finger auf.

»Hattest du viele Freundinnen?«, fragte ich.

»Eigentlich nicht. Es ist ziemlich schwer in einem so kleinen Ort
jemanden zu finden, der auch so empfindet, oder dazu steht. Die
Leute hier reden viel, weißt du, man muss aufpassen, wie man sich
verhält. Traurig, aber die Welt ist noch so konservativ. Vor allem
hier in Amerika. Ich war auf einem Schüleraustausch in Frankreich,
da sind die Menschen viel freier und lockerer. Da gab es ein Mädchen, Berén, wir waren uns sehr nah. Aber der Kontakt ist abge-
brochen, nachdem ich wieder in Amerika war.«

Sie tat es mit einem Schulterzucken ab.

Ich spürte einen Stich der Eifersucht in mir und verbarg das Gesicht, damit sie nicht sehen konnte, was sich in meinen Augen ab-
spielte. Das war kindisch und ich konnte damit nicht umgehen,
denn das alles war noch Neuland für mich.

Jenna spürte es, denn sie legte eine Hand unter mein Kinn und
zwang mich, ihr in die Augen zu sehen. Wieder breitete sich das
warme Gefühl in meinem Bauch aus.

»So wie bei dir, hat es sich noch nie angefühlt, glaub mir bitte«,
sagte sie leise und schenkte mir ein Lächeln, bei dem mir schwindelig wurde.

Ich versuchte ihr zu glauben. Aber die Eifersucht klopfte an, wie ein ungebetener Gast und ich schluckte schwer.

Gerade hatte sich mein ganzes Universum verändert. Mein Leben hatte sich auf den Kopf gestellt. Es fühlte sich sogar anders an zu atmen und ich begriff, dass es nie mehr so sein würde, wie zuvor. Wie noch vor zehn Minuten. Ich hatte den schmalen Grat überschritten und eine Welt betreten, die mich schwindelig und aufgeregt machte. Ich tastete nach Jennas Hand und sie verflocht ihre Finger mit meinen. Mit einem Zittern nahm ich wahr, dass sie sich zu mir lehnte und mein Körper reagierte ganz instinktiv. Er wurde ganz weich und warm und als sie den Kopf auf meine Schulter legte, wirkte sie so verletzlich, dass ich beide Arme fest um sie schloss. Sie so zu spüren, veränderte alles. Nichts war mehr so sehr von Bedeutung wie Jenna und nichts wichtiger als dieser Augenblick mit ihr.

Vielleicht, vielleicht war das hier mein Anker in der Welt. Jenna gab mir das Gefühl, in Sicherheit zu sein, und dass nichts auf dieser Welt mir je wieder etwas anhaben konnte.

Sie drehte mir ihr Gesicht zu und als hätte sie meine Gedanken gelesen, flüsterte sie: »Ich bin hier. Ganz egal, wofür du dich entscheidest.«

Eine Welle der Glückseligkeit, wie ich sie noch nie gespürt hatte, durchflutete mich. Ich lehnte meine Stirn an ihre und schloss langsam die Augen. Lauschte ihrem gleichmäßigen Atem und gab mich meinen Gefühlen hin.

Eine ganze Weile verharrten wir schweigend, bis Jenna sich von mir löste.

»Ich gehe jetzt in mein Zimmer. Träum von mir, du Schöne«, flüsterte sie und lehnte sich nach vorne, um mich auf die Wange zu küssen. Ich saß noch da, mit geschlossenen Augen, da war Jenna schon lange aus dem Zimmer verschwunden. Ich konnte sie immer noch spüren und ihren Geruch, der sich in meinem Haar verfangen hatte, riechen. Mein Herz machte einen kleinen Hüpfer und klopfte von innen gegen meine Brust. Ich legte die Hand darüber und ließ mich rückwärts aufs Bett sinken. Ich war auch anders. So anders, wie Jenna. Und es fühlte sich gut an. Es war etwas, das irgendwie greifbar war und nicht so abgedreht wie die ganze Geschichte, die ich gerade durchlebte. Etwas Handfestes und Reales.

Ein Stich fuhr mir ins Herz. Wenn ich mit den Nereïden ging, würde ich Jenna zurücklassen müssen und wer wusste schon, ob ich heil zurückkommen würde. Den Nereïden und ihren Problemen einfach den Rücken zuzukehren, wurde mit einem Mal noch verlockender. Ich konnte einfach so tun, als ginge mich das alles nichts an und ein normales Leben führen, ohne mythologische Wesen und Magie. Aber ob ich das Wissen um ihre Welt und vor allem mein Erbe so einfach würde vergessen können, bezweifelte ich stark. Ich wälzte mich im Bett hin und her und rang mit meiner Entscheidung.

Vom neuen Tag war nur dessen Ahnung zu sehen, als ich am nächsten Morgen die Augen aufschlug und dem hereinfallenden Licht der Morgensonne, das noch ganz farblos war, entgegen blinzelte. Der Schlaf war erst spät gekommen, viel zu viele Gedanken hatten mich wachgehalten. Aber zu einem Entschluss war ich noch immer nicht gekommen. Immerhin war ich in dieser Nacht von Albträumen verschont geblieben, dennoch war ich erschöpft und fühlte ein leichtes Ziehen in den Schläfen. Ich zog mir das Kissen über den Kopf und schnaubte frustriert. Gestern Nacht hatte ich im Kopf eine Pro-und-Contra-Liste erstellt, die mir bei meiner Entscheidung hätte helfen sollen, doch die Dinge, die auf der ›Ich gehe nicht‹-Seite standen, waren selbstsüchtig. Sobald ich die Punkte auf der Pro-Seite anschaute, zog sich mein Magen zusammen. Rein objektiv gesehen, überwog diese Seite. Da ich aber mehr der emotionale Typ war, hatte mich das aber nicht überzeugen können. Über alldem stand groß meine Angst geschrieben. Angst, offenen Auges in die Falle zu tappen und auch eine Angst, vor Helena. Um mich jetzt nicht mit dem Problem auseinandersetzen zu müssen, schob ich die Gedanken von mir und drehte mich zur Seite, um nochmal ein bisschen zu schlafen. Es klopfte leise an der Tür und Jenna betrat im Schlafanzug das Zimmer. Sie sah so hübsch aus.

»Guten Morgen. Hast du gut geschlafen?«

»Geht so. Und du?«

Sie ließ sich aufs Fußende des Bettes fallen und schreckte den schlafenden Kater auf. Er gab einen leisen Laut von sich und rieb seinen Kopf an Jennas Bein. Sie lächelte mich an, dabei röteten sich ihre Wangen. »Ja, wegen dir.«

Plötzlich waren die Erinnerungen an gestern Nacht wieder da und ich fühlte, wie auch mein Gesicht ganz heiß wurde und ein Lächeln an meinen Lippen zupfte.

»Süß«, murmelte sie und strich mit den Fingern von meiner Schläfe bis zum Kinn. »Du hast einen Kissenabdruck im Gesicht.«

Ich schmiegte mein Gesicht in ihre Hand. Sich von ihr berühren zu lassen, fühlte sich so viel besser an, als alles was ich bisher gespürt hatte. Jennas Berührungen schmerzten nicht, fühlten sich nicht an, wie Verbrennungen auf meiner Haut. Ich genoss sie. Sie taten mir gut! Auch wenn mir schwindelig wurde, wusste ich, dass das hier etwas Gutes war und Jenna mir nicht weh tun würde. Verblüfft stellte ich fest, dass ich ihr vertraute. Ganz und gar. Ohne jegliche Vorbehalte oder Zweifel vertraute ich Jenna O'Reagan. Ich blickte zu ihr auf. All die Ängste waren mit einem Mal wie weggeblasen, als ich jetzt in Jennas leuchtende Augen sah. Die Sonne schien in ihnen aufzugehen, während sie mich betrachtete.

Sie beugte sich zu mir und küsste mich sanft auf die Lippen. Mein Herz setzte einen Moment aus und es war wieder, wie fallen und aufgefangen werden in einem. Während ihre weichen Lippen auf meinen lagen und wir uns küssten, drehte sich alles in meinem Kopf. Alle Sorgen um die Zukunft verschwanden und da war nur noch Platz für sie. Jenna fuhr mit einer Hand in mein Haar und zog mich fester an sich. Ihre Küsse wurden drängender und ich ließ zu, dass alles um mich herum unwichtig wurde, versank in diesem Moment und ließ mich ganz und gar auf das ein, was hier passierte. Ich genoss diesen wunderbaren Augenblick zwischen uns, der sich wie pures Glück anfühlte. Plötzlich musste ich lächeln. Ich konnte nicht verhindern, dass sich meine Mundwinkel nach oben zogen, so gut fühlte sich dieser Moment an. Jenna kicherte und nahm mich fest in den Arm.

»Du hast so schönes rotes Haar«, murmelte sie in meine Halsbeuge. Ein wohliger Schauer lief mir über den Rücken, als ihr Atem über meine Haut strich und ich seufzte auf.

Ein erneutes Klopfen an der Tür riss uns aus unserer Versunkenheit. Rasch machte ich mich von Jenna los und schob sie weg. Verwirrt starrte sie mich einen Moment an, dann ging sie hinüber zum Fenster. Ihre Miene war unergründlich.

»Ja?«, ich räusperte mich. »Komm rein.«

Ich hoffte, dass Tante Mel mir nichts ansehen würde.

Jenna nestelte an den Vorhängen herum und schaute auf den Wald hinaus.

»Ich wollte nur Bescheid geben, dass das Frühstück fertig ist.«

Ihr Blick wanderte von mir zu Jenna und wieder zurück. Sie runzelte zwar die Stirn, sagte aber nichts.

»Ach ja, danke«, ich räusperte mich wieder, da meine Stimme immer noch kratzte.

»Na gut, dann lass ich euch jetzt wieder alleine. Komm, Pan.«

Sie lächelte mir wissend zu und zwinkerte, bevor sie die Tür hinter sich und dem Kater ins Schloss zog.

»Oh je!«, stöhnte ich und sank aufs Bett. »Das war vielleicht peinlich. Glaubst du, sie hat etwas gemerkt?«

Jenna zuckte mit den Schultern. Immer noch konnte ich ihren Gesichtsausdruck nicht richtig deuten. Hatte ich sie mit meinem Verhalten gerade verletzt?

»Ach, sie weiß, wie ich empfinde. Für sie ist das völlig in Ordnung. Und ich glaube, sie kann es sich ohnehin denken.«

»Glaubst du, es stört sie wirklich nicht?«

»Wieso sollte es. Ich meine, es könnte ja nichts wirklich Schlimmes passieren, verstehst du?«

Es dauerte eine Weile bis ich verstand, dann wurde ich rot.

»Oh«, murmelte ich verlegen. Dann kicherten wir beide.

Für zwei Mädchen war es wohl einfacher und schwerer zugleich. Ich war froh, dass sie nicht länger so dreinschaute, als hätte ich etwas falsch gemacht.

Jenna streckte mir die Hand entgegen.

»Komm. Es riecht nach frisch aufgebrühtem Melia-Tee.«

Mit ihr fühlte sich alles so leicht an und beinahe hatte ich das Gefühl, dass alles gut werden würde.

Und plötzlich hatte ich meine Entscheidung getroffen.

KAPITEL 15

Melia – eine der Okeaniden

Ich ließ die Beine über den Rand des kleinen Vorsprungs baumeln und tippte mit den Zehen auf die spiegelnde Wasseroberfläche. Das Wasser plätscherte leise gegen die Höhlenwände und die Sonne, die sich heute ausnahmsweise blicken ließ, tanzte über die kleinen Wellen um meine Zehen und wurde zitternd an der Wand reflektiert.

»Du scheinst heute besser gelaunt zu sein«, sagte Halie zufrieden. Sie tummelte sich im Wasser wie ein kleiner Otter und ließ sich die Sonne auf die Haut scheinen.

Tatsächlich hatte sie recht. Dass ich mich endlich entschieden hatte, brachte mir Ruhe und Frieden im Herzen. Dazu kam mein unglaubliches Glück, dass ich wegen Jenna ein permanentes Kribbeln im Bauch spürte.

Pronoe flocht eine Strähne ihres Haares und löste sie dann wieder. Sie wiederholte das Spiel ein paar Mal, dabei zuckte ihr Blick von Halie zu Galene zur Höhlendecke und wieder zu ihren Haaren. Diese unruhige Geste war ungewöhnlich für sie.

»Ich gehe davon aus, dass du nicht hier bist, um mit uns zu tratschen«, stellte sie leise fest.

Mir wurde bewusst, wie wichtig meine Entscheidung für sie war und zog die Schultern an.

»Ja«, gab ich mit fester Stimme zu. »Ich verstehe zwar immer noch nicht alles, aber ich bin hier, um euch meine Hilfe anzubieten.«

Jetzt, da ich es gesagt hatte, spürte ich, wie die Anspannung von meinen Schultern fiel.

Halie schnellte urplötzlich aus dem Wasser hervor und vollführte einen Salto. Dabei glitzerte ihr Fischschwanz im Sonnenlicht und das Wasser spritzte in alle Richtungen. Mit einem Platschen tauchte sie wieder unter, eine Fontäne schoss hinter ihr in die Höhe und benetzte die steinerne Decke zu unseren Köpfen. Pronoe klatschte in die Hände und lachte erleichtert, nur Galene lächelte still vor sich hin.

»Das sind wunderbare Nachrichten! Oh, du weißt gar nicht, wie sehr uns das beglückt. Wir hatten schon befürchtet, dass du es dir anders überlegst«, sagte Pronoe. Ihr Lachen war echt und steckte mich an.

Dann erlosch mein Lächeln wieder.

»Ich habe Angst«, gestand ich.

Galene legte ihre kühlen Hände auf meine Knie und sah mich aus ihren unglaublichen Augen an.

»Wir auch. Aber wir sind nicht alleine. Wir stehen zusammen und werden alles tun, um dich gut vorzubereiten. Wir werden versuchen, dich so wenig wie möglich in Gefahr zu bringen«, versprach sie.

Ich nickte, wenn auch nicht völlig beruhigt. Tatsächlich bebte mein Herz vor Angst. Keine unnötigen Gefahren, ja, aber allein die Tatsache, dass ich gegen Helena kämpfen sollte, ließ mein Blut in den Adern gefrieren.

Galene und Pronoe wechselten einen Blick und ich hatte das Gefühl, als würden sie sich wortlos verständigen. Dann rückten sie alle näher. Auch Halie schwang sich neben mich auf den Felsen und legte ihre nassen Arme um mich. Alle drei hielten mich und sangen ein leises, beruhigendes Lied. Ich entspannte mich und schloss die Augen. Eine nasse Hand strich über meine Wangen und meinen Nacken und kühlte mich.

Dieser Moment rief etwas in mir wach und ich brauchte einige Minuten, bis ich die Erinnerung freilegen konnte. Erstaunt schlug ich die Augen auf und blickte die drei Nereïden nacheinander an.

»Damals am Strand, vor ein paar Wochen. Wart das ihr? Habt ihr mich da berührt, während ich geschlafen habe?«

Halie kicherte. Wie immer. Aber Galene nickte.

»Das war ich.«

Immerhin ein Rätsel, das gelöst war und es erleichterte mich, dass ich mir die Berührung und das Lied damals nicht eingebildet hatte.

»Aber wie? Du bist doch nicht über den Strand gerobbt, oder?«

Halie kicherte wieder.

»Hast du noch alle Schuppen am Schwanz? Nein, ich habe dir Wasser geschickt, um dich zu kühlen.«

Immer noch verwirrt schüttelte ich den Kopf.

»Aber wie?«

Galene zucke mit den Schultern und ließ dann eine Hand, mit der Handfläche nach unten, über das Wasser schweben. Das Meer wurde ganz still und hörte auf sich zu regen. Dann lösten sich kleine Wassertropfen von der spiegelglatten Oberfläche und flogen auf ihre Hand zu. Wie von einem Magneten angezogen folgten sie der Bewegung ihrer Hand. Fasziniert schaute ich ihr dabei zu, wie sie die Tropfen immer höher steigen ließ, sie zu einer großen Wasserkugel formte, dann zu einer Seeanemone, mit all ihren Tentakeln und schließlich zu einem kleinen Delfin, der zurück ins Meer sprang und wieder eins wurde mit seinem Element.

Ich lachte.

»Das ist ja fantastisch«, rief ich. Dann kam mir ein anderer Gedanke.

»Wart ihr auch für diese Tsunami Warnung verantwortlich?«

Jetzt schauten die drei betreten drein.

»Tatsächlich sind wir für dieses Missgeschick verantwortlich. Unsere Magie muss eine Auswirkung auf die GPS-Bojen haben, wenn wir ihnen zu nahe kommen. Jetzt besteht keine Gefahr mehr. Die Bojen sind zu weit weg, um uns wahrnehmen zu können.«

Pronoe warf ihrer Schwester einen mehrdeutigen Blick zu und Halie ließ den Kopf sinken.

»Das passiert mir nie wieder. Wirklich!«, beteuerte sie zerknirscht. Aber ich hatte meine Antworten und war erleichtert, dass immerhin diese Dinge aufgeklärt waren. Doch noch etwas anderes brannte mir auf der Seele.

»Ich schulde euch noch eine Entschuldigung, für mein Verhalten bei unserem letzten Treffen. Es war nicht fair, eure und meine Welt zu unterscheiden. Ihr habt es genauso sehr verdient, wie alle anderen, glücklich zu sein. Es tut mir leid!«

»Das war wahrlich nicht sehr nett von dir«, sagte Halie, bevor eine ihrer Schwestern das Wort ergreifen konnte. »Aber ich kann dich auch verstehen. Die wenigsten Leute würden jemandem helfen, den sie nicht kennen. Außerdem muss man dir zu Gute halten, dass du wortwörtlich ins kalte Wasser geschmissen wurdest. Eigentlich hätte alles ganz anders ablaufen sollen.«

Ich schwieg einen Augenblick, um meine Gedanken zu sortieren und spielte mit einem kleinen Stein, der im Sand lag. Neben dem, was mir die Ankunft der Nereïden zu überlegen gegeben hatte, beschäftigte mich immer öfter die Frage, nach dem Grund meiner Entführung vor etwa zwölf Jahren. Manchmal, und in letzter Zeit immer öfter, glaubte ich, eine Verbindung zwischen dem, was damals passiert war und dieser Prophezeiung zu sehen. Wenn ich Pronoe richtig verstanden hatte, war meine Geburt kein Zufall, sondern lange vorherbestimmt gewesen. Es war doch möglich, dass Helena von der Prophezeiung Wind bekommen hatte und danach alles versucht hatte, um sie zu verhindern. Jenna stimmte mir in dem Punkt zu und hatte sogar erwogen, dass Helena oder jemand der ihr nahestand, mich entführt hatte. Sie fand aber auch, dass ich mir zu viele Gedanken machte und einen Schritt nach dem anderen machen sollte. Ich wusste, dass sie in Sorge um meine Verfassung war, aber wie sollte ich nicht über all diese Dinge nachdenken?

Pronoe riss mich aus meinen Gedanken, als sie sagte: »Nun, da du dich entschieden hast, uns zu helfen, sollten wir keine Zeit mehr verlieren und schnellstmöglich handeln. Wir werden dich auf einem sicheren Weg zu unserem Vater bringen. Dort besprechen wir alles Weitere.«

Ich erschrak und unterbrach sie: »Ich kann nicht sofort mit euch kommen. Meine Familie würde sich wundern, wenn ich plötzlich weg wäre, und sich Sorgen um mich machen. Außerdem muss ich zur Schule. Wir müssen warten bis zu den Winterferien!«

»Winterferien?«, fragte Halie sichtlich verwirrt.

»Da habe ich frei, verstehst du? Da kann ich meinen, also... Brenda und Dan erzählen, ich wäre mit Jenna und ihrer Tante in Phoenix. Ihre Tante ist übrigens eine Okeanide«, fiel mir plötzlich wieder ein und ich schlug mir eine Hand vor die Stirn. »Ich soll euch von ihr grüßen.«

»Waaaas?«, rief Halie. »Und das erzählst du uns nicht früher?«

»Wie heißt sie?«

»Wo lebt sie?«

»Was weiß sie über uns?«

Jetzt redeten alle durcheinander. Laut und aufgeregt kam das Echo ihrer Stimmen von den Wänden zurück.

Um Galene wurde das Wasser unruhig und Halie begann zu leuchten, da hob Pronoe die Hand.

»Still jetzt. Eine nach der anderen. Yara, erzähl uns, was du weißt!«, forderte sie.

»Sie heißt Melia«, begann ich und sah die drei Blicke austauschen, »Sie lebt seit einiger Zeit hier in Rockaway Beach, nachdem sie aus Griechenland weggezogen ist.«

Ich hielt inne, da ich nicht wusste, was ich erzählen sollte und was nicht. Vielleicht war es Melia nicht recht, wenn ich ihre traurige Geschichte weitererzählte.

»Melia! Eine meiner Lieblingstanten. Unglaublich«, rief Halie begeistert und ihre Haut leuchtete strahlend hell auf. Ich hielt schützend eine Hand vor die Augen.

»Na, na Halie«, tadelte Pronoe sie liebevoll. »Du blendest unsere liebe Yara. Beruhige dich.« Dann wandte sie sich an mich. »Du hast ihr von uns erzählt, wie ich sehe. Aber sag, wie hat sie von alldem hier erfahren. Ich glaube kaum, dass sie noch ihre Fähigkeiten besitzt und uns spüren kann. Ich jedenfalls habe sie nicht gespürt.« Sie schüttelte traurig ihren Kopf.

»Meine Freundin Jenna wohnt bei ihr. Sie hat den Fleck auf meiner Schulter gesehen.«

»Das Mal, Yara. Es ist ein Geburtsmal, das dich als eine von uns kennzeichnet und dir als Tochter gewisse Rechte zuspricht«, verbesserte mich Pronoe.

Ich verdrehte die Augen.

»Wie dem auch sei«, warf Galene ein. »Wie kann Jenna ihre Nichte sein?«

»Also, sie ist nicht ihre leibliche Nichte«, erklärte ich, »Jennas Mom ist eine gute Freundin von Melia.«

Die drei sahen sich an und wieder war es mir, als würden sie sich ohne Worte verständigen. Pronoes Augen wurden schmal, während Halie neben mir auf und ab hüpfte. Galene legte beschwichtigend eine Hand auf Pronoes Arm und schaute sie eindringlich an, doch diese zuckte nur mit den Schultern.

»Sagt später nicht, ich hätte euch nicht gewarnt«, seufzte sie dann.

Halie brach in Jubel aus, wofür sie sich einen strafenden Blick einhandelte, den sie jedoch völlig überging. Wieder leuchtete sie hell auf.

»Hallo? Ich bin auch noch da«, meldete ich mich etwas verlegen zu Wort.

»Entschuldige, Liebes. Das ist eine ganz überraschende Neuigkeit für uns. Bitte kontaktiere unsere Tante. Wir würden sie so gerne sehen.«

Galene sah mich bittend an und ich konnte die Aufregung und die Neugier in ihren Augen sehen.

»Oh bitte, bitte!«, rief Halie aufgeregt und fasste nach meiner Hand.

»Äh, ja klar. Sie wartet am Strand auf mich. Ich kann sie jetzt gleich fragen.«

Ich drückte Halies Hand. Ich mochte diese quirlige, lebhafte junge Frau mit ihren flinken Bewegungen und den kindlich großen Augen.

KAPITEL 16

Galene – eine der fünfzig Nereïden mit der Gabe, das Wasser
zu beeinflussen

Die nächsten Wochen verstrichen ohne besondere Zwischenfälle. Delilah sah ich in der Schule, wenn sie mit ihren Freundinnen auf dem Pausenhof stand und Demi winkte ein paar Mal zu mir herüber, aber ansonsten hatte ich wenig Kontakt zu ihnen. Brenda rief mich alle paar Tage an, um sich nach mir zu erkundigen und war froh, dass es mir gut zu gehen schien und ich wieder zur Schule ging. Deshalb war sie auch einverstanden, dass ich noch eine Weile bei Tante Mel und Jenna blieb. Ich sprach auch schon mal Melias Einladung nach Arizona an und Brenda erklärte sich einverstanden, sie anzurufen und mit ihr darüber zu sprechen.

Fast jeden Nachmittag fand ich mich selbst dabei wieder, wie ich durch den Wald joggte, Jenna und Tante Mel hinterher. Es wurde zusehends kälter, Herbststürme wirbelten totes Laub vom Boden und fuhren durch jede Ritze meiner Kleidung, machten meine Finger klamm und steif. Dennoch wurde ich auch im Umgang mit der Waffe besser, obwohl mein Kopf das ungewohnte Gefühl der Glock in meinen Händen noch abstieß.

Tante Mel kochte uns abends, nach dem Training, heiße Schokolade mit Marshmallows und wir setzten uns gemeinsam vor den Kamin, um zu lesen oder uns zu unterhalten.

Die Bewohner von Rockaway Beach dekorierten bereits für Halloween und auch Tante Mel holte an einem der wenigen freundlichen Tage im Oktober die Dekoration vom Dachboden und wir verbrachten den ganzen Sonntag damit, das Haus innen wie außen zu schmücken. Halloween! Ich freute mich auf den Feiertag. In der Einrichtung hatten wir ihn nie gefeiert, aber die Amerikaner zelebrierten das Fest mit einer solchen Leidenschaft, dass auch ich mich anstecken ließ und mich darauf freute.

Jenna und Meg fuhren einige Tage vor Halloween mit mir nach Garibaldi in einen kleinen Laden namens Madam Merops magischer Kostümverkauf. Im Schaufenster klebte ein schiefer Zettel, auf den in ungelenker Handschrift geschrieben war: Menschen, die nur arbeiten, haben keine Zeit zum Träumen. Nur wer träumt, gelangt zur Weisheit.

Darunter standen die Öffnungszeiten.

Wir traten in den Laden, irgendwo im hinteren Teil bimmelte ein Glöckchen und verkündete unsere Ankunft. In der Luft hing der Geruch vom Kiefernholz der Regale und Staub, das Licht kam von mehreren Stehlampen, die im ganzen Raum verteilt standen und einzelne Regale wie Bühnenartisten ins Licht stellten. Das alte Radio hinter der Theke war auf einen Country Sender eingestellt und dudelte einen bluesigen Song nach dem anderen, zu denen Meg mitsummte und kicherte, während wir die Auswahl in Augenschein nahmen. Die witzigsten oder auch gruseligsten Teile führten wir uns gegenseitig vor und lachten uns dabei kaputt. Ich fühlte mich wie ein ganz normaler Teenager. So langsam gewöhnte ich mich an das Leben hier, schaffte es meine Vergangenheit hinter mir zu lassen und machte mir nicht ständig Gedanken.

Im Grunde verlief mein Leben ganz gewöhnlich, wenn da nicht eine Horde Meereswesen mit einem Abenteuer auf mich gewartet hätten. Aber ich hatte mit mir selbst einen Pakt geschlossen, dass ich bis zu den Ferien nicht daran denken und normal weitermachen würde.

Nach dem Einkaufen setzten wir uns in ein kleines Café und aßen zu Mittag. Meg redete ununterbrochen über die Halloweenparty, die eine Klassenkameradin geben würde, über die Dekoration, die Musik, die hoffentlich gespielt werden würde und immer wieder über Luke. Luke war Megans neuste Entdeckung und sie konnte stundenlang über seine nette Art und seine niedlichen Grübchen sprechen, ohne dabei Luft zu holen. Dabei rötete sich immer die rostbraune Haut ihrer Wangen und sie guckte ganz verliebt. Ich fragte mich, ob ich wohl auch ab und zu einen solchen Blick bekam, wenn ich an Jenna dachte.

Jenna griff nach meiner Hand, ein Lächeln umspielte ihre vollen Lippen und mein Herz setzte einen Schlag aus, als sie mir verschwörerisch zuzwinkerte. Am liebsten hätte ich auch die ganze Zeit von ihr geschwärmt. Aber ihre Hand zu halten und ihr in die Augen zu schauen war noch viel besser. Es war so wunderbar mit ihr zusammen zu sein und das Schönste war, dass sie mich akzeptierte, ohne viele Fragen zu stellen. Jenna schien, trotz meiner Vorgeschichte, keinerlei Vorbehalte zu haben und mochte mich einfach wie ich war. Jeden Tag wuchs mein Vertrauen in sie und in uns ein bisschen mehr.

»He! Ihr hört mir ja gar nicht zu«, beschwerte sich Meg plötzlich und verzog die Lippen zu einem Schmollmund.

Jenna lachte auf. »Ich will dich sehen, wenn du mit Luke zusammenkommst.«

Meg grinste wieder und ihr Blick bekam einen schwärmerischen Ausdruck.

»Luke«, seufzte sie seinen Namen und wickelte sich eine ihrer wilden Locken um den Finger.

Meg ging einfach wunderbar mit unserer Beziehung um.

Sie ließ sich nicht davon stören, dass zwei ihrer Freundinnen miteinander gingen und sah uns auch nicht befremdet an, wie es andere in unserem Alter vielleicht getan hätten. Meg behandelte mich wie eh und je. Sie schien sich sehr für Jenna zu freuen und auch für mich. Das machte mir Mut. Wir hatten unsere Beziehung vorerst für uns behalten wollen, auch vor Megan und Grayson, aber vor Meg konnten wir es nicht verheimlichen. Am Montagmorgen hatte sie uns gesehen, war auf und ab gehüpft und hatte vor Freude in die Hände geklatscht. Ich schmunzelte bei dem Gedanken, wie verlegen ich geworden war. Meg hatte nur noch lauter gekichert, als ich rot geworden war und mir einen Arm um die Schulter gelegt.

»Wollen wir zurückfahren?«, fragte Jenna.

»Ich habe auf dem Weg hierher eine Buchhandlung gesehen, in der ich gerne vorbeischauen würde. Ist das okay für euch?«

Jenna und Megan waren einverstanden und so machten wir uns auf den Weg zu dem kleinen Laden drei Querstraßen weiter. Ich hoffte dort etwas über die griechische Mythologie zu finden, nachdem das Internet wenig hilfreich gewesen war. Der Besitzer des kleinen Geschäfts führte mich in den hinteren Teil, in dem er die antiquarischen Werke aufbewahrte und zeigte mir eine Auswahl verschiedenster Bücher, die er über das Thema vorrätig hatte, und ich nahm auf dem Sessel Platz, den er mir anbot. Ein Buch gefiel mir wegen der eindrucksvollen Zeichnungen besonders gut, doch die Texte waren zu kurz, um ausreichende Informationen zu liefern und auch die anderen Bücher waren nicht das, wonach ich gesucht hatte. Ich legte den Stapel auf die Ladentheke, damit er sie wieder einsortieren konnte und wollte mich verabschieden. Doch er trat hinter seiner Kasse hervor und taxierte mich über den Rand seiner Brille hinweg, als sei ich eine besondere Aufgabe, die es zu lösen galt. Im dämmrigen Licht wirkten seine Augen wie nebelige Glaskugeln, die mich durchbohrten. Zögernd machte ich einen Schritt zurück, um etwas Abstand zwischen mich und den Buchhändler zu bringen, der mir plötzlich nicht mehr geheuer war. Wenn Jenna sich nicht vorne bei den Märchenbüchern aufgehalten hätte, wäre ich auf der Stelle aus der Buchhandlung gelaufen.

»So, so«, murmelte er langsam. »So, so.«

Mir wurde die Situation zu merkwürdig und ich entschied mich gerade dafür, einfach zu gehen, da hob er einen Finger.

»Warten Sie hier. Ich habe genau das, wonach Sie suchen, junge Dame.«

Die Tür hinter der Theke schloss sich mit einem leisen Quietschen, nachdem er mich verblüfft, ob seiner seltsamen Art, davor zurückgelassen hatte. Ich frage mich, ob ich hier warten sollte oder ob es nicht besser war zu gehen. Mit seiner befremdlichen Art und den Augen, die zwar nicht böse wirkten, aber doch beängstigend klug, verunsicherte er mein schwaches Selbstvertrauen. Gleichzeitig regte er aber auch meine Neugier an. Am Ende gewann der neugierige Teil, der wissen wollte, was er hinter der Tür versteckte und wovon er glaubte, dass es das Richtige für mich sei.

Ein Blick über die Schulter zeigte mir eine Jenna, die gedankenverloren in einem Buch blätterte und mit ihren schlanken Fingern eine Zeichnung nachfuhr. Sie stand dicht an der Fensterfront, durch die ein heller Lichtschein fiel und ihre Statur in warmes Licht tauchte. Ihr Haar schimmerte im Licht der nachmittäglichen Sonne, die die feinen Strähnen golden erstrahlen ließ. Wieder hatte ich das Gefühl, als setze mein Herz einen Schlag lang aus. Da hob Jenna den Kopf und ihre Augen fanden meine. Ich fühlte mich wie ein Reh im Scheinwerferlicht und es war, als bliebe die Welt um uns herum stehen. Jenna im Licht, ich im Schatten, so standen wir da und schauten einander einfach nur an. Das Quietschen der Türangeln schreckte mich auf und ich schaute mit klopfendem Herzen den kleinen Mann an, der ein altes, in Leder gebundenes Buch bei sich hatte.

Vorsichtig reichte er es mir. Das weinrote Leder war weich von den vielen Händen, die es gehalten hatten, und die Farbe des Prägedrucks hatte sich gelöst, ansonsten aber war der Einband intakt.

»Setzen Sie sich und schauen Sie hinein.«

Ich kam seiner Aufforderung nach und schlug, als ich wieder im

Sessel saß, den Einband auf. Staub kitzelte mich in der Nase und das Papier war an den Rändern leicht vergilbt, doch die Schrift war deutlich zu lesen. Es handelte sich um eine Erstausgabe von ›Edens Erklärungen der griechischen Mythenwelt‹ von achtzehnhundertzweiunddreißig und hatte einem, laut des Namenszugs auf der ersten Seite, Devon Bradbury gehört. Dass er nicht sehr sorgsam mit seinem Buch umgegangen war, konnte man an den umgeknickten Ecken leicht erkennen. Außerdem hatte er die Seiten mit Notizen vollgeschrieben, die Devon Bradbury, so nahm ich es wegen der gleichen Handschrift an, den Angaben des Autors hinzugefügt hatte. Das Inhaltsverzeichnis klang vielversprechend und sobald ich den Inhalt überflogen hatte, wusste ich, dass der Buchhändler recht gehabt hatte. Es war genau das Richtige.

Nachdem Megan mich am Diamond Beach rausgelassen hatte, überquerte ich die Schienen der Oregon Coast Dampflokomotive und machte mich auf den Weg zum Strand. Es kam mir richtig vor, meine Lektüre nahe dem Meer zu lesen, dem Ort, an dem alles begonnen hatte. Es war ein sonniger Tag Ende Oktober und der Wind, der sonst unablässig vom Meer her Richtung Land wehte, war verstummt. Ich zog Schuhe und Socken aus, um den Sand zwischen den Zehen zu fühlen und schlug das Seidenpapier, in das das Buch gewickelt war, zur Seite. Wieder überraschte es mich, wie butterweich das Leder war und ich konnte nicht anders, als mit den Fingerspitzen sachte darüber zu fahren. Obwohl mich auch die anderen Götter und Helden interessierten, klappte ich ›Edens Erklärungen der griechischen Mythenwelt‹ auf der Seite auf, an der ›Die fantastische Welt der Meereswesen‹ stand. Viel von dem kannte ich bereits aus dem Internet oder von den Nereïden selbst. So auch, dass sie von Nereus und Doris abstammten, die in der Ägäis lebten. Doch die Notizen am Seitenrand waren, wenn auch oft schwer lesbar, sehr viel informativer. Neben die Aufzählung der Nereïden hatte jemand sprechende Namen gekritzelt, ein Sternchen verwies auf den unteren Teil der Seite.

Ich fuhr mit dem Zeigefinger über den Namen meiner Mutter und lächelte als ich die Schönste las. Vor meinem geistigen Auge entstand das Bild, das ich in Tante Mels Buch entdeckt hatte. Thetis mit ihren weichen Gesichtszügen, den sinnlichen Lippen und dem lieblichen Ausdruck in ihren großen Augen war ohne Zweifel eine Schönheit gewesen.

»Mom«, flüsterte ich in den stillen Nachmittag hinein.

Das Papier raschelte unter meinen Fingern, als ich die nächste Seite aufschlug. Hier hatte Eden das Aussehen und die Art der Nereïden beschrieben.

Nereïden, wunderschöne Frauen, die im Vergleich zu Nixen keine Fischschwänze, sondern lange, schlanke Beine haben, leben bevorzugt in Süßwassergebieten. Langes goldfarbenes Haar fällt über ihre Schultern, umhüllt ihren schlanken, großen Körper und reicht fast bis auf den Boden. Sie können größer als wir Menschen werden und ihre blauen Augen, die bis in die Seele schauen können, rauben jedem männlichen Wesen – egal ob Mensch oder Fabelwesen – den Verstand.

Auch hier hatte Devon Bradbury Edens Beschreibungen ergänzt und schrieb, dass Nereïden eben doch Fischschwänze besaßen und ihre Haare in den unterschiedlichsten Farben erstrahlten. Darauf waren sie sehr stolz und konnten sich stundenlang im Spiegel betrachten. Er schrieb, dass sie warme, salzige Gewässer bevorzugten, hilfsbereite und gute Wesen waren, die Schiffsbrüchigen und Notleidenden halfen, aber zu grässlichen Seehexen werden konnten, sollte ein Seefahrer seinen Müll über Bord werfen. Dann sorgten sie dafür, dass es zu einem Schiffsbruch kam, bei dem der Seefahrer starb. Außerdem konnten sie verschiedene Formen des Meeres annehmen, Gischt, Wellen oder Schaumkronen. Das erinnerte mich ein bisschen an das Märchen der kleinen Meerjungfrau von Hans Christian Andersen, die sich zum Schluss auch in eine Schaumkrone verwandelte. Ich fragte mich, woher Devon so viel über die Unterwasserwelt wusste. Gedankenverloren betrachtete ich die Twin Rocks, die majestätisch aus dem Meer ragten. Vielleicht hatte dieser Devon eine der Nereïden oder Okeaniden gekannt, schließlich hatte auch Melia mit einem Menschen Bekanntschaft geschlossen. Ich hoffte, dass, wer auch immer das Buch nach Devon und vor mir gelesen hatte, die Notizen für die verrückten Fantasien eines Fanatikers gehalten hatte.

Trotz der angenehmen Temperatur des Tages, wurde mir nun, da die Sonne tief am Himmel stand, kalt und ich machte mich mit meinem Buch auf den Rückweg zu Tante Melias Haus.

KAPITEL 17

Nereus – Meeresgott und Vater der Nereïden, Sohn des Pontos und der Gaia, Gabe der Prophetie

Obwohl ich nichts lieber getan hätte, als in Edens Buch weiterzulesen, musste es in der Schublade meines Nachttisches auf mich warten. Für Ende Oktober hatten die meisten Lehrer ihre Klausurtermine angesetzt und so verbrachten Jenna und ich viel Zeit an dem alten Holztisch in der Küche, in der es immer köstlich nach Selbstgebackenem roch, und wiederholten den Stoff der vergangenen Wochen.

Draußen wechselten sich Herbststürme mit goldroten Sonnentagen ab, an denen das Licht schräg durch die Sprossenfenster fiel und mit den letzten schönen Tagen des Jahres lockte. Wenn ich nicht lernte, traf ich mich mit Brenda in Rick's Roadhouse oder joggte mit meiner Freundin und ihrer Tante am Spring Creek entlang. Abends war ich zu müde zum Lesen und fiel erschöpft in einen tiefen Schlaf. Aber immer seltener ließen sich die Gedanken an Helena vertreiben und je mehr sie in meinem Kopf war, desto größer wurde meine Angst. Ohne dass ich es wollte, entstand ein Bild von ihr vor meinem inneren Auge, ein grausames und furchteinflößendes Bild, das sich durch meine Träume und Gedanken wob. Jedes Mal, wenn sie sich in meinen Kopf drängte, zitterte ich und hörte erst auf, nachdem Jenna mich ganz fest in ihre Arme nahm. Dann zweifelte ich an meiner Entscheidung und fragte mich, ob ich wirklich das richtige tat. Aber wie konnte man zwischen richtig oder falsch entscheiden, wenn Leben davon abhingen? Das der Nereïden, aber auch meines. An manchen Tagen war es so schlimm, dass ich nicht essen konnte. Ich hatte keinen Hunger. Spürte ihn nicht.

Erst zwei Tage vor Halloween fand ich erneut Zeit zum Lesen. Ich setzte mich mit einer Tasse Tee und meinem Buch in Tante Mels wildem Garten auf eine Holzbank und blätterte zu den Seiten über die Meereswesen. Das hohe, süßlich duftende Gras kitzelte mich an meinen nackten Zehen, als ich noch einmal las, was Eden und Devon über sie zu sagen hatten, doch als ich auf nichts Neues stieß, schlug ich die Seiten hinten im Buch auf. Eden hatte hier die Stammbäume der griechischen Götter dargestellt und da ich viele der Namen nicht kannte und die Verzweigungen sehr komplex waren, brauchte ich eine Weile, bis ich einige Namen wiedererkannte. Doch dann schlug mein Herz plötzlich schneller. Neben Nereus Namen war ebenfalls eine Notiz geschrieben. Nur drei Worte. Mehr nicht.

Gabe der Prophetie.

Mein Instinkt sagte mir, dass ich auf etwas Wichtiges gestoßen war und ich blätterte rasch das ganze Buch durch, in der Hoffnung mehr über seine Gabe zu erfahren. Leider stand nichts weiter darüber in diesem Buch, wie ich einige Minuten später enttäuscht feststellen musste. Als ich den Blick vom Buch hob und auf den herbstlichen Wald richtete, tanzten die Worte noch vor meinen Augen. Devon Bradbury wusste etwas, das war mir nun klar. Endlich hatte ich etwas entdeckt, das mir weiterhelfen konnte. Und dann stand ich wieder vor einer Sackgasse. Ich raufte mir die Haare. Die Nereïden konnten oder wollten mir scheinbar nicht mehr erzählen. Weshalb ich immer noch nicht wirklich wusste, was es mit der Prophezeiung und meiner Rolle in der Geschichte auf sich hatte. Dieses Unwissen bereitete mir Kopfzerbrechen. Das hohe Gras kitzelte mich an den nackten Waden, während ich in Gedanken durch den Garten wanderte. Der Buchhändler, der mir das Buch verkauft hatte, war möglicherweise in der Lage, mir etwas über den Vorbesitzer zu erzählen. Ich würde Jenna bitten, mich mit dem Auto nach Garibaldi zu fahren und vor der Buchhandlung abzusetzen. Auf dem Küchentisch lag ein Zettel für mich, auf dem sie mir mitteilte, dass sie und Tante Melia unterwegs waren und erst spät wiederkommen würden. Ein Blick auf die Uhr verriet mir, dass es schon nach halb fünf Uhr war. Da ich nicht wusste, wann Jenna zurückkehrte und wie lange die Buchhandlung geöffnet war, musste ich mein Vorhaben auf den nächsten Tag verschieben, entschied mich dann aber doch nach Garibaldi zu fahren und als ich das Fahrrad auf die Straße schob, wieder dagegen. Nach Garibaldi war es kein Katzensprung und es war möglich, dass ich es nicht rechtzeitig vor Ladenschluss schaffte. Es war bereits fünf Uhr, als ich in die Pedale trat und kurz darauf durch Rockaway Beach raste.

Verschwitzt und mit bleischweren Beinen bremste ich gerade in dem Moment, als er die Tür von außen abschloss, das Rad ab. Der schwere Schlüsselbund klimperte, als er ihn im Umdrehen in die Jackentasche schob und davonging.

»Halt. Warten Sie. Halt«, rief ich ihm laut hinterher. Ich stellte das Fahrrad schnell ab und rannte ihm nach.

»Sir. Bitte, warten sie.«

Er drehte sich langsam zu mir um und schob sich den Hut aus der Stirn.

»Was schreien Sie denn hier so rum, junges Fräulein.«

Japsend kam ich bei dem alten Mann an und wischte mir verlegen den Schweiß von der Stirn

»Ich... ich war vor ein paar Tagen bei Ihnen und habe ein Buch gekauft.«

Ich holte das Buch, das ich wieder in das Seidenpapier eingeschlagen hatte, aus meiner Tasche und hielt es ihm hin. Er nickte wissend als er es sah.

»Ja, ich erinnere mich an Sie. Sie haben sich für die griechische Mythologie interessiert.«

»Jemand hat in dieses Buch hineingeschrieben«, erklärte ich und schlug das Buch vorsichtig auf, damit er sah, was ich meinte.

»Ich nehme es nicht zurück. Das hätten Sie...«

»Nein, Sie verstehen nicht. Ich möchte es nicht zurückgeben. Aber mich interessiert, wem das Buch vorher gehört hat. Wissen Sie das möglicherweise noch?«

Er zog seine buschigen, weißen Augenbrauen hoch, bis sie unter der Krempe seines Huts verschwanden und warf mir wieder diesen eindringlichen Blick zu, mit dem er mich schon neulich gemustert hatte.

»Weshalb fragen Sie das?«

Da ich nichts über die Wahrheit hinter den Notizen verraten wollte, schüttelte ich den Kopf und drückte das Buch an meine Brust.

»Darüber möchte ich nicht reden. Wissen Sie nun, wer es Ihnen verkauft hat?«

»Es wurde mir nicht verkauft.«

Ich wartete darauf, dass er weitersprach, doch er schwieg und schaute mich nur an. Ich bekam das Gefühl, meine Zeit hier zu verschwenden und so schob ich ›Edens Erklärungen der griechischen Mythenwelt‹ zurück in meine Tasche.

»Dann wünsche ich Ihnen noch einen guten Tag und auf Wiedersehen.«

Das Ende der Straße kam schon in Sicht, bevor er mich einholte.

»Wo wollen Sie denn hin, junges Fräulein. Ich dachte, Sie möchten mehr über das Buch in Ihrer Tasche erfahren.«

»Wenn Sie mir denn etwas erzählen können.«

Es überraschte mich, von ihm aufgehalten worden zu sein.

»Natürlich. Schließlich hat das Buch einmal mir gehört. Sagen Sie, sind Sie schon einmal mit der Oregon Coast Eisenbahn gefahren?«

Sein abrupter Themenwechsel verwirrte mich.

»Was? Nein. Sir, das Buch hat Ihnen gehört?«

»Eins nach dem anderen. Erst sollten wir dafür sorgen, dass Sie die Fahrt mit unserer malerischen Eisenbahn nachholen. Nicht wahr?«

Einige Minuten später stieg ich die kurze Eisentreppe zum Zug hoch und schaute dabei zu, wie zwei Angestellte der Oregon Coast Scenic Railroad mein Fahrrad aufluden. Es überraschte mich, dass ich hier gelandet war. Obwohl der Besitzer der Buchhandlung, dessen Namen ich immer noch nicht kannte, mir keine große Wahl gelassen hatte. Er war zielstrebig zu dem kleinen Bahnhof gelaufen und da ich mehr erfahren wollte, war mir nichts anderes übrig geblieben als ihm zu folgen. Seine Andeutung, dass ihm Edens Buch zuvor gehört hatte und nicht Teil des Inventars gewesen war, hatte mich gelockt. Seines intensiven Blicks und der merkwürdig steifen Haltung zum Trotz, setzte ich mich ihm gegenüber auf eine gepolsterte Bank in einem der geschlossenen Wagons. Ich zwang mich, nicht an das zu denken, was passieren könnte, jetzt da ich mit ihm alleine war.

Ein langgezogener Pfiff verriet unsere Abfahrt. Mit lautem Ächzen und Schnaufen setzte sich die Dampflokomotive in Bewegung und rollte durch Garibaldi hindurch.

Wenn ich darauf gewartet hatte, dass er die Initiative ergreifen würde und auf das Buch zu sprechen kam, hatte ich mich getäuscht. Sein Blick hatte sich auf die Landschaft, die an uns vorbeizog, gerichtet und er schien mich völlig vergessen zu haben. Ich packte Edens Buch erneut aus und ließ es etwas heftiger als nötig auf den Tisch zwischen uns fallen. Das erregte wieder seine Aufmerksamkeit, denn er zuckte zusammen und schaute mich stirnrunzelnd an.

»Nun. Das Buch«, sagte ich auffordernd. »Was können Sie mir darüber erzählen?«

Er seufzte. »Viel.«

Seine Art sich alles aus der Nase ziehen zu lassen, machte mich langsam wütend.

»Wenn Sie nicht darüber reden wollen, warum haben Sie mich dann mitgenommen? Doch nicht etwa, um mir die Landschaft zu zeigen, oder?«

»Nein«, erwiderte er nach einer Pause. »Verzeihen Sie mir meine Geheimniskrämerei, aber ich denke es ist besser, wenn uns so wenig Menschen wie möglich belauschen können.«

»Aber hätten wir dafür nicht in Ihre Buchhandlung gehen können?«

»Durchaus. Aber hier ist es doch viel schöner. Schauen Sie. Ist die Aussicht nicht wunderschön?«

Obwohl er recht hatte und der Wald zur Rechten und der Tillamook Bay zur Linken wirklich sehr schön waren, wollte ich mich nicht wieder vom Thema ablenken lassen.

»Weshalb soll uns niemand belauschen?«

Wieder dieser eindringliche Blick.

»Was wissen Sie über die griechische Mythologie?«, fragte er.

Ich verschränkte die Arme vor der Brust.

»Was wissen Sie denn darüber?«

Meine Gegenfrage brachte ihn zum Lachen und zum ersten Mal leuchteten seine Augen auf. Mit den Fältchen um seine Augen sah er viel freundlicher aus.

»Ich sehe schon. Sie sind genauso verschwiegen wie ich, nicht wahr?«

In diesem bestimmten Fall hatte er Recht. Es war einfach nicht möglich, ihm zu erzählen was ich wusste, wenn ich damit jemanden in Gefahr bringen konnte.

»Wer ist Devon Bradbury?«

Seine Lippen zuckten. »Wenn ich mich vorstellen darf. Devon

Bradbury, zu Ihren Diensten.« Er zog einen imaginären Hut vor mir und lächelte.

Das Erstaunen war mir deutlich ins Gesicht geschrieben.

»Sie sind das? Sie haben all diese Notizen in das Buch geschrieben?«

Devon Bradbury nickte und faltete die Hände vor seinem Bauch. Diese Neuigkeit eröffnete mir ganz neue Möglichkeiten. Bisher war ich davon ausgegangen, dass der Schreiber dieser Notizen schon lange tot war oder nicht hier in der Gegend wohnte. Doch, dass er nun leibhaftig vor mir saß und mit mir redete, war wie der Goldtopf am Ende des Regenbogens. Devon Bradbury wusste mehr als alle Suchmaschinen und Bücher zusammen und war, so hoffte ich, in der Lage mir ein paar meiner Fragen zu beantworten. Ich entschied mich, einen Vorstoß zu wagen.

»Mister Bradbury, mir scheint, dass wir beide mehr über die griechische Mythologie wissen als andere. Vielleicht sogar mehr als jeder andere Mensch.«

Ich betonte das letzte Wort besonders und achtete dabei genau auf seine Reaktion. Doch er zuckte nicht mit der Wimper, sein Pokerface saß perfekt.

»Möglicherweise. Aber wenn dem so ist, wie können wir sicher sein, dass wir dem anderen vertrauen können? Sie haben mir Beispielsweise noch nicht einmal Ihren Namen verraten, Miss...«

»Entschuldigen Sie. Mein Name ist Yara Bright.«

Ich war wegen meiner Unhöflichkeit verlegen und spürte wie mir die Röte in die Wangen kroch.

»Nun, Miss Bright. Was hat Sie an meinen Notizen so überrascht, dass Sie heute zu mir gefahren sind?«

Jetzt war es also so weit. Ich könnte ihm erzählen, was mich so aus der Fassung gebracht hatte und wagen, ihm mehr zu verraten. Oder hoffen, dass er von sich aus mehr verriet. Ich entschied mich für Ersteres.

»Ihr Wissen über die Unterwasserwelt.«

Mein Herz schlug mir vor Aufregung bis zum Hals. Ich saß in einem Zug, aus dem ich nicht flüchten konnte und war dabei, mich diesem Mann anzuvertrauen. Doktor Jones wäre stolz gewesen. Devon Bradbury legte sich nachdenklich einen Finger an die Lippen. Erneut dauerte es eine Weile, bis er zu sprechen begann.

»Darüber weiß ich in der Tat sehr viel. Sagen Sie, Miss Bright, glauben Sie an Übernatürliches?«

Ich zupfte nervös am Saum meines Shirts.

»Ja. Und Sie?«

Er nickte langsam. »Und, haben Sie Beweise dafür?«

»Vielleicht. Haben Sie Beweise für das, was Sie in das Buch geschrieben haben?«

Der Zug beschrieb eine Kurve und ließ die Bucht hinter sich. Eine Weile war nur das Rattern der Räder zu hören und gelegentlich wehte eine weiße Dampfschwade am Fenster vorbei, bevor sie weiterzog und den Blick wieder auf die Bäume und Häuser freigab.

»Miss Bright, Sie verstehen, dass das hier ein heikles Thema ist, nicht wahr?«

»Vermutlich mehr als Sie ahnen.«

»Darf ich offen zu Ihnen sein?«, fragte er.

»Natürlich.«

»Ich habe mich viele Jahre mit der Erforschung des Meeres beschäftigt, bevor ich die Buchhandlung eröffnet habe.«

»Wie kam es denn dazu?«, fragte ich ihn, obwohl mich die Frage nach dem Was mehr beschäftigte. Was hatte Devon Bradbury herausgefunden, während seiner Zeit als Forscher?

»Manchmal kann man das Leben nicht beeinflussen. Es hält Überraschungen bereit, die alles verändern können und einen zwingen Entscheidungen zu fällen, die man nicht für möglich gehalten hat.«

»Was ist geschehen?«

Mister Bradbury sah mit einem Mal um Jahre gealtert aus und es tat mir leid, ihn auszufragen.

»Meine Frau ist gestorben. Sie und meine Tochter wurden ermordet. Obwohl das die Polizei nicht glaubt, weiß ich es mit Sicherheit.«

Erschrocken sog ich die Luft ein. Wie schrecklich, dieser arme Mann.

»Ich habe meine Eltern auch verloren«, flüsterte ich und obwohl meine Worte über die Geräusche des Zugs kaum wahrzunehmen waren, hob mein Gegenüber fragend die Augenbrauen.

»Sie sind verbrannt. Anscheinend eine defekte Gasleitung. Das ganze Haus ist abgebrannt.« In meinem Magen zog es sich schmerzhaft zusammen. Mister Bradbury schien wie erstarrt, sein wettergegerbtes Gesicht war kreideweiß geworden und er klammerte sich an der Tischkante fest. »Verbrannt?«

Ich presste die Lippen aufeinander und nickte.

»Bei den Göttern. Meine Frau und meine Tochter sind ebenfalls bei einem Brand ums Leben gekommen. Die Spurensicherung hat auch eine defekte Gasleitung dafür verantwortlich gemacht.«

Ich schnappte überrascht nach Luft. Nicht nur die Todesursache, sondern auch sein Ausruf brachten mich aus der Fassung. In meinem Kopf überschlugen sich die Gedanken. Konnte das möglich sein?

»Warum glauben Sie nicht, dass es ein Unfall war?«

»Und da, Miss Bright, liegt das Problem. Ab diesem Moment verlassen wir den Bereich des Möglichen und befinden uns an einem Punkt, an dem ich nicht weiß, was ich Ihnen erzählen kann.«

Dieses Hin und Her, wie beim Tennis, raubte mir unendlich viel Kraft und da ich so nicht weiter machen konnte, warf ich alle Bedenken, Ängste, Sorgen über Bord.

»War... War Ihre Frau... War sie ein Mensch?«

»Ah«, seufzte Mister Bradbury. »Mir scheint, wir sind auf derselben Wellenlänge, wenn Sie verstehen was ich meine. Nein, meine Frau war kein Mensch.«

»Sondern?«, fragte ich atemlos. Bei der Vorstellung mein Verdacht könne sich bestätigen, wurde mir schwindelig.

»Ich glaube Sie wissen es schon, nicht wahr, Miss Bright?«

Wieder war sein Blick stechend, doch dieses Mal brachte er mich nicht in Verlegenheit.

Jetzt oder nie. »Sie war eine Nereïde?«

Der Mann, den ich bei unserer ersten Bekanntschaft für seltsam und angsteinflößend gehalten hatte, schloss die Augen und verzog den Mund zu dem traurigsten kleinen Lächeln der Welt.

Und dann nickte er.

Ich stieß die Luft aus, die ich bis jetzt angehalten hatte, und spürte, wie mich ein heftiger Schwindelanfall übermannte. Ich lehnte mich gegen den Sitz und schloss die Augen, um mich für einen Augenblick dem gleichmäßigen Rattern und Schaukeln der Lokomotive zu überlassen. Die Mischung aus erregter Anspannung und Bangen erschöpfte mich. Da traf es mich wie ein Schlag. Mister Bradburys Frau war eine Nereïde gewesen, wie meine Mutter, und sie hatten eine Tochter gehabt. In meinem Kopf herrschte wildes Durcheinander und es gelang mir kaum die Puzzleteile zusammenzufügen. Eine Tochter. Seine Frau war eine Nereïde gewesen. Sie waren tot. Das Läuten der Glocke vorne an der Lok riss mich aus meinen Gedanken und ich starrte Mister Bradbury aus großen Augen an.

»Ich gehe also Recht in der Annahme, dass Sie über sie Bescheid wissen?«

Ich konnte nur nicken. Mein Mund war trocken vor Aufregung und meine Zunge klebte am Gaumen.

»In welcher Verbindung stehen Sie zu ihnen?«

Er hatte sich in seinem Sitz nach vorne gelehnt und die Handflächen auf den Tisch gepresst. Er sah so gespannt aus, wie ich mich fühlte. Es gelang mir, ein paar Mal zu schlucken, bevor ich mit heiserer Stimme sprechen konnte.

»Meine Mutter war eine von ihnen. Sie ging an Land, nachdem sie sich in meinen Vater verliebt hatte.«

Er griff nach meinen Händen und drückte sie sanft. Obwohl es sich unangenehm anfühlte, seine Haut auf meiner zu spüren, ließ ich ihn für den Moment gewähren.

»Mein liebes Kind. Dann sind Sie es also.«

Er klang überaschenderweise traurig und ich las Mitleid in seinen Augen.

»Die Prophezeite? Ja, ich glaube schon. Sie wissen davon?«

»Natürlich. Leider.« Er schüttelte langsam seinen Kopf.

»Als ich meine Frau damals kennenlernte und sie anbettelte bei mir an Land zu leben, erzählte sie mir die uralte Geschichte über ihren Vater und Helena. Sie warnte mich, dass wir niemals Kinder würden haben können, denn sie wäre niemals damit einverstanden gewesen, ihre Tochter zu opfern. Verstehen Sie das nicht falsch. Sie liebte ihre Familie und wünschte sich auch Frieden für sich und ihre Welt. Doch ihr eigen Fleisch und Blut gegen ein so skrupelloses Monster wie Helena kämpfen zu lassen, kam einem Todesurteil gleich.«

Ich schluckte schwer bei seinen Worten. Helenas Name löste ein unkontrollierbares Zittern in mir aus. Natürlich hatte ich an die Gefahr, die mit dieser Aufgabe verbunden war, gedacht, doch den Nereïden zu helfen, mit denen ich sogar verwandt war, hatte bisher im Vordergrund gestanden. Doch was er sagte, dass seine Frau ihr Kind niemals geopfert und gegen eine böse Kreatur hätte kämpfen lassen, brachte mich zum Nachdenken. Ob meine Mutter auch so gedacht hatte? Nein, dachte ich, schließlich hatte sie mich ihrer Familie vorgestellt, als ich noch ein Baby gewesen war. Aber vielleicht hatte sie keine andere Wahl gehabt. Ob sie mich geopfert hätte oder nicht, würde ich nie erfahren.

»Aber dann haben Sie doch ein Kind bekommen. Was ist dann geschehen?«

»Amathia, meine Frau, war entsetzt als sie schwanger wurde und bis zur Geburt betete sie zu den Göttern um einen Sohn. Wie du weißt, spielt ein Junge in der Prophezeiung keine Rolle und alle Schwestern, die an Land gegangen waren, hatten nur Söhne geboren. Doch wie es das Schicksal wollte, erblickte kein Junge, sondern unsere Tochter Vera das Licht der Welt. Wir waren schon vorher ins Inland gezogen, aber nach Veras Geburt flohen wir nach Paraguay. Können Sie sich denken weshalb?«

»Weil Paraguay nicht am Meer liegt?«

»Genau. Und weil es weit weg von der Ägäis ist. Die besten Voraussetzungen, um unsere Tochter zu verstecken. Aber nicht weit genug, um uns vor Helenas Spießgesellen zu schützen.«

»Wie meinen Sie das?«

Sein Blick wurde düster. »Miss Bright, was denken Sie, wer unsere Familien angegriffen und getötet hat?«

Ich schlug mir eine Hand vor den Mund. Jetzt ergab plötzlich alles Sinn. »Sie meinen, dass Helena ein Feuer gelegt hat, damit die Prophezeiung sich nicht erfüllt?«

»Ja und nein. Ich glaube, dass es in Helenas Auftrag geschah, aber nicht, dass sie selbst die Tat verübt hat.«

Wir schauten uns über den Tisch hinweg an, während der Zug über das Land fuhr und wieder krampfte mein Herz. Helena. Ich hatte kaum einen Blick übrig, für die Landschaft, die an uns vorbeizog. Endlich kannte ich den Grund für mein Schicksal. Meine Eltern waren wegen Helena gestorben und ich hätte eigentlich mit ihnen sterben sollen. Plötzlich entflammte in mir der Wunsch, es Helena heimzuzahlen und wenigstens für den Moment ließ sich meine Furcht vor ihr verdrängen. Ich wollte meine Eltern und die Familie von Mister Bradbury rächen. Obwohl seine Worte mich vorhin erschreckt hatten und ich immer noch Angst hatte, stand mein Entschluss fest. Helena würde für das bezahlen, was sie uns allen angetan hatte.

»Miss Bright, ich sehe, dass Sie aufgebracht sind. Was…«

Ich unterbrach ihn mit einer Geste meiner Hand und schüttelte den Kopf. Ich war aufgebracht, aber das tat jetzt nichts zur Sache. Mir war gerade noch etwas anderes eingefallen.

»Wann wurde Ihre Tochter Vera geboren?«

»Am einundzwanzigsten Juni neunzehnhundertzweiundachtzig. Ich nehme an, dass Sie in diesem Jahrtausend geboren sind.«

Da ich mich an das erinnerte, was Pronoe mir erzählt hatte, nickte ich, war aber überrascht, dass so kurz hintereinander zwei Mädchen geboren worden waren, die die Prophezeite sein konnten.

»Was wissen Sie noch über die Prophezeiung? Kennen Sie zufällig den genauen Wortlaut?«

Doch Mister Bradbury machte meine Hoffnungen mit einem Kopfschütteln zunichte. »Amathia wollte nie darüber sprechen. Es tut mir leid, dass ich Ihnen dabei nicht behilflich sein kann. Aber schauen Sie, wir sind in Rockaway Beach, Miss Bright. Unser Ausflug ist vorbei.«

Ohne dass ich es gemerkt hatte, war der Zug in Rockaway Beach eingefahren und hatte an dem kleinen Bahnhof gehalten.

Halloween. Am Vormittag des einunddreißigsten Oktobers wachte ich vom Duft des frischen Kürbis Pies auf, der durch die Tür zu mir hereinströmte. Das ganze Haus sah wie verwandelt aus. Wir hatten Stunden damit zugebracht zu dekorieren, Kürbisse auszuhöhlen und zu basteln. In den Ecken hingen Skelette und dicke Plastikspinnen, von jeder freien Ablage grinsten uns Kürbisgesichter bösartig an, und Jenna hatte Girlanden unter die Decke gespannt. Als ich ins Bad tapste, murmelte ich im Vorbeigehen ›Morgen Mister Verger‹ und betrachtete ein besonders misslungenes Exemplar auf der Kommode im Flur. Es hatte sich herausgestellt, dass ich eine Karriere als professionelle Bastlerin vergessen konnte. Kreativ genug war ich, aber mir fehlte das nötige Talent. Meine Kürbissgesichter waren krumm und schief. Aber Jenna meinte, während sie den Kürbis beäugte, das passe hervorragend zu Halloween. Je schrecklicher, desto besser. Ich durchschaute ihren Aufheiterungsversuch und bewarf sie mit Kürbisstückchen, denen sie lachend auswich.

»Böse, Gwenhwyfar. Ich werde ihn dir nachts auf deinen Nachttisch stellen.«

Diesen Kürbis nannten wir Mason Verger, da Jenna fand, dass er aussah wie Gary Oldman in Hannibal. Sie bestand auch darauf, ihm einen besonders guten Platz in der Diele zu geben. Die Vorbereitungen für das Fest konnten mich kaum von dem Gespräch mit Devon Bradbury ablenken und es war Jenna natürlich aufgefallen, dass ich mit meinen Gedanken weit weg war. Nachdem ich mich von Mister Bradbury verabschiedet und er mir auch weiterhin seine Hilfe angeboten hatte, war ich mit dem Fahrrad langsam zu Tante Mels Cottage gefahren. Jenna hatte mich schon erwartet und in die Arme genommen, als sie mein Gesicht gesehen hatte. Wir waren die ganze Nacht wach geblieben und hatten über die Nereïden, die Prophezeiung und Mister Bradbury gesprochen, bis uns die Augen zugefallen waren. Jenna hielt es immer noch für besser, nicht zu gehen. Das sagte sie aus purem Egoismus, wie sie selbst zugab und gestand mir, wie viel Angst sie um mich hatte. Um uns abzulenken hatten wir uns auf die Hausaufgaben, das Dekorieren und das Training gestürzt.

Doch heute würden wir das Training ausfallen lassen, denn Tante Mel wollte uns nach dem Essen Gruselgeschichten vor dem Kamin vorlesen, da ich mich weigerte den Horrorfilmmarathon im Fernsehen anzuschauen. Der Tisch war bereits gedeckt, als ich aus dem Bad kam und beladen mit köstlich riechenden Gerichten. Da gab es einen goldglänzenden Truthahn, gefüllt mit Mais und Speck, einen würzigen Eintopf mit Kürbis und Huhn, Kürbis Pie, Möhrenmuffins, buttrige Maiskolben. Viel zu viel, wie ich feststellte, aber als ich meine Freundin darauf ansprach, winkte sie ab. Tante Mel kochte an jedem Festtag so viel und brachte die Reste zur öffentlichen Suppenküche, um sie zu spenden.

Damit konnte ich mich zufriedengeben, denn von übermäßigem Konsumverhalten hielt ich nicht besonders viel. Vor dem Essen griff Tante Mel nach unseren Händen und eine Sekunde glaubte ich schon, sie würde beten wollen, doch stattdessen sprach sie von den Verstorbenen und, dass wir am heutigen Tag besonders an sie denken sollten. Ich fragte mich, an wen sie dachte, denn ihre feuchten Augen waren in die Ferne gerichtet. Nach dem Treffen mit den Nereïden war sie für mehrere Stunden in tiefes Schweigen versunken und auch später hätte sie so gut wie nichts erzählt. Doch jetzt war ich mir sicher, dass sie an ihre meerische Familie dachte.

Nachdem wir gesättigt waren und sich mein Kopf vom Kürbispunsch drehte, den Tante Mel selbst gemacht hatte, machten wir es uns auf dem Sofa bequem, während Tante Mel die Reste verpackte und zur Suppenküche fuhr. Pan strich hoffnungsvoll um unsere Beine und bettelte nach mehr Fleischstückchen, bis Jenna ihn hochnahm und auf die Armlehne des Sofas setzte.

»Deine Tante sieht das nicht so streng mit dem Alkohol, kann das sein? Sie hat uns mindestens fünf Gläser nachgeschenkt. Wenn Brenda oder Dan das wüssten, würden sie mich auf direktem Weg nach Hause holen. Ich glaube, ich bin betrunken.« Wie um meinen Satz zu unterstreichen hickste ich.

»Sie ist der Meinung, dass wir eh trinken würden, wenn wir es wollten und sie findet, dass das jeder selbst entscheiden sollte.«

Das leichte Drehen in meinem Kopf, das nicht nur vom Alkohol herrührte, brachte mich dazu, auf das Sofa zu sinken. Jenna bettete meinen Kopf auf ihren Schoss und strich sanft über mein Haar.

»Du siehst so schön aus, weißt du das?«, murmelte ich und grinste sie an.

Sie lachte leise, spielte mit meinen Haaren, die ich offen trug, und strich mit einem Finger ganz sanft über meine Unterlippe. Ich schloss die Augen, spürte ihren Berührungen nach und ließ mich von Jennas leisen Summen einlullen.

Den Nachmittag verbrachten wir mit noch mehr Kürbispunsch und Geistergeschichten auf dem Teppich vor dem Kamin, in dem munter ein Feuer prasselte. Tante Mel erzählte jede Geschichte auf ihre eigene und ganz besondere Art, dazu lief sie im Zimmer auf und ab, bewegte die Arme und drehte sich im Kreis.

»Gerade als sie um die Ecke schlich und die dunklen, morschen Dielen unter ihren Füßen knarrten, sie hielt den eisernen Schürhaken mit beiden Händen hoch erhoben über ihren Kopf, bereit jeden zu erschlagen und zu erstechen, der ihr in die Quere kam, genau da flog jedes Fenster im Gang mit einem Knallen auf. Sie schlugen klappernd gegen die Wände, die rostigen Scharniere ächzten gespenstisch wie alte Ketten und der eisige Wind wirbelte heulend herein. Die Nacht drang nun dunkel und böse ins Innere der verlassenen Villa, bereit jedes Licht mit gierigem Schlund zu verschlucken, die Klauen ausgefahren.

Ihr schneeweißes Nachthemd flatterte im Wind, als sie sich der Tür näherte. Dahinter wisperte und murmelte es. Scharrende Geräusche waren zu vernehmen, sie trat näher an die Tür, wohl wissend, dass die Finsternis hinter ihr lauerte. Ihre Hände zitterten und ihr Verlobungsring schlug gegen das Eisen des Schürhakens. Drinnen erstarben die Geräusche. Sie neigte den Kopf zur Tür, das Ohr Richtung Holz gedreht, als die Tür...«

Ein lautes Klopfen ließ uns alle zusammenfahren.

Jenna starrte mich mit riesigen Augen an, dann prustete sie los. Aber mein Herz schlug mir bis zum Hals und ich schnappte nach

Luft. Jenna schlang die Arme um mich, während Tante Mel zur Haustür schritt.

Beklommen sah ich ihr nach.

»Schon gut, Liebling!«, murmelte Jenna und streichelte mir beruhigend über den Arm, »Das sind bestimmt Kinder, die Süßes wollen.«

Aber erst als Tante Mel zurückkam, im Schlepptau eine kichernde Meg, beruhigte ich mich wieder.

»Yara, du solltest mal dein Gesicht sehen«, rief Meg lachend. »Du siehst aus, als hättest du ein Gespenst gesehen.«

»Fast«, gab ich zurück. Mein Herz klopfte immer noch und ich fühlte mich leicht benommen. Jennas Nähe gab mir Kraft, die mir half, mich zu beruhigen.

»Ah, Tante Mel hat wohl bereits mit der Gruselstunde begonnen.«

Sie ließ sich neben uns fallen, ihre dunklen Locken hüpften auf und ab und grinste breit in die Runde.

»Darauf freue ich mich schon den ganzen Tag. Bei uns wird kein Halloween gefeiert, weißt du. Tante Mel, ich hoffe, du hast mir was vom Truthahn aufgehoben und nicht alles schon weggegeben. Ich schätze deine Wohltätigkeit ja sehr, aber nicht, wenn das heißt, dass für mich nichts übrigbleibt. Oh, und ist noch Kürbispunsch da?«

Meg plapperte wie immer munter los, doch Tante Mel schien das gewöhnt zu sein, denn sie lachte bloß, wuschelte Meg durchs Haar und verschwand in der Küche.

»Ah, ich fühl mich jedes Mal total entspannt, wenn ich hier bin. Das liegt bestimmt an dem Haus und daran, dass es auf der anderen Seite der Stadt liegt. Meilenweit entfernt vom Haus meiner Eltern. Naja fast, weit genug weg jedenfalls, dass ich den Atem meiner Mutter nicht mehr im Nacken spüre. Ihr habt ja keine Ahnung, was wieder los ist daheim.«

Sie nahm seufzend das Glas Punsch entgegen, das Melia ihr reichte, und trank es in einem Zug halb leer.

»Danke, Melia«, sagte sie. Tante Mel lächelte und stellte einen vollen Teller vor ihr ab.

Während Meg herzhaft zugriff, beobachtete ich sie. In ihrer Familie lebten alle streng nachhaltig und jegliche Verschwendung oder Materialismus waren untersagt. Es war ein Wunder, dass ihre Eltern noch nicht beschlossen hatten, die Farm aufzugeben und sich ein Wigwam im Wald zu erbauen. Dass sie also nicht dekorierten und schlemmten, war irgendwie klar. Meg erzählte, dass sie den Festtag auf ihre Art begangen hatten, nämlich im Wald samt Feuer für die Verstorbenen und Danksagung an die Natur.

Darauf wusste keiner etwas zu sagen, aber Meg schien ohnehin keine Antwort zu erwarten.

Gegen sieben Uhr versammelten wir uns im Bad, vor dem großen Spiegel, damit Tante Mel uns schminken konnte. Ich holte die Kostüme aus meinem Schrank im Flur, wobei Mister Verger mich aus schiefen, unterschiedlich großen Augen beobachtete. Meg hatte ihr Kostüm in weiser Voraussicht bei uns gelassen. Wir gingen als Krankeschwestern. Schwesternkittel befleckt mit Kunstblut, hohe weiße Kniestrümpfe und je einen Beutel Spritzen gefüllt mit Eiter, der in Wirklichkeit Vanillepudding war.

Als wir das Haus verließen, sahen wir zum Fürchten aus, mit unseren aufgemalten Wunden und kunstvoll zerzausten Haaren.

Im Grunde war die Party genau wie die von Theo. Laut und voller Leute, die sich aneinanderdrängten, tanzten und redeten. Die meisten waren bereits betrunken als wir ankamen und fast alle verkleidet, hauptsächlich als Zombies und Hexen. Sogar eine Gruppe Mädchen, die wohl absichtlich das Thema verfehlt hatten und in viel zu kurzen Kleidchen auf ihren High Heels tanzten.

Wir standen an der provisorischen Bar, als Grayson hereinkam.

Wie immer folgte ihm eine Schar kichernder Mädchen, die er gar nicht wahrzunehmen schien. Er winkte mir grinsend zu und ich erwiderte seinen Gruß. In den letzten Wochen hatten wir uns selten gesehen, meistens nur in der Schule, aber als ich ihn jetzt sah, merkte ich, wie sehr ich ihn vermisst hatte.

»Oh mein Gott«, rief Meg, ihre dunkle Haut färbte sich an den Wangen rot und ich glaubte einen Moment lang, dass sie Grayson meinte, bis mir Luke an seiner Seite auffiel.

»Kommt, wir gehen tanzen, bevor Meg in Ohnmacht fällt«, rief ich und deutete zur Tanzfläche.

Beim Tanzen stellte sich Megan immer wieder auf die Zehenspitzen.

»Wenn dich dein Luke beim Stalken erwischt, wird das ganz sicher peinlich für dich.«

Jenna knuffte sie in die Seite.

»Er ist nicht mein Luke«, entgegnete sie und wurde rot unter ihren falschen Wunden.

»Sie ist total verrückt nach ihm«, rief ich und zwinkerte Jenna verschwörerisch zu. Sie griff nach meiner Hand und zog mich näher an sich heran. Als ihr Atem mein Ohr streifte, machte mein Herz einen freudigen Satz.

»Und ich bin ganz verrückt nach dir«, flüsterte sie und küsste mich auf die Wange. Doch als ich mich an sie lehnte, um ihr ebenfalls zu sagen, was ich empfand, wurde die Musik auf einmal leiser, drang wie durch Watte an meine Ohren und ein sonderbares Gefühl durchflutete mich und trieb mir eine Gänsehaut über den Rücken.

Ich wollte mich zu Jenna beugen und sie fragen, was denn los sei, doch sie tanzte wieder und schien gar nicht mitzubekommen, dass die Musik leiser geworden war und jetzt sogar ganz aufgehört hatte zu spielen. Kein anderer im Raum schien es zu bemerken. Waren sie alle taub? Verwirrt blinzelte ich, fuhr mit einer Hand an mein Ohr und tippte dagegen. Jedes Geräusch im Raum war auf ein Minimum reduziert. Als sei der Regler runtergefahren worden. Und da bemerkte ich, dass es nicht die anderen waren, sondern ich.

Ich wich zurück, schob mich an den tanzenden Körpern vorbei, stolperte über leere Plastikbecher und kämpfte mir einen Weg aus dem Zimmer. Das Licht verlor seine Intensität, Farben verblassten, verschwammen zu einem Wirbel vor meinen Augen. Ich schwankte und kniff die Augen zusammen. Raus. Ich musste hier raus! Irgendetwas lief hier gerade schief. Drogen, schoss es mir durch den Kopf. Jemand musste etwas in mein Glas getan haben. Vielleicht sollte ich zurückgehen und Jenna holen. Sie musste mir helfen.

Doch kaum war ich aus der Terrassentür in den Garten getreten, riss das Loch in meiner Brust auf und schien mich von innen zu zerreißen. In der Ferne schimmerte das Meer silbrig im Mondschein. Und es zog und zerrte heftig an mir, rief mich, lockte mich. Sang zu mir. Wie eine Schlafwandlerin stakste ich auf die wogende Masse zu. Ich hatte keine Kontrolle über das, was ich tat. Mein Körper gehorchte nur noch einem inneren Drang. Ich schwankte durch die Nacht. Taumelte dem Meer entgegen.

»Was um Himmels willen tust du da? Verflucht, Yara. Bleib stehen!« Nein.

»Hallo, hörst du mich?« Ja.

»Was soll das?« Keine Ahnung.

Hände griffen nach mir, hielten mich fest. Ich wehrte mich. Versuchte mich loszureißen.

»Ich bin es, Jenna!« Ja, ich weiß.

Ich konnte nicht sprechen. Nicht klar denken. Ihre Worte drangen an meine Ohren, doch ich nahm sie kaum wahr.

Weiter, nur weiter, immer weiter ans Meer.

Es lag vor mir, so wunderschön wie eh und je. Glänzte wie Quecksilber, bewegte sich im Rhythmus meines klopfenden Herzens. Oder war es andersherum? Der Sand unter meinen Füßen schmolz dahin, als ich die Wassergrenze erreichte. Seicht umspülte mich das Element, leckte an meinen Waden, bis ich hüfttief hinein gewatet war.

Und ohne auf die Stimmen hinter mir zu hören, glitt ich hinein in dieses wundersame Nass. Nicht einmal die Eiseskälte konnte mich aus meiner Trance befreien.

Ohne zu wissen, wohin und warum, schwamm ich los, in tiefere Gewässer. Schwamm durch Dunkelheit, vorbei an kleinen, flinken Fischen.

Als ich auftauchte, klatschte Wasser gegen Stein. Fahles Licht drang von oben zu mir. Die Höhle.

Und ich war nicht alleine. Eine dunkle Gestalt saß eine Körperlänge von mir entfernt auf der sandigen Stufe.

Doch ich fürchtete mich nicht.

Denn die Gestalt weinte, schluchzte so hemmungslos, dass es von den Wänden widerhallte.

Ich musste ein Geräusch gemacht haben, denn plötzlich blickte die Gestalt hoch.

»Yara.«

»Galene!« rief ich aus. Rasch zog ich mich zu ihr auf die Klippe. »Was ist los? Ist was passiert?«

Zaghaft streckte ich eine Hand nach ihr aus, berührte ihre kalte, nasse Schulter. Sie schniefte.

»Sie hat meine Mama. Sie hat sie geholt!«, hauchte sie, das Gesicht in den Händen vergraben. Ihre Schultern bebten, als ein neuer Weinkrampf sie erschütterte.

»Wie bitte?«, rief ich »Wer?«

»Helena!« Sie spie den Namen aus, spuckte ihn mir regelrecht vor die Füße.

»Du nimmst mich doch auf den Arm. Okay, okay, sorry. Ich glaube dir ja.«

Sie starrte mich empört an.

»Erklär mir doch, was genau passiert ist.«

Sie schlang die Arme um ihren Oberkörper, als wollte sie sich selbst festhalten.

»Sie kamen heute Nacht, während unsere Mutter im Garten war. Wir wissen nicht, wie sie es schaffen konnte, überall sind Wachen postiert. Es muss ein Kuckucksrochen unter uns sein, der...«

»Ein was?«, unterbrach ich sie verwirrt.

»Ein Kuckucksrochen«, wiederholte sie rasch, doch in meinem Gesicht musste sich die Verwirrung spiegeln.

»Na jemand, der in eine Gruppe eingeschleust wird, um Geheimnisse nach außen zu geben.«

»Du meinst einen Maulwurf?«

»Nein, Kuckucksrochen.« Wir sahen uns einen Augenblick lang an. »Ist ja auch egal, du weißt, was ich meine. Diese Seekuh«, zischte sie verbittert, »muss Hilfe gehabt haben. Und jetzt hat sie unsere Mutter entführt! Und zwei unserer Schwestern, als sie ihr zur Hilfe kamen.«

»Das ist ja schrecklich«, hauchte ich. »Oh, Galene, das tut mir so, so leid. Wenn ich irgendwie helfen kann...«

»Aber das kannst du!«, rief sie aus. »Verstehst du denn nicht, dass du die Einzige bist, die uns helfen kann? Yara, wir brauchen dich. Jetzt mehr denn je.«

Ich verstand. Doch die Erkenntnis traf mich dennoch heftig und ich begann zu zittern. Wir brauchen dich. Jetzt! Sofort! Nicht in zwei Monaten. Wir brauchen dich jetzt.

Helena hatte ihre Mutter entführt und ich war die Einzige, die ihnen helfen konnte, sie zu befreien. Natürlich wollte ich helfen, aber seit dem Gespräch mit Mister Bradbury waren meine Zweifel größer geworden. Tante Melia mochte mich zwar trainiert und mir gezeigt haben, wie man mit einer Waffe umging, aber in einem direkten Kampf unter Wasser, half mir das wenig. Ich wollte hierbleiben. Ich wollte helfen. Ich wollte in Sicherheit sein. Ich konnte sie nicht im Stich lassen.

»Na gut, ich komme mit. Jetzt sofort. Aber ich muss noch einmal an Land. Meiner Freundin Bescheid geben. Jenna, du weißt, Melias...«

»Ist gut. Ich warte hier. Aber bitte, bitte beeile dich.«

Hastig rutschte ich von der Kante ins Wasser. »Bin gleich wieder da«, rief ich, dann tauchte ich ab und schwamm, so schnell ich konnte, zurück ans Ufer.

KAPITEL 18

Charybdis - gestaltloses Meeresungeheuer, lebt mit Skylla an
einer Meeresenge

Seit Stunden, jedenfalls fühlte es sich so an, schwammen wir nun durch das Meer, meine Arme schienen immer schwerer zu werden. Müdigkeit drang in meine Knochen, bleischwer benebelte sie meinen Kopf. Doch ich wagte es nicht, um eine Pause zu bitten. Wir hatten es eilig, das wusste ich, dennoch hielt Galene sich zurück. Meinetwegen, dachte ich beschämt und verärgert zugleich. Ich war so unglaublich langsam.

Um uns herum war nichts, nichts außer Wasser, das sich in der Dunkelheit in jede Richtung verlor. Wie tief unter uns der Meeresboden war, konnte ich nicht ausmachen. Aber es musste tief sein. Sehr tief. Ich verdrängte den Gedanken an die Wesen, die hier lauerten. Haie, riesige Wale, neben denen ich wie eine Erbse aussehen musste... Gänsehaut überzog meinen Körper. Und irgendwo da draußen war Helena.

Okay, hör auf, dir selbst Angst zu machen, mahnte ich mich.

Kaum andere Fische kreuzten unsere Wege. Ob sie wohl auch schliefen? Wie wenig ich über die Bewohner des Meeres wusste, wurde mir jetzt erst so richtig bewusst und ich schämte mich, dass ich nichts darüber gelesen und mich vorbereitet hatte. Ab und zu schwebten seltsame Gegenstände an mir vorbei, die ich nicht einordnen konnte. Sie tanzten im Wasser. Erst als ich vorsichtig eins der durchsichtigen Dinger in die Hand nahm, begriff ich, was es war. Müll. Plastikmüll. Eine Tüte hier, eine PET-Flasche dort.

Ich spürte Galenes Blick auf mir und schaute zu ihr hinüber. Ihr dunkles Haar waberte um ihren Kopf und sie musterte mich mit einer Mischung aus Neugier und Faszination.

»Was hast du da eigentlich an? Ist das Menschenmode? Trägt man das so?«

»Ähm, nein. Das ist eine Verkleidung. Heute ist Halloween«, erklärte ich und schaute Galene meinerseits an. Ihr langes, blondes Haar wogte hinter ihr her wie Algen in einer sanften Strömung. Trotz der Dunkelheit, die uns hier unten umgab, schillerten die Schuppen ihres silbrigen Fischschwanzes wie kleine Perlen. Neben ihrer Schönheit, fühlte ich mich klein und lächerlich in meiner Verkleidung.

»Erzähl mir von Halloween. Bitte.« Sie klang flehend, als wünsche sie sich dringend Ablenkung von ihrem Leid und ich überlegte, wie ich ihr den Feiertag am besten beschreiben sollte.

Ich erklärte ihr den Ursprung von All Hallows' Eve, der in Irland lag, und wie der Feiertag für Kinder abgeändert worden war, erzählte ihr Trick or Treat und warum ich so verkleidet war.

»Das klingt lustig. Sollten wir auch machen, wenn...«

Wenn wir ihre Mutter und ihre Schwestern zurückgeholt hatten. Aber daran mochte ich jetzt nicht denken, daran was das genau für mich bedeutete. Welche Gefahren es beinhaltete...

»Wir sind gleich da«, sagte Galene. Erleichterung durchflutete mich, bis mir bewusst wurde, dass das unmöglich war. Angeblich lebten sie im Ägäischen Meer und das lag nach meinem letzten Wissensstand bei Griechenland.

Sie brachte mich also irgendwo anders hin. Vielleicht ein Ort hier in der Nähe. Mir fiel auf, dass ich noch nie gefragt hatte, wie sie lebten. Hatten sie Häuser, eine Stadt? Oder lebten sie in unterirdischen Höhlen? Vage erinnerte ich mich an das Buch, das Melia mir gegeben hatte. Dieser Tag schien weit in der Vergangenheit zu liegen. Ich stieß ein leises Seufzen aus.

Galene tauchte plötzlich nach unten ab, schwamm immer tiefer und tiefer in die Schwärze hinein, und ich folgte ihr mit einem nervösen Kribbeln im Magen.

Immer tiefer stießen wir hinab und obwohl es dunkler wurde, konnte ich noch immer einige Armeslängen weit sehen. Fische in unterschiedlichen Größen und Farben begegneten uns jetzt. Manche so klein wie mein Finger, mit silbrigen Schuppen, andere so groß wie mein Kopf und ebenso rund. Fasziniert beobachtete ich einen Schwarm rot-gelber Fische mit großen Augen, die eine Art Tanz vollführten. Sie bewegten sich im perfekten Gleichtakt, völlig synchron, als seien sie eins. Es war wunderschön anzuschauen und fast verlor ich mich in diesem Moment, der so magisch und unwirklich wirkte. Galene griff nach meinem Oberarm und zog mich mit sich.

»Hier entlang«, wies sie mich an und da, direkt unter uns, war der Boden. Sandig, steinig, bewachsen mit allerlei wundersamer Pflanzen, wie ich sie noch nie gesehen hatte. Diese Welt war wunderschön. Ruhig, sanft, im Einklang mit sich selbst. Ich spürte ein Wehklagen in meinem Herzen, als ob ich mein ganzes Leben hierauf gewartet hätte. Gerne hätte ich länger verweilt und all diese fremdartigen Formen und Bewegungen in mich aufgenommen, doch Galene trieb nun zur Eile.

»Wir werden jetzt einen der Cuniculus verwenden. Yara, das ist eine Art unterirdischer Gang. Er bringt uns von hier in die Ägäis, binnen weniger Sekunden. Du musst keine Angst haben, es geht ganz schnell.« Sie zog an meinem Arm.

Ich starrte sie an. Was zum Teufel redete sie da?

Aber bevor ich fragen konnte, auch nur die Chance hatte, mich auf worauf auch immer vorzubereiten, verschwand Galene zwischen zwei großen Steinen und zerrte mich hinter sich her.

In völliger Dunkelheit sah ich gerade einmal Galenes silbernen Fischschwanz vor mir und hörte nur ein leises Rauschen, das immer lauter wurde.

»Galen… aaaahhh...«

Etwas riss mich hinter meine Nabel nach vorne, ich wirbelte wild herum, schlug mit der Schulter gegen festen Stein und klammerte mich in panischer Angst an Galenes Arm. Der Sog zerrte mich vorwärts. Doch so schnell er gekommen war, hörte er auch wieder auf. Der Druck ließ nach und gab mich frei. Ich schlug panisch um mich, immer noch in fast völlige Finsternis getaucht. Rasch griff ich nach der Kette an meinem Hals und fühlte nach dem Anhänger. Den Göttern sei Dank, er war noch da! Arme schlangen sich um mich und hoben mich ans trübe Licht. Fünf Gesichter blickten mir entgegen. Drei Nereïden und zwei Männer. Männer mit Fischschwänzen. Meermänner. Heilige Götter. Sie trugen harpunenähnliche Waffen auf dem Rücken und hatten tiefschwarze Augen und rabenschwarzes Haar. Auch ihre Schwänze waren pechschwarz. Aber was meine Aufmerksamkeit am allermeisten beanspruchte, war die Muschelkutsche, die von zwei Pferden gezogen wurde. Aber halt, das waren keine Pferde. Sie sahen nur von vorne aus wie Pferde, aber es fehlten ihnen die Beine und Hufe. Stattdessen war ihr Hinterteil das eines Fisches. Und sie waren um einiges größer als normale Pferde. Ich starrte ungläubig zu diesen Geschöpfen hinüber. Ich rieb mir die Augen. Doch sie waren immer noch da. Schwebten eine Handbreit über dem Boden, trugen eine Art Zaumzeug und warfen unruhig ihre Köpfe in den Nacken.

»Du machst sie nervös«, murmelte Galene leise und verflocht ihre Finger mit meinen.

»Ich mache sie nervös?«, quiekte ich.

»Diese Hippokampe sind zahm.« Halie. Sie war auch hier.

Diese Hippohoppi Dingsbums hatten mich zu sehr abgelenkt, um den Rest der Gruppe wahrzunehmen. Ich blickte in ihre Gesichter. Pronoe sah genauso müde und elend aus wie ihre Schwester. Selbst die quirlige Halie bewegte sich steif und langsam vorwärts.

»Kommt, es ist nicht sicher zu lange hier zu verweilen.«

Der große Meermann hatte gesprochen und blickte sich um, als erwartete er, dass hinter jedem Sediment eine Gefahr lauerte.

Es war sehr viel heller hier, die Welt wirkte hellblau, fast türkis und es war wärmer als zuvor. In diesem Gewässer konnte ich weiter sehen als noch vor wenigen Minuten im Pazifik. Der Boden war bedeckt mit großem, felsenartigem Gestein, das überwuchert war von Algen und anderen Pflanzen, die ich nicht zu benennen wusste.

Seetang, der sich wabernd im Takt des Wassers bewegte, zog sich über weite Flächen wie ein Rasen. Dazwischen blitzten kleine Fische auf, die hin und her flitzten.

Mein Kopf kam nur langsam hinterher, aber ich war gerade wirklich und wahrhaftig in wenigen Sekunden einmal um die halbe Erdkugel katapultiert worden. Dieser verwirrende Gedanke und die lange Schwimmerei ermüdeten mich zusehends. Ich sehnte mich nach meinem Bett, der weichen Matratze, den fedrigen Kissen. Ich seufzte vor Verlangen, mich unter meine Decke zu kuscheln. Widerwillig folgte ich der kleinen Gruppe zu den Hippo Viechern, die mich beäugten als sei ich hier das fremde Wesen und nicht sie. In sicherem Abstand umrundete ich die Tiere und glitt unendlich erleichtert auf das schwammige Polster in der Kutsche.

»Wo sind wir eigentlich?«

Halie ließ sich neben mir nieder und strich mit ihren Fingern über die Schuppen ihres Fischschwanzes. Mit den Augen folgte ich ihren Bewegungen und staunte, abgelenkt von meiner Frage, über die glänzenden und schimmernden Schuppen.

»Nicht weit von Griechenland. Irgendwo im Ägäischen Meer.«

Sie zwinkerte mir zu. Wenn ich nicht so müde gewesen wäre, hätte ich versucht, ihr mehr zu entlocken, so aber konnte ich gerade noch mit den Augen rollen. Meine Arme und Beine waren bleischwer und meine Augenlider flatterten, fielen fast zu. Mit einem Seufzen lehnte ich mich gegen Halies Schulter und schlief fast im gleichen Moment ein.

Sekunden schienen vergangen zu sein, als man mich sanft wachrüttelte.

»Jenna, bitte, ich bin noch so müde und ich habe wirklich, wirklich schlecht geträumt«, murmelte ich und öffnete einen spaltbreit die Augen. Schlagartig war ich hellwach.

Halb belustigt, halb mitleidig sahen die drei Nereïden mich an. Galene wies mit der Hand nach vorne und ich folgte ihr mit meinem Blick.

Vor meinen Augen fiel der Ozeanboden steil ab und bildete einen riesigen Kessel, auf dessen Grund ich nicht sehen konnte. Das Licht verlor sich, bevor es auf den Boden traf. Und auch den Rand der Senke gegenüber konnte ich nicht einmal erahnen.

»Was ist da unten?«, fragte ich beklommen.

»Warts ab.«

Jetzt endlich stahl sich ein kleines Lächeln auf Galenes Lippen. Sie war die stillste und auch zurückhaltendste der drei. Ziemlich sicher konnte ich an einer Hand abzählen, wie oft ich sie hatte sprechen hören oder gar ein Lächeln auf ihrem Gesicht gesehen hatte. Meistens wirkte Galene angespannt. Es war schön, sie einmal so gelöst zu sehen, dass sie lächelte.

Mit großen Augen beobachtete ich, wie sich die Kutsche nach vorne neigte und gen Boden segelte. Langsam schwammen die Tiere nach unten und zogen die Kutsche hinter sich her. Von links und rechts kamen auf einmal noch mehr Meeresbewohner auf uns zu. Alle ausschließlich Männer. Sie postierten sich um die Kutsche herum und folgten uns. In den Händen hielten sie lange Gegenstände. Speere?

»Wachen«, erklärte Halie mir leise. »Von hier aus haben sie den besten Blick, um alles überwachen zu können. Zusätzlich werden wir von Zauberbannen und Magie geschützt. Niemand dringt hier unbemerkt ein, keine Hinterhalte, keine Überraschungen. Eigentlich...«, fügte Halie leise hinzu.

Je tiefer wir sanken, desto mehr verlor sich die Helligkeit, bis wir im Dämmerlicht dahinglitten. Doch dann erblühten links und rechts Lichter. Die Kugeln auf den Stäben der Männer hatten zu glühen begonnen und sanft goldenes Licht erhellte unseren Weg.

»Jetzt gleich«, flüsterte Halie. Gebannt blickte ich nach unten und spähte über den Rand der Kutsche. Da öffnete sich die Dämmerung wie ein Vorhang und offenbarte eine Stadt, deren Schönheit und Wunderlichkeit mich überwältigte. Sie stieg aus dem Dunst auf, wurde größer und deutlicher, bis ich gut vierzig Fuß unter uns jedes Detail sehen konnte. Sie erstreckte sich unendlich weit in alle Richtungen, glänzte und schimmerte. Es war magisch!
Ich lehnte mich weit über die Kutsche hinaus, um besser sehen zu können und war wie gebannt von dem, was ich sah. Die Häuser und Läden waren nicht erbaut worden, sondern aus dem geschaffen, was gegeben war. Die größten Sedimente waren ausgehöhlt und umgebaut worden, auf ihren Außenseiten wuchsen Seeanemonen und bunte Korallen, die sich wunderschön verzweigten und verästelten. Dutzende Meeresmenschen tummelten sich dort unter mir, sie kauften ein oder vollbrachten ihr Tagwerk. Ich beobachtete große Fische dabei, wie sie beladene Wägen zogen, kleine Seepferdchen, die hin und her flitzten, und überall schwebten diese wunderschönen Lichtkugeln, die ihr warmes Licht verströmten. Die Wege und Straßen dazwischen waren mit Bernstein und goldenen Steinen gepflastert, in denen sich das Licht spiegelte. Beinahe kopfüber hing ich über den Wagenrand, um alles in mich aufzunehmen. Die

Kutsche schwebte, über die Dächer dieser wundersamen Stadt hinweg, auf ein Felsplateau zu. Darauf thronte ein Palast, wie ich ihn noch nie zuvor gesehen hatte. Es verschlug mir die Sprache bei diesem Anblick.

Ein Palast gebaut aus abertausenden Muscheln und Korallen, zwischen denen seltene Kristalle und Edelsteine auf funkelten.

Auch hier schwebten vielzählige Lichtkugeln durch das Wasser und ließen die szintillierenden Steine aufblitzen. Der ganze Palast schien von innen heraus zu leuchten. Säulen, Pfeiler und Türme reckten sich in die Höhe. Das Bauwerk erinnerte an das Dornröschenschloss in Disneyland, das ich in Zeitschriften gesehen hatte.

»Den richtigen Palast siehst du nicht, er liegt darunter. Dieser hier ist nur Show, um unsere Gäste zu beeindrucken. Die Räumlichkeiten werden nur für offizielle Anlässe wie Versammlungen, gesellschaftliche Spiele oder festliche Abendessen benutzt. Die Perle der Stadt liegt unter dem Grund.«

In jedem Wort, das Halie sprach, schwang die Liebe zu diesem wunderschönen Ort mit. Das hier war ihre Heimat, ihr Zuhause. Und hier war man eingedrungen, hatte ihre Mutter entführt und aus ihrem Leben gerissen. Meine Haut begann zu kribbeln. Eine heiße Welle loderte durch meinen Körper, brannte in meinem Herzen und ließ mich mit den Zähnen knirschen. Ich fühlte ihren Schmerz in mir. Das Wasser um uns herum wurde unruhig, zog und zerrte an der Kutsche, bis die Hippokampe um Gleichgewicht kämpften. Die Strömung neigte die Kutsche zur Seite, während wir hin und hergeworfen wurden.

»Yara, was ist los?«

»Pass auf!«

»Was geschieht hier?«

Die Stimmen verloren gegen das wilde Rauschen in meinen Ohren. Ich keuchte laut auf, schnappte nach Luft und fühlte wie etwas in meinem Inneren zu explodieren drohte. Es wetzte seine Krallen, wartete, bereit zuzuschlagen. Es machte mich so unglaublich wütend, dass nicht nur ich meine Familie verloren hatte, sondern auch Mister Bradbury, und jetzt waren auch die Nereïden drauf und dran ihre Mutter zu verlieren.

Laute Stimmen wirbelten durcheinander, in mir, neben mir... bis mir eine Hand gegen die Wange klatschte. Mein Kopf flog zur Seite und ein brennender Schmerz breitete sich aus.

»Beruhige dich«, befahl eine Stimme und riss mich endgültig aus meiner Trance. Ich ballte die Hände zu Fäusten und atmete tief durch. So wie ich mich beruhigte, wurde auch das Wasser wieder sanft und die Strömung gleichmäßig. Die Hippokampe fanden ihr Gleichgewicht wieder, hievten die Kutsche mit einem Ruck an den Zügeln zurück in die Waagrechte und schwammen weiter.

»Yara, Liebes, was ist denn los?«, fragte Pronoe mit zusammengezogenen Augenbrauen.

Ich presste die Lippen zusammen und schüttelte den Kopf. Um nichts in der Welt, wollte ich über ihre Mutter sprechen, denn so hätte ich nur unnötig Salz in die Wunde gestreut.

Pronoe mustere mich weiterhin, schwieg aber. Dafür ergriff Galene das Wort.

»Wir werden dich schnellstmöglich zu unserem Vater bringen, damit über das weitere Vorgehen entschieden werden kann. Eile ist das höchste Gebot zu dieser Stunde.«

Ihrem Vater. Dem Meeresgott. Heilige Meeresschnecke. Wie verhielt man sich gegenüber einem Gott? Was sagte man?

»Aber bitte nicht so wie ich aussehe!« Ich deutete auf meine Verkleidung.

Pronoe versprach einen Umweg zu machen und passende Kleidung für mich herauszusuchen. Ich fragte mich, was sie sich darunter vorstellte, denn sie und ihre Schwestern waren obenherum nackt. Auch wenn ihre Haare, die ständig in Bewegung waren, ihre Brüste immer bedeckten.

Die Kutsche hatte den Palast zur Hälfte umrundet und glitt nun auf den Platz vor einem imposanten zweiflügeligen Tor zu. Halie nahm meiner Hand und ich folgte ihr auf ein ausladendes Portal zu, das aus glänzendem Glas und Gold bestand. Darüber waren Worte in einer fremden Sprache in den Torbogen gemeißelt worden.

»Was bedeutet diese Inschrift?«

Halie blickte nach oben und musterte den Schriftzug, als sähe sie ihn zum ersten Mal.

»Übersetzt bedeutet es in etwa Die Gerechtigkeit ist nichts anderes als die Nächstenliebe der Weisen. Soll so viel heißen wie, dass wir niemals gierig oder habsüchtig sein sollen und auch in der ärgsten Not noch mit den Ärmeren teilen sollen. Eine Erinnerung daran, dass wir hier alle gleich sind, keiner steht über dem anderen. Nicht einmal wir Töchter des Meeresgottes«

»Wie kannst du das sagen. Ich meine, ihr lebt hier in diesem Schloss, während die anderen in der Stadt leben.«

Pronoe zog eine Augenbraue hoch.

»Erstens: Unterschätze nicht die Häuser der Stadtleute. Von außen mögen sie unscheinbarer wirken als dieses Schloss, aber die Grotten und Höhlen darunter stehen unseren in nichts nach. Wir sind ein eitles Volk und schätzen die schönen Dinge sehr.

Zweitens: Jeder, der möchte, hat die Möglichkeit hier im Schloss zu wohnen. Es steht unserem Volk frei zu wählen, Yara. Die meisten aber wählen ein Leben in der Stadt.

Und drittens: Tatsächlich halten wir uns alle an dieses Gebot. Der Einzelne braucht das Volk und ohne den Einzelnen kann das Volk nicht überleben. Nur durch Zusammenhalt funktioniert ein friedvolles Leben. Es ist ein Geben und ein Nehmen.«

»Das ist beeindruckend. Davon könnten sich die Menschen einiges abschauen«, sagte ich staunend.

Pronoe nickte nachdenklich. Vor uns schwang das Portal mit

einem hellen Dreiklang auf und offenbarte den Blick auf eine imposante Eingangshalle. Der Blick nach oben, zeigte eine riesige goldgläserne Kuppel, die in einiger Entfernung über unseren Köpfen schwebte.

Über dieser opulenten Kunstfertigkeit tanzten blauleuchtende Quallen langsam durch das Wasser.

Den Kopf nach links und rechts drehend, folgte ich den anderen über einen Boden, der ein Puzzle aus schillerndem Perlmutt war. Statt Bildern hingen unzählige golden gerahmte Spiegel an den Wänden. Große, kleine, runde und eckige. Oh ja, eitel. Ich grinste.

Ich hatte erwartet, dass es in einem königlichen, göttlichen Schloss still war, dass eine ehrfürchtige Stimmung herrschte und, dass man kaum einen Bewohner zu Gesicht bekam. Doch hier wimmelte es nur so vor Meeresbewohnern und kleinen Seepferdchen, die durch die offenen Torbögen schwammen, die breite Treppe mit ihren Balustraden herabkamen oder sich, oh Wunder, in den Spiegeln betrachteten. Buntes Stimmengewirr drang durch den Raum und erfüllte ihn mit Leben.

»Willkommen zu Hause«, sagte Halie und strahlte über das ganze Gesicht.

Sie führten mich die Treppe hinauf und einen Gang entlang, der ebenfalls von Lichtkugeln erhellt wurde. Auch hier hingen so viele Spiegel, dass es schien, als bestünden die Wände nur aus dem reflektierenden Glas.

Es war seltsam sich selbst die ganze Zeit aus dem Augenwinkel heraus zu sehen. Vor allem aber war es seltsam, durch ein Gebäude zu schwimmen, anstatt hindurch zu gehen und die Treppenstufen nicht hinaufzulaufen. Aber zum Wundern blieb mir nicht viel Zeit, denn einer der Männer öffnete eine Tür und schob mich hindurch, bevor sich die Wachen links und rechts vor ihr positionierten.

»Ab und zu wird Kleidung angeschwemmt, aber sie hält sich hier nicht lange. Ich vermute, das liegt am Salz. Es gibt aber eine kleine

Anzahl von Meeresbewohnern, die sich gerne wie die Menschen an Land kleiden. Daher...«

Galene öffnete eine Truhe und zog ein Bündel hervor.

»Diese hier bestehen aus Algen und Moos. Such dir etwas aus.«

Die Stücke hatten eine gewisse Ähnlichkeit mit den Klamotten, die wir trugen, allerdings fand ich keine einzige Hose, dafür aber ein Kleid mit kurzen Ärmeln und Perlen am Saum. Ich schälte mich langsam aus meinem Kostüm und streifte den Kimono über.

»Sagt mal, wie könnt ihr euch so schnell bewegen oder Türen problemlos öffnen?«, fragte ich, während ich versuchte, die verlaufene Schminke mit dem Kostüm wegzureiben.

Verwundert sahen sie mich an und tauschten Blicke untereinander.

»Hey, nicht wieder telepathisch reden, das ist unfair.«

»Tut uns leid, wir fragen uns nur, was du meinst.«

Ich fragte mich, ob das alles war, worüber sie geredet hatten.

»Unter Wasser herrscht ein hydrostatischer Druck, das heißt, dass Kräfte auf Gegenstände einwirken und die Bewegungen erschweren. Dass ich hier unten nicht zerdrückt werde, schreibe ich meinen Genen zu. Versteht ihr?«, erklärte ich so gut wie möglich, denn Physik war nicht mein stärkstes Fach.

Wieder tauschten die drei Blicke.

»Schaut mal«, ich bewegte meinen Arm, um ihnen zu demonstrieren, was ich meinte. »Das könnte ich an Land viel schneller. Und wenn ihr das macht, klappt es auch viel besser als bei mir.«

Pronoe räusperte sich und legte nachdenklich den Kopf zur Seite. »Von einem derartigen Druck weiß ich leider nichts. Ich kenne nur die Hydra, aber ich vermute, die meinst du nicht.«

»Die Hydra?«, rief ich aus. »Aber die gibt es doch nicht wirklich?«

»Natürlich gibt es sie. Sie ist Vaters liebstes Haustier.« Halie gluckste.

Ja klar, das neunköpfige Wesen aus den Sümpfen der Lerna, existierte tatsächlich. Was sonst?

»Na gut«, stammelte ich. »Aber in der griechischen Mythologie heißt es doch, dass Herakles die Hydra getötet hat. Oder nicht?«

»Eben, Mythologie. Herakles war ein Vollidiot und Weiberheld, das hat ihn am Ende das Leben gekostet. Nicht alles, was die Menschen aufgeschrieben haben, ist wahr, Yara. Schau uns an, laut euren Geschichtensammlungen, haben wir alle goldenes Haar und blaue Augen. Eine verdrehte Vorstellung von Schönheit der Menschen, aber viel zu langweilig. Außerdem heißt es, wir hätten keinen Fischschwanz, sondern Beine und wie unpraktisch das wäre, kannst du dir bestimmt vorstellen, oder? Mit unseren Schwänzen und Flossen können wir uns viel schneller fortbewegen. Du siehst also, wieviel Wahrheit in euren Märchen steckt.«

Ich wagte kaum zu fragen und war mir auch nicht sicher, ob ich die Antwort wirklich wissen wollte. In meinem Kopf drehte es sich schon wieder.

»Wenn euer Vater ein Gott ist und es die Hydra und Herakles wirklich gab, was ist dann mit den anderen Mythologien? Zeus oder Athene oder Sisyphos?« Ich sollte mir nichts vormachen, die Antwort lag auf der Hand, aber ich musste es hören, um es wirklich glauben zu können.

»Was soll mit denen sein?«, fragte Halie unwirsch. »Die haben sich schon vor Jahrhunderten von uns abgewandt. Sie behaupten, die Erde sei ihnen zu langweilig geworden, aber ich glaube, dass sie einfach Angst haben vor euren neuen Technologien und Gerätschaften. Aber wir sind doch der beste Beweis, dass man sich keine Sorgen machen muss. Immerhin hat uns noch keiner entdeckt. Es ist schon ein bisschen langweilig geworden, seit wir uns verstecken müssen. Früher hatten wir mehr Spaß, als die Menschen noch naiv waren.«

Jetzt wurde mir tatsächlich schwindelig und ich ließ mich auf einem großen Stein nieder.

Es gab sie also alle. Hades, Poseidon, Aphrodite, Achilles, Hermes... Die ganzen verrückten Geschichten.

Das Gefühl keine Luft zu bekommen erdrückte mich und wie ich da auf dem Stein saß, hatte ich das Gefühl von einer schweren Last nach unten gedrückt zu werden. Das war so ungefähr das Verrückteste, was einem passieren konnte, oder nicht? In eine Welt einzutauchen, von der ich gedacht hatte, sie sei bloß erfunden, war das eine, aber zu erfahren, dass all die Mythen und Überlieferungen der alten Griechen Wirklichkeit waren und stattgefunden hatten, war etwas ganz anderes.

Aber hatte ich tatsächlich geglaubt, dass es nur Nereïden gab und all die anderen Gottheiten nicht existierten? Nicht wirklich, Yara.

Doch meine Gedanken waren überlastet gewesen, mit der Frage, wie ich in all das hineinpasste.

»Ja... Nun... Und, wo sind sie denn jetzt alle?«

Halie zuckte mit den Schultern. »Kommt drauf an, wen du meinst. Einige leben noch hier. Zum Beispiel die Najaden und die Oreaden leben noch in Grotten, Höhlen und Seen, geschützt durch uralte Magie. Auch ein Paar der Ungeheuer sind noch hier, wie die Hydra oder die Skylla und Charybdis, die in der Meeresenge bei Sizilien gefangen sind. Vater und Okeanos halten sie dort, da sie zu gefährlich sind und unsere Existenz verraten könnten, sollte ihnen jemand begegnen. Obwohl dieser jemand vermutlich ziemlich schnell tot wäre.« Sie kicherte.

»Wer sind Skylla und Charybdis?«

»Das sind zwei Meeresungeheuer. Richtig fiese Biester, sage ich dir. Fast so schlimm wie Helena.« Halie schüttelte sich bei dem Gedanken an die Wesen.

Mir schnürte es beim Klang ihres Namens die Kehle zu. Hier,

an diesem Ort, war es viel einfacher an all das zu glauben und das kalte Gefühl, das seit Wochen in meinem Inneren festsaß, wurde größer, je näher ich ihr kam. Helena...

Mir fiel wieder ein, was ich über die zwei Meeresungeheuer gelesen hatte. Laut Homer hausten sie auf zwei gegenüberliegenden Felsen und fraßen alles, was ihnen zu nah kam. Die Skylla hatte den Oberkörper einer jungen Frau, aber aus dem Unterleib wuchsen ihr sechs Hundeköpfe und zwölf Hundebeine. Charybdis hingegen, wurde als gestaltenloses Wesen beschrieben, das drei Mal am Tag das Meereswasser einsaugte, um Schiffe und ihre Mannschaft zu fressen. Halie hatte gesagt, sie seien fast so schlimm wie Helena und ich fragte mich unwillkürlich, was das heißen mochte. Erneut zog sich mein Magen zusammen. Wie Halie zuvor, durchfuhr mich ein schneidendes Gefühl von Angst und ich schüttelte mich.

»Und was ist mit den anderen Göttern? Hades oder Aphrodite?«, fragte ich schnell, um auf andere Gedanken zu kommen.

»Was weiß ich, vermutlich verkriechen sie sich im Olymp oder in einer Zwischenwelt. Sie interessieren sich nicht für uns und wir uns auch nicht für sie.«

»Halie, sprich nicht so!«, ermahnte sie Pronoe.

»Was denn? Sie können uns ja wohl kaum hören«, erwiderte sie trotzig.

»Trotzdem sprechen wir nicht so über sie«, fauchte Pronoe.

Bevor sie und Halie weiter streiten konnten, hob Galene eine Hand.

»Ruhig, Schwestern. Dafür ist keine Zeit. Wir müssen sofort zu Vater.«

Ihr Blick war hart, als sie die Arme vor der Brust verschränkte und ihre Schwestern musterte. Pronoe hielt dem Blick stand, doch dann wandte sie sich der Tür zu und schwamm voraus.

»Komm, Yara. Vater wartet auf dich.«

KAPITEL 19

Hippokamp - Fabelwesen, vorne Pferd, hinten ein Fisch, Zug-
und Reittier der Nereïden

»Soll ich mich verbeugen, wenn ich vor eurem Vater äh... schwim-
me?«

Wieder drängte sich die Frage auf, wie ich mich eines Gottes gegenüber verhalten sollte. Was sagte man oder sagte man nicht?
Durfte ich ihm in die Augen schauen, ihn persönlich anreden?

»Das kannst du machen. Aber Yara, vergiss nicht, er ist auch dein
Großvater. Du gehörst zu unserer Familie«, erinnerte mich Pronoe.

Familie? Natürlich. Ich Hornochse! Ich stoppte mitten in der
Bewegung und starrte die drei Nereïden abwechselnd an. Wieso
war mir das bisher entgangen?

»Ihr... Ihr seid meine Tanten!«, rief ich aus. Und plötzlich fühlte
ich mich ganz warm und weich, denn diese drei Frauen waren
meine Verwandten. Meine Familie. Ich war gar nicht so alleine auf
der Welt, wie ich mein Leben lang gedacht hatte. Tränen stiegen
mir in die Augen und ein dicker Kloß bildete sich in meinem Hals.

Familie. Du gehörst zu unserer Familie.

Wie wundervoll es war eine Zugehörigkeit zu haben und jemanden seine Familie nennen zu dürfen. Ich schniefte. Und wenn ihr
Vater mein Großvater war, dann war die Frau, die entführt worden war, meine Großmutter. Ich presste die Lippen aufeinander
und gab mir Mühe, mich zu beherrschen. Meine Gefühlsausbrü-
che waren ja bekanntlich etwas ungestüm. Auch wenn ich die Frau

überhaupt nicht kannte, war sie doch meine Großmutter. Das weckte zum ersten Mal den Wunsch in mir, wirklich helfen zu wollen. Auch wenn das ein kleines bisschen egoistisch war, aber ich hatte jetzt einen persönlichen Grund für diese Mission. Halie drückte meine Hand und nickte mir zu.

»Wir sind deine Familie.«

Von all den Dingen, die ich bislang erfahren hatte, war diese das wundervollste und großartigste. Eine Familie. Unglaublich.

Den ganzen Weg durch den Palast lächelte ich vor mich hin und betrachtete die drei Frauen mit einem ganz neuen Blick.

Sogar die Angst vor dem, was mir bevorstand, konnte diese Glückseligkeit in meinem Inneren nicht überschatten.

Der Raum, in den ich gebracht wurde, befand sich hoch oben in einem der Türme und war offen. Aufragende Säulen teilten die Fenster und gaben den Blick auf die Stadt unter uns frei. Es musste der Thronsaal sein, denn am hinteren Ende führte eine Treppe auf ein Podest, auf dem zwei Throne standen. Girlanden aus Perlmutt und Perlen hingen von den Decken und schaukelten sanft im Wasser hin und her, während wir warteten.

Keine fünf Minuten vergingen, bis die Flügeltüren hinter uns aufflogen und ein großgewachsener Mann hereinkam. Sein Haar war kupferrot und im Nacken zurückgebunden, die Augen, um die sich kleine Fältchen zogen, blickten ernst und waren doch voller Güte. Seine ganze Körperhaltung strahlte eine solche Macht und Kraft aus, dass ich unwillkürlich zurückwich und mich gerne hinter Halie versteckt hätte. Seine Ausstrahlung hatte etwas von Tausend Sonnen und war so eindrucksvoll, dass ich mich auch Jahre später noch an diesen ersten Moment erinnern würde.

Als er sprach, erfüllte seine Stimme den ganzen Raum, war alt und jung, sanft und wild zugleich. Der kräftige Bass rührte an etwas in mir, etwas das hinter einer Tür verborgen lag und unbedingt nach draußen wollte.

»Da bist du ja endlich. Welch eine Freude dich zu sehen, auch wenn die Umstände nicht furchtbarer sein könnten. Aber dennoch heiße ich dich hier in unserem Heim willkommen und freue mich außerordentlich dich zu sehen, junge Yara. Komm doch zu mir und nimm Platz, dann können wir uns unterhalten.«

Er bewegte sich beim Reden nicht und auch sein Haar schien völlig festgefroren, als könnte nicht einmal die Willkür des Wassers ihm etwas anhaben. Er war beeindruckend.

»Komm«, wiederholte er. Seine große Hand wies auf eine der steinernen Bänke an der Wand und nach kurzem Zögern ließ ich mich darauf nieder. »Ich wünschte, wir hätten mehr Zeit uns besser kennenzulernen. Das letzte Mal, als ich dich sah, warst du so klein wie eine Puppe. Und genau so süß.«

»Was? Wann sind wir uns begegnet?«, rief ich aus. »Majestät«, fügte ich rasch hinzu.

»Bitte, nenn mich Nereus, liebe Yara. Wie die Zeit vergangen ist. Das letzte Mal, als ich dich sah, warst du noch so klein, dass ich dich im Arm wiegen konnte. Du warst ein winziges Püppchen und so süß, mit deinen Grübchen. Aber schon damals warst du deiner Mutter wie aus dem Gesicht geschnitten. Außer diese braunen Augen, die hast du von deinem Vater. Ich habe dich nur ein einziges Mal gesehen und selbst da war es eine gefährliche Situation. Aber ich musste dich mit eigenen Augen sehen, als meine Tochter uns berichtete, sie habe ein Mädchen geboren. Ich wollte es nicht glauben, aus Angst es könnte nicht wahr sein. Yara, du wurdest lange ersehnt. Schon Jahre vor deiner Geburt, sah ich dich in einer Vision und wusste, du würdest über unser aller Schicksal entscheiden.«

Ich starrte immer noch, obwohl ich diesen Teil mehr oder weniger kannte.

»Ich weiß, dass ich die Prophezeite bin. Davon habe ich bereits gehört. Aber ich verstehe es nicht wirklich.«

Ein sanftes Lächeln umspielte seine Lippen, das genauso entwaffnend und einzigartig wie seine Ausstrahlung war. Er schien den ganzen Raum mit seiner Präsenz zu erfüllen. Ich war wie gebannt von ihm und konnte verstehen, weshalb seine Familie und sein Volk ihn so verehrten.

»Ich werde dir erzählen, was du wissen musst. Aber verzeih, wenn ich zur Eile treibe. Es liegt mir nichts ferner, als dich unvorbereitet und unwissend wie du bist, in die Gefahr zu schicken. Aber aus Gründen, die du noch nicht kennst, bist du die Einzige, die meine geliebte Frau und meine wunderbaren Töchter befreien kann.«

Ein Schatten huschte über sein Gesicht und er sah mit einem Mal viel älter aus.

»Ich nehme dich mit in die Bibliothek. Dort kannst du lesen, was einst niedergeschrieben wurde. Danach beantworte ich deine Fragen.«

Obwohl ich die Zeilen bereits mehrere Male gelesen hatte, begriff ich noch immer nicht, was dort geschrieben stand. Die steinerne Tafel, die auf einem Altar ausgestellt lag, war in etwa so groß wie ein gewöhnlicher Grabstein und mir war die Ironie dessen mehr als bewusst.

In jedem Jahrtausend wird zum Fest des Lichts und des Feuers, wenn der Tag am längsten und die Nacht am kürzesten währt und der Schleier zwischen den Welten sich lichtet, dem Meeresvolk ein Mädchen geboren.
Welches zur Stund, wenn Selene der Eos weicht, das Licht von Helios erblicken wird, der fortwährend über sie wacht.
Und das Kind des Meeres und des Landes vermag die Dunkelheit zu vertreiben und den Frieden zu bringen.
Die Eine mit der Gabe des Aiolos und des Poseidon wird unantastbar sein für die, die wir fürchten.

Während ich über die Worte nachdachte, die in die Steintafel gemeißelt waren, blickte ich mich in dem kleinen Raum um und spielte mit dem Ring an meiner Kette. Anders als in jeder Bibliothek, in der ich bisher gewesen war, fand man hier keine Regale vollgestellt mit Büchern, sondern lange Tische aus wuchtigem Stein, auf denen in Reih und Glied verschiedene Steintafeln lagen. Viele lagen blank auf dem Tisch, andere wiederum lagen gebettet auf Seetang oder waren in Korallen gefasst. Abwartend beobachteten mich meine Begleiter, Halie knetete nervös ihre Hände, während sie auf und ab schwamm, Pronoe und Galene hielten sich an den Händen und sahen mich eindringlich an. Erneut beugte ich mich über die Tafel und suchte nach einer bestimmten Zeile. Das Licht war hier nur spärlich und ich kniff die Augen zusammen, um die Worte besser lesen zu können.

»Was ist das für ein Fest, von dem hier die Rede ist?«, fragte ich, immer noch den Text anstarrend. Ich verstand wirklich kein Wort. Wer waren Selene und Eos? Und was sollten das für Gaben sein, von denen hier die Rede war?

»Das Kind des Meeres und des Landes, bin ich, richtig? Aber was heißt den Frieden bringen?«

Nereus kam an meine Seite, er legte einen Finger auf den ersten Satz. »Hierbei handelt es sich um die Sommersonnenwende, die im Juni stattfindet. Meist um den einundzwanzigsten herum. Es heißt, dass die Prophezeite, du, an diesem Tag, wenn die Sonne aufgeht und sich Eos, die Morgenröte, zeigt, das Licht der Welt erblickt. Die Götter Helios, Selene und Eos sind Geschwister und folgen einander auf ihrer Fahrt über den Himmel. Eos, die Morgenröte, geht voraus, darauf folgt Helios, der den Sonnenwagen über den Himmel lenkt, den Abschluss bildet Selene, die Mondgöttin.« Sein Finger wanderte über die Tafel und deutete auf die vorletzte Zeile. »Das hier bedeutet, dass die Prophezeite die Macht haben wird, uns vor Helena zu retten...«

Ich schüttele verwirrt den Kopf über diese Worte. Wie sollte so etwas denn möglich sein?

»Erklär mir bitte noch einmal, was Helena von euch will?«

Der Meeresgott strich sich über seinen dichten Schnurrbart und sah mit einem Mal um Jahre gealtert aus.

»Ich habe vor vielen, vielen Jahren einen großen Fehler begangen, für den meine Familie und mein Volk bis heute bezahlen müssen. Helena sehnt sich nach Rache, Yara. Dafür, dass ich mein Versprechen ihr gegenüber nicht gehalten habe. Sie wird nicht eher ruhen, bis sie meine Linie ausgelöscht hat. Sie hat bereits einige Male bewiesen, dass sie dazu in der Lage ist. Einige meiner Töchter sind verschwunden und nie wieder zurückgekehrt.«

Ich biss mir fest auf die Unterlippe. Natürlich hatte Helena Verbündete an Land. Ob auch er... Nein! Ich verbot mir jeden Gedanken daran.

»Sie bedroht also nicht meine Welt? Nun, nicht die Menschenwelt, meine ich«, fragte ich leise und warf den drei Nereïden einen entschuldigenden Blick zu. Dennoch musste ich nochmal hören, dass meine Freunde zu Hause in Sicherheit waren.

Nereus schüttelte langsam den Kopf und ein Gefühl der Erleichterung durchflutete meinen Körper, das aber durch Nereus nächste Worte wieder weggewischt wurde.

»Aber macht es das besser?«

Bei seinen Worten fühlte ich mich augenblicklich wieder schuldig. Auch seine Familie waren Lebewesen und nicht weniger wert als die an Land. Außerdem war dies auch meine Familie und der Wunsch, ihr zu helfen, wurde stärker als die Angst vor dem Unbekannten, stärker als die Angst vor dem Wesen, das mich erwartete.

»Aber wenn sie euch alle vernichten will, woher weißt du dann, dass sie noch am Leben sind?«

»Ich spüre, dass sie noch leben, Yara. Ich weiß es!«

»Was für Gaben sind das? Und wer ist Aiolos?« Wenigstens Poseidon kannte ich.

»Die Götter Aiolos und Poseidon verfügen über mächtige Gaben. Aiolos ist der Gott der Winde und Poseidon herrschte einst über das Meer und ebenfalls über den Wind.«

»Soll das bedeuten«, unterbrach ich ihn. »Das die Prophezeite die Winde und das Wasser beeinflussen kann?«

Mir entzog es jegliche Kraft und ich schwankte, als Nereus nickte und meine Ahnung damit bestätigte.

»Aber ich bin die Prophezeite!«, rief ich überfordert. Mein Herz schlug schnell in meiner Brust vor Aufregung und Angst.

Hinter uns räusperte sich Pronoe leise und wir drehten uns zu ihr um.

»Du vergisst, was nun schon zwei Mal geschehen ist«, sagte sie auf ihre leicht gestelzte Art. »Zwei Mal hast du unkontrolliert deine Kräfte freigesetzt, wenn du Angst hattest oder sehr emotional warst.«

Eine der Nereïden, die uns begleitet hatte, keuchte auf und sah mich mit großen Augen an. Unter den gespannten Blicken der anderen fühlte ich mich unwohl und biss mir auf die Unterlippe.

»Beide Male waren ihre Ausbrüche gewaltig. Erinnert ihr euch an damals in der Höhle?« Halie blickte ihre Schwestern an.

»Die Gabe in ihr ist sehr stark. Und sie weiß nicht damit umzugehen. Vater, es wäre gefährlich, sie so gehen zu lassen.«

»Uns bleibt aber auch keine Zeit sie zu unterrichten«, erwiderte er.

»Bevor wir das klären, können wir bitte noch einmal über die Prophezeiung sprechen? Ich verstehe sie immer noch nicht. Vor allem nicht, warum gerade ich Helena besiegen kann. Das ist es doch, worum es geht, nicht wahr? Ich soll sie töten.«

Ohrenbetäubende Stille erfüllte den Raum. Keiner schien meine Aussage bestätigen zu wollen, doch das war auch nicht nötig. Ich wusste, dass zwischen den verwirrenden Sätzen genau das stand. Ich sollte Helene töten!

»Aber was macht mich so besonders? Außer diesen Kräften, meine ich.«

»Alles an dir ist besonders und vor allem dein Blut. In deinen Adern fließt das Meer, aber dank deines Vaters auch das Land. Und Helena kann dir deswegen nichts anhaben, sie spürt deine Gegenwart nicht und kann dich nicht berühren. Deswegen bist du die Einzige, die über sie siegen kann. Sie hat ihre Menschlichkeit und alles, was damit zusammenhängt, vor langer Zeit aufgegeben. Nun ist sie eine Meerhexe voll dunkler Magie, aber dir kann sie nichts anhaben!«

Ich vergrub das Gesicht in den Händen, denn das alles drückte ankerschwer auf meine Schultern. Eine Meerhexe mit dunkler Magie, gegen die niemand etwas ausrichten konnte, wartete irgendwo auf mich. Mein Puls hämmerte in meinen Ohren, so schnell schlug mein Herz, als wolle es seinen Käfig sprengen und fliehen. Ich dachte an Mister Bradburys Frau, die ihre Tochter nicht opfern wollte und lieber geflohen war, um sie zu schützen. Ich atmete ein paar Mal tief durch und versuchte die Panik zu bezwingen, die in mir aufkochte.

»Deine Mutter entschied damals, als sie auf deinen Vater traf und sich in ihn verliebte, das Opfer auf sich zu nehmen und an Land zu gehen. Doch vor ihr meldeten sich andere Töchter freiwillig, sich mit einem Menschen zu paaren. Jede einzelne wurde ermordet.« Nereus Stimme zitterte leicht bei seinen letzten Worten.

»Wir wissen, dass Helena dahintersteckt. Sie hat von der Prophezeiung erfahren und alles unternommen, um die Geburt einer Tochter zu verhindern«, erzählte Galene weiter. »Sie hat Verbündete an Land, die trotz jeder Maßnahme und jedem Schutzbann am Ende auch deine Mutter fanden. Du hättest sterben sollen, aber etwas ist schief gegangen und du bliebst am Leben. Keiner weiß, was geschehen ist, aber du hast überlebt. Und das ist ein großes Glück, da nur einmal in jedem Jahrtausend eine Tochter geboren werden kann.«

»Wäre ich damals gestorben, hättet ihr ein weiteres Jahrtausend warten müssen? Aber das ist total verrückt.«

»So ist es nun einmal. Wir können es nicht ändern. Hast du noch Fragen, Yara?«

Ja, hatte ich. Hunderte, tausende.

»Was genau ist denn jetzt meine Aufgabe? Soll ich Helena töten?«

Halie sah mir meine Besorgnis an, denn sie griff nach meiner Hand.

»Im Grunde geht es darum, wie du selbst schon festgestellt hast. Doch du bist dazu noch nicht bereit. Vorerst bitte ich dich um deine Hilfe, damit wir meine Frau und Töchter befreien können.«

»Entschuldigung, aber du meinst, damit *ich* sie befreien kann. Nicht wir. So ist es doch, oder?«

Halie drückte fest meine Hand, doch leider beruhigte es mich in diesem Moment nicht. Wieder schwieg Nereus sich aus und ich holte tief Luft.

»Es macht mich nicht gerade glücklich diese Prophezeite zu sein, aber ich werde euch helfen.«

Ich sprach schnell, um es hinter mich zu bringen. Meine Hände zitterten, so dass ich sie zu Fäusten ballte und Halies Finger fast zerquetschte, doch sie ließ meine Hand nicht los. Mein Herz raste. Schnell. Schneller. Viel zu schnell.

Bleib ruhig, flehte ich mich selbst an. Nicht durchdrehen.

Doch es half nichts. Mein Puls beschleunigte sich und etwas in meinem Inneren flackerte auf und drängte nach draußen. Krampfhaft kämpfte ich dagegen an. Nicht jetzt, nicht hier. Bitte.

Ich zwang mich, tief und beruhigend zu atmen.

»Ich werde darüber nachdenken, was wir tun können, um dich vorzubereiten. Später beim Essen, werde ich meine Entscheidung verkünden. Bis dahin möchte ich, dass du dich ausruhst. Du brauchst bald all deine Kraft. Noch einmal, ich bin wirklich froh, dich hier zu haben und das nicht nur weil ich, weil wir, dich brauchen.« Er lächelte mich kurz an und rauschte dann aus der Bibliothek, während ich immer noch versuchte meine Angst zurückzuhalten.

KAPITEL 20

Aiolos - Windgott, verheiratet mit Eos und Herrscher über die Winde der Himmelsrichtungen

Die Müdigkeit nahm mich, auf dem Weg durch den Palast, sanft in ihre Arme und es fiel mir zunehmend schwerer, den anderen zu folgen, während sie mich durch endlose Korridore und Treppen hinauf und hinab führten. Meine Arme und Beine waren taub von der Anstrengung zu schwimmen, zudem belasteten mich all die Dinge, die ich erfahren hatte. Ich gewöhnte mich nur langsam an den Gedanken, dass ich nicht einfach Yara sein konnte, sondern dass ich zu etwas bestimmt war und eine Verantwortung zu tragen hatte. Das hieß aber nicht, dass ich damit schon so richtig zurechtkam. Doch es schien, als blieb mir dafür auch nicht viel Zeit. Ich sagte mir, dass es nichts brachte zu jammern und ich einen kühlen Kopf bewahren musste.

Was war das denn auch schon, die Prophezeite zu sein und DIE gefährlichste Meerhexe aller Zeiten vernichten zu müssen?

Dieses Durcheinander raubte mir die letzte Kraft und als Pronoe mich sanft in ein Zimmer schob, ließ ich mich willenlos von ihr führen und sank mit geschlossenen Augen auf ein weiches Lager. Das letzte, was ich wahrnahm, war eine Hand, die mir die Haare aus dem Gesicht strich und eine Stimme, die leise sang. Dann umfing mich der Schlaf.

Etwas kitzelte mein Ohr. Ich zuckte mit der Schulter, um es zu vertreiben und öffnete die Augen einen Spalt. Erschrocken schrak ich zusammen.

»Halloooo«, flötete eine Stimme.

»Was zuuuuum ...«, ich fuhr hoch und beäugte das Wesen vor meinem Gesicht. Ein Seepferdchen. Ein gelbes Seepferdchen von der Größe meines Unterarms schwebte vor meinem Gesicht und starrte zurück.

»Du sprichst?«

»Immerhin schnarche ich nicht so laut wie du«, gab es zurück.

»Ich schnarche nicht.«

»Aber hallo schnarchst du. Wie ein Buckelwal.«

Ich legte den Kopf schief. »Wer bist du eigentlich?«

»Ich heiße Augustin.« Es rollte seinen Greifschwanz ein und aus.

»Yara«, sagte ich gähnend und rutschte aus dem Bett.

»Das weiß ich doch schon längst, Füßchen. Ich bin hier, um dich aufzuwecken. Seine Majestät erwartet dich.«

»Wunderbar«, stöhnte ich und blickte mich zum ersten Mal richtig im Raum um. Er war klein, kreisrund und aus der Decke und dem Boden wuchsen interessante Steinformationen, die an Stalaktiten und Stalagmiten erinnerten. Sie glitzerten und schimmerten sanft im Licht einer dieser kleinen, goldenen Lichtkugeln. Auch hier hingen Girlanden aus Perlmutt und Muscheln wie Windspiele von der kuppelartigen Decke und schwangen sanft hin und her, fingen das Licht auf und warfen kleine Lichtreflexe an die Wände.

Wie es schien, befanden wir uns unter der Erde, denn kein Fenster war in die Wand eingelassen. Das einzige Licht spendete eine kleine goldene Lichtkugel, die zu unseren Köpfen schwebte.

»Wenn du dann soweit bist, Füßchen. Man erwartet dich.« Augustin schwebte in mein Blickfeld.

»Warum nennst du mich so?«

Augustins Schnauze zuckte, während er den Kopf senkte. »Ist das nicht offensichtlich?«

Ich hob die Schultern. »Yara gefällt mir besser. Ich nenn dich ja auch nicht Schnäuzchen.«

Augustin wandte sich mit einem Tröten von mir ab und segelte elegant aus dem Zimmer.

»Du brauchst jetzt nicht beleidigt zu sein«, rief ich ihm nach.

Nach kurzem Zögern folgte ich dem Seepferdchen in den Gang, doch es war verschwunden.

»Augustin? Tut mir leid. Komm zurück, bitte.«

Meine Stimme hallte von den Wänden wider, doch er tauchte nicht auf. Einen Augenblick lang dachte ich, er hätte sich auf und davon gemacht, da kicherte es links von mir und ich zuckte unwillkürlich zurück.

Kaum zu erkennen vor der dunklen Mauer, schwebte das Seepferdchen und beobachtete mich mit einem schelmischen Blick.

»Wie machst du das?«, rief ich aus, denn etwas war anders an dem Seepferdchen.

»Was genau?«

»Du weißt, was ich meine. Eben warst du noch gelb und jetzt bist du so braun wie die Wand.«

»Ich weiß nicht, wovon du redest«, kicherte Augustin und wechselte wieder zu seiner ursprünglichen, gelben Farbe.

»Du machst dich über mich lustig«, brummte ich, doch Augustin schwamm schon voraus durch den Gang. Dieser mündete in eine riesige, offene Höhle, die nach untenhin abfiel und auf deren Boden sich unzählige Meeresmenschen aufhielten. Sie saßen auf großen Schwämmen, redeten und spielten ein schachähnliches Spiel, eine Gruppe Meermädchen flocht sich gegenseitig die Haare und sang dabei. Tausende winzig kleine Fische schwebten in der unsichtbaren Strömung über ihre Köpfe hinweg und überall an den Wänden und auf dem Boden wuchsen einzigartige Pflanzen. Staunend betrachtete ich das Schauspiel unter uns.

»Das hier ist der Hof. Von hier aus gelangst du überall hin.«

Augustin deutete mit der Schnauze nach oben auf ein Loch. »Dort kommst du zurück in den Korall-Palast und die Gänge hier führen an unterschiedliche Orte.«

Tatsächlich waren überall Löcher in die Wand gegraben worden und auf eines davon schwammen wir jetzt zu. Es war ein Netzwerk aus Gängen und Höhlen, das sich vermutlich weit unter dem Meeresboden erstreckte. Sie waren fein ausgeschmückt und dekoriert, mächtige Tropfsteinähnliche Säulen reckten sich auch hier aus Decke und Boden und alles glitzerte, schimmerte und funkelte im goldenen Licht. Blumentiere in allen Farben und Formen überkrusteten weite Flächen und bildeten Skelette in den unglaublichsten Formen, dazwischen lugten Seefedern in leuchtendem Violett-Rot hervor.

Im Vorbeischwimmen streckte ich eine Hand nach einer pulsierenden blassroten Anemone aus, deren Tentakel sich in der leichten Strömung anmutig bewegten.

Ein Korallenwächter schoss daraus hervor und schaute mich misstrauisch von der Seite an.

»Die meisten Fische finden hier ihr Zuhause und mögen es nicht gestört zu werden«, riet mir Augustin leise und von da an vermied ich es, eine der Pflanzen zu berühren und hielt auch zum Seegras, über das ich hinwegschwamm, Abstand.

Dann vernahm ich Stimmengewirr in der Ferne, doch konnte kein Wort verstehen, denn sie redeten in einer, mir unbekannten Sprache.

Die Stimmen wurden lauter, bis der Gang um eine Biegung führte und vor einem Vorhang aus Seetang endete, durch den Augustin hindurchschwamm und verschwand. Ich beeilte mich, ihm zu folgen und schob den Vorhang beiseite, um hindurchschwimmen zu können.

Dahinter erwarteten mich etwa zwei Dutzend Nereïden und Meermänner, die an einer langen Steintafel saßen und redeten. Doch bei meinem Eintreten wandten sie die Köpfe und verstummten. Nervös hielt ich inne und starrte zurück, unsicher, was ich jetzt tun sollte, da Augustin es anscheinend nicht mehr für nötig hielt, mir zu helfen.

Da erhob sich Nereus am Kopfende der Tafel und breitete die Arme aus. »Willkommen, meine liebe Enkelin. Bitte komm zu mir.«

Als ich an seiner Seite war, klein neben seiner imposanten Erscheinung, richtete er seine Worte an die Versammelten.

»Meine lieben Töchter und Söhne, mit Stolz möchte ich euch meine Enkeltochter vorstellen. Lange haben wir auf diesen Tag gewartet und es ist mir eine Freude, sie nun endlich bei uns willkommen zu heißen. Doch wird dieses Wiedersehen von einer Tatsache überschattet, die wir nicht länger dulden wollen. Es ist ihre Bestimmung unser Volk aus den Klauen der Meerhexe zu befreien.« An dieser Stelle ging ein Raunen durch den Raum. »Wir alle wissen, was kürzlich geschehen ist und es bedarf keiner weiteren Worte darüber. Es ist Zeit zu handeln. Wir alle werden Yara zur Seite stehen und sie mit bestem Wissen und Können unterstützen. Ich vertraue auf euer aller Unterstützung.«

Nach dieser Rede drehte er sich zu mir und schaute tief in meine Augen. »Ich weiß, du hast Angst, daher frage ich dich hier und jetzt ein letztes Mal: Möchtest du dich der Aufgabe stellen?«

Hatte ich denn eine Wahl? Und wenn, wie könnte ich nein sagen. Natürlich würde ich es tun, doch nach Reden war mir gerade nicht zumute, daher nickte ich nur.

»Ausgezeichnet. Ich habe dir versprochen, dich nicht unvorbereitet auf den Weg zu schicken und werde für dich tun, was in meiner Macht steht. Ich werde dich die nächsten Stunden in der

Magie unterrichten, damit du lernst sie zu verstehen und zu kontrollieren.« Nereus machte eine kurze Pause. »Zusätzlich schenke ich dir Flossen und einen Fischschwanz.«

Dröhnende Stille umgab mich nach diesen Worten.

»Einen... Einen Fischschwanz?«, hauchte ich. Mein Herz klopfte schneller, bei diesen Worten. Bei den Göttern! Einen Fischschwanz!

DAS war endlich mal eine Neuigkeit, die nicht furchterregend oder beängstigend war, sondern schlichtweg cool.

»Einen Fischschwanz!«, jubelte ich und hatte zum ersten Mal das Gefühl, der Druck auf mir würde sich für einen Augenblick lösen.

»Aber Moment, werde ich dann wieder nach Hause können, wenn ich keine Beine mehr habe?«, fragte ich.

Nereus lächelte. »Das liegt bei dir. Es ist deine Entscheidung. Sobald du vollständig an Land bist, wird sich der Schwanz zurückbilden und du hast deine Beine wieder.«

»Cool«, sagte ich mit glänzenden Augen. »Wann kann es los gehen?«

»Dein Tatendrang freut mich, doch jetzt setz dich erst einmal und iss. Du wirst deine Kraft brauchen.«

Die Türme des Korall-Palasts reckten sich, hinter den sanften Hügeln der Palastgärten, der weit entfernten Wasseroberfläche entgegen. Wenn mich die märchenhafte Stadt vorhin in Begeisterung versetzt hatte, faszinierten mich die, mit smaragdgrünem Quellmoos und hellerem Nadelkraut überwachsenen Gärten, mit ihrer ruhigen Atmosphäre noch mehr. Eine Art wilde Symmetrie lag ihnen zu Grunde. Viele der pulsierenden und in der Strömung tanzenden Pflanzen kannte ich nicht, doch sie zogen immer wieder meine Aufmerksamkeit auf sich. Formen und Farben von ungeahnter Schönheit überwältigten mich immer wieder aufs Neue. Es war unglaublich, was die Welt hier unten zustande gebracht hatte.

»Yara. Bist du noch bei mir?« Nereus Worte ertappten mich dabei, wie ich eine kunstvoll geformte Blume bestaunte. Sie erstrahlte in hellen Farben, wie ich sie in der Erdenwelt noch nie gesehen hatte. Sie schien auf meine Bewunderung zu reagieren, schloss und öffnete ihren Blütenkelch im Takt einer Musik, die ich plötzlich in meinem Inneren zu hören glaubte. Ich legte eine Hand über mein Herz und flüsterte ehrfürchtig: »Was tut sie da?«

Der Gott des Meeres gesellte sich zu uns und musterte die Pflanze mit einem kleinen, gutmütigen Lächeln. Es fiel mir nicht schwer, die Pflanze und mich als ein Wir zu betrachten. Sie pulsierte vor Lebendigkeit und schien eine Art Charakter zu besitzen.

»Sie ist eine kleine Charmeurin.« Nereus fuhr sanft mit den Fingern über die großen Bodendecker-Blätter der Blume und die Musik wurde lauter. »Und sie mag dich.«

Er wandte sich mir mit einem strahlenden Lächeln zu.

»Du kannst sie hören?«, fragte ich.

»Natürlich. Ich höre sie alle. Von den Seeigeln bis zu den Kelpwäldern auf der anderen Seite unserer Senke. Weißt du, sie können nur hier unten gedeihen, weil ich es möchte. Normalerweise benötigen sie mehr Sonnenlicht, aber mit Magie ist fast alles möglich.«

Ich staunte und wäre gerne noch länger durch diese wundersame Welt geschwommen, doch Nereus wies mit einer seiner großen Hände zurück auf den freien Platz. »Wollen wir weiter machen?«

»Jetzt fühle in dich hinein, spüre dem Strom nach, der stetig in dir fließt. Die Magie ist wie ein Fluss, der deinem Herzen entspringt und jeden Teil deines Körpers ausfüllt, bereit dir zu gehorchen. Hör auf das Summen, das unter der Oberfläche liegt und lass zu, dass es dich völlig umgibt.«

Ich fühlte den Sand unter meinen Füßen, nahm das leise Gluckern des Wassers wahr und hörte Nereus Stimme, der hinter mir war, doch das war auch schon alles.

Seit einer ganzen Weile stand ich nun mit geschlossenen Augen im Palastgarten und versuchte die Magie in mir zu fühlen und sie herbeizurufen. Doch abgesehen von einem ziehenden Schmerz in meinen Schläfen, war noch nichts Spannendes geschehen und obwohl Nereus mir versicherte, dies sei zu Beginn nicht unüblich, zweifelte ich an mir.

Was war, wenn ich nicht in der Lage war, meine Kräfte zu entfesseln und die damit verbundenen Gaben zu nutzen? Dann war ich unbrauchbar, eine Niete, eine Versagerin und meine Großmutter und ihre Töchter würden auf ewig in Gefangenschaft bleiben. Mit einer so kläglichen Prophezeiten wie mir hatte Helena schon gewonnen. Mein Herz schlug wild vor Verzweiflung. Konnte es sein, dass das kurze Aufflackern von Magie in der Vergangenheit alles war, was ich zustande brachte?

Die Angst trieb mir die Tränen in die Augen, brachte mein Blut in Wallung und pumpte es mit Hochdruck durch meine Adern. In meine Ohren rauschte es immer lauter, bis ich Nereus kaum noch verstehen konnte, meine Hände zitterten und meine Lippen bebten. Die Angst krallte sich in mein Herz. Und da zerbarst endlich eine Blase, die unendlich Tief in meinem Inneren verankerte gewesen war, in tausend Teile, aus der die Magie heraussprudelte und meinen ganzen Körper durchströmte. Meine Fingerspitzen kitzelten und ein Prickeln lief über meinen Körper, der die Magie willkommen hieß, ihr zujubelte. Doch noch war die Kraft roh und gewaltig und hatte mich eisern im Griff. Das Wasser begann zu brodeln, die Strömung wurde heftiger, zog an meinen Haaren und drohte mich von den Füßen zu reißen. Die Magie lockte mich, tiefer einzutauchen, ihr zu vertrauen und ihr die Kontrolle zu überlassen. Nebel verhüllte meinen Geist, lähmte meinen Widerstand, bis ich beinahe nachgegeben hätte.

»Du musst sie unter deine Gewalt bringen, zwing sie dir zu gehorchen. Befiehl ihr sich zu beugen!«

Nereus Stimme hallte laut über den Platz und brachte mich zu mir selbst zurück. Ich stieß einen Schrei aus und kämpfte gegen den Wunsch an, mich fallen zu lassen. Mit zusammengebissenen Zähnen, sträubte ich mich gegen die überwältigende Magie und schob sie aus meinem Kopf. Eine Ader an meiner Schläfe pochte vor Anstrengung. Der betäubende Nebel lichtete sich ein wenig und ich fühlte, was ich tun musste. Ich gebot mir selbst, mich zu konzentrieren, lauschte auf das Vibrieren in mir und griff danach. Dieses Mal tauchte ich freiwillig hinein in den Strom aus Magie und blieb bei klarem Verstand. Vor meinem inneren Auge tobten wirre Stränge blanker Magie umher, schossen in alle Richtungen und veranstalteten ein solches Durcheinander, dass mir beinahe schwindelig wurde. Vorsichtig zupfte ich an der Magie und sie reagierte sofort auf mich. Ich befahl ihr, ruhiger zu werden, damit ich sie erforschen und erspüren konnte und sie gehorchte widerwillig. Zu einem schillernden Fluss aus purem Gold vereinigt, pulsierte die Magie in mir, als habe sie die ganze Zeit nur darauf gewartet, dass ich sie befehligte und ein berauschendes Gefühl überflutete mich so heftig, dass mir der Atem stockte. Es war unglaublich! Ich konnte in jeder Zelle die Magie spüren. Wie sie sich bewegte, hin und her floss und nur darauf zu warten schien, einen Befehl von mir auszuführen.

Zitternd öffnete ich die Augen und blickte in Nereus stolzes Gesicht.

»Nun kannst du versuchen, deine Magie einzusetzen. Probier es einmal. Aber sei nicht enttäuscht, wenn dir wieder die Kontrolle entgleitet.«

»Was soll ich machen? Was kann ich denn machen?«, fragte ich zurück.

»Finde es heraus. Nur so lernst du, damit umzugehen.«

Fein, dann eben so. Ich überlegte, was ich versuchen sollte. Vorhin, beim Abendessen, war es mir gelungen, Halie einige Antworten zu entlocken. Nereus Erklärung zu den Gaben, die ich angeblich besitzen sollte, waren nicht ausreichend gewesen und so hatte ich Halie ausgequetscht. Ich wusste jetzt, dass ich, mit einiger Übung, tatsächlich das Wasser beeinflussen konnte. Genauso wie die Luft. Es hatte mir einen ziemlichen Schrecken eingejagt, dass ich dank der Götter Poseidon und Aiolos in der Lage sein sollte, starke Stürme herbeizurufen. So eine Kraft zu besitzen, erschien mir ziemlich gruselig, um ehrlich zu sein. Doch Halies Tipp Wasser und Luft zu vereinen, brachte mich jetzt auf eine Idee. Erneut schloss ich die Augen und griff nach der Magie. Eine kleine Anweisung genügte und sie begann durch meinen Körper zu rasen, schoss aufgeregt auf meine Brust zu und bevor ich es aufhalten konnte, explodierte eine Druckwelle aus mir heraus und schleuderte mich weit zurück. Ich wollte schreien, aber der Druck presste auf meine Lunge und unterband jedes Geräusch. Hart schlug ich mit dem Rücken auf und schnappte nach Luft.

»Das nächste Mal«, schmunzelte Nereus über mir, »versuchst du es etwas vorsichtiger. Einverstanden?«

Er bot mir seine Hand an und als ich sie ergriff, zog er mich auf die Beine.

»Es ging alles so schnell. Ich konnte gar nichts mehr machen«, keuchte ich. Aber es hatte geklappt!

»Möchtest du eine Pause einlegen?«

»Nein«, erwiderte ich hastig. Ich wollte lernen und außerdem blieb uns kaum Zeit. Ich musste jede Sekunde nutzen.

Er nickte mir zu. »Versuch die Magie zu lenken, steuere sie durch dich hindurch. Ganz langsam und vorsichtig, damit sie dich nicht übermannt.«

Ich holte tief Luft und beruhigte meine Nerven, um voll konzentriert zu sein. Ich beschwor die magische Kraft herauf und versuchte sie ganz langsam fließen zu lassen und sie bedacht auf mein Herz zuzusteuern. Doch ich hatte es nicht unter Kontrolle.

Sie entglitt mir wieder und raste durch mich hindurch. Die gebündelte Magie knallte aufeinander und entlud sich erneut in einer einzigen heftigen Druckwelle. Wieder wurde ich zurückgerissen, überschlug mich und knallte auf den Boden. Ich stöhnte auf.

Der Meeresgott griff mir unter die Arme und half mir hoch. Doch anstatt enttäuscht zu sein, lächelte er milde, die Augenbrauen amüsiert hochgezogen. »Du bist wirklich sehr stark. Das ist beeindruckend.«

Ich schüttelte den Kopf. »Das ist weniger beeindruckend, als gefährlich.«

»Schau mich an, Yara!«, befahl er. »Du bist etwas ganz Besonderes. Aber jedem, der im Umgang mit Magie nicht geübt ist, passieren kleine Missgeschicke. Versuch es mal mit etwas Kleinerem, etwa das Wasser zu formen. Überleg dir eine einfache Figur, stell sie dir bildlich vor und übertrage deinen Gedanken auf das Wasser. Komm, hab Vertrauen in dich.«

Ich seufzte und dachte an das, was Galene damals in der Höhle gemacht hatte und stellte mir vor, wie die Kugel aussehen sollte und streckte einen Arm aus, während ich meiner Kraft befahl bis in meine Fingerspitzen zu fließen. Meine Hand vibrierte und ein Ziehen breitete sich in die Finger aus, bis die Magie mich durchfuhr. Zähneknirschend versuchte ich die Kontrolle zu behalten.

»Ja, gut so! Öffne die Augen.«

Eine kleine, vollkommen runde Kugel schwebte knapp über meiner Hand. Eine Art schimmernde Membran umgab sie und trennte sie vom Rest des Wassers, so dass sie wie eine Seifenblase aussah. Ich fokussierte meine Gedanken und starrte angestrengt auf die Kugel, dann befahl ich ihr sich in eine Blume zu verwandeln. Erst zitterte die Membran, als würde sie sich sträuben. Ich presste die Lippen aufeinander und lenkte ein bisschen mehr Magie in meinen Arm. Die Kugel zitterte heftiger, doch dann teilte sie sich folgsam, aber sehr langsam, in Blütenblätter. Komm schon, spornte ich mich an. Du kannst das. Langsam schloss sich die Blüte, um sich danach genauso langsam wieder zu öffnen.

»HA!«, stieß ich aus. Da platzte die Blume und ein Knall dröhnte in meinen Ohren wider. Erschrocken zog ich die Hand zurück.

»Ruhig, Yara.«

Ein bisschen fühlte ich mich, wie ein wildes Pferd, das an sein Zaumzeug gewöhnt wurde.

Ich kniff die Augen zusammen und formte wieder eine kleine Blase, die ich nochmal in eine Blüte umformte. Als ich mich sicherer fühlte, veränderte ich die Form zu einem Seestern, dann zu einer kleinen Giraffe und zum Schluss in einen Vogel, der die Flügel spreizte und sich in die Höhen schwang. Ich blickte ihm nach, wie er davonflog und sich auflöste, um wieder mit dem Wasser zu verschmelzen. Ich kicherte vor Freude.

»Ja, sehr gut gemacht, Yara! Nun weißt du im Grunde, wie du deine Kraft gebrauchen kannst. Du wirst viel Übung brauchen und es wird seine Zeit dauern, aber lass dich davon nicht entmutigen.«

Nereus legte seine große, schwere Hand auf meine Schulter, die sich seltsam vertraut anfühlte. »Begleite mich nun bitte zurück in den Palast. Ich habe dir versprochen dich zu verwandeln und wenn du dafür bereit bist, wollen wir beginnen.«

Aber natürlich war ich bereit dafür. Sowas von bereit.

Der Raum befand sich im Palast unter der Erde und war bis auf eine Liege leer. Nereus bedeutete mir Platz zu nehmen.

»Wird es... Wird es weh tun?«

Nereus versicherte mir, dass die Verwandlung nicht schmerzhaft sein würde, denn ich würde von ihr nicht viel mitbekommen. Er würde mir einen Trank verabreichen, dank dem ich in einen tiefen Schlaf fallen würde und erst wieder daraus erwachen, wenn die Verwandlung vollzogen war. Ich fand das nicht besonders erbaulich, mochte ich es doch nicht, die Kontrolle abzugeben und dennoch war ich froh, so wenig wie möglich davon mitzubekommen. Ich starrte hoch an die gewölbte Steindecke und horchte auf mein klopfendes Herz. Trotz der Aufregung und auch der Angst, übernahmen die Gefühle dieses Mal keine Kontrolle von mir. Vielleicht lag es daran, dass ich lernte, mit der Magie in mir umzugehen oder auch einfach nur an dem seltsam schmeckenden Gebräu, das ich eben zu mir genommen hatte. Es war weniger eine Flüssigkeit, mehr eine Mischung aus Rauch und Dampf, die ich inhaliert hatte.

Bevor mich die Besinnungslosigkeit in ein dunkles Loch ziehen konnte, flatterte mein Herz vor Freude. Wenn ich das nächste Mal die Augen aufschlug, waren meine Beine nicht mehr da und ich würde einen Fischschwanz besitzen. Einen richtigen, wahrhaftigen, märchenhaften Fischschwanz. Erwartungsvoll schloss ich die Augen.

KAPITEL 21

Poseidon - Gott des Meeres, Bruder des Zeus, eine der zwölf
olympischen Gottheiten

Nereus saß auf seinem Thron aus Muscheln, der im Licht der
Kugeln sanft glänzte und gab Anweisungen, denen ich versuchte
zu folgen. Doch es fiel mir schwer aufrecht zu bleiben, ich verlor
immer wieder das Gleichgewicht und kippte zur Seite.

»...eine kleine Gruppe Wächter wird euch begleiten, aber ihr
müsst euch so unauffällig wie möglich verhalten. Erregt kein Auf-
sehen. Bleibt unauffällig. Offiziell reist ihr nach Grönland, um an
einer Versammlung mit den Okeaniden teilzunehmen. Dieses Ge-
rücht haben wir verbreitet, da wir sicher sein können, dass sich in
unseren Reihen ein Kuckucksrochen befindet, der die Information
an die Hexe weiterträgt.«

Bei ihrer Erwähnung, durchlief ein Schauer die Versammelten,
zwei der Nereïden rückten näher aneinander und nahmen sich an
den Händen. Ihre Mienen waren nun nicht mehr nur sorgenvoll,
Furcht verzog ihre schönen Gesichtszüge. Mir wurde am ganzen
Körper kalt, bei diesem Anblick. Und meine Angst vor Helena,
wuchs ins Unermessliche.

Ich blickte im Thronsaal umher, außer uns waren nur noch meine
drei Nereïden und eine Handvoll Wächter anwesend. Und natürlich Augustin, der pflichtbewusst an meiner Seite schwebte und alle
paar Sekunden schnaubte, wenn ich wieder um Balance kämpfte.

Heilige Haifischflosse, war das kompliziert. Seit ich vor einer

Weile aufgewacht war, leicht benommen im Kopf, kämpfte ich bei jeder Bewegung um mein Gleichgewicht. Immer wieder trudelte ich davon, kippte nach vorn um oder, im schlimmsten Fall, fand ich mich kopfüber hängend wieder. Es war viel schwieriger mit einem Schwanz zu schwimmen als gedacht und ich hatte zu wenig Zeit mich daran zu gewöhnen. Der Fischschwanz war zwar ein Teil von meinem Körper, aber mein Gleichgewichtssinn schien diese Tatsache gekonnt zu ignorieren. Die untere Hälfte meines Körpers fühlte sich seltsam an, ich spürte weder meine Beine noch Füße oder Zehen, natürlich nicht, sie waren ja fort. Doch dass stattdessen ein dicker, schuppiger Fischleib meine Beine ersetzte, war noch nicht in meinem Kopf angekommen.

Anstatt also elegant mit den Flossen zu schlagen, wie ich es bei den anderen abzuschauen versuchte, eierte ich hilflos in der Gegend herum und war nur dank Halies Hilfe überhaupt in den Thronsaal gelangt. Es war auch nicht sehr hilfreich, dass meine Bewegungen jetzt schneller waren als zuvor und ich kaum noch den Unterwasserdruck spürte, wenn ich mich bewegte. Natürlich gefiel mir mein Schwanz optisch sehr gut, nur praktisch war er ganz und gar nicht. Ein bisschen vermisste ich gerade meine Beine.

»Den Cuniculus bei Malta werdet ihr auf den Delfinen erreichen, danach seid ihr auf euch gestellt. Viel Glück! Yara, ich weiß du schaffst es. Ich habe vollstes Vertrauen in dich.«

Nereus legte seine großen Hände auf meine Schultern und blickte mich eindringlich an.

Aufgrund meiner Lage, stellte ich sein Vertrauen in mich etwas in Frage, denn ich schaffte es nicht mal mich eine Minute gerade zuhalten. Der Fischschwanz zappelte nervös, während ich betete, nicht das Gleichgewicht zu verlieren und mich zu blamieren.

»Augustin wird an deiner Seite bleiben und dich mit Rat und Tat unterstützen.«

Misstrauisch schielte ich zu Augustin. Er war doch nur ein Seepferdchen, ein großes vielleicht, aber doch nur ein Seepferdchen. Oder?

Der Meeresgott verabschiedete sich von seinen Töchtern und mir und kehrte auf seinen Thron zurück.

Jetzt war es also so weit, wir würden aufbrechen.

Halie und Galene zogen mich durch den prächtigen Palast, vorbei an den endlosen Reihen von Spiegeln, bis wir wieder den Vorplatz erreichten, wo uns eine Schule Delfine erwartete. Halie schob mich auf den Rücken eines der Tiere und legte meine Hände um die Rückenflosse.

»Einfach festhalten, den Rest macht sie schon.«

Halie lächelte mir aufmunternd zu. Doch sobald sie mir den Rücken zukehrte, rutschte ich fast vom Rücken des Delfins und klammerte mich fester an dessen Rückenflosse. Augustin stupste mich mit seiner Schnauze an.

»Locker bleiben, Menschenkind. Sie mögen es nicht, wenn man sie zu fest anfasst.«

In diesem Moment wünschte ich mir meine Beine zurück.

»Los jetzt«, befahl eine der Wachen und sein Delfin schwamm voraus. Unsere Prozession setzte sich in Bewegung und ich versuchte irgendwie Halt zu finden, ohne dem Tier wehzutun. Wir umrundeten den strahlenden Palast dieses Mal auf der Nordseite und ich sah unter mir die Stadt glitzern, während wir immer höher stiegen und die Gebäude nach und nach kleiner wurden. Fast hatten wir den Rand der Senke erreicht, als ich einen erstaunten Laut von mir gab.

Ich streckte die Hand vorsichtig aus, um nicht von dem Delfin zu gleiten und deutete auf etwas unter uns.

»Halie, was ist denn das dort unten?«

Unverhohlene Abscheu lag in ihrer Stimme, als sie mir antwortete. »Das dort, ist unsere Müllkippe.«

»Müllkippe?«, fragte ich. »Welchen Müll produziert ihr denn?«

Acht Paar Augen blickten mir nun entgegen. Wir hatten angehalten und jetzt sprach einer der Wachmänner.

»Wir produzieren keinen Abfall. Dieser ganze Müll wird hier angeschwemmt und wir versuchen ihn zu vernichten.«

»Wie, der wird angeschwemmt?«, unterbrach ich ihn.

Mein Blick glitt von ihm zu der Anlage, die sich in alle Richtungen auszudehnen schien und wieder zurück. Dabei konnte ich ein Schaudern nicht unterdrücken, das mir über den gesamten Körper lief.

»Ihr Menschen«, er spuckte das Wort so voller Hass aus, dass ich erneut eine Gänsehaut bekam. »Ihr schmeißt einfach alles dahin, wo es euch passt und schert euch nicht darum, dass es im Meer landet und so unsere Heimat tötet. Ihr verschmutzt eure Umwelt seit Jahrzehnten, aber bis dieses Plastik erfunden wurde, war das für den Ozean und die Meereswesen kaum von Bedeutung. Jetzt ist es eine Katastrophe, die uns über kurz oder lang auslöschen wird. Die Meere rund um Chile und Mexiko sind am meisten betroffen, aber auch hier, nahe der Türkei, ist es schlimmer für uns geworden. Es scheint, als ob die Menschen immer dümmer werden, je länger sie leben. Und wir leiden darunter.«

Fassungslos starrte ich auf die riesige Mülldeponie, die sich unter mir erstreckte. Grauen packte mich, als mir das Ausmaß bewusst wurde. Wie wenig Ahnung ich davon hatte, war erschreckend und ich war mir sicher, dass die wenigsten Jugendlichen ein größeres Bewusstsein für diese Umweltverschmutzung hatten.

»Wie versucht ihr den Müll zu vernichten?«, fragte ich kleinlaut, denn ich wusste, dass auch ich hieran mit Schuld war. Absichtlich oder nicht.

Der Wächter verschränkte die Arme vor der Brust und umklammerte dabei seinen Speer so fest, dass seine Fingerknöchel weiß hervortraten.

»Es gibt ein Bakterium, das Plastik verdauen kann. Aber das ist kaum ein Grund zum Freuen! Denn erstens verdaut es sehr langsam und zweitens animiert das die Menschen doch nur dazu, wieder mehr Plastikmüll zu produzieren. Vater sucht noch nach einer Möglichkeit mittels Magie zu helfen. Aber all dies, kann dem Unheil kaum etwas entgegensetzen. Nichtsdestotrotz sollten wir weiterreiten. Wir haben jetzt andere Dinge zu erledigen.«

Noch lange nachdem wir die Senke verlassen hatten, starrte ich über meine Schulter zurück zu der Mülldeponie. Es war eine grausame Tatsache, die mich nicht losließ. Und doch wusste ich, dass ich jetzt nichts ausrichten konnte. Aber ich schwor mir, mehr auf Dinge zu verzichten, die diese wunderschöne Welt vernichteten, die ich nun kennen und auch lieben gelernt hatte. Die auch irgendwie meine Welt war. Auch wenn ich nur ein Tropfen auf dem heißen Stein war, durfte ich mich nicht zurücklehnen und hoffen, dass andere schon etwas unternahmen. Augustin schmiegte sich sanft an meinen Arm.

»Denk jetzt nicht darüber nach, Füßchen. Es hat keinen Sinn, sich jetzt den Kopf zu zerbrechen. Vor uns liegt eine Aufgabe, die all deine Konzentration benötigt.«

»Wirst du bei mir bleiben?«, fragte ich ihn leise.

»Ja. Immer.«

Wir schwiegen einen Augenblick.

»Und wenn ich wieder zurück nach Hause gehe, darf ich dich dann in ein Aquarium stecken?«

Das Seepferdchen schnatterte und rollte seinen Greifschwanz ein und aus, doch dann verdrehte es belustigt die Augen. Schweigend glitt unsere kleine Gruppe durch das Meer.

»Wir sind da. Alle von den Delfinen. Anemo, du bringst sie zurück, der Rest versammelt sich. Beeilung, bitte.«

Der Wachmann schwamm, mit seinem Speer auf uns deutend, über einem Höhleneingang zwischen zwei Felsen auf und ab. Ich rutschte von meinem Delfin, vergaß dabei aber völlig meinen Fischschwanz und verlor das Gleichgewicht. Hände umfassten meine Arme und zogen mich hoch, hielten mich noch einen Moment länger fest, damit ich Zeit hatte, mich auf meinen Fischschwanz zu konzentrieren. Halie verdrehte die Augen und zog mich zum Felsspalt.

»Einer nach dem anderen. Hecat zuerst. Dann folgen Pronoe, Halie, Yara, dann Galene. Hyrus bildet den Schluss«, bestimmte der Wachmann.

Neben mir räusperte sich Augustin vernehmlich und wenn er gekonnt hätte, hätte er bestimmt die Arme in die Hüften gestemmt.

Der Wachmann seufzte. »Augustin geht mit Yara. Los jetzt!«

Bang beobachtete ich die anderen dabei, wie sie in der Öffnung verschwanden und knetete nervös meine Hände. Ich hatte das letzte Mal nicht vergessen und auch nicht, wie unwohl ich mich danach gefühlt hatte. Einer nach dem anderen wurde von dem dunklen Tunnel verschluckt und fortgespült. Dann war ich an der Reihe. Ich holte tief Luft und tauchte kopfüber in die Dunkelheit ein, bis ich ganz von ihr eingesogen wurde. Ich hörte Augustin neben mir beruhigend summen und griff nach meiner Kette. Und während ich auf das unangenehme Gefühl wartete, nach vorne gerissen zu werden, umklammerte ich Jennas Ring mit der Hand.

Sie hatte ihn mir bei unserem Abschied um den Hals gehängt und gefleht, dass ich zurück kommen würde, denn sie wusste, dass die Meereshexe mir nicht wohl gesonnen war. Jenna von all dem hier zu erzählen, war schwer gewesen. Trotzdem hatte ich es getan und danach weinend neben ihr gelegen. Ich spürte einen dicken Klos in meinem Hals, als ich an sie dachte. Der Moment, in dem wir uns verabschiedet hatten, nicht wissend, wann und ob wir einander je wiedersehen würden, hatte sich in mein Inneres gebrannt. Es würde eines dieser Bilder sein, das man im Schnelldurchlauf sah, ehe man starb. Doch dann wurde ich in der nächsten Sekunde vorwärts geschleudert, überschlug mich mehrere Male und wurde hin- und hergerissen. Ich presste die Arme an den Körper, um nirgends anzuschlagen und unterdrückte die Übelkeit, die sich bei dieser Tortur einstellte. Immer noch hörte ich Augustin irgendwo hinter mir leise summen. Oder war er doch vor mir? Der Moment kam mir wie eine Ewigkeit vor, in der mein Körper sich mehrfach um sich selbst drehte und mein Kopf die Orientierung verlor. Ich presste die Augen zusammen. Endlich spuckte der Kanal mich aus und ich blieb keuchend auf dem sandigen Boden liegen.

Höllisch!

Galene und Hyrus folgten und ich sah mich genötigt wieder aufzustehen. Es war mühsam und ich schaffte es nicht alleine. Pronoe half mir auf, doch ich sah deutlich, dass sie die Stirn in Falten gelegt hatte. Hier standen keine Delfine oder Kutschen bereit und ich verstand, dass es nun zu Fischschwanz weiter ging. Mit mir im Schlepptau würde es bestimmt ewig dauern, bis wir ankamen.

»Ich sag es wirklich nur ungern, aber ich glaube, so wird das nichts«, murmelte ich, nachdem wir ein kurzes Stück geschwommen waren und ich ans Ende der Gruppe gefallen war.

»Sag mal, hast du jetzt magische Kräfte oder nicht?«, schnaubte Halie.

»Was? Ja doch, aber...«

»Dann setz sie doch endlich ein. Du stellst dich an wie eine Kaulquappe, frisch nach dem Schlüpfen.«

»Was Halie eigentlich sagen will, ist, dass du mit Hilfe von Magie deinen Schwanz beeinflussen kannst. Er lässt sich nicht einfach steuern, du musst deine Magie benutzen und deinen Körper damit erfüllen«, half Pronoe mir weiter.

»Warum muss das alles eigentlich immer so kompliziert sein? Geht es nicht auch mal einfach?«

»Wenn du weiter jammerst, binde ich dich an Augustin«, drohte Halie und deutete auf ihn.

Galene lachte, aber Augustin starrte Halie misstrauisch an. »Der da traue ich alles zu«, raunte er in mein Ohr.

»Es ist einfach, Yara. Ich habe doch dabei zugesehen, wie du mit Vater geübt hast. Du warst wirklich gut.«

Mehr oder weniger.

Ich schloss die Augen und stellte mir vor, wie meine Magie durch meinen Körper strömte. Goldene Fäden, die meinen ganzen Körper durchspannten und sich von den Flossen bis zu den Ohrläppchen zogen. Aber ich war zu verkrampft und die Verbindung riss wieder ab. Ich schlug einen ungewollten Salto und wedelte unkontrolliert mit meinem Schwanz, bis ich mich wieder in einer halbwegs aufrechten Position befand. Galene und Pronoe griffen mir unter die Arme und hielten mich fest.

»Schließ die Augen, Nichte, wir halten dich fest. Du musst mehr Vertrauen in dich und dein Können haben. Fühl wie deine Magie durch dich hindurchfließt und dann lenk sie in deinen Fischschwanz und in deine Flossen. Versuch es noch einmal«, forderte Pronoe mich ruhig auf.

Ich tat, was sie sagte und konzentrierte mich ganz auf den Strom in mir, versuchte ihn in die richtige Richtung zu lenken. Kurz schien meine Magie zu zögern, entschied sich dann aber, mir zu gehorchen und ließ sich in meine untere Körperhälfte lenken.

Und dann nahm ich meinen Fischschwanz mit einem Mal richtig wahr, fühlte die schimmernden Schuppen, die sich je nach Strömung bewegten und anpassten, wie die Klappen eines Flugzeugflügels. Ich erspürte die fächerartige Aufteilung der Strahlen in meinen Flossen und die dazwischenliegende Flossenhaut, die sanft glitzerte bei meinen vorsichtigen Bewegungen. Auf halber Länge, dort wo einmal meine Knie gewesen waren, konnte ich den Schwanz nach hinten einknicken und auf einen Impuls hin, ließ er sich drehen und biegen.

Vorsichtiger Optimismus machte sich in mir breit.

Mit einem leichten Flossenschlag glitt ich vorwärts und meine Tanten ließen mich los. Es gelang mir zum Rest der Gruppe aufzuschließen, doch es kostete mich viel Konzentration.

»Wie weit sind wir denn noch entfernt?« Ich holte mit den Armen aus und schlug mit der Flosse, um mit den anderen mitzuhalten.

»Wir sind auf der Höhe von Island. Also liegt noch ein gutes Stück vor uns. Wir müssen weit ins arktische Meer schwimmen. Ihre Festung liegt in der Nähe des nördlichsten Breitengrads und natürlich gibt es da keinen Cuniculi. Wenn bei Nacht der Phoenice aufgeht, wird er uns den Weg weisen.«

»Der wer?«, fragte ich.

»Der Phoenice, meine Liebe.« Ah klar, danke...

»Woher wisst ihr so genau, wo ihre Festung ist?«

»So wie sie weiß, wo unsere Stadt liegt, wissen auch wir, wo sie haust.«

Heute waren sie aber kryptisch. Ich beschloss nicht weiter nachzufragen und lenkte meine Gedanken wieder zu meiner Magie, die nun stetig und kontrollierter durch meinen Körper pulsierte. Ich versank in Gedanken über die Ereignisse, die sich in den letzten Wochen zugetragen hatten und dachte über das Wechselbad der Gefühle nach, das ich erlebt hatte. Denn seit die Erinnerungen zurückgekommen waren, herrschte in mir Chaos, ein Auf und Ab schlechter Gedanken und Erinnerungen, gepaart mit dem Auftauchen einer neuen magischen Welt und der Angst vor dem, was von mir erwartet wurde, die nur durch Jennas Anwesenheit gemildert worden waren.

Ob ich Jenna wiedersehen würde? Um mich von diesen düsteren Gedanken, die von einer schmerzhaften Melancholie begleitet wurden, abzulenken, vertiefte ich mich weiter in die Magie und versuchte sie zu erforschen. Folgte ihr auf dem Weg durch meinen Körper und machte mich mit ihrer unglaublichen Struktur vertraut. Ich konnte die zarte Verbindung, die zwischen uns entstanden war, zwar spüren, an sie anzuknüpfen oder sie gar zu nutzen, bereitete mir aber nach wie vor Schwierigkeiten. Manchmal hörte die Magie auf mich und folgte dem Weg, den ich ihr vorgab. Oft genug wehrte sie sich aber auch gegen meinen Einfluss und ich verstand, dass sie zwar Teil von mir war, aber einen eigenen Willen zu besitzen schien. Einen Willen, den ich zwar nicht brechen, aber überzeugen musste, mir zu vertrauen.

Je weiter wir schwammen, desto eisiger wurden die Temperaturen und die Farben veränderten sich. Eisgrün und gletscherblau schimmerte das Wasser im fahlen Licht der einzelnen Lichtkugeln, die uns begleiteten. Die Szenerie wirkte gespenstisch und verblüffend schön zugleich. Wir schwammen dicht über dem Meeresboden, der von pastellfarbenen Korallenriffen und knubbeligen Schwämmen bevölkert war. Hin und wieder schreckte ein Eisfisch aus seinem Versteck und huschte in die Dunkelheit davon.

Ein leichtes Frösteln überlief mich und mein Körper hatte Mühe sich an die neuen Temperaturen anzupassen. Wir schwammen lange durch das dunkle Nass, das sich in alle Richtungen ausbreitete, ohne Ende und ohne Anfang.

Beinahe hätte ich ein Sind wir bald daha gequengelt, doch dann deutete der Meermann Hecat nach oben.

»Es wird dunkel und Phoenice wird aufgehen.«

Woher er wusste, wann Tag oder Nacht war, wagte ich gar nicht erst zu fragen. Ich hatte jegliches Zeitgefühl verloren und war mir nicht einmal sicher, wie viele Tage seit unserem Aufbruch, von der Westküste der USA, vergangen waren. Zwei, drei? Was meine Adoptivfamilie jetzt wohl machte? Bestimmt drehten sie durch vor Sorge und machten Tante Mel und Jenna die Hölle heiß. Jenna. Mein Herz wurde schwer.

»Bereit machen zum Auftauchen. Über uns ist eine Öffnung im Packeis. Bleibt in Deckung!«

Hecat schoss elegant nach oben, der Wasseroberfläche entgegen. Gleichzeitig erlosch die Lichtkugel und hinterließ völlige Finsternis, in der ich mich beinahe zu fürchten begann, wenn Halie nicht leise auf mich eingeredet und meine Hand ergriffen hätte. Sie zog mich nach oben und ich schlug kräftig mit den Flossen, um den Anschluss zu halten. Wenige Minuten später durchbrachen wir die Oberfläche und kalter Wind wehte um mein Gesicht und ich saugte die bitterkalte Luft gierig ein. Sie stach mir in die Lunge und mein Atem bildete kleine, weiße Wölkchen vor meinem Mund, die nach oben stiegen und eins mit dem nächtlichen Himmel wurden. Innerhalb weniger Sekunden brannte die eisige Luft auf meiner Haut. Sie fühlte sich wie Millionen kleiner Nadeln an, die sich in mein Gesicht und in die Haut an meinem Hals bohrten. Der Ozean, der meinen Körper umhüllte, wirkte jetzt wie ein warmer Mantel und ich tauchte bis zum Kinn wieder ab. Merkwürdig, dass mein Körper sich der Temperatur des Meeres anpasste, aber nicht der über Wasser. Ich schob das in die Kategorie ›Magisch und deshalb nicht logisch erklärbar‹, in der sich auch schon Fragen wie das Atmen unter Wasser befanden. Halie hielt immer noch meine Hand und streckte die andere zum Himmel hoch, der sich pechschwarz wie ein Tuch über uns wölbte. Der Anblick, der sich hier bot, war atemberaubend. Tausende und abertausende Sterne spickten den Himmel von einem Horizont bis zum nächsten. Kleine, hellsilberne Stecknadelköpfe glänzten inmitten der samtenen Schwärze und blinkten zu uns hinab. Sie waren zum Greifen nah, ich musste nur den Arm ausstrecken und sie mit der hohlen Hand schöpfen.

Der Himmel spiegelte sich an den offenen Stellen, zwischen dem Eis, im Nordpolarmeer gestochen scharf wider und erschuf das Gefühl im Sternenhimmel zu baden.

»Das dort ist der kleine Bär«, raunte Halie in mein Ohr. »Wusstest du, dass das Wort Arktis ›Land unter dem Sternbild des Großen Bären‹ bedeutet? Und da oben, im Sternbild des kleinen Bären, steht der Phoenice. Er strahlt am hellsten.«

»Der Polarstern!« Endlich begriff ich.

»Keine Zeit für Sternenkunde, Halie!«, zischte Hecat.

»Dem würde ein heißes Bad auch guttun«, flüsterte sie.

»Das habe ich gehört.«

»Wenn wir uns in nordöstlicher Richtung halten, sollten wir bald die Festung erreichen«, unterbrach Pronoe sie.

Nervosität machte sich in mir breit. Jetzt war es also gleich soweit.

»Und wie geht es dann weiter?«, hauchte ich. Weißer Nebel stieg empor und verlor sich in der unendlichen Weite des Himmels.

Halie zog erneut an meiner Hand und wir tauchten wieder unter. Ich warf einen letzten Blick zum Himmel hinauf. Wann würde ich ihn wiedersehen? Würde ich ihn jemals wiedersehen? Ich hoffte es von ganzem Herzen.

»Wir begleiten dich noch ein Stück. Aber dann musst du es alleine schaffen.«

Panisch starrte ich Galene an. Ich hatte es gewusst, Nereus hatte es mir erklärt, doch so kurz davor, begann mein Herz wie wild zu schlagen.

»Sie wird dich nicht spüren können, wenn du in ihren Schutzkreis eindringst. Aber die Wachen können dich sehr wohl sehen. Du wirst den richtigen Moment abpassen müssen, um hineinzuschlüpfen. Wir wissen, dass die Verliese unterirdisch sind. Aber da die Hexe selten Gefangene nimmt, ist die Anzahl der Verliese überschaubar.«

»Moment! Was heißt sie nimmt selten Gefangene?«

Galene schien tief Luft zu holen. »Sie tötet, Yara. Gefangene zu nehmen, bedeutet für sie, Gnade walten zulassen und so etwas wie Gnade kennt sie nicht.«

Das war doch Wahnsinn. Probehalber kniff ich mir in den Oberarm und da es sehr weh tat, konnte ich mit Sicherheit sagen, dass ich wach war. Wunderbar.

»Wieso hat sie dann Doris und eure Schwestern nicht getötet? Ich verstehe das nicht. Wenn sie keine Gefangenen nimmt, steckt doch mehr dahinter, oder nicht?«

Ich sah die drei einen Blick tauschen, bei dem mir nicht ganz wohl war. Ich hatte das Gefühl, etwas Wesentliches zu übersehen.

»Vermutlich hast du Recht. Aber sollen wir sie deshalb in ihrem Verlies verrotten lassen?«

Es war Halie, die aufbrausend reagierte und mich scharf ins Auge fasste.

»Nein! Natürlich nicht. Entschuldige bitte, Halie. So habe ich es nicht gemeint. Ich mache mir doch nur Sorgen.«

»Das wissen wir, meja venja. Halie möchte nur unsere Mutter und Schwestern in Sicherheit wissen. Wir alle wollen das.«

»Für uns ist es ebenso ein Rätsel, wie für dich, doch wir können nicht zulassen, dass Helena sie weiterhin gefangen hält«, ergänzte Galene leise. »Und wenn es so von Statten geht, wie Vater sich das vorstellt, wirst du die Meereshexe auch nicht zu Gesicht bekommen.«

Immer wenn Galene mit ihrer leisen, sanften Stimme sprach, fühlte ich mich weniger ängstlich. Irgendwie geborgen.

Ich hoffte sehr, dass sie recht hatte. Für eine Begegnung mit der Meerhexe Helena war ich noch nicht bereit, geschweige denn in der Lage, gegen sie zu kämpfen.

Pronoe zog etwas von ihrem Handgelenk und reichte es mir.

Es war ein schmaler silberner Reif, auf dem eine einzelne große Perle saß.

»Das ist ein Familienerbstück. Es besitzt eine besondere Magie, die es aufleuchten lässt, wenn man etwas verloren Geglaubtes sucht und sich in dessen Nähe befindet. Es wird dir den Weg weisen.«

Mir wurde immer flauer im Magen und ich wünschte, ich hätte eine meiner kleinen Beruhigungspillen nehmen können.

»Ich fürchte, sie flippt gleich aus«, warnte Halie. »Tief durchatmen, Yara.«

Arme legten sich um mich und ich kniff fest die Augen zu. Komm schon. Du schaffst das! Es wird schon schiefgehen.

»Augen zu und durch«, sagte ich leise und streifte mir den Armreif über die rechte Hand.

»So ist es gut, meja venja.«

»Was heißt das eigentlich?«

»Das ist meerisch. Es heißt Meine Liebe.« Galene lächelte mir zu, doch es erreichte ihre Augen nicht. In denen las ich stattdessen Sorge und Mitgefühl.

»Können wir weiter?«, fragte Hecat. Ich nickte und schweigend setzten wir unseren Weg ins Ungewisse fort.

KAPITEL 22

Herakles (lat. Herkules) – Halbgott, der für seine Stärke
bekannt ist

Mächtig, wie ein Riese, türmte sich die Festung vor uns auf. Sie thronte auf einer Erhebung des Meeresbodens und wirkte erdrückend und wenig einladend. Beängstigend war das richtige Wort für den Anblick, der sich uns bot. Obwohl wir noch immer weit entfernt waren, spürte ich die Beklemmung, die davon ausging. Ich schlug die Hände vors Gesicht und war froh, mich wieder hinter einer Gesteinsformation verbergen zu können. Der Anblick würde mich noch Jahre in meinen Träumen verfolgen, dessen war ich mir sicher. Mein Herz klopfte wieder schnell und ängstlich in meiner Brust und ich hatte das Gefühl, gleich erbrechen zu müssen.

»Nun trennen sich unsere Wege«, sagte Galene so leise wie der Wind über den Eisschollen. »Wir werden hier auf dich warten. Sei vorsichtig, bitte. Ich würde es nicht ertragen, dich auch noch zu verlieren.«

Mir rutschte das pochende Herz in den Fischschwanz. Oh Götter, nein. Ich war nicht bereit. Meine Hände zitterten so sehr, dass das Wasser in Aufruhr geriet. Halie griff nach meinem Kinn und zwang mich, ihr in die Augen zu schauen.

»Egal was passieren wird: Ich danke dir von Herzen, dass du das hier für uns tust und ich wünschte, ich könnte dich begleiten. Glaubst du mir das?«

Unfähig zu sprechen, nickte ich. Jetzt gab es kein Zurück mehr, es ging nur vorwärts. Ich spähte um den Stein herum und sondierte die Lage. Die Festung war aus dunklem, rauem Stein gehauen und wirkte alt und verwittert. Einzelne krumme Türme erhoben sich wie grausame Fingerglieder in die Höhe. Eine Mauer oder einen Zaun gab es nicht. Wieso auch? Sie hatte einen Bannkreis um ihre Festung errichtet. Da waren Mauern nicht nötig.

»Ich komme da nie ungesehen rein!«

Die anderen tauschten Blicke.

»Was?«

»Mach dir darüber keine Sorgen.«

»Wie soll ich mir darüber keine Sorgen machen?«

Hecat seufzte, dann straffte er die Schultern und erklärte, so sachlich wie möglich. »Es ist nicht nur unsere Aufgabe, euch zu eskortieren.« Mir schwante Übles. »Hyrus und ich haben uns freiwillig für diese Mission gemeldet und es ist unsere Aufgabe, dich sicher in die Festung zu bringen.«

»Das heißt, ihr sollt die Lockvögel für mich spielen?«, rief ich. »Seid ihr völlig übergeschnappt? Da mache ich nicht mit!«

Halie hielt mir den Mund zu.

»Wenn du noch lauter schreist, kannst du gleich an der Tür klopfen und um Einlass bitten, du Frosch.«

»Aber das ist ihr sicherer Tod.« Ich war entgeistert, ungläubig und absolut nicht einverstanden.

»Wir sind uns der Risiken voll bewusst, aber es dient einem höheren Sinn. Es liegt nicht an dir, zu entscheiden.«

Es war das erste Mal, dass ich Hyrus reden hörte. Seine Stimme war dunkel und angenehm. Es tat mir jetzt schon im Herzen weh.

»Nein«, hauchte ich. »Das ist Selbstmord.«

Hyrus schwamm näher, doch er berührte mich nicht, verharrte knapp vor mir und schaute mir eindringlich in die Augen. »Es ist in Ordnung, Yara. Wir hatten lange Zeit, um uns zu arrangieren.«

»Aber was ist mit euren Frauen? Euren Kindern?«, fragte ich.

Wollte denn niemand verstehen?

»Lysianassa und ich haben alle Vorkehrungen getroffen. Und Anima wird es verstehen, sobald sie groß genug dafür ist. Sie werden stolz auf mich sein.« In seiner Stimme schwang so tiefe Liebe mit, dass es mich mitten ins Herz traf und es beinahe brach.

Ich wollte widersprechen, mich zur Wehr setzen, doch bevor ich den Mund öffnete, unterbrach mich Hecat.

»Lass es gut sein. Daran gibt es nichts mehr zu rütteln. Sobald du losschwimmst, werden wir für Ablenkung sorgen.«

Tränen wollten mir über die Wangen rinnen. Meine Finger umschlangen Jennas Ring. Bitte gib mir die Kraft, das durchzustehen.

Hyrus wischte meine Tränen weg, die sich ohnehin schon mit dem Meer vermengt hatten. Doch es ging um die simple Geste und dieses Mal ließ ich zu, dass ein Mann mich berührte.

Ich wandte mich dem zweiten Wachmann zu und ergriff seine Hand. »Ich danke euch von ganzem Herzen.« Hecat erwiderte den Druck meiner Hand.

Als letztes verabschiedete ich mich von meinen drei Tanten und betete, dass ich sie wiedersehen würde.

»Mach keinen Unsinn da drinnen, versprochen?«, sagte Halie leise, als ich sie fest umarmte.

»Versprochen«, antwortete ich, ohne zu wissen, ob und wie ich mein Versprechen halten konnte. In meiner Brust machte sich ein tiefes, schmerzhaftes Loch auf.

»Was ist mir dir, Augustin? Bleibst du auch hier?«

Ich hoffte inständig, dass dem nicht so war. Auf mich allein gestellt, würde ich es nie schaffen. In diese Festung, die mehr einem Gefängnisgebäude glich, hineinzugehen, die anderen zu finden und dann zu befreien, geschweige denn den Weg wieder hinaus zu finden, würde ich nicht alleine schaffen. Außerdem fühlte ich mich mit Augustin auf eine besondere Weise verbunden.

»Habe ich dir nicht versprochen, bei dir zu bleiben? Ich gehe mit dir da rein. Ich bin nur ein Tier, deshalb wird sie mich kaum beachten.« Mir rutschte ein Stein, wenn auch nur ein kleiner, vom Herzen. Doch der Kloß in meinem Hals würde mich ersticken, wenn ich nicht bald etwas tat. Jetzt oder nie...

Ohne ein weiteres Wort schwamm ich los. Ich blickte mich nicht noch einmal zu meinen Gefährten um und schwamm über die kahle und ausgestorbene Ebene hinweg. Weder Fische noch Pflanzen vegetierten hier und es war so still, dass ich mein eigenes Blut in den Ohren rauschen hörte. Ich hatte erwartet von Angst zerfressen zu werden, doch da war nichts. Nichts, nichts, nichts. Eine innere Leere gähnte in mir und ich spürte nur eine allumfassende Taubheit. Ich wusste nicht, ob mir das besser gefiel als blinde Panik. Doch bevor ich weiter darüber grübeln konnte, ertönten laute Geräusche links von mir.

»Sieh nicht hin!«, beschwor mich Augustin. Aber ich musste, ich konnte nicht anders.

Linkerhand, ein ganzes Stück entfernt, schwammen meine Wachen und machten auf sich aufmerksam. Ein Ablenkungsmanöver. Ich konnte nicht verstehen, was sie riefen, doch es schien zu funktionieren. Eine Horde Teufelsrochen bewegte sich auf sie zu. Zielsicher schossen sie knapp über dem Grund entlang, ein dunkler Schatten voller Boshaftigkeit, die ich bis hierher spüren konnte. In Angriffsposition und blitzschnell schlängelten sich Zitteraale aus dem Sand in die Höhe und mir stockte der Atem. Der Stromschlag eines dieser Tiere konnte ein ausgewachsenes Pferd von den Hufen reißen und es damit umbringen. Ich verharrte im Wasser und wagte nicht einmal zu atmen.

»Komm jetzt«, drängte Augustin. »Sonst war alles umsonst!«

Ich wandte den Blick langsam wieder auf die verwitterte Festung vor mir. Ich hatte freie Bahn. Aber was war der Preis dafür? War es richtig, dass sich andere opferten, damit wieder andere leben konnten? War eines dieser Leben mehr wert?

Ein Schauer überlief mich urplötzlich, als wir knapp die Hälfte des Weges hinter uns gebracht hatten und ich betete zu den Göttern, die diese Welt schon vor langer Zeit verlassen hatten, dass Helena mich nicht spüren konnte. Prophezeiung hin oder her, ich war noch nicht lange genug Teil dieser Welt, um überzeugt an einen magischen Schutz zu glauben.

Zügig schwamm ich weiter auf die Außenmauer zu, ließ Helenas Schutzkreis hinter mir und presste mich gegen den rauen Stein, um in ihrem Schatten zu verschwinden. Bisher waren wir noch unentdeckt geblieben. Durch die Taubheit, die wie eine schützende Barriere auf meiner Seele lastete, meldete sich Dankbarkeit für Hyrus und Hecat zu Wort und hinterließ feine Risse in meinem Schutzschild.

»Wie sollen wir da rein kommen?«, formte ich lautlos mit den Lippen und ließ den Blick wandern.

Augustins Augen huschten umher, suchten, dann richtete er seine Schnauze auf einen Punkt, etwa eine Körperlänge über mir. Dort befand sich ein Loch in der Wand. Ein Fenster. Noch immer hörte ich meine Wachen mit den Teufelsrochen kämpfen und uns wertvolle Zeit verschaffen. Ich näherte mich der Öffnung in der Außenmauer und spähte über die Kante hinein. Der Raum dahinter war verwaist und lag in Dunkelheit getaucht vor uns.

Wir hatten unglaubliches Glück, denn der Raum war leer. Doch schon tat sich das nächste Problem vor uns auf: der Weg ins Innere wurde uns von Metallstangen versperrt, die senkrecht und waagerecht im Mauerwerk verankert waren. Und obwohl sie rostig aussahen, saßen sie felsenfest und bewegten sich kein Stück als ich daran zog. Ich biss die Zähne zusammen und zog noch einmal an den Stangen. Dabei rutschte meine Hand ab und die empfindliche Haut am Ballen riss auf. Blut färbte das Wasser rötlich. Augustin keuchte erschrocken auf und hauchte so leise er konnte. »Sie können But riechen.«

Rasch legte ich die Lippen über die Wunde und schmeckte den kupfrigen Geschmack von Blut auf der Zunge. Aber es war zu spät. Blut wölkte sich bereits im Wasser, färbte es für einen Augenblick rötlich, bevor es von der Strömung erfasst und davongetragen wurde. Wieder bekam meine Fassade Risse und ich spürte die alte Panik aufkeimen. Augustins ängstlich aufgerissene Augen verstärkten das Gefühl.

»Magie«, flüsterte das Seepferdchen tonlos.

Entschlossen nickte ich und legte meine Hände auf die Metallstreben. Dann schloss ich meine Augen und mobilisierte die Kräfte, die in mir ruhten. Meine Gedanken wurden von Geräuschen aus unserer unmittelbaren Umgebung unterbrochen. Etwas näherte sich uns. Jetzt fing mein Herz doch an, schneller zu klopfen.

»Beeil dich!«, zischte Augustin.

Obwohl mir klar war, dass Hektik mich nervös und unkonzentriert machte, ließ ich mich von der Aufregung, die seine Stimme färbte, anstecken. Es fiel mir schwer, bei der Sache zu bleiben. Irgendwo, noch außerhalb unseres Sichtfelds, war etwas und es kam uns sekündlich näher. Beeil dich, drängte jetzt auch meine innere Stimme.

Mit flatternden Lidern dachte ich daran, die Metallstreben aus der Mauer zu reißen und dabei so wenig Lärm wie möglich zu machen. Hitze strömte mir durch die Adern. Ich presste fest die Zähne aufeinander, versuchte die Magie zu beherrschen und dann stöhnte Augustin neben mir entsetzt auf. Ich verlor meine mühsam aufrecht erhaltene Konzentration, der Faden zu meiner Magie riss ab und sie explodierte aus mir heraus. Der Stein knirschte laut und bröckelte erst langsam und dann immer schneller. Es war wie eine Lawine. Man konnte dabei zusehen, wie sie immer schneller wurde, bis sie sich in ein zerstörerisches Monster verwandelte. Mein Herz schlug mir bis zum Hals, als die Metallstreben mit einem lauten Krachen aus dem Stein brachen und uns entgegen kippten. In letzter Sekunde griff ich nach dem Gitter und hielt es fest, bevor es nach unten trudeln konnte. Das Gewicht wog ankerschwer und nur mit Mühe und kräftigen Schwanzschlägen konnte ich verhindern, selbst nach unten gezogen zu werden.

»Rein da!«, zischte ich durch zusammengepresste Zähne und war meinem Begleiter dicht auf den Fersen. In der sprichwörtlich allerletzten Sekunde, schlüpften wir durch die Öffnung ins Innere der Festung. In der nächsten, rauschte ein langer Schatten an der Stelle vorbei, an der wir eben noch gewesen waren. Ich fürchtete, jeden Augenblick entdeckt zu werden, doch das Etwas schien dem auffälligen Loch in der Mauer keine Beachtung zu schenken und war an uns vorbei geschwommen, ehe wir uns auch nur versteckt hatten. Noch immer klammerte ich mich an das Metall und sank zu Boden. Meine Schuppen berührten kalten, leicht bemoosten Stein und ich schaute mich zum ersten Mal um.

Der Raum war tatsächlich leer. Völlig kahl. Keine Möbel oder Gegenstände befanden sich hier, nichts außer nackten Steinwänden. Hübsch.

Zu meinem Schrecken stelle ich fest, dass der Raum keine Tür hatte, nur eine weitere klaffende Öffnung, die auf den Flur hinausführte und wir somit für jeden, der über den Flur schwamm, gut sichtbar waren.

Ich hielt mich dicht an der Wand und Augustin spähte vorsichtshalber um jede Ecke, bevor wir weiter schwammen. Hier in den Fluren herrschte ebensolche Grabesstille wie draußen, nicht einmal die Kampfgeräusche drangen in das Innere der Mauern. Von den halbdunklen Fluren ging eine düstere Stimmung aus, die sich auf mich übertrug. Noch immer fühlte ich eine gewisse Taubheit, gepaart mit einem Anflug von Angst, die meine Sinne schärfte.

Ich atmete so flach wie möglich, um in den leeren Fluren keine
Geräusche zu verursachen und bewegte mich beim Schwimmen
so lautlos wie möglich. Ich war dankbar, dass ich schwamm und
nicht lief. Das Wasser verschluckte nahezu jeden Laut, während
Schuhsohlen klappernde Geräusche auf dem Boden gemacht hätten. Augustin hatte seine Farbe an die der Steine in den Wänden
angepasst und verschmolz beinahe gänzlich mit der Umgebung.
Wir irrten eine Zeitlang umher, folgten einem verlassenen Flur
nach dem anderen, ohne einen Weg nach unten zu finden. Oder
nach oben. Diese Festung schien riesig zu sein, jeder Flur führte
endlos lange in eine Richtung und bog dann in den nächsten ab,
ohne dass je eine Treppe in eines der anderen Stockwerke führte.
Und jeder Flur war genauso kahl und öde, wie der vorherige. Licht
sickerte aus den Ritzen zwischen den Steinen wie schimmliges
Moos und war die einzige Quelle, die die Flure in düsteres Licht
tauchte. Sogar meine Haut schimmerte schwach grünlich. Ich warf
immer wieder einen prüfenden Blick auf mein Armband, doch die
Perle blieb, wie sie war. Kalt und glanzlos. Gerade als ich mich
fragte, wie es weitergehen sollte, entdeckten wir im nächsten Flur
endlich einen Gang, der sich nach unten senkte und hinab führte.
Doch auch hier war es dasselbe Spiel. Endlose Gänge, die in die
nächsten übergingen. Langsam wurde ich nervös. Die Flure glichen
einander so sehr, dass ich glaubte, im Kreis zu schwimmen. Keine
Spiegel dienten der Orientierung, nicht ein Bild hing an den Wänden, es war wie einer dieser Albträume, in denen man rennt und
rennt, aber nie von der Stelle kommt. Völlig verwirrt schüttelte ich
den Kopf. Die einzige Unterbrechung der steinernen Monotonie
waren Öffnungen, die in verschiedene Zimmer führten, die wiederum leer standen. Mit der strahlenden Eleganz des Korall-Palasts
hatte dieser Ort hier nichts gemein. Es war kalt, düster und so un-
freundlich, dass ich es im ganzen Körper spürte.

Ich frage mich, wozu dieser riesige Palast überhaupt diente, wenn niemand ihn nutzte. Lebte hier denn keiner? Wachen oder andere Meermenschen? Bei so viel Einsamkeit, würde ich auch verrückt werden. Aber das war völlig nebensächlich, wichtiger war, dass wir endlich das Verlies fanden. Je mehr Zeit wir mit Suchen verschenkten, desto geringer wurde unsere Chance, dass wir unentdeckt blieben. Ich blickte auf mein Handgelenk, an dem ich das Armband trug, und feuerte es in Gedanken an, endlich ein Zeichen von sich zu geben. Doch es leuchtete nicht, die Perle war unverändert matt. Vielleicht war das hier ja der falsche Weg und wir sollten besser umdrehen, um einen neuen einzuschlagen.

Es kam mir so vor, als würden wir seit Stunden immer wieder dieselben Flure entlangschwimmen, ohne jemals irgendwo anzukommen. Langer Flur, eine Biegung, noch ein langer Flur, drei Flure, die sich kreuzten, wieder eine Biegung. Frustration packte mich und ich hätte am liebsten etwas gegen eine dieser ewig gleichen Wände geschlagen. Ich hielt es hier nicht aus. Ich fühlte mich eingesperrt von diesen Steinen und Steinen und noch mehr Steinen.

Immer wieder hatte ich das Gefühl, beobachtet zu werden. Es kribbelte in meinem Nacken und mehr als einmal drehte ich mich um. Doch da war nie etwas, keine Augen, die uns anschauten, keine Wesen, die uns auflauerten. Dennoch ließ das beklemmende Gefühl, verfolgt zu werden, nicht nach.

Es erinnerte mich fast an damals, als er mich eingesperrt hatte und dieser Gedanke gefiel mir gar nicht, denn er brachte mein Blut in Wallung und alles in mir fing an zu kribbeln, als liefen tausende Ameisen durch meinen Körper. Ich presste mir die Hände fest ans Gesicht und bohrte meine Fingernägel in die Haut. Der Schmerz half mir, mich zu beruhigen. Umkehren war unmöglich. Ich hatte keine Ahnung, wo es zurück ging, denn mittlerweile hatte ich völlig die Orientierung verloren. Vielleicht hätten wir unauffällige Spuren an den Wänden hinterlassen sollen. Angst keimte urplötzlich wieder in mir auf und drückte mich beinahe zu Boden. Wir saßen hier fest, in einem Labyrinth aus Mauern und irgendwo dazwischen lauerte eine Hexe mit ihren Teufelsgefährten auf uns. Zittrig holte ich Luft.

Das bringt nichts. Beruhige dich wieder. Es ist nicht wie damals! Doch leider war es irgendwie schon wie damals. Meine Magie zitterte, denn sie spürte meine Furcht und sie wäre vermutlich wieder aus mir herausgeschossen, wenn Augustin nicht plötzlich stocksteif stehen geblieben wäre. Er wurde am ganzen Leib aschfahl und regte sich nicht mehr. Es dauerte einen Augenblick, bis ich es ebenfalls wahrnahm.

Stimmen.

Zwei oder drei und sie kamen in unsere Richtung. Sie waren uns schon ganz nah und gleich, gleich würden sie uns sehen. Panisch schaute ich mich um, doch ausgerechnet in diesem Flur gab es keine Zimmer. Ich packte Augustin, der wohl spontan in eine Winterstarre verfallen war, und zerrte ihn rückwärts mit mir in den nächsten Flur, in dem, den Göttern sei Dank, wieder Öffnungen in den Wänden waren. Während ich mich fortbewegte, lauschte ich auf Geräusche hinter uns. Am lautesten aber hörte ich meinen eigenen Atem in den Ohren dröhnen. Noch ein kleines Stück und wir waren außer Sicht. Aber Augustin war schwerer als ich dachte und immer noch regungslos. Er hing bleiern in meinen Armen und erschwerte das Vorankommen erheblich.

»Komm schon. Beweg dich!«, flehte ich Augustin an und schüttelte ihn. Noch immer waren wir gut sichtbar für andere und sie kamen stetig näher. Wir mussten uns in einem der Zimmer verstecken, sonst waren wir geliefert. Wenn sich Augustin doch nur endlich mal regen würde. »Bitte!«

Da endlich zuckte er zusammen und schoss an mir vorbei in das nächste Zimmer, in dem er sich zitternd auf dem Boden zusammenrollte und liegen blieb.

Ich glitt zu ihm auf den Boden, verharrte neben ihm und lauschte auf die Stimmen und Geräusche, die den Flur hinauf schallten.

Es waren zischelnde Stimmen, mit einem kratzigen Unterton, bei dem mir die Härchen auf den Armen zu Berge standen.

»Wir bringen sssie, in die Verliesssse, bissss ihre Majesssstät zum Esssssen ruft. Ssssie werden am kösssstlichsssssten sssschmecken, wenn sie vor Angsssst zittern.«

Die Stimme lachte rasselnd auf, während sie an unserem Zimmer vorbeiglitt. Ich drängte mich enger gegen die Wand in meinem Rücken und schloss die Augen. Wenn ich sie nicht sehen kann, können sie mich auch nicht sehen. Fast hätte ich über diesen Gedanken gelacht.

Im nächsten Moment brach der Boden unter mir auf und ein gewaltiger Sog packte mich. Augustin und ich tauschten einen fassungslosen Blick, dann wurde ich gewaltsam nach unten gerissen und absolute Dunkelheit verschlang mich. Ich raste, wie im freien Fall, nach unten und ruderte wild mit den Armen durch das Wasser. Der Sog, der mich erfasst hatte, war unglaublich stark und hielt mich in seinem Klammergriff gefangen. Ein lauter Schrei drang aus meinem Mund. Dann war es vorbei und ich knallte ungebremst auf harten Stein. Wieder schrie ich auf und krümmte mich vor Schmerz. Kleine Blitze zuckten über meine Netzhaut. Mein Herz pochte wie verrückt in meinem Brustkorb und immer noch umgab mich Dunkelheit. Minuten vergingen, in denen ich regungslos auf dem Boden lag und an nichts denken konnte als an den Schmerz. Irgendwann rappelte ich mich stöhnend auf. Auch hier zerrte der Sog an meinem Körper. Wenn auch nicht so stark, dass ich mich nicht hätte bewegen können, aber doch genug, um meine Bewegungsfreiheit einzuschränken. Ich kam nur langsam voran und tastete mich von Wand zu Wand. Meine Bewegungen waren vorsichtig, denn noch

immer zog der Schmerz durch meinen Rücken und vor allem
hatte ich Angst vor dem, was ich als nächstes berühren würde. Ich
mochte diese totale Dunkelheit nicht. Sie verängstigte mich und ließ
mein Herz noch schneller klopfen.

»Augustin«, wimmerte ich. »Augustin?«

Doch er antwortete nicht. Ich sackte auf dem Boden zusammen,
den Körper an die Wand gepresst, und schluckte schwer. Der Raum
besaß wohl nur diesen einen Ausgang weit über mir und der war
unerreichbar für mich. Gefangen! Meine Lippen begannen zu beben
und ich stand kurz vor einem Zusammenbruch. Nie, nie, nie würde
ich es schaffen gegen den Sog anzukommen. Die erste Träne ver-
mengte sich mit dem Wasser des Ozeans, dicht gefolgt von der
nächsten und der nächsten.

Da unterbrach ein scharrendes Geräusch meine kleine, düstere
Welt und schreckte mich auf. Ein Streifen Licht fiel auf den Boden vor meinen Flossen und erschien mir unerträglich hell.

»Na, wen haben wir denn da?«, flüsterte eine heißere Stimme,
die das Blut in meinen Adern zum Gefrieren brachte. »So so. Eine
kleine Nereïde schleicht sich im Palast meiner Herrin herum.«

Ein Körper schob sich so vor das Licht, dass ich seine Vorder-
seite nicht sehen konnte. Das Licht schickte Strahlen links und
rechts an ihm vorbei und einen verrückten Moment lang dachte ich
an einen Engel, dann bewegte er sich und ich bekam die Ahnung
eines kurzen, gedrungenen Körpers. Er kam näher und ich presste
mich so fest gegen die Wand in meinem Rücken, dass der Stoff
meines Oberteils riss.

»Nei-i-in«, stotterte ich ohne zu wissen, was ich überhaupt sagen
wollte.

Mir schlotterte der Fischschwanz und obwohl die Gestalt kaum
größer war als ich, krampfte sich mein Magen zusammen. Über meinem zusammengekauerten Körper ragte er auf wie eine Douglasie
im Tillamook State Forest über einem kleinen Häschen. Furcht um-

schloss meine Brust wie einen Schraubstock. Mit den Händen tastete ich mich an der Wand ab, schob mich langsam nach oben und ignorierte meinen zitternden Schwanz. In dieser Position fühlte ich mich meinem Gegenüber weniger unterlegen, doch seine mir noch immer unbekannte Gestalt machte mich nervös und ein Schauer lief mir über den Rücken. Das Wesen schnupperte.

»Ah, ich rieche Angst. Köstliche Angst.«

Sehnsucht schwang in seiner tiefen Stimme mit, die gleichzeitig so menschlich und doch so völlig widernatürlich klang. Ich biss mir auf die Unterlippe, um das Keuchen zu unterdrücken, das meinen Lippen entschlüpfen wollte. Schon als der Sog mich nach unten gezerrt hatte, war meine Fassade aus Taubheit gebröckelt und jetzt zerbarst sie in Milliarden Einzelteile. Die Flut meiner Gefühle sprudelte auf mich ein und überschlug sich in mir. Angst, Panik, Chaos. Mit den widerkehrenden Gefühlen, erwachte auch meine Magie zum Leben. Ich konnte sie in meinen Adern pulsieren fühlen. Es war als erwachte ein zweites Ich zum Leben, eines das mutiger und weniger schnell einzuschüchtern war. Dieses andere Ich schluckte seine Furcht hinunter und ballte die Hände zu Fäusten.

»Na. Na.« Fast gurrte mein Gegenüber. »Wir wollen hier doch keinen schlimmen Fehler begehen, nicht wahr?«

Er legte eine Pause ein, wie um mir Zeit zum Sprechen zu lassen. Noch immer konnte ich sein Gesicht nicht sehen, genauso wenig wie den Rest seines Körpers, aber der Unterton in seiner Stimme ließ mich unwillkürlich mit den Zähnen knirschen.

»Komm, Nereïde. Sei ein braves Fischlein und folge mir zu deinen Schwestern.«

Ein Adrenalinstoß jagte durch meinen Körper wie ein Stromschlag und die ängstliche, verschreckte Yara wich endgültig der neuen Version und sagte mit so viel Ruhe wie sie aufbringen konnte: »Das werde ich nicht.«

Ich konnte es nicht mit Sicherheit sagen, aber ich meinte zu sehen, wie er seinen Kopf schief legte.

»Du bist ja eine ganz mutige, Kindchen. Oder hast du nur Sehnsucht nach dem Tod?«

Nein, das hatte ich nicht. Ich erinnerte mich an meine Aufgabe, daran, weshalb ich eigentlich hier war. Leben hingen von mir ab. Andere verließen sich auf mich. Mit einem lauten, durchdringenden Schrei stürzte ich nach vorne und entfesselte die Magie. Ließ sie los, wie ein wildes Tier. Unkontrolliert entlud sich eine gewaltige Druckwelle, die mein Gegenüber, aber auch mich nach vorne schleuderte. Wir prallten aufeinander, überschlugen uns mehrfach und krachten gegen die Wand. Ich packte fest zu, grub meine Fingernägel in das Wesen, das aufheulte, und feuerte eine neue Druckwelle auf ihn. Steine bröckelten aus dem Mauerwerk auf uns hinab und schlugen auf dem Boden neben uns auf. Damit mich kein Stein traf, zog ich den Kopf ein und diesen einen Moment der Unkonzentriertheit nutzte das Wesen und ließ seinen Kopf gegen meinen krachen. Knochen splitterten, Blut strömte mir aus der Nase und Sternchen vernebelten mir die Sicht. Ich spürte zwei Hände, die sich um meinen Hals legten und zudrückten, immer fester zudrückten.

»Nein!«, krächzte ich und kratzte an den Händen, die fest um meine Kehle geschlossen waren. Sie gaben keinen Fingerbreit nach und wieder leuchteten Sternchen vor meinen Augen auf. Die Luft in meiner Lunge wurde immer knapper und ich fühlte, wie meine Zellen nach Sauerstoff schrien. Mit letzter Kraft schickte ich den stetigen Strom an Magie durch meine Arme und dieses Mal war es eine Welle, die uns auseinander trieb. Wieder prallte ich mit dem Rücken gegen eine Wand. Ich keuchte und verzog schmerzerfüllt mein Gesicht. Meine Nase und der Bereich darum pochten und ein Schmerz, der bis in die Stirn hochzog, bereitete mir Kopfschmerzen. Vorsichtig berührte ich meine Nase mit den Fingerspitzen.

Heiße Tränen schossen mir mit einem Mal in die Augen. Halb blind vor Tränen, Schmerz und Dunkelheit blinzelte ich in den Raum hinein. Plötzlich hereinfallende Helligkeit blendete mich.

»Yara? Yara. Bist du da?«

»Oh Gott, Augustin«, nuschelte ich.

»Bei allen Nereïden, du lebst. Geht es dir gut?«

Ich richtete meinen verschwommenen Blick nach oben. Ein Loch hatte sich in der Decke aufgetan, doch ein Seepferdchen sah ich nicht. Dafür war der Sog stärker geworden und peitschte mir mein Haar ins Gesicht.

»Bin hier unten. Es geht mir gut.« Das Reden fiel mir schwer und ich klang verschnupft.

»Was ist passiert? Yara, du klingst so komisch.«

»Ich wurde angegriffen, aber...«

Moment! Was war mit dem Wesen passiert? In einer Ecke lag, zusammengesunken, ein dunkler Haufen. Nervös leckte ich mir über die Lippen.

»Aber was? Mensch Yara, jetzt sag schon was. Ich sterbe hier fast vor Angst«, forderte Augustin.

»Komm runter«, nuschelte ich. Von dem Etwas schien keine Gefahr mehr auszugehen, auch dann nicht, als ich mich ihm näherte und es vorsichtig anstupste. »Alles gut, Augustin. Komm zu mir.«

Sein langgezogenes Huiiii erfüllte den Raum, als er sich vom Sog nach unten ziehen ließ. Ich fing ihn auf, bevor er, wie ich, auf dem Boden aufschlagen konnte.

»Am besten verschwinden wir von hier. Da drüben ist eine Tür.« Mit dem Arm wies ich darauf, aber Augustin hatte etwas anderes entdeckt. »Oh Gott, oh Gott, oh Gott«, rief er aus und kam dabei meinem Gesicht ganz nahe.

»Es ist nichts. Lass uns verschwinden, bevor das da wieder zu sich kommt.«

Augustin brauchte einen Moment, in dem er mich mit weit aufgerissenen Augen anstarrte und seine Schnauze zuckte.

»Jetzt nicht weinen, ja«, ermahnte ich ihn. Sanft legte ich eine Hand auf seinen Rücken und schob ihn vorwärts. Wenn er jetzt weinte, würde ich es auch tun. Gemeinsam schwammen wir aus dem Zimmer. Dahinter erwartete uns, oh Freude, ein Flur. Durch den Fall mussten wir uns weit unter der Festung befinden, tief in der Erhebung, auf der selbige gebaut worden war. Hier unten wurde das fahle Licht immer düsterer und mit jeder Armeslänge, die wir schwammen, schlug uns ein modrig-fauler Gestank entgegen. Ich presste eine Hand auf den Mund und keuchte auf, als ich dabei meine Nase berührte. Hier waren die Wände mit glitschigem Moos und Algen überwuchert, die unheimlich im Wasser hin und her schwangen und vom grünlichen Licht in eine geisterhafte Szene gesetzt wurden. Ich schauderte und presste die Arme dicht an meinen Körper, um ja nicht mit den Pflanzen in Berührung zu kommen und schlug kräftiger mit dem Schwanz.

»Wir bringen ssssie in getrennte Verliese.«

Das Seepferdchen prallte gegen meinen Rücken, so abrupt blieb ich stehen. Wir waren um eine Ecke geschwommen und befanden uns unmittelbar hinter den zwei Zitteraalen. Noch hatten sie uns nicht gesehen, aber das kleinste Geräusch und sie würden uns bemerken. Ich wollte mich langsam rückwärts bewegen, aber meine Muskeln gehorchten mir nicht. So starrte ich den beiden Zitteraalen einfach nur hinterher, bis sie um eine Ecke verschwanden. Ich spürte das Klopfen meines Herzens in der Nase und einige Blutstropfen vermengten sich mit dem Wasser vor meinem Gesicht. Mein empfindliches Organ klopfte nicht etwa aus Angst so heftig, sondern wegen der beiden Gefangenen. Natürlich hatte ich es geahnt, hatte vermutet, dass sie über Hyrus und Hecat redeten, aber sie leibhaftig vor mir zu sehen, stach mir ins Herz. Wie zwei Marionetten hatten sie in der Luft geschwebt, gezogen von unsichtbaren Fäden, ohnmächtig oder sogar schon tot. Ich verdankte ihnen so viel und es war nicht fair. Es war einfach nicht fair. Aus irgendeinem Grund musste ich jetzt an Jenna denken. Ihre klugen und schönen Augen blitzten in meiner Erinnerung auf und ich erinnerte mich an das Gefühl der Verliebtheit, das ich gespürt hatte, wenn ich in sie geblickt hatte. Daran, wie leicht es sich angefühlt hatte mit ihr zusammen zu sein. Wie selbstverständlich sich ihre Hand in meiner angefühlt hatte. Wie würde es ihr gehen, wenn ich nicht zurückkam?

Wir wurden langsamer, als sich ein runder Raum vor uns eröffnete, der sich in drei dunklen Tunneln verlor. Die Biester waren im linken Gang verschwunden und entfernten sich.

Ich überlegte noch, ob wir ihnen folgen sollten, da drang das Quietschen von rostigen Angeln durch die Flure zu uns und ich bedeutete Augustin mir in den mittleren Tunnel zu folgen. Das Licht verlor sich nach wenigen Metern, während wir durch die Dunkelheit schwammen und ich mit einer Hand rudernd und der anderen an der schleimigen Wand entlangtastend, den Weg suchte.

»Warte.« Augustin stieß mich an. »Yara, die Perle«, hauchte er.

Sanftes Licht schien aus dem Inneren des Perlmutts zu dringen. Ehrfürchtig betrachtete ich den Schmuck, der hübsch schimmerte und bewegte den Arm hin und her. Streckte ich ihn nach vorne, weiter den Gang hinunter, flackerte das sanfte Licht und verlor an Kraft, streckte ich den Arm wieder zurück zum Ausgang, gewann das Leuchten wieder an Kraft. Ich hob die Lichtquelle ein wenig an, doch es reichte nicht um Augustin zu erhellen.

»Ich glaube, wir müssen zurück.«

Ich fuhr zusammen als Augustin dicht an meinem Ohr zustimmend brummte.

Mit klopfendem Herzen schwamm ich den Weg zurück, den wir gerade gekommen waren und lauschte nach den Wachen. Die Perle leuchtete heller, je weiter wir uns dem Ende des Tunnels näherten.

Noch schienen die Wachen nicht zurückzukommen, ich hörte sie mit den Gefangenen hantieren und sich gegenseitig Befehle erteilen.

»Bring den anderen inssss Verlies.«

»Warum ich? Du kannsssst ihn doch auch dorthin bringen.«

»Ich fessssele diesssen hier ssssolange«, zischte der erste zurück.

»Dassss kann ich aber auch machen!«

»Nein, dasss mach ich!«

»Aber ich will dasss machen. Gib mir dassss.«

Diese beiden waren wohl nicht die hellsten Kerzen auf der Torte.

»Die scheinen noch beschäftigt zu sein«, hauchte ich und verdrehte die Augen. Mein Körper dankte mir diese kleine Bewegung mit einem Stechen von den Schläfen bis in den Nacken. Ich presste die flache Hand gegen meinen Kopf und stöhnte leise auf.

»Weiter«, flüsterte ich, denn Augustin hatte bei meinem Schmerzenslaut angehalten.

Ich paddelte mit den Flossen und streckte dabei den rechten Arm nach vorne. Doch statt meine Hoffnung zu erfüllen, wurde das Licht der Perle abermals schwächer und ich schluckte. Ich wusste, was das bedeutete.

Langsam drehte ich mich um und hielt auf den linken Tunnel zu. Dabei klopfte mir mein Herz mal wieder bis zum Hals. Bitte, bitte, kommt jetzt noch nicht raus, flehte ich und näherte mich dem Eingang des dritten und letzten Tunnels. Ich biss mir auf die Unterlippe und hielt die Luft an.

Die Perle leuchtete intensiver denn je. Haifischmist!

Ich tauschte einen resignierten Blick mit Augustin. Das hier war unser Tunnel, da würden wir hinein müssen, um Nereus' Familie zu retten. Meine Familie. Ich nickte wieder zu dem mittleren Tunnel, bedeutete meinem Gefährten zurückzuschwimmen und folgte ihm. Wieder verschluckte uns das Dunkel und unser Wegweiser schimmerte schwächer. Irgendwann, weit vom runden Raum und dem Licht entfernt, hielten wir inne.

»Lass uns hier warten«, sagte ich leise. »Ich glaube, von hier aus
können wir sie noch hören.«

Ich ließ mich auf dem Boden nieder, wagte es aber nicht, mich
an die Wand zu lehnen. Eine Weile saßen wir in der Dunkelheit
und sprachen kein Wort. Ich hing meinen Gedanken nach und
spielte dabei an Jennas Ring herum. Ich mochte mir nicht vorstellen, was zu Hause los war. Dan und Brenda gingen bestimmt die
Decke hoch. Hoffentlich hatten sie Jenna und Tante Melia nicht
die Polizei auf den Hals gehetzt. Mir zog sich der Magen zusammen bei der Vorstellung, wie die zwei auf der Polizeiwache saßen
und ihre Aussagen machen mussten. Dabei konnten sie den Poli-
zisten ja kaum die Wahrheit sagen.

Yara stammt von Meerwesen ab, die sich Nereïden nennen und
die schweben in höchster Gefahr, denn sie werden von einer bösen Meerhexe bedroht. Deshalb musste Yara mit ihnen gehen,
denn sie ist die Prophezeite und damit die einzige Rettung, die sie
haben.

Das klang unglaubwürdig. Mein Magen schlug noch einen Purzelbaum. Worin hatte ich sie nur verwickelt? Worin war ich nur
verwickelt?

Und wie um alles in der Welt sollte ich bei meiner Rückkehr,
wenn ich je wieder nach Hause kam, erklären, wohin ich verschwunden war und warum? Fragen über Fragen. Dabei hatten wir
diese Situation noch nicht einmal gelöst. Ich schlang meine Arme
um mich.

»Sag mal, Augustin, was war denn vorhin mit dir los?«

Er schwieg einen Augenblick, dann seufzte er resigniert. »Es ist
so schrecklich peinlich. Du musst mich jetzt für einen großen
Angstkarpfen halten, aber diese Aale…« Er holte tief Luft. »Ich
war da. Im Garten. Als Doris den Meerlattich umtopfte.« Oh, oh…

»Sie haben sich angeschlichen, wir wissen noch immer nicht, wie
sie an den Wachen vorbeikommen konnten und haben uns über-

rascht. Du musst wissen, dass meine Mutter das Seelentier von Doris war. Sie waren auf magische Weise miteinander verbunden, bevor meine Mutter vor einer Weile von den Untieren der Meerhexe ermordet wurde.«

»Augustin...«, hauchte ich.

»An diesem Tag im Garten, haben Helenas Aale versucht, mir den Garaus zu machen. Aber Doris hat mich mit letzter Kraft geschützt. Sie hat mir einen Zauber übergeworfen, bevor sie ohnmächtig wurde, und wegen eben diesem Zauber konnten mich die Stromstöße nicht töten. Aber sie haben mich dennoch umgehauen. Es war schrecklich, tagelang hatte ich Krampfanfälle. Doris hat mich gerettet, anstatt sich selbst und ihre Töchter zu schützen. Ich schulde ihr mein Leben.« Nach einer Pause fügte er hinzu »Und dich konnte ich auch nicht alleine gehen lassen, Füßchen. Du bist...«

Ich erfuhr nicht, was ich war und konnte auch nicht fragen, warum Doris das Seepferdchen ihren Töchtern vorgezogen hatte, denn am Ende des Tunnels wurden die Stimmen der Wächter laut und kündigten ihre Rückkehr an. Sie lamentierten noch eine Weile herum, bevor sie sich endlich verzogen.

Dieses Mal schaute ich gar nicht erst auf das Armband, sondern schwamm eilig in den Tunnel und tastete mich widerwillig an der Wand entlang. Ein Gefühl von Ekel kroch meinen Arm hinauf und es schüttelte mich. Meine Hand versank tief in dem, was die Wand bedeckte und ich musste würgen. Es war zu dunkel, um etwas zu erkennen und so zwang ich mich, nicht die Hand von der Wand zu nehmen.

Die Angst zehrte an meinen Nerven, doch ich wagte mich immer tiefer in den Gang hinein. Noch hatte ich mit der Hand nichts anderes als schleimige Wand ertastet, aber irgendwo hier mussten Zellen sein. Zellen, die mit Eisentüren oder Gitterstäben verschlossen waren. Ich streckte auch den anderen Arm aus und berührte vorsichtig die gegenüberliegende Wand. Mit weit ausgestreckten Armen, so dass ich gerade noch beide Seiten des Tunnels berühren konnte, bewegte ich mich vorwärts. Die Perle sendete weiterhin sanftes Licht aus. Und endlich stieß ich mit der Hand an etwas Festes und Kühles, das sich vom Rest abhob. Mit beiden Händen tastete ich den Gegenstand ab. Wenn Halie nur hier gewesen wäre und ein bisschen Licht hätte machen können... Meine Hand stieß gegen etwas Rundes und ich zog daran. Knirschend schwang die Tür auf.

»Kannst du irgendwas erkennen?«

Das Seepferdchen gab einen verneinenden Laut von sich.

»Wie sollen wir sie so jemals finden?«

Blind wie ich war, schwamm ich in den Raum hinter der Tür. Mein Herz klopfte wie verrückt gegen meine Brust. Mit den Händen durchsuchte ich den Raum, der eindeutig leer war.

Einerseits war ich erleichtert, auf nichts und niemanden getroffen zu sein, denn wer wusste schon, was einem in diesen Zellen auflauern konnte, aber andererseits... Andererseits wäre die Türe nicht unverschlossen gewesen.

In unregelmäßigen Abständen befanden sich Türen links und rechts im Stein, die unverschlossen und allesamt ohne Bewohner waren. Es zermürbte mich, immer weiter hier herum zu schwimmen und ohne Augustin wäre ich längst verzweifelt. Die nächste Tür, an der ich zog, war verschlossen und ich jubelte beinahe. Doch als ich mich daran machen wollte die Tür irgendwie aufzubrechen, erlosch das Licht an meinem Armreif.

»Was...«

»Weiter!«, drängte Augustin.

»Aber sie ist verschlossen. Dahinter ist jemand gefangen und...«

»Das ist nicht unsere Aufgabe, Yara. Wir haben keine Zeit, jeden zu befreien.«

Ich hätte Augustin entsetzt angestarrt, wenn ich ihn nur hätte sehen können, so aber funkelte ich die Dunkelheit an.

»Wie kannst du nur so hart sein? Da ist ein Lebewesen drin und...«

»Yara? Yara und Augustin? Seid ihr das?«

Mein Keuchen ging im nächsten Satz unter. »Hallo? Wer ist da?«

»Hyrus?«

»Ja! Ja, ich bin es.« Bei den Göttern. Die Welt schrumpfte mit einem Mal auf uns drei zusammen.

»Wir holen dich da raus!«, rief ich ihm zu und war drauf und dran meine Kräfte herbeizurufen.

»Nein! Yara, hörst du mich? Verschwinde!«, seine Stimme bebte, doch er sprach weiter. »Rette deine Familie. Ich komme zurecht. Augustin, macht dass ihr fortkommt. Die Zeit drängt.«

Ich schluchzte. »Nein... Hyrus, ich kann nicht.«

Augustin presste sich gegen mich. »Dann war alles umsonst!«

Er drückte von hinten gegen mich. Innerlich wand ich mich, ließ es aber geschehen, dass Augustin mich voran schob. Obwohl er und Hyrus recht hatten, war es alles andere als leicht, ihn zurückzulassen.

»Pass auf dich auf und sag meiner Frau, dass ich sie liebe!«, seine Stimme verstummte, als wir um eine Ecke schwammen.

»Es tut mir leid!«, murmelte ich mit brüchiger Stimme.

Ich zitterte wie Espenlaub und war unfähig mich zu rühren. Ich wurde immer weiter in den Gang geschoben, weg von Hyrus und seiner Zelle.

»Es tut mir so leid.«

Wie sinnlos mir das alles erschien. Wie konnten wir ein Leben zurücklassen, um ein anderes zu retten? Hyrus...

Meine Trauer schlug in Resignation um. Wortlos tastete ich mich weiter den Gang hinunter und ignorierte Augustins Versuche mich in ein Gespräch zu verwickeln.

Ich behielt die Perle im Blick, die wieder zu leuchten begonnen hatte, als wir Hyrus zurückließen. Und vermutlich auch Hecat, der irgendwo in einer der anderen Zellen saß und auf seinen Tod wartete. Es stumpfte mich ab, sie hier zurückzulassen und die Dunkelheit und die Gefahr, die uns auflauerte, taten ihr Übriges.

Ich zuckte zusammen, als die Lichtquelle heller wurde und mit jedem Flossenschlag, den wir vorankamen an Intensität gewann. Bald erhellte der Schein unsere Umgebung und zum ersten Mal, sah ich mich um. Die Decke war niedriger als erwartet und der Gang klaustrophobisch eng. Erneut zog ich an einer Tür und schluckte, als sie sich nicht öffnen ließ. Die Perle leuchtete hell und strahlend auf. Ich schirmte meine Augen mit der Hand ab und blinzelte die Tränen weg. Meine goldenen und grünen Schuppen fingen das Licht ein, glänzten wunderschön und wirkten wie die Facetten einer Discokugel, die das Licht brachen und es an die Wände reflektierten.

Langsam hob ich den Blick von diesem Schauspiel und schaute Augustin in die gelben Augen.

»Augustin! Ich glaube... Ich glaube wir haben sie gefunden.«

KAPITEL 23

Hydra - vielköpfiges schlangenähnliches Ungeheuer, dem zwei Köpfe nachwachsen, schlägt man einen ab

Flach legte ich die Hände gegen das Metall und presste mein Ohr dagegen. Im Raum dahinter waren eindeutig Geräusche auszumachen. Ich klopfte gegen die Tür.

»Hallo? Ist da wer?«

Es wurde leise in der Zelle. Ich wartete. Dann durchbrach eine herrische Stimme die Stille. »Wer ist da?«

Ich wollte einen Blick mit Augustin wechseln, damit er mir half, doch er starrte die Tür an.

»Äh...«, ich räusperte mich. »Hier sind Yara und...«

Mit einem Tröten schoss Augustin vor und prallte gegen die Tür.

»Doris, Doris! Eure Majestät. Hier ist Augustin«, rief er hektisch und prallte wie ein Gummiball immer wieder gegen die Tür. Ich packte Augustin und hielt ihn fest.

»Augustin?«

Stimmen wurden laut, redeten durcheinander, etwas schlug gegen die Innenseite der Tür.

»Genug!«, befahl die herrische Stimme wieder. »Wer ist dort? Und wage es nicht, mich zu belügen!«

»Wir sind es, Majestät. Augustin. Und Yara. Wir...«

»Yara? Wie kannst du es wagen, uns so zu beleidigen? Ist es nicht genug, dass wir hier eingesperrt sind? Musst du uns auch noch so demütigen?«

Verzweifelt stemmte sich Augustin gegen meinen Griff.

Erneut räusperte ich mich.

»Verzeihung. Eure… Majestät, aber wir lügen nicht. Wir… Augustin, halt still.«

Ich schüttelte den Kopf. Sie würde mir nicht glauben, ganz gleich, was ich sagte. Ich hob das zappelnde Seepferdchen vor mein Gesicht. »Beruhig dich, Augustin. Ich werde versuchen, die Tür zu öffnen.«

»Was geht da vor sich?«

Mittlerweile war ich mir sicher, dass diese gebieterische Stimme Nereus Frau gehören musste. Schlagartig wurde mir bewusst, dass sie meine Großmutter war. Dieser Gedanke an ein Familienmitglied, auch wenn ich es nicht kannte, beflügelte mich.

»Es wäre besser, wenn ihr jetzt von der Türe wegtretet.«

Hell und lebendig sprudelte die Magie durch mich hindurch, wartete aufgeregt darauf, dass ich sie nutzte, ich musste sie nicht einmal herbeirufen. Aber ich wollte nicht wieder denselben Fehler wie vorhin machen. Es war wichtig, dass ich mich konzentrierte und nicht ablenken ließ. Augustin warf ich einen mahnenden Blick zu, dann legte ich die Hand flach auf das Türschloss und schickte einen leichten Impuls dorthin. Ich wollte das Schloss zum Schmelzen bringen, aber nichts tat sich. Die Magie gehorchte mir nicht. Ich stockte.

Los, mach was ich dir sage, befahl ich meiner Magie. Sie zitterte und änderte langsam ihre Richtung, bewegte sich in meinen Arm. Die Magie schien zu spüren, dass ich Angst hatte und zögerte, mir zu gehorchen. Aber ich trieb sie weiter an.

»Was passiert da draußen?«

Ich verlor für einen Augenblick die Konzentration und die Verbindung brach ab.

»Ah… Ruhe«, rief ich. »Bitte.«

Ich horchte tief in mich hinein und zwang dem Strom in meinem Inneren meinen Willen auf, und dieses Mal hörte die Magie auf mich. Ließ sich von mir in die richtige Richtung lenken und glitt kribbelnd durch meinen Arm. Aber das Schloss schmolz nicht, als sie in meinen Fingerspitzen ankam. Vielleicht war das zu wenig gewesen. Ich probierte es wieder und wieder, aber meine Versuche wollten nicht gelingen. Ich knirschte mit den Zähnen und fragte mich, ob meine Magie endlich war und erschöpft sein konnte.

Ich lehnte die Stirn gegen das Metall und atmete tief durch, versuchte meine herumwirbelnden Gedanken einzufangen und mich zu beruhigen. Es war ein weiter Weg gewesen bis hier her, der mich unendliche Kraft und auch Nerven gekostet hatte. Und doch war es mir gelungen, allen Widrigkeiten zum Trotz, bis in Helenas Festung vorzudringen, vorbei an ihren Wachen und ihrem magischen Bannkreis. Wir waren wirklich weit gekommen und es fehlte nur noch ein winziges Stück.

Ich bot all meine Konzentration auf und ein warmes Gefühl breitete sich in meinen Armen aus, begann in den Schultern, rauschte hinab zu meinen Händen und schoss auf die Tür zu. Leise knirschend brach das Schloss und die Tür öffnete sich einen Spaltbreit. Einen Augenblick lang herrschte Stille, als würde jeder von uns den Atem anhalten, gespannt darauf, was als nächstes geschah. Langsam streckte ich die Hand nach der Tür aus, umfasste das Metall und zog sie langsam auf. Die Angeln quietschten, als die Tür aufschwang. Der Raum dahinter lag im Halbschatten. Schemenhaft konnte ich drei Gestalten ausmachen, die sich gegen die rückwertige Mauer drängten und uns entgegenstarrten.

Ich überquerte die Türschwelle nicht, streckte lediglich den Arm vor, um den Raum auszuleuchten. Das Licht, strahlend hell, jetzt da wir unserem Ziel so nahe waren, verdrängte die Schatten und traf auf die drei Körper. Drei Paar große Augen blinzelten, ob der jähen Helligkeit und eine von ihnen legte schützend die Hände vors Gesicht. Doch die Größte riss die Augen gegen die Helligkeit auf, starrte zu uns hinüber und zischte. Sie breitete schützend die Arme aus und drängte die anderen hinter sich zusammen.

»Wer bist du? Was willst du von uns?«

Ihre Stimme war klar, wie ein Bergfluss und hell wie die eines jungen Mädchens, doch so voller Zorn, dass es mir eiskalt den Rücken hinablief. Als sie sich an die Helligkeit gewöhnt hatte, musterte sie mich scharf und erblickte den Schmuck, den ich an meinem Handgelenk trug. Wieder zischte sie.

»Bleib meinen Kindern fern!«

Sie schien vor meinen Augen zu wachsen. Ihre Hände verformten sich zu klauenartigen Pranken. In ihrem Mund blitzten Fangzähne auf und sie fauchte wild und gefährlich. Voller Angst wich ich zurück und hätte die Tür fast wieder zugeschlagen, als Augustin sich an mir vorbei in den Raum drängte. Ihm schien Doris furchteinflößende Gestalt weniger auszumachen.

»Eure Majestät. Ich bin es. Augustin.«

Ich biss mir auf die Lippe und blinzelte zu der Frau, die sich gerade in eine Seehexe verwandelt hatte. Doch nun war da nur wieder eine Frau, die sich schützend vor ihre Töchter gestellt hatte.

Ich konnte sie nur anstarren, war unfähig mich zu rühren oder gar zu sprechen. Das war sie also. Doris. Meine Großmutter.

Ich spürte wieder, wie sich der Druck hinter meinen Augen aufbaute. Die Ähnlichkeit war verblüffend. Beinahe glaubte ich, meiner Mom gegenüberzustehen. Sie hatte das gleiche dunkelrote Haar wie meine Mutter und ich.

Mir hatte es die Sprache verschlagen, wortwörtlich, und ich konnte nur starren und starren und starren. Es war, als würde man nach Jahren auf einmal vor einer lang vermissten Person stehen, auf deren Wiedersehen man jegliche Hoffnung verloren hatte. Hoffnung...

Ich öffnete den Mund, versuchte Worte hervorzubringen, doch meine Zunge klebte am Gaumen fest.

Doris Gesichtsausdruck wechselte von Abscheu, über blankes Entsetzen, zu Verblüffung und zurück zu Entsetzen. Sie schlug eine Hand vor den Mund. »Augustin?«

Ihre Stimme war schwach vor ungläubigem Staunen.

»Träume ich?«

Sie war mit wenigen Schwanzschlägen bei ihm, umfasste ihn mit beiden Händen und zog ihn an ihre Brust.

»Was um alles in diesen Weltmeeren tust du hier?«, fragte sie nach Minuten, die mir wie eine Ewigkeit vorkamen.

»Eure Majestät, wir sind hier, um euch nach Hause zu bringen«, piepste er. Ihm schien seine Stimme auch nicht gehorchen zu wollen.

»Bei den Göttern«, murmelte Doris und schloss kurz die Augen, dann wandte sie ihr Gesicht mir zu. Erleichtert stellte ich fest, dass ihr Zorn gänzlich verflogen war.

Doch bevor sie den Mund aufmachen konnte, ertönten Geräusche im Gang hinter uns, die rasch näher kamen. Ohne zu wissen was ich tat, schloss ich die Zellentür hinter mir und legte einen Finger auf die Lippen. Wir drückten uns gemeinsam in eine Ecke des kleinen Raumes und ich fand mich mit einem Mal zwischen den anderen wieder. Es waren die zischelnden Stimmen der Zitteraale, die sich näherten und vor unserer Zelle verharrten. Irgendjemand griff nach meiner Hand. Augustin presste sich dicht gegen meinen Arm und ich hörte seinen schnellen Atem an meinem Ohr.

»Hörssst du noch wasss?«

»Natürlich nicht. Esss issst ja ganzzz ssstill, Dummkopf.«

Dicht vor der Tür hielten sie inne, scheinbar lauschten sie auf weitere Geräusche. Ich war nicht die einzige, die den Atem anhielt.

»Aber ich habe wasss gehört. Ganzzz sssicher.«

»Ssschwimm weiter. Hier issst nichtsss.«

Es war ein Wunder. Es musste so sein. Ohne auch nur in die

Zelle zu schauen, schwammen sie wieder fort. Ich schnappte nach Luft und schüttelte im nächsten Moment ungläubig den Kopf.

»Ich glaube, wir sollten von hier verschwinden«, hauchte Augustin.

Es war ein Labyrinth aus Gängen und Fluren, durch das wir eilten und uns einen Weg zurück in die Freiheit suchten. Ich wünschte mir erneut, den Weg markiert zu haben, der uns wieder nach draußen bringen würde. Was waren wir nicht für ein großartiges Rettungskommando, ganz ohne jeglichen Plan.

Hinter jeder Biegung, hoffte ich auf einen Gang, der uns weiter nach oben führte, zu den leeren Räumen, mit ihren vergitterten Fenstern. Doch es war, als wären alle Wege nach oben verschwunden. Weg, vom Meeresboden verschluckt. Und wir waren hier unten eingesperrt, zwischen steinernen Mauern begraben.

»Ich meine diesen Gang wiederzuerkennen«, murmelte Augustin leise, als wir um eine Ecke schwammen.

»Ja, weil wir hier schon einmal lang geschwommen sind«, flüsterte Deiopea, eine der Schwestern, zurück. »Ich glaube wir schwimmen im Kreis.«

Tränen der Wut traten mir in die Augen. »Es tut... tut mir so leid.«

Doris drehte sich abrupt zu mir um. »Keiner macht dir einen Vorwurf. Und wir werden es schon hier raus schaffen. Gemeinsam. Ihr seid jetzt nicht mehr auf euch alleine gestellt.« Eindringlich sah sie mich an. »Gib mir deine Hand.«

Sanft schloss sie ihre Finger um meine und drückte zweimal kurz zu. Mein Kopf fuhr nach oben. Ungläubig starrte ich meiner Großmutter ins Gesicht. Sie tat es wieder, drückte zweimal kurz meine Hand und ganz instinktiv wiederholte ich den Druck. Sie lächelte mich an. »Das habe ich bei deiner Mutter immer gemacht, wenn sie den Mut verlor oder Angst hatte. Das war unser kleines Spiel.«

Verblüfft lächelte ich. »Das hat sie auch bei mir gemacht.«

Doris lachte leise auf. »Wie schön, dass sie das Spiel an dich weitergegeben hat, meja venja. Lass uns hier lang schwimmen.«

Der Weg gabelte sich erneut und wir wählten dieses Mal den rechten Gang, da wir vermuteten links schon einmal abgebogen zu sein. Zu unserer aller Überraschung erwartete uns am Ende ein steil nach oben führender Gang. Meine Hände zitterten leicht, als ich sie durch das Wasser schob, um hoch zu gelangen. Oben angekommen, blickten wir uns um und vernahmen aus der Ferne Geräusche und Stimmen, die miteinander diskutierten. Alarmiert duckte ich mich, bereit, wieder nach unten zu verschwinden. Die anderen verharrten wie in Stein gemeißelt auf der Stelle. Mein Blick irrte herum, ich war unsicher, was wir jetzt tun sollten und ich zupfte an Augustins Flosse. Der Blick, mit dem er mich bedachte, ging mir unter die Haut. Etwas stimmte nicht. Sein Blick verriet mir, dass hier etwas faul war.

»Doris?«, flüsterte ich ängstlich, denn sie rührte sich immer noch nicht und schenkte meinem Flüstern auch keine Beachtung. Ihre Augen waren weit aufgerissen und auf das Ende des Flurs gerichtet.

»Aktaia.« Ich berührte sie an der Schulter. »Deiopea?«

Was war nur mit ihnen los? Sie wirkten wie vom Blitz getroffen, unfähig sich zu rühren.

»Doris! Bitte!«, flehte ich sie an und zog an ihrer Hand. Da blinzelte sie ein paarmal und richtete endlich ihren Blick auf mich. Sie sagte nur ein Wort, doch das reichte aus, um mich in Panik zu versetzen.

»Helena.«

KAPITEL 24

Halie – eine der fünfzig Nereïden, mit der Gabe Licht zu
erschaffen und mit den Wellen zu spielen

Helena.

Ihr Name kreischte laut in meinen Ohren und breitete sich
schmerzhaft in meinem Kopf aus.

Die Meerhexe kam!

Eine Welle der Panik schlug über mir zusammen. Heftig pulsierte das Blut in meinen Adern.

Wir müssen fliehen, war das einzige, was ich denken konnte.

Plötzlich waren meine Gefährten in Aufruhr, wirbelten durcheinander und stoben davon. Ich nahm die Flossen in die Hände und
spurtete ihnen nach. Wir hetzten durch die Gänge, gejagt vom Teufel höchstpersönlich. Links, rechts, wieder rechts, links, rechts. Ich
verlor das letzte bisschen Orientierung und vermochte nicht einmal
mehr oben von unten zu unterscheiden. Alles verschmolz zu einer
grünlich grauen Masse und wirbelte an mir vorbei, während ich die
Gänge entlangjagte, den anderen dicht auf den Flossenspitzen.

Im Takt meines Herzens wummerte Helenas Name in meinen
Ohren. Bumm, bumm. Helena. Bumm, Bumm. Helena.

Ohrenbetäubend laut hallte es in mir wider und kratzte mit scharfen Fingernägeln der Furcht an meinem Mut. Ich hatte eine solch
unglaubliche Todesangst, dass mir speiübel wurde.

In mir toste meine Magie wild hin und her, aufgewühlt durch
meine Furcht.

Bumm, bumm. Helena.

Ich wäre ewig durch die Flure gejagt, doch in meiner blinden Angst, hatte ich die anderen verloren. Plötzlich fand ich mich alleine in einem Gang wieder und erstarrte. Die anderen, sie waren weg. Wie hatte ich sie nur verlieren können. Ich wirbelte um meine eigene Achse, blickte vor und zurück, doch nirgends konnte ich auch nur einen von ihnen entdecken. Ich hatte sie verloren.

Dieses Wissen schlug beinahe genauso heftig ein, wie die Tatsache, dass Helena hinter uns her war.

Alleine.

Sie waren weg und ich war alleine.

Ich fing an am ganzen Körper zu zittern, so heftig, dass ich mich nicht mehr bewegen konnte. Gebeutelt stand ich in dem verlassenen Flur und bebte.

Helena. Alleine.

Eine Hand packte mich und zog mich kräftig nach hinten. Ich wollte schreien, doch eine weitere Hand legte sich auf meinen Mund und verschloss den Schrei, der mir über die Lippen dringen wollte. Einen Augenblick lang wurde mir schwarz vor Augen und bittere Galle stieg in mir auf. Panisch versuchte ich mich zu wehren, doch die Arme, die mich hielten, waren viel stärker als ich. Mir wurde schlecht vor Angst.

»Yara. Ich bin es.«

Ich blickte hoch in das angespannte Gesicht von Doris und wäre fast in Ohnmacht gefallen vor Erleichterung. Sie war es. Nicht Helena.

»Ich kann nicht mehr. Oh Gott... Ich... Kann nicht mehr.«

Ich sank gegen sie, am Ende meiner Kräfte, und schluchzte verzweifelt an ihrer Schulter.

»Ihr wart auf einmal weg.«

Sie strich beruhigend über meinen Kopf und redete sanft auf

mich ein. »Wir waren nur einen Gang weiter. Komm, Liebes. Wir glauben, einen Weg gefunden zu haben.«

Erleichtert über diese Neuigkeit, nickte ich und folgte ihr. Noch immer zitterten meine Hände und ich fühlte mich kraftlos und erschöpft. Ich wollte nur noch hier raus.

In der Hoffnung, bald hier weg zu können, schwamm ich dicht hinter meiner Großmutter in den nächsten Gang und schaute zu den dort Wartenden. Es fühlte sich an, als prallte ich gegen eine unsichtbare Mauer. Der Anblick, der sich mir bot, brachte mich an den Rand der Verzweiflung. Doris kreischte laut auf. »Nein.«

Nein. Nein. Das Echo ihrer Stimme wurde von den Wänden zurückgeworfen.

Wir saßen in der Falle.

Deiopea und Aktaia waren umzingelt. Wächterrochen schwebten um sie herum und belagerten sie.

Vor ihnen erkannte ich eine kleine Gestalt reglos am Boden. Augustin.

Das Seepferdchen lag da, die Augen aufgerissen und nach oben verdreht. Mein treuer Freund sah aus, als habe ihn der Tod geholt.

»Oh Augustin!«, schluchzte ich und mein Herz wurde schwer.

»Dein Freund?«, zischelte eine Stimme und als ich den Blick von dem bewegungslosen Augustin hob, blickte ich in zwei glimmend rote Augen. Ein Zitteraal.

»Wen haben wir denn da? Die königliche Misssssssgeburt und ihre Brut.«

Der Aal verspottete uns und kreiste über Augustins Körper hin und her. »Habt wohl versssssucht zu fliehen, wassss.« Er lachte kreischend auf. »Wartet nur. Gleich wird ssie hier ssssein.«

Ich presste die Augenlider fest aufeinander und ballte die Hände zu Fäusten. Das konnte jetzt einfach nicht wahr sein. Das durfte nicht wahr sein. Soweit waren wir gekommen und kurz vor dem Ziel scheiterten wir kläglich. Wir hatten versagt. Nein! ICH hatte versagt. Es war meine Aufgabe gewesen, sie zu retten und zu beschützen. Aber es war mir misslungen. Ich war eine Schande für alle Götter und Menschen.

Ein Gedanke blitzte in mir auf, eine letzte, verzweifelte Hoffnung. Vielleicht konnte ich einen Tauschhandel vereinbaren. Ich für die anderen. Schließlich hatte Helena mich von Anfang an töten wollen. Ich war ihr ein Dorn im Auge, wegen der Prophezeiung, die vor hunderten von Jahren gesprochen worden war.

»Ergebt euch bessssser. Vielleicht lässssst ssssie dann Gnade walten.« Der Aal kicherte. »Oder auch nicht. Meine Herrin wird euch alle töten!«

Niemals würde ich kampflos aufgeben. Seine Freude über unser Leid zündete einen Funken Wut in mir und obwohl ich mich noch immer klein und schwach fühlte, wuchs der Funken zu einer Flamme. Zornig grub ich mir die Fingernägel in die Haut.

»Ihr werdet niemandem mehr etwas tun. Geht aus dem Weg oder es wird euch leidtun.«

Der Zorn brachte meine Magie zum Rasen und ich konnte fühlen, wie sie tobte und sich einen Weg nach draußen suchte.

»Dummesss, kleinesss Mädchen«, zischte der Aal erbost. »Wassss glaubssssst du, wer du bisssst?«

Mein Atem ging schnell und hektisch. Vor meinen Augen schien sich das Wasser statisch aufzuladen und ich zitterte vor unterdrückter Wut. Ich würde nicht zulassen, dass sie, oder irgendwer sonst, meiner neu gewonnen Familie etwas zuleide tat. Nie wieder sollte jemand sie verletzen. Da verlor ich die Beherrschung. Ich explodierte in einem grell weißen Licht und schrie dabei meine Wut aus mir heraus. Die Magie entlud sich in Wellen aus Zorn und Hass, peitschte das Wasser auf und schlug auf unseren Widersacher ein.

»Wagt es nicht meiner Familie zu nahe zu kommen«, brüllte ich. Meine Stimme schwoll zu einem ohrenbetäubenden Kreischen an, das im Flur widerhallte. Ich schleuderte ihnen wild und unbeherrscht meine Magie entgegen. Sie jagte wie Peitschenhiebe durch das brodelnde Wasser, schlug gegen Wände und die Decke, brach große Stücke heraus, sprengte den Stein. Mit einem weiteren Schrei fuhr eine Druckwelle aus meinem Körper, die über die Rochen jagte, sie zu Boden warf und mit einem gewaltigen Krachen gegen die Wände schlug. Es knirschte und knarzte bedrohlich im Mauerwerk und kleine Steinchen rieselten von der Decke. Der Boden schwankte unter uns und dann brach die Welt um uns herum zusammen. Schutt und Stein stürzten auf uns hinab und drohten uns zu begraben.

»Flieht!«, rief ich über das Getöse der einbrechenden Decke hinweg und schoss nach vorne, um Augustin zu packen, der nach wie vor leblos inmitten des Chaos lag. Ich wich dem Hagel aus Steinen aus und schlug heftig mit dem Schwanz, um schneller voranzukommen. Gleich würde der Gang vollends einstürzen. Augustin hing schwer und leblos in meinen Armen, doch ob tot oder nicht, ich würde ihn hier nicht zurücklassen. Es kostete mich unendliche Kraft, ihn an mich zu pressen und weiter vorwärts zu schwimmen. Ich hatte ein klaffendes Loch in die Gemäuer gesprengt, auf das ich jetzt zuschoss. Feiner Staub hing im Wasser und vernebelte die Sicht, drang in meine Mundhöhle ein und ließ mich husten. Durch die herabfallenden Mauerstücke und den Staub, konnte ich kaum etwas erkennen. Hart trafen mich Mauerstücke an Armen und Rücken, schlitzten mir die Haut auf und das Salzwasser brannte in den Wunden. Ich kämpfte mich weiter vorwärts und stieß mich mit kräftigen Flossenschlägen nach vorne, Augustin noch immer schützend an mich gepresst. Und mit einem Mal, war ich draußen. Ich war frei! Das Wasser wurde sauberer, die Sicht klarte auf und ich erblickte Doris, Deiopea und Aktaia nicht weit entfernt von mir davonschwimmen. Die öde Landschaft, die sich vor mir ersteckte, war das schönste, was ich seit langem gesehen hatte. Denn ich war draußen, raus aus der Festung und auf dem Weg fort von hier. Ich ließ die Festung hinter mir und konnte kaum glauben, dass ich es wirklich geschafft hatte.

Halie, Pronoe und Galene tauchten hinter einem Felsen auf und ich schluchzte vor Freude und Erleichterung, dass sie noch am Leben waren. Sie erreichten ihre Mutter und Schwestern, doch für eine freudige Begrüßung war nicht die Zeit. Sie fassten sich kurz bei den Händen und mit einem knappen Blick auf mich schwammen sie, so rasch sie konnten, fort.

Es stach mir heftig in die Seite beim Einatmen und mein Hals kratzte. Ich brauchte dringend eine Pause. Langsam ebbte der Adrenalinstoß ab und meine Arme und mein Fischschwanz wurden taub vor Müdigkeit.

Halie drehte sich zu mir um, sah, dass ich nicht mehr weiterkonnte und entschied sich, ohne zu zögern, mir zur Hilfe zu eilen.

»Nein«, stieß ich hervor. »Bist du verrückt?!«

Aber sie hörte mich nicht, war noch zu weit weg, um meine Worte zu verstehen.

»Verschwinde, Halie!«, rief ich so laut ich konnte und wurde von einem Hustenanfall durchgeschüttelt. Es kostete mich meine letzte Kraft, nicht auf den sandigen Meeresgrund zu sinken und dort liegen zu bleiben. »Bring dich in Sicherheit. Ich komm schon klar!«

Aber Halie dachte nicht daran umzukehren. Sie schwamm schneller und streckte die Arme nach mir aus.

»Was tust du denn? Bring dich in Sicherheit«, rief ich erneut.

Sie schüttelte heftig den Kopf, so dass ihr rosa Haar wild um ihr Gesicht peitschte. »Ohne dich gehe ich nirgendwo hin.«

Als sie mich erreichte, drückte ich ihr Augustin in die Arme. »Nimm ihn mit, Halie. Ich schaffe es schon.«

»Ich lass dich nicht zurück!«, schrie sie mich an. Ihr Blick war wild, doch sie griff nach Augustin und hielt ihn fest an sich gepresst. Anstatt sich wieder in Sicherheit zu bringen, blieb sie bei mir und wartete auf mich.

Ich hatte keine Kraft mehr, um zu fliehen, doch Halie konnte es noch immer schaffen.

»Schwimm weg. Bitte, Halie! Schwimm weg von hier«, heulte ich.

»Yara, ich kann nicht.« Ihre Stimme bebte.

»Du musst! Oder willst du sterben?« Dieses Mal schrie ich sie nicht an. Ich flehte sie an. Aus tiefstem Herzen flehte ich meine Tante an, zu gehen und mich zurückzulassen.

Schmerzhaft verzog sich ihr Mund und echte Verzweiflung trat in ihre Augen.

»Yara.«

»Geh, Halie.« Mein Körper wurde immer tauber und sank, schwer wie ein Stein, nach unten. Ich wollte ja fliehen, wollte von hier weg. Mehr als alles andere. Aber ich konnte einfach nicht mehr. Halie musste das verstehen.

Diese presste Augustin fester an ihren Körper, nickte und warf einen letzten verstörten Blick auf mich.

»Ich habe dich lieb, Yara.« Sie wirbelte herum und beeilte sich wieder zu ihrer Familie aufzuschließen, die nicht auf sie gewartet hatte, sondern vorausgeschwommen war.

»Ich dich auch«, raunte ich und es brach mir das Herz.

Ein spitzes Lachen durchbrach die Stille.

Halie wirbelte herum und wurde kalkweiß im Gesicht. Voller Angst schaute sie wieder zu mir, ihre Pupillen waren riesig. Sie öffnete ihren Mund, um zu sprechen. Langgezogen und wie in Zeitlupe drangen ihre Worte zu mir durch. Helena!

Es schnürte mir die Kehle zu und doch hatte ich nichts anderes erwartet. Sie würde uns niemals gehen lassen. Mich niemals gehen lassen.

Ein langer Schatten traf mich und mein erschöpftes Herz setzte einen Schlag aus.

»Hallo, Yara. Ich freue mich, dich endlich persönlich kennenzulernen.«

Eiskalte Schauer jagten über meinen Körper, als ich mich ganz
langsam, voller Angst was ich gleich sehen würde, zu ihr umdrehte.
Diese paar Sekunden erschienen mir wie ein ganzes Leben. Mein
Herz raste in meiner Brust und pumpte so schnell es konnte Blut
durch meine Adern, mir wurde schwindelig davon und ich hatte
Mühe mich aufrecht zu halten.

Alles in mir schrie, dass ich mich nicht umdrehen, sondern fliehen sollte. Doch dazu fehlte mir endgültig die Kraft und die Furcht
lähmte mich so sehr, dass ich nicht mal mehr einen Funken Magie
in mir spürte, mit dem ich mich hätte wehren können. In meinem
Inneren war es wie ausgestorben, leergefegt.

Ich hob den Blick und sah...

Ein heftiger Stromstoß riss mich glatt von den Flossen und ich
schrie laut auf. Mein ganzer Körper vibrierte und zuckte unkontrolliert, als die Elektrizität durch mich hindurch jagte und jede
Zelle und jede Faser meines Körpers schockte und lahmlegte. Ich
drehte mich mehrere Male um mich selbst, die Welt kippte zur Seite
und drehte sich vor meine Augen schwindelerregend schnell. Ich
schlug hart auf dem Untergrund auf und zerschnitt mir die Haut
an den scharfkantigen Steinchen, die sich in mein Fleisch bohrten.
Meine Arme und Flossen zuckten immer noch heftig hin und her,
knallten auf den Boden, wurden wieder hochgerissen. Meine eigene
Hand schlug mir ins Gesicht, traf meine Wange, meinen Mund,
meine verletzte Nase und ich schmeckte Blut auf der Zunge, das
mich würgen ließ. Doch der Impuls mich zu erbrechen verschwand
schlagartig wieder und mir wurde die Luft abgeschnitten. Ich wollte
schreien, husten, mich wehren, doch mein Körper gehorchte mir
nicht mehr. Jegliche Kontrolle über mein Handeln und Denken war
lahmgelegt. Es war als wäre mein Gehirn in Watte gepackt und so
gut wie tot, einfach abgeschaltet. Heftige Zuckungen schüttelten
mich durch, warfen mich hin und her, alles brannte, schmerzte. Ich
krachte mit der Stirn auf den Meeresgrund und Sternchen tanzten

vor meinen Augen. Wie von Sinnen verdrehte ich die Augen nach oben und sah alles doppelt und dreifach. Als mein Körper schließlich zur Ruhe kam, blieb ich steif liegen und rührte mich nicht mehr. Konnte mich nicht mehr bewegen. Immer noch war meine Kehle zugeschnürt und meine Lunge weigerte sich nach Atem zu ringen. Der Druck auf meinen Ohren nahm stetig zu, lastete schmerzhaft auf meinem Trommelfeld. Aus einem merkwürdigen Winkel heraus, nahm ich einen verschwommenen rosa Fleck wahr, der durchgeschüttelt wurde und zu Boden ging. So wie ich.

Für einen kurzen Moment funktionierten die Nervenbahnen in meinem Gehirn wieder und meine Augen stellten scharf, wie um mir einen letzten vernichtenden Stoß zu geben, um mich noch ein allerletztes Mal zu quälen. Kurz bevor ich die Besinnung verlor, erhaschte ich einen Blick auf die regungslose Halie.

Und dann, als ob jemand den Schalter umgelegt hätte, wurde alles schwarz.

DANKSAGUNG

Eine Geschichte zu schreiben, ist wie eine Reise. Eine Forschungsreise, ein Urlaub, auf jeden Fall ein weiter Weg ins Unbekannte. Eine solche Reise bestreitet man selten alleine und ich hatte die wunderbarsten Begleiter, die ich mir nur hätte wünschen können!

Zuerst danke ich meiner Lektorin Sigrid Müller. Nicht nur dafür, was aus Tochter des Ozeans geworden ist und für die großartigen Ideen, sondern auch dafür, dass sie meiner Geschichte die Chance gegeben hat, das Licht der Welt zu erblicken.

Dieser Dank ist mir besonders wichtig: Kira Licht, Du hast mir so viel Mut gemacht und Hoffnung gegeben, auf diesem Weg. Deine Worte und deine Unterstützung waren einfach großartig.

Meinen Testleserinnen Danae, Julia, Nele und Elisa und meiner Ma bin ich für alle Anmerkungen, Tipps und wachen Augen unendlich dankbar. Ihr wart mir eine große Hilfe!

Und auch bei Navika Deol bedanke ich mich von Herzen. Danke für Deine Begeisterung, als das Buch noch die allererste Rohfassung war und der Gedanke an einen Verlag noch in weiter Ferne lag.

Meine liebste Kim Stapelfeld. Du hast mir ab dem ersten Moment gesagt, dass ich es schaffen kann und obwohl ich es nicht glauben konnte, hattest Du recht. Vielen Dank also für Deinen unermüdlichen Zuspruch. (Und keine Sorge, Du wirst auch noch zu einer großartigen Pflanzenmutti!)

Delia, Du weißt ja: Feuer und so! Immer! DANKE!

Für diese Geschichte war einiges an Recherche nötig, aber auch der Moment, als ich zum ersten Mal in Rockaway Beach war, war entscheidend. Dieser Moment hat den Funken für Tochter des Ozeans gezündet und ich möchte mich bei meiner Auntie Trisha bedanken, dafür, dass sie mich an diesen wunderbaren Ort gebracht hat. Thank you!

Lisa Vinke, auch Dein Zuspruch hat mich ermutigt und mir gutgetan.

Genauso wie Deiner, Liebster. Wie Du immer an mich glaubst, selbst wenn ich es nicht mehr tu, ist ein Wunder! Und dafür gebührt Dir ein riesengroßer Dank! Und der letzte Apfelling aus der Tüte.

Vielleicht bist Du so wie ich und hast erst mal zur Danksagung vorgeblättert, vielleicht aber auch nicht und Du hast Yaras Geschichte bis hier hin gelesen. Wie es auch sein mag, danke, dass Du dieses Buch in die Hand genommen und vielleicht sogar schon gelesen hast!!! Wenn nicht, wünsche ich Dir jetzt viel Freude mit Yaras Abenteuer und wir sehen uns wieder bei der Danksagung. Alle anderen treffe ich hoffentlich in Band zwei wieder.

XO Leini